U0605195

西南科技大学哲学社会科学龙山学术文库（博士专项）资助

龙山学术文库

诗史互渗

孙毓棠与 20 世纪三四十年代中国新诗

张 颖◎著

中国社会科学出版社

图书在版编目（CIP）数据

诗史互渗：孙毓棠与 20 世纪三四十年代中国新诗 /
张颖著. -- 北京 ：中国社会科学出版社，2024．7.
（西南科技大学龙山学术文库）. -- ISBN 978-7-5227
-3908-3

Ⅰ. I207. 209

中国国家版本馆 CIP 数据核字第 20249BG853 号

出 版 人	赵剑英
责任编辑	王丽媛
责任校对	贾森茸
责任印制	张雪娇

出　　版	中国社会科学出版社
社　　址	北京鼓楼西大街甲 158 号
邮　　编	100720
网　　址	http://www.csspw.cn
发 行 部	010-84083685
门 市 部	010-84029450
经　　销	新华书店及其他书店

印　　刷	北京明恒达印务有限公司
装　　订	廊坊市广阳区广增装订厂
版　　次	2024 年 7 月第 1 版
印　　次	2024 年 7 月第 1 次印刷

开　　本	710×1000　1/16
印　　张	18.25
插　　页	2
字　　数	258 千字
定　　价	96.00 元

凡购买中国社会科学出版社图书，如有质量问题请与本社营销中心联系调换
电话：010-84083683
版权所有　侵权必究

目　　录

序

张桃洲

张颖博士的毕业论文《诗史互渗：孙毓棠与20世纪三四十年代中国新诗》经过修改后即将付梓，我为她感到高兴，也表示祝贺。

当初张颖前来参加博士生入学考试时，带着她厚厚的硕士学位论文《昌耀年谱》文稿，和一副诚挚的向往学术的神情。看到她已经进行过较为扎实的文献基本功训练，我在心里初步有了认可的意向。入学后的四年里，张颖在认真完成功课、奋力撰写毕业论文之余，花了很大气力修订《昌耀年谱》。在编辑彭慧芝的帮助下，经过几番打磨的《昌耀年谱》终于在2022年7月由中国青年出版社推出，那时张颖已入职西南科技大学。

在确定毕业论文选题的过程中，我和张颖进行了反复讨论。近年来，我在指导硕、博士生时，总希望他们的毕业论文若是做新诗研究，就要具备一种意识：既立足于新诗，又不必局限于新诗本身，继而形成"跨界"的视野、眼光和研究方法。"跨界"其实是新诗史上的重要现象，至少包括诗人身份的"兼跨"（多重性）和诗歌写作方式、文本形态的"跨越"（跨文体）。我的预期慢慢得到落实，比如林东同学的《郭沫若〈卷耳集〉及其论争研究》将《卷耳集》引起的论争，置于郭沫若本人的思想、文学观念脉络和20世纪20年代的社会文化语境之中予以考察和论述；余婷婷同学的《徐志摩诗歌的宗教文化内蕴》着眼于徐志摩及其诗歌与宗教文化的关联，试图以此重新阐释徐诗的思想意蕴与文本特征；郭建超同学的《20世纪40年代废名文学观的佛学维度》结合废名40年代的几部文学作品和佛学著作，分析了二者之间的互文性；彭慧芝同学的《沈从文与20世纪20年代至40年代诗坛》详细梳理了沈从文多个方面的诗歌实践（诗歌创作、诗歌批评、诗歌讲授以及作为编辑对诗歌的推举），呈现了其深度介入诗歌的立体形象——这些论文后来结集为《中国现代诗人的思想文化阐释》（中国画报出版社2020年版）出版。我以为，这样的研究显示了拓展新诗研究视域、激发新诗研究潜能的努力。

遵循"跨界"的思路和角度，我建议张颖以宗白华、陆志韦、陈梦家、孙毓棠、李长之、林庚等几位有着多种身份（他们分别是哲学家、语言学家、古文字学家、历史学家、文学批评家、古典文学学者）的诗人为案例，探讨他们的另外的工作领域（内容、状态及经验）给其诗歌创作带来的影响。当然，严格说来，说这些诗人的创作是"跨界"并不全然准确，因为任何文学创作（包括诗歌创作在内）都不是单一的词语行为，而是包罗万象、涵纳种种繁复思想观念（源自哲学、历史、宗教、政治等）和生命体验的文字表达，并且也没有一种所谓"纯粹"的"职业"诗人。用"跨界"这个词，只不过旨在把研究者的目光，引向那些诗人所具有的诗歌之外的能力与他们诗歌创作的可能关联——不管怎样，那些他们干得同样出色的其他工作领域，对他们的诗歌创作来说绝非是无关紧要、毫无联系的；然后，在此基础上寻索新诗"扩展"自身能力的路径。不过，在开题时老师们认为这个选题过于宏大，所涉及的几位诗人都是独特而复杂的个体，要充分阐述他们每一位实属不易，而且把他们放在一起难以形成问题的聚焦，因此建议仅就他们中的某一位展开论述。于是，张颖最终选择孙毓棠作为她毕业论文的主题，一则由于相关研究还不太多、给新的研究留有较大空间，再则其人其诗都有较多"话题性"、隐含着多种值得期待的可能向度。

按我平日经常对硕、博士生们"灌输"的理念，阐述单个诗人的论文不宜写成面面俱到、平铺直叙的"作家论"（尤其是博士学位论文），即不是对象化地、"从首至尾"地谈论那个诗人，而是将之同一定的诗学问题勾联起来，并吸纳更多的与之相关的社会、历史、思想、文化材料，以使探讨获得更宽阔、坚实的语境支撑。这正是《诗史互渗：孙毓棠与20世纪三四十年代中国新诗》这个标题的由来和出发点，而这个标题所展现的视角似乎可以回应对孙毓棠及其诗歌不甚了然者的担忧和疑虑：论题的分量是否充足？论述的维度是否饱满？

诚然，从一般意义的诗歌成就和"显示度"来说，孙毓棠显然赶不上郭沫若、闻一多、徐志摩、朱湘、冯至、艾青、卞之琳、何其芳、穆旦、吴兴华等诗人；即便从"跨界"产生的影响和引起的关注来说，孙毓棠似乎也不及宗白华、陆志韦、陈梦家、林庚等——相应地，这几位得到了更为深入的研究。不过，其间多少存在某种程度的"呈现与遮蔽"①的问题。事实上，这位在新诗史学者陆耀东眼中"后期新月社成就最大的诗人"②，他的诗歌创作、诗学观念及其与当时时代语境的关系、在新诗史上的位置，仍有必要结合更多他本人和周边的材料详加探讨。

孙毓棠性格沉静、为人稳重，有着十分广泛的人际交往，其求学、工作、生活乃至情感经历都颇具传奇色彩；他在历史研究领域成就突出，尤以经济史研究为著，卓然成家。关于他的人际交往，有两件事常被提及。一是闻一多刻章：孙毓棠的人和诗受闻一多影响甚大、甚久，1945年9月孙毓棠赴英国讲学前请闻一多刻名章，闻一多刻完后同时刻了长篇边款："乔与毓棠为忘年交者十有余年，抗战以还，居恒相约，非抗战结束不出国门一步。顷者强虏屈膝，胜利来晚也。而毓棠亦适以牛津之邀而果得挟胜利以远游异域。信乎必国家有光荣而后个人乃有光荣也。

---

① 许金琼、蒋登科：《呈现与遮蔽：文学史书写中的孙毓棠》，《文艺争鸣》2017年第9期。

② 陆耀东：《论孙毓棠的诗》，《文学评论》2007年第6期；亦可参阅陆耀东《中国新诗史（1916—1949）》第2卷，长江文艺出版社2009年版。

承命作印，因附数言以志欣慰之情，非徒以为惜别之纪念而已也。"另一是启功的悼诗：启功曾与孙毓棠一起参加标点《清史稿》"时历七载"，不少人向启功求字画，而孙毓棠却"喜拙书而不肯见索"，启功在孙毓棠逝世后写的《悼孙毓棠先生》云："精深学养路崎岖，并几丹铅谊最殊。阮氏焚车我焚砚，短章痛代秣陵书。"孙毓棠的为人处事之风格由此可见一斑。

关于孙毓棠的"专业"和他写诗的联系，虽然他一再声明"文学于我只是客串"①，但他其实非常看重自己的诗歌创作。一方面，其弟子余太山的叙述给人印象深刻。余太山探视躺在病床上的孙毓棠，提出打算编辑孙毓棠的史学论文集，孙毓棠没有同意，认为那些论文"质量不高"，然后话锋一转："你如有兴趣，将来不妨收集一下我的诗作。"②卞之琳不由得感慨："史学家而最后关怀自己的文学创作，可见他生前如何认真对待了他的业余创作，在这方面倾注了多少心血。"③另一方面，孙毓棠确实善于倚重其专业背景、运用相关历史知识，创作诗歌作品，其中最引人瞩目的无疑是《宝马》。对历史与文学之间的关系，孙毓棠有着十分清醒的觉识，作出过极富洞见的表述："我以为治史的人必须读文学，而从事文学的人必须读历史。"在他看来：

> 治史的人必须读文学，因为文学是时代精神之最重要的表现。文学家是他的时代及其文化的批评者。要想知道历代社会经济的演变，典章制度，兴衰治乱，历史家可以在史籍中找到充分的材料。但如果要想知道历代人民真正的感觉及情绪，精神反应的表现，社

---

① 孙毓棠：《文学于我只是客串》，载郑振铎、傅东华编《我与文学》，生活书店 1934 年版，第 275 页以下。
② 余太山：《〈宝马与渔夫——孙毓棠诗集〉编后记》，载孙毓棠著，余太山编《孙毓棠诗集》，商务印书馆 2013 年版，第 380 页。
③ 卞之琳：《序》，载孙毓棠著，余太山编《孙毓棠诗集》，商务印书馆 2013 年版，第Ⅲ页。

会一般的空气，便非得到文学作品中探讨不可，因为文学是时代与社会的嫡亲血液的产物。史籍可以帮助我们得到历史的骨骼筋肉，文学才可以使我们得到历史的灵性与精神。

更进一步讲，文学作品也就是史料。这种史料不仅丰富地保存着前代人的思想、观念，欲望的满足与要求，而且它保留给我们以最有价值的生活记载。①

这是超越了狭隘史学立场的真知灼见。正因为有了如此见识，《宝马》才不仅仅展现为一个历史学家的信笔书写，也并非只是以诗的形式对某个历史人物、某次历史事件的诠释，其作为史诗得以成立的关键在于全篇贯穿了作者对历史精神的领悟，以及试图将历史与现实进行勾联的鲜明的意识："在今日萎靡的中国，一般人都需要静心地回想一下我们古代祖先宏勋伟业的时候，我想以此为写诗的题材，应该不是完全无意义的"，"已往的中国对我是一个美丽的憧憬，愈接近古人言行的记录，愈使我认识我们祖先创业的艰难，功绩的伟大，气魄的雄浑，精神的焕发"，"除了很少数以外，国人大半忘掉了自己的祖先，才弄到今日国中的精神界成了一片荒土。当然今日的中国处处得改善，人人得忍苦向前进，但这整个的民族欲求精神上的慰安与自信，只有回顾一下数千年的已往，才能迈步向伟大的未来。"② 这些，正是现代史诗需要认真对待的议题。尽管孙毓棠自陈了"这篇东西格局的松散，叙事的平庸，描写的简陋，文字的粗涩"等"种种毛病"，③ 但它得到的认可和高度评价是名副其实的：这部长诗在发表之际，冯沅君就撰文将之视为"新诗中少见的佳作"④；在经过长期沉寂之后，现代文学史学者司马长风、诗人唐湜

---

① 孙毓棠：《历史与文学》，《国文月刊》第 1 卷第 7 期，1941 年。
② 孙毓棠：《我怎样写〈宝马〉》，《大公报·文艺》（天津、上海）1937 年 5 月 16 日。
③ 孙毓棠：《我怎样写〈宝马〉》，《大公报·文艺》（天津、上海）1937 年 5 月 16 日。
④ 冯沅君：《读〈宝马〉》，《大公报·文艺》（天津、上海）1937 年 5 月 16 日。

又极力称赞该诗"字字细致、句句精巧、行行谨严"①，是"新诗中迄今为止艺术成就最高的史诗型叙事长诗"②。近年来，《宝马》再次进入了研究者的视野。

立足于历史学者的宏阔眼光，孙毓棠对诗歌的理解有别于单一的写诗者。他提出了"时代的诗情"这一将诗歌与时代连接起来的概念，认为："文化、经济与生活的进步，社会与政治的治乱演变，思想潮流的起伏流动，宗教、战争、道德标准、科学发明，以及天才们的创造与提倡，时人的风尚与嗜好，都足以影响一个时代的'时代的诗情'之形成与演变。"③ 这表明，他绝不是躲在书斋里、拘泥于诗歌本身的诗人。他还说："我很着重'表现'二字"，"为表现这新时代的新人生，自然忍得住性，去实践、注视、观察、感受、深思；得在形式技术与词藻上练习、试验、研究、冒险、创造"。④ 他的某些观点在当时引起了争议、招致了批评，但平心而论，它们对于今天的诗界依然是富有启发性的。

上述围绕孙毓棠及其诗歌可以展开的论题向度，在这部《诗史互渗：孙毓棠与 20 世纪三四十年代中国新诗》中得到了细致的阐述。该书对孙毓棠诗歌创作、诗学观念的阐发，颇多可圈可点之处。比如，该书在谈到孙毓棠的观点引起的诗学论争时，注意到了其主张中对"工具与艺术"的辨析（第三章第二节）；在论及《宝马》与"现代史诗"话题时，着重剖析了《宝马》作为现代史诗的"建筑学"以及"史诗"如何"现代"的问题（第四章第二节）；在探讨"诗史互渗"议题时，特别指出了"诗的想象结构：'重新创造过去'及其局限性"（第五章第二节），等等。该书的另一醒目之处，就是史料十分翔实且多为一手原始材料，比如第三章第一节由对孙毓棠鲜为人知的笔名的考辨入手，在爬梳他中

---

① 司马长风：《中国新文学史》（中卷），香港：昭明出版社 1976 年版，第 190 页。
② 唐湜：《关于中国现代文学史的一些看法与设想》，《中国现代文学研究丛刊》1989 年第 3 期。
③ 孙毓棠：《谈"抗战诗"》，《大公报·文艺》（香港）1939 年 6 月 15—16 日。
④ 孙毓棠：《谈"抗战诗"》，《大公报·文艺》（香港）1939 年 6 月 15—16 日。

学阶段文论的基础上，追溯了其早期诗学观念的形成。这些可能会引发思考的见解和扎实的论述，是与张颖的诚恳、执着的治学态度分不开的，可谓下足功夫、水到渠成。

祝愿她以此著为新的起点，沿着学术之路继续平稳地前行。

2023 年秋，于京西定慧寺恩济里

绪论　作为新诗人与历史学家的孙毓棠

新时期之后，现代新诗研究重新焕发出生机与活力，各种史料的发掘、"主义"的提出、"重返"式的研究思路占据了大部分研究者的视野，在全新的文学理论与开放的学术格局中，新诗的研究空间不断被拓展。四十余年过去，新诗研究已成为一个独立、自足的学术场域，与文学生产、体制、转型有关的探索方向不断被开启。但深耕内部审美研究的趋势，以及典型诗人、流派研究上的持续拓深也导致了深刻的自我重复，新的诗学话题的提出仍然是新诗研究得以持续产生活力的动力。

尽管我们早已认识到新诗的发生、发展并不是一个自外于时代的过程，并试图从"外部"视角加以观察，也发现了很多相互关联的因素，但新诗创作仍然是以诗人为核心的。我们会发现，那些未能引出主流诗学话题的新诗人往往沉寂在角落中无人问津。被认为处于"中流"或者"末流"的诗人们，本身在新诗史上也是昙花一现，便各自谋求生计，他们的喃喃自语被更大的洪流所淹没。但这些诗人的价值是否真的已被发掘殆尽？尤其是处于兴盛流派中的末端诗人，往往只有名字或某些代表作被偶尔提及，他们的身影，无论是在各种以构造完整自足的新诗史为宏图的史学论述中，还是在以归纳或更替为核心的流派叙述中，始终是模糊的。

本书所选取的研究对象孙毓棠，就是这样一位诗人。孙毓棠常被看作后期新月派的代表诗人，但由于陈梦家、方玮德等人的光芒过于耀眼，以及他们与前期新月派诗人之间更为明显的师承关系，孙毓棠这个颇为边缘化的诗人便被有意无意地忽视了。研究单个的诗人，往往源于他们身上潜藏了足够丰富的诗学话题，近年来，吴兴华、朱英诞、刘荣恩等诗人的研究似乎形成了一定的热潮，各种之前被忽视的围绕报纸杂志所形成的新诗团体也得到了相应的重视，而孙毓棠作为写出了新诗中第一首"史诗"的诗人，一直以来却乏人问津。

孙毓棠在整个新诗史中的位置主要以叙事长诗《宝马》立足，是新月派后期从抒情转向叙事的审美流转中、初步实践叙事性长诗写作的诗人之一。从 1926 年开始，到 1948 年为止，孙毓棠的诗歌写作历经二十余年时间，在此期间，他的写作成熟速度很快，在晚唐与现代诗风肆虐的环境下，从历史中获取诗学资源，形成了鲜明的个人风格。孙毓棠也是一个以历史学为专业的新诗人。正如郭沫若、闻一多等以其深厚的古典文学素养为他们的新诗创作注入了独特的精神动力一样，历史学背景的孙毓棠也通过其创作为现代新诗贡献了独特的经验。

作为新月派的"后起之秀"，孙毓棠在新诗史上本已占有一定地位。他的特殊并不在于给新诗史提供了数量庞大的新诗文本，而是在他所参与的 20 世纪三四十年代新诗史中具有某种不可替代性。在新诗的语言、格律、节奏以及翻译等方面，他都做出了相当积极的探索。20 世纪 40 年代，孙毓棠的创作总量下降，但他对新诗的思考却逐渐成熟，并形成了自己独立的诗学体系，在新诗理论发展史中具有承上启下的作用。

孙毓棠在诗与史的关系、新诗语言与格律等问题上的思考也具有相当的自觉性与独立性。作为一名研究历史的学者诗人，他的新诗创作不仅化用历史事件以铺垫成诗，还始终在一种历史视野中看待新诗与新文化，往往能够站在时代之内，又出乎时代之外，在一种看似"遥远"的距离中审视新诗。作为与孙毓棠关系十分密切的导师，闻一多认为："我不能想象一个人不能在历史（现代也在内，因为它是历史的延长）里看出诗来，而还能懂诗。"① 另外，孙毓棠的诗歌翻译虽然数量不多，但对他的诗歌观念以及诗歌创作具有较大影响，也是一种新诗人身份的体现。

值得注意的是，关注孙毓棠的理由，并不仅仅在于"挖掘"一位被埋没的诗人这一点，更重要的则是探究孙毓棠为什么没能在新诗史上留下深刻印记。颇为矛盾的一个现象是，长篇叙事诗《宝马》在刊发之前及稍后，算得上一场有预谋的新诗事件，也确实引起了多方关注，但之后并没有得到持续性的讨论。而在此之前，孙毓棠与前、后期新月派人员之间的深厚关系，都并没能使得陈梦家在编选《新月诗选》时选入他的一字片语，这一现象到底是源于孙毓棠作为历史学家与诗坛若即若离的关系，还是源于其诗作与诗论本身的局限？在"挖掘"或"重现"的意义之外，这些问题更值得我们思索和探究。

虽然孙毓棠在诗坛的位置较为边缘化，但也并非完全处于幕后。例如在 20 世纪三四十年代以沈从文为核心的文学刊物周围，所聚集的文坛新秀们之中就少不了孙毓棠的身影，这一围绕刊物形成的文学"现场"如今在文学史中时常被提及，作为文学活动的一个典型案例，对 20 世纪三四十年代新诗具有一定程度的辐射影响。另外，孙毓棠在年少时期参编了不少校园刊物，在校园内算是风云人物。但这种编刊经历并没有在之后得到继续，所以孙毓棠自身关于诗、文坛的理想并没有得到实现。因此很可惜的是，对孙毓棠编辑身份的考察，虽然是一个较为新颖的研究角度，也能够披露出他被埋没的编刊经历，但因为孙毓棠没有持续拓深他的编辑事业，最终还是缺乏进一步论述的空间，只能止步于"少年编辑"。

综上所述，如何选取有效的研究路径，从研究对象身上引出更为丰富的诗学话题，就是本书要思考的核心。我们对历史的理解不是简单地

---

① 闻一多：《闻一多书信集》，群言出版社 2014 年版，第 349 页。

回到历史现场，挖掘某个被掩埋的人物，而是在不同的历史面向中获取一种"辩证的认知活力"，如果我们始终"陷入单一逻辑的辩护或反对，也就无法挣脱历史给定的那些认知模式"①。

一

从现有的孙毓棠研究看来，某种意义上他仍处于被遮蔽状态，几乎大多数文学史家或研究者都只注意到了他与新月派的关系，或《宝马》这部长篇叙事诗，对他的历史学家身份与诗人身份之间的互动则关注甚微。本书试图在考察孙毓棠个人的新诗成就之外，同时思考他作为现代新诗重要的参与者之一，其创作在各种学科、领域的交叉渗透过程中体现出的独特价值，揭露出 20 世纪三四十年代中国新诗内部那些更为深层的问题。"新诗研究的目的，不是为了某个具体问题的'一次性'解决而存在，而是为了呈现和重新梳理问题，使之得到清晰的彰显。"② 在此意义上，本书不是试图将孙毓棠从一个具有"多重身份"的学者窄化为一个"新诗人"，而是想扩大研究视域，将其丰富的内在思想与复杂的外在身份之间的对话关系揭示出来。在研究孙毓棠的过程中，紧密结合当时的历史和社会情形，在政治、社会、文化的"联动"视域中考察孙毓棠作为一名诗人和历史学家的独特性。从更宏观的意义上来说，回到现场只是手段，重要的是在发现的同时，不忽略那些矛盾与缝隙之处。因此，本书以孙毓棠的新诗为研究对象，以其史学思想与诗学思想的互动为研究中心，试图在个体、时代、历史等多重维度中展现孙毓棠

---

① 姜涛：《"民主诗学"的限度——比较视野中的"新诗现代化"》，《首都师范大学学报》（社会科学版）2019 年第 4 期。

② 张桃洲：《"同质"背景下对"异质"的探求——试谈新诗研究的拓展》，《中国现代文学研究丛刊》2014 年第 10 期。

在新诗上取得的成就，并重新审视其在 20 世纪三四十年代新诗发展史中的位置。

本书有三个基本研究方向：与《宝马》有关的"现代史诗"问题及其反思；诗歌与史学的关系问题；现代诗人在"多重身份"之间产生的诗学对话。以下简要分别论述。

（一）与《宝马》有关的"现代史诗"问题及其反思

众所周知，现代诗的叙事历史其实并不短暂，选取历史题材进行创作的新诗也不少，但史诗类型的现代长篇叙事诗一直以来却并没有形成固定的新诗"传统"。"史诗"是以历史重大事件或神话传说为题材的长篇叙事诗，对史诗来说，规模、结构、形象、故事情节缺一不可。中国古代有诸多神话传说，但并没有像《伊利亚特》《奥德赛》《摩诃婆罗多》《吉尔伽美什》等一样的史诗，究其原因，与中国文学散文化的表现方式有关，华土之民"重实际而黜玄想"①也是原因之一。孙毓棠最重要的新诗作品是长诗《宝马》，被唐湜誉为"新诗中迄今为止艺术成就最高的史诗型叙事长诗"②。本书试图在深化孙毓棠研究的基础上重新认识《宝马》，并通过对《宝马》的审视引出关于 20 世纪三四十年代长诗写作的相关诗学话题。

就《宝马》自身而言，其研究也还有值得深入探究的部分，首先值得关注的一个现象是，《宝马》刊发的同时及稍后，冯沅君、碧湘、蒲风、堵述初、罗念生等人就发表了评价，但除此之外，作为"中国新文学运动以来唯一的一首史诗"③，《宝马》在之后很长的时间里乏人问津。"《宝马》发表后，文学史对其评价是'高开低走'。所谓'高开'是说，

---

① 鲁迅：《中国小说史略》，载《鲁迅全集》第 9 卷，人民文学出版社 2005 年版，第 24 页。

② 唐湜：《关于中国现代文学史的一些看法与设想》，《中国现代文学研究丛刊》1989 年第 3 期。

③ 司马长风：《中国新文学史》（中卷），香港：昭明出版社 1976 年版，第 187 页。

刚开始，好评如潮；所谓'低走'，是指后来越来越不受重视了。"① 一直以来，不断有学者误认为孙毓棠的《宝马》得过"大公报文艺奖金"②，而事实是，虽然《宝马》当初以整版篇幅发表在《大公报·文艺》上，但并没有获得此项文艺奖金。③

此外，闻一多在西南联大时期编写的《现代诗抄》中没有孙毓棠的作品，但其"过眼录"中辑录了孙毓棠的《宝马》，以闻一多与孙毓棠的深厚交往④来说，他应该不会直接忽视孙毓棠的创作，极有可能是因为篇幅太长而无法将其收录。同时，陈梦家编选的能代表后期新月派成就的《新月诗选》中也没有收录孙毓棠的诗，这使得因袭选本进行文学史写作的文学史家们一直没有注意到孙毓棠的诗歌创作。

从学术史来看，随着报纸副刊研究在学界得到重视，《宝马》的发表问题才随之澄清。特别是刘淑玲的文章⑤发表之后，孙玉石先生就特别梳理了《宝马》发表前后的详细过程，并且认为在此之后，"比起仅仅根据

---

① 杨四平、王迅：《批判写实：在道德盘诘与政治针砭之间——现代汉诗的写实叙事形态之一》，《中国现代文学研究丛刊》2015 年第 5 期。

② 主要存在于司马长风《中国新文学史》、叶橹《对人类历史命运的叩问——孙毓棠〈河〉的赏评》、蓝棣之《若干重要诗集创作和评价上的理论问题》、何超《分析孙毓棠的〈宝马〉》等文中。王荣在《"大公报文艺奖金"及其他》（《中国现代文学丛刊》2005 年第 4 期）一文中详细剖析了相关史料并更正了前述一些错误。唐湜《关于中国现代文学史的一些看法与设想》一文也出现史实错谬，如认为《宝马》是 1934 年写成的，在《大公报·文艺》上连载等错误。

③ 关于《宝马》是否曾获得"《大公报》文艺奖金"的事情已有史实考证，值得注意的是孙毓棠本人曾给潘耀明写过一封信："所询天津大公报'文艺奖'一事，我全不知道。因 1935 秋至 1937 七七事变这期间，我在日本东京东洋文库读书。所记文艺奖事想是误传。记得我在 1936 年上海大公报登过一首长叙诗'宝马'，翌年巴金给我出了个诗集即名'宝马'，但数月后即七七事变，销路不会太多。我自己仅留的一本，在 1951 年也丢在火炉中烧掉了，如今不知何处能再找到。但此事肯定与所询'文艺奖'事无关。8 月 20 日"这则材料为我们提供了新的思考角度，即孙毓棠写作《宝马》时并不在战火纷飞的国内，而是在日本东京。但孙毓棠记忆也有误，《宝马》是 1939 年出版的，不是 1937 年。

④ 例如，"抗战中期以后，物价飞涨，教授们的生活日益困苦。闻一多陷入窘迫的境地，为了弥补生活不足，开始正式挂牌治印，补贴家用。抗战胜利前连续三年的暑假，孙毓棠寻找各种关系，帮助介绍恩师闻一多的长子闻立鹤打工"。刘宜庆：《孙毓棠与凤子的如梦往事》，《名人传记（上半月）》2018 年第 7 期。

⑤ 刘淑玲：《〈大公报〉文艺副刊与现代主义诗潮中的京派诗歌》，《江汉大学学报》（人文科学版）2005 年第 1 期。

长诗单行本或第二手材料去评价《宝马》，更能对于诗的意义、价值和当时的影响，有一个富有历史感的鲜活的了解"①，因循旧书、倦于重新查阅史料、只集中于几首代表作，是《宝马》研究一直以来没有取得突破的首要原因。

《宝马》发表之后引起了短暂的讨论热潮，但一直到70年代，《宝马》研究一直处于断层状态，直到司马长风《中国新文学史》在香港出版，孙毓棠作为新诗人的身份以及《宝马》才重新获得了内地研究者们的重视。按时间来看，《宝马》发表之初，就有冯沅君《读〈宝马〉》、戴碧湘《评宝马》、堵述初《〈宝马〉》等文，到70年代则有萧艾《诗评漫笔——浅评〈宝马〉》、何超《分析孙毓棠的〈宝马〉》两文，90年代末有吕家乡《现代人写史诗的成功尝试——评孙毓棠的长诗〈宝马〉》一文，21世纪以后秦弓《从〈宝马〉看经典重读的重要性与可能性》、关天林《史的诗·诗的史——论孙毓棠〈宝马〉及一种节奏形式的探索经验》等文从不同的方面评析了《宝马》。同时，《宝马》也得到了两位文学史家的重点关注，即沈用大与陆耀东，《中国新诗史：1918—1949》《中国新诗史：1916—1949》皆用相当的篇幅解析了《宝马》的创作形式、技巧等。②

在这些研究论文中，"史诗"是诸多学者额外关注的话题。冯沅君在文中将《宝马》称为"篇幅不够长的史诗"，萧艾《诗评漫笔——浅评〈宝马〉》一文则探讨了史诗和叙事诗的关系，并将《宝马》视为写作史

---

① 孙玉石：《中国现代文学文献问题笔谈：报纸文艺副刊与现代文学研究关系之随想》，《河南大学学报》（社会科学版）2005年第1期。

② 相关文献见：冯沅君：《读〈宝马〉》，《大公报·文艺》（天津、上海）1937年5月16日；戴碧湘：《评宝马》，《金箭》第1卷第2期，1937年；堵述初：《〈宝马〉》，《潇湘连猗》第3卷第2期，1937年；萧艾：《诗评漫笔——浅评〈宝马〉》，《诗风》（香港）1975年第32期；何超：《分析孙毓棠的〈宝马〉》，《诗风》（香港）1978年第72期；吕家乡：《现代人写史诗的成功尝试——评孙毓棠的长诗〈宝马〉》，《泰安教育学院学报·岱宗学刊》，1999年第2期；秦弓：《从〈宝马〉看经典重读的重要性与可能性》，《江汉论坛》2005年第2期；关天林：《史的诗·诗的史——论孙毓棠〈宝马〉及一种节奏形式的探索经验》，《华文文学》2015年第2期。

诗的一种练习。也有学者从尊重历史、还原史实的角度肯定了《宝马》的艺术价值。① 陆耀东则称《宝马》"有史诗意味"②。另外在吴欢章主编的《中国现代分体诗歌史》中认为《宝马》的"史诗性质"较其他长篇叙事诗更为突出。③ 这些评价均揭示出了《宝马》介于长篇叙事诗与史诗之间的特质。

"现代史诗"是朱自清先生在《诗与建国》一文中引用金赫罗之文所提出的概念，但之后一直没有得到重视，新诗史以及目前的大部分新诗研究中，多以"长篇叙事诗"的概念来归纳叙事类型的新诗创作，但实际上长诗在20世纪三四十年代并不是一个足够自明的概念。因此，本书试图在"现代史诗"这个理论视野中观察《宝马》为20世纪三四十年代的长诗写作提供了什么经验，从其创作、发表、反响这一系列过程中，观察孙毓棠与同时期新诗人们就相关问题产生的诗学对话，以及以《宝马》为线索考察20世纪三四十年代长诗写作中"现代史诗"的创作与赓续问题。

我们注意到，被称为"黄金时代"的20世纪30年代，在新诗上确实取得了较高的成就，尤其是"纯诗"以及现代诗的发展都展示出了良好的发展趋向。30年代末，源于时代环境的剧变，叙事诗发展出两个方向：一是民族革命的史诗，即在抗战背景下以个人或集体为主题的长诗创作；另一个就是"现代史诗"，即带有历史感、注重英雄人物刻画同时又注重现代主义技巧的长篇叙事诗。《宝马》的出现的确为"现代史诗"在新诗史上的确立起到了至关重要的作用。在对《宝马》的接受与批评过程中，文学史家和批评家们的论述为"现代史诗"这个概念的内在肌理进行了填充，使得这个概念能够在现代新诗阐释中具有一席之地。在其后的文学史及论述中，虽然"现代史诗"并没有像其他很多新诗概念

---

① 吕家乡：《现代人写史诗的成功尝试——评孙毓棠的长诗〈宝马〉》，《泰安教育学院学报岱宗学刊》1999年第2期。

② 陆耀东、孙党伯、唐达晖主编：《中国现代文学大辞典》，高等教育出版社1998年版，第163页。

③ 吴欢章主编：《中国现代分体诗歌史》，上海大学出版社2008年版，第42—44页。

一样被反复提及，但至少在某种程度上变成了一个更加明晰的概念，也具有了相对一致的标准。

唐晓渡先生曾言，长诗写作"除了种种语言策略的具体运用，诗人还必须更多地考虑到诗的建筑学，即结构的重要性"①，在史诗写作中，出于"整体"性的考虑，"结构"有时甚至超越了语言的创新，成为一首长诗成功与否的关键因素。《宝马》一诗共 16 节，769 行，在"诗的建筑"这个"工程"面前，可以称之为现代长篇叙事诗中一个地标性的建筑物。同时它在节奏和韵律上也极为讲究，读起来铿锵有力、气脉连贯，具有边塞诗的风骨。

但同时，我们也必须关注到《宝马》自身的缺陷，以及"现代史诗"这个概念在当下的适用性。在之前的研究中，也有一些研究者在赞美《宝马》优点的同时没有忽视其中的缺陷，这更值得我们注意。② 因此，对《宝马》自身思想以及"现代史诗"这个概念的深入剖析和反思也是本书的重点和难点。

（二）诗歌与史学的关系问题

在孙毓棠身上非常明显地集合了历史学家与新诗人这两种身份及其带来的写作特色。在研究工作中，他坚持的是一条文史跨界，或文史互通的独特道路，在孙毓棠看来，"理想的文学史的研究是把文学与史打成一片"③。无独有偶，赵园先生也曾提到，"中国学术的传统，文史不严于

---

① 唐晓渡：《从死亡的方向看》，《山花》（上半月）1994 年第 7 期。
② 萧艾在《诗评漫笔——浅评〈宝马〉》一文中认为，从叙事手法看，《宝马》一诗有得有失，孙毓棠重视剪裁，采用电影中的镜头鸟瞰及特写，交代了故事的背景，并采用戏剧对话的形式，通过转述，在叙事中有详有略，使得整个叙述一气呵成。但同时也产生了许多问题，总结起来有六点：其一是诗人在交代时间和事件的进展时手法过于普通，丧失了诗性；其二是诗人过于依赖史实，幻想的空间不足；其三在叙事中忙于交代经过，无暇将事件艺术化处理；其四，诗人忽视了对李广利、毋寡等人物性格的塑造；其五整首诗注重事件忽视人物，多叙事而少描写；其六则是全诗只有史实没有精神。
③ 孙毓棠：《历史与文学》，《国文月刊》第 1 卷第 7 期，1941 年。

区分。也仍然有区分。史学注重材料的去取，文学更关注具体的人，人性，人的命运"①。在历史学研究中，孙毓棠也持"综合"的观念，他认为考证是最科学的方法，但却是藏在抽屉里的工作，只相当于一篇文章里的脚注，因此他治史从不满足于现有的史料，《中国近代工业史资料》一书中就征引了三百多种中外档案、报刊、私人著述，资料来源的多样性必然使他的历史研究更为丰满。

无论是在中国经济史还是断代史的研究中，孙毓棠都强调"历史感"的重要性，这个"历史感"是一种将研究置于时间与空间的纵横联系中，同时又从社会、经济、文化等多个角度进行"跨界"研究的历史研究理念。而在诗歌创作中，历史则是孙毓棠写作最主要的精神来源，这个始终作为背景存在的"场"，构成了孙毓棠在认识事物和思考时的方式，包括某种习惯、定式，也影响了他在诗歌写作上的音调、语气。在另一层面，本书试图结合孙毓棠的诗歌实践，深入探讨诗歌与史学的关系问题。"史学"不是指简单的历史事件、人物构成的历史事实，而是指孙毓棠身上的史学意识对新诗的渗透，以及新诗在反方向上所表现出的活力。

（三）现代诗人在"多重身份"之间产生的诗学对话

以孙毓棠为代表的中国现代诗人在"多重身份"之间形成的诗学对话，以及这种对话对新诗创作的影响值得关注。新诗发展早期，胡适为了扩大新诗内部的表达空间，将散文的描写和叙事手法引入诗歌创作，而文体上的融合跨界则需要写作者主动去扩大新诗的表达边界。闻一多将书斋取名为"匡斋"，意为"扩大研究对象的联系面"，"收到引人入胜、触类旁通的效果"②。不同的知识和背景的确为闻一多的诗歌创作注入了更为丰富的内在肌理，也为我们理解闻一多的诗歌创作提供了新的可以探寻的角度。而更多的时候，在诗人的主动寻求之外，也还有现实

---

① 赵园：《历史情境与现实关切——与袁一丹谈治学与写作》，《书城》2020 年 5 月号。
② 闻黎明、侯菊坤编著：《闻一多年谱长编》，上海交通大学出版社 2014 年版，第 400 页。

逼迫的一面。思考"多重身份"对新诗的影响并不是没有意义，首先从更宽泛的文学意义上讲，游走在文学与学术之间的事例有很多。例如韩知延就注意到，钱锺书在"文人"与"学人"之间自由游走，将文学的思考和学术的表述融合为了一个整体。① 从个案研究的角度，我们能够看出"文"与"学"之间的打通对一个作家的重要意义。再如 1911 年辛亥革命之后，王国维的诗歌明显由"诗人之诗"转型为"学人之诗"。② 这种在诗、学、术之间的互通融合，存在于很多现代时期的新诗人身上。

中国现代时期的新诗人们普遍面临的是现实与象牙塔之间的平衡。当诗歌成为了副业，一种生命的底色，他们"以诗人的特性为中国现代学术史带来了新风格和新气象"③。从文学创作和文学研究的互动关系来看，诗人型学者为现代学术的博兴作出了杰出的贡献，而新诗自身所拥有的"跨界"能力似乎也能得到相应的证明。

在过往的新诗研究中，"由于对思潮流派的过分强调，使得新诗历史的呈现难免比较粗线条，对于一些不易归类的诗人，则往往削足适履，无法全面准确地把握"④。核心则在于，"问题并非是在专业学科内部产生的，更多是在交叉处产生"⑤，如果能从"交叉处"发现更多的问题，那么对于理解整个现代时期的新诗人及新诗都是有益的。这种"影响"和

①　韩知延：《钱锺书："文"与"学"之间（1929—1949）》，博士学位论文，北京大学，2013 年。韩文从钱锺书早期著述中所体现的"文体感"入手，把握作为"作家"和作为"学者"的钱锺书之联系，钱锺书的"文体感"不仅意味着他的著作文章风格，也涵盖着更为复杂的内在思维机制。论者从文本中寻找他的思维轨迹，并将它放回到具体的历史文化语境中，从多元角度思考相关问题，进一步审视钱锺书其人其文。

②　王盼盼：《从"诗人之诗"到"学人之诗"——论王国维诗歌创作转型及其意义》，硕士学位论文，海南师范大学，2017 年。论者认为，王国维从"新民"转变为"遗民"，是造成其诗歌内容转变的直接原因。以"情思"表达情感转变为以"学识"表达志向，这个过程清晰地展现出了王国维从"主观情感"到"冷静理智"的变化过程。

③　刘殿祥：《诗与学术之间——现代诗人闻一多的古典学术研究》，中国书籍出版社 2018 年版，"引言"第 1 页。

④　张洁宇：《作为诗人的沈从文——兼议新诗史研究视野问题》，《新诗评论》2013 年第 1 辑。

⑤　梅剑华：《实验哲学、身份转型研究与哲学传统》，《社会科学》2018 年第 12 期。

"融合"有时候是隐秘或不为人知的，但不可否认的是，在深层次上，其对新诗的独立和发展起到了特殊的作用。①

二

　　本书主体共分为五章，此外，附录 A "孙毓棠集外诗文补遗"将其散落在外的诗文爬梳整理，附录 B "孙毓棠诗文创作年表"将孙毓棠的诗文著述分门别类按时间归纳。由于孙毓棠的生平还比较模糊，而且也缺少以他的创作为主线进行专门整理的研究文章，因此第一章首先对孙毓棠的生平经历进行挖掘，通过史料搜集与整理，力争呈现出较为清晰的孙毓棠生平状况。尤其是还原孙毓棠参与的文学活动与诗学交往过程，以"三刊两社"——《南中周刊》《南开双周》《清华周刊》及晨风社、碧潮社等为主线，勾勒出孙毓棠在文学场域内的活动轨迹。继而通过朱自清日记中的记载，钩沉孙毓棠与北平诗歌圈的交往过程。这一章试图为后续问题的展开奠定一个基础，在清晰的社会学视野中考察孙毓棠参与新诗的历程与其中反映的问题。

　　第二章分析孙毓棠在写诗过程中体现出的复杂文化性格，解读孙毓棠在时代与理想之间的矛盾状态与写作的多面性问题。孙毓棠的个性与诗学选择似乎注定了他在诗坛"昙花一现"的命运，诗人的敏感与忧郁气质在孙毓棠身上体现的尤为明显，他的诗歌具有柔润的生命气质与底色，也正因为"边缘"位置，使得他的诗学在时代飙进中构成了独特的风景。这一章以时间与主题、风格变化为中心，阐述孙毓棠诗歌创作衍

---

　　① "他们的写作、批评甚或辍笔本身，往往都其诗歌观念、批评标准，以及对于诗歌文体自身的独特认识有关。因此，考察他们的诗歌观念与诗歌批评，或许能为当下的诗歌研究带来一定的拓展与启发。"张洁宇：《〈我喜欢你〉：作为诗人的沈从文》，《新诗评论》2013 年第 1 辑。

变的过程及其不同阶段的特点。

第三章从综合角度解读孙毓棠诗学观的形成及其与20世纪三四十年代诗学论争之间的关系。这一节通过孙毓棠的新笔名引出了新的思想背景，我们会发现孙毓棠诗歌不仅具有古典气息，更具有吸收外来理论资源的强烈自觉性。本书将孙毓棠诗学放回波云诡谲的时代潮流，以《谈"抗战诗"》的发表及其引起的一系列论争为线索，通过争论双方的不同视角，加以政治、社会等多方面因素的考察，展现孙毓棠在抗战诗歌上的真实态度。继抗战诗歌论争之后，孙毓棠将目光投向了旧诗与新诗的节奏问题，这实际上是对叶公超等人在20世纪30年代中后期绵延至40年代的关于新诗音节、节奏问题讨论的进一步呼应。此时，孙毓棠一直坚守的格律思想发生了裂变，在新旧诗关系及新诗节奏问题上提出了一些深刻的见解，他试图将旧诗与新诗的关系阐释为一种"发展"的关系，从诗歌内容上"时代的诗情"推导出诗歌节奏上的"时代自然性"，在孙毓棠的整体诗学构建中具有总结作用。

《宝马》作为孙毓棠的代表作，在学术史上已得到了相对充分的探讨，那么从什么角度再论《宝马》才会引发出新的思考就显得尤其重要。第四章首先对"现代史诗"这个概念作考古学式的探究，将其从出现之日起到后来的应用情况做一个梳理，我们会发现这个概念一直处于一种模糊的境遇之中，没有引起批评家们的足够重视。而且20世纪40年代紧接着出现的"民族革命的史诗"等概念又与"现代史诗"的内涵在诸多方面有相似之处，再加上现代主义的史诗类别一直受到冷落，更使得二者难以区分。笔者试图在"现代史诗"这个观念视域下，重新考察《宝马》创作上的得与失。事实上，《宝马》并不是完美无缺的，它所凸显的问题与取得的成就同样重要，从诗人创作的过程与最终成型的作品之间的龃龉，可以看出"现代史诗"创作的复杂性。

孙毓棠的特殊性在于他处在历史、现实、文学、研究之间的"横跨"姿势，及其为诗歌创作带来的特殊经验。第五章重点揭示孙毓棠处在历史与诗之间的诗歌创作、文坛交游、个人心境，这是一种"之间"的状态，有助于理清孙毓棠自身的历史文化资源如何渗透到他创作的文本中，以及一种"横跨"状态的持续性与可行性。

在上述基础上，余论部分探讨中国现代诗人多重身份问题，以郭沫若、宗白华、闻一多、陈梦家、林庚等人为例，探讨他们在多维领域中诗与学的互动以及由此产生的诗学对话。总结孙毓棠在整个新诗史中的影响和地位，对其诗歌创作及诗学理论的局限性进行探讨，对孙毓棠创作的诗学与史学价值进行总结概括。

<h1 style="text-align:center">三</h1>

迄今为止，诗学界对孙毓棠仍然比较陌生，虽然近些年有不少学者注意到了孙毓棠，并且出现了对孙毓棠诗歌的专论，但对孙毓棠生平经历的细节梳理仍然还很不足，对孙毓棠在不同新诗流派之间的独立性、其创作与历史研究之间的关系等重要问题则尤其缺少系统而专门的研究。目前对孙毓棠的研究主要集中于以下几个方面：综论性的整体研究，重在"重新发现"；将孙毓棠放在某一流派之中论述；对其部分重要文本的细读。整体观之，这三个方面各自都还不能算得到了充分的讨论。首先，综论性研究因为重在"重新发现"，因此多集中于讨论孙毓棠被埋没的过程及其原因的推测；其次，孙毓棠常被放在后期新月派、现代派、学院派等流派之中提及，但并非作为主要角色；而文本细读则集中于《宝马》《河》等少数名篇。

王舒的硕士学位论文《论孙毓棠的诗歌创作》是目前在硕博论文这个领域中第一篇以孙毓棠为主要论述对象的学位论文。论文较为详细地论述了孙毓棠诗歌的意象、主题意蕴、诗体探索、诗歌脉络与源流等问题，将孙毓棠诗歌对西方诗歌的接受、从新月派走向现代派的过程进行了较为细致的梳理。较为遗憾的是论文一方面在史料上未取得突破，这就使得很多问题仍然处于原有视野之内，无法创新，另一方面对孙毓棠自身诗学体系的重视程度不够，这就无法在宏观的历史视野中考察其诗学的独特性，最后对孙毓棠历史学家的身份如何在更深层次上影响其诗歌创作的思考还不够深入。但作者对孙毓棠诗歌的重新发现和梳理都是值得关注的。①

学术史上的"孙毓棠研究"有比较明显的发展阶段，20世纪三四十年代产生了一批与孙毓棠创作几乎同时的相关评论，包括冯沅君、碧湘、蒲风、堵述初、罗念生、敏、蒋星煜等人对《宝马》等作品的研究。20世纪七八十年代，以司马长风为首，唐湜、盛子潮、吕家乡等研究者为继，产生了一部分相关研究，但大多数集中于《宝马》等名篇的分析探讨。20世纪90年代至今，孔范今、许道明、张玲霞、蓝棣之、陆耀东、关天林、秦弓、叶橹、吴晓东、许金琼、蒋登科等人都有专门的孙毓棠研究文章发表，他们开始更为细致地解读孙毓棠及其作品，这一时段的孙毓棠研究取得了很大进步，也为当下的研究奠定了基础。

在文学史、新诗史著作中，钱理群、温儒敏、吴福辉《中国现代文学三十年》在整部著作的正文中并未提及孙毓棠，仅录入了关于孙毓棠的信息条。②《中国现代分体诗歌史》及《中国现代叙事诗史》都提到了《宝马》。相对来说，孔范今《二十世纪中国文学史》（上册）、陆耀东的《中国新诗史（1916—1949）》第二卷、沈用大的《中国新诗史（1918—1949）》中都以一章中的一节详细论述了孙毓棠，显示出对孙毓棠的重视。在其他专项研究中，提及孙毓棠的较少，例如曾幸将孙毓棠《旧诗与新诗的节奏问题》一文视为40年代"节奏发展论"的重要代表。③

对孙毓棠作品进行文本细读的文章目前并不多，主要集中在阐释

---

① 王舒：《论孙毓棠的诗歌创作》，硕士学位论文，山东大学，2019年。

② 钱理群、温儒敏、吴福辉：《中国现代文学三十年》，北京大学出版社1998年版。

③ 曾幸：《中国现代诗学节奏理论研究》，硕士学位论文，济南大学，2019年。

《宝马》《河》等名篇上，《野狗》《我不回来了》也偶有提及。总体来说，研究者们往往根据孙毓棠某一首或某一些诗的特点将其划分到某一流派之中。如有学者就认为《野狗》一诗具有典型的现代主义特征①，而《我不回来了》则带有明显的浪漫主义色彩。吴晓东认为孙毓棠在 20 世纪 30 年代的诗坛中显得"异类"，一方面在于他写出了长篇叙事诗《宝马》，其次在于他并没有在 30 年代的新诗潮流中亦步亦趋，而是凭借自己的专业知识，用一种"业余写作"的态度写出了独特的作品。吴晓东将《河》解读为《宝马》的"前史"，将《河》中的"古陵"类比为福柯的"异托邦"式存在物。② 相比于陆耀东先生把诗中反复出现的"到古陵去！"理解为"驶向死亡的代名词"③，吴晓东更愿意把"古陵"视为一种"古远的感觉以及神秘不可知本身，一种与现实世界相异质的'异托邦'"④。

薛媛元则对孙毓棠新诗的戏剧化现象给予了关注，作者详细论证了孙毓棠早期诗歌写作中不自觉的戏剧意识，到一种半自觉地将戏剧手法应用到诗歌写作中的过程。但文中并没有对副标题"'编撰'诗歌"作出专门的解释，所谓"编撰"一词在孙毓棠的诗歌中究竟是何意还需要进一步的阐述。⑤

孙毓棠的"流派性"很"弱"，他很难被划进哪一流派之中，我们一贯认可将孙毓棠归类为"后期新月派"成员之一，但一直以来的"后期

---

① 文学武：《〈学文〉杂志与中国现代文学》，《新文学史料》2013 年第 3 期。

② "作为历史学家的孙毓棠，从民族历史，尤其是从西北边疆史地中汲取了想象力的资源以及历史素材的给养，并最终获得了一种宏阔的史诗图景，进而超越了 20 世纪 30 年代现代派诗人笔下的镜花水月，而具有了一种史诗的苍茫壮阔以及悲凉之美。"吴晓东：《西部边疆史地想象中的"异托邦"世界——解读孙毓棠的〈河〉》，载《文学性的命运》，广东人民出版社 2014 年版，第 171 页。

③ 陆耀东：《论孙毓棠的诗》，《文学评论》2007 年第 6 期。

④ 吴晓东：《西部边疆史地想象中的"异托邦"世界——解读孙毓棠的〈河〉》，载《文学性的命运》，广东人民出版社 2014 年版，第 171 页。

⑤ "在话剧和历史学领域多有成就的孙毓棠，从话剧演出中领悟了设置戏剧性处境、构筑情节冲突、利用对白与独白等创作技巧……他的创作从一个侧面佐证了袁可嘉对新诗戏剧化理论进行总结与提升的必要性和应需性。"薛媛元：《论孙毓棠的新诗戏剧化探索》，《文学与文化》2018 年第 3 期。

新月派"研究中，我们却很少见到专门针对孙毓棠进行研究的。① 整体观之，孙毓棠一般被划分到三个流派中：现代派、后期新月派、京派。孙玉石、孔范今认为孙毓棠是位现代派诗人，张松建虽然将孙毓棠放在现代派之中，但也注意到了他在这个队伍中的独立性，邵宁宁则以《文学杂志》为核心来划分作者群，将孙毓棠归为现代派。虽然将孙毓棠归为现代派的并不占多数，但也凸显出孙毓棠早期创作的现代性特质。②

与此同时，大部分学者将孙毓棠划归到后期新月派阵营中，陆耀东③、蓝棣之④、唐祈⑤、郑蕾⑥等就将其看作是新月诗派后期的主要成

---

① "人们多关注文学史所圈定的'新月诗派'诸人，如徐志摩、闻一多、朱湘、卞之琳、林徽因、饶孟侃、方玮德等诗人，而对于像曹葆华、孙毓棠、李惟建、刘宇、沈祖牟、程鼎鑫、孙洵侯这些诗人却无意观照。由于过分强调'使其成为流派'的共同点，重视'新诗格律化'理论本身，从而导致忽略其他自然呈现的群体性特点。"郑玉芳：《〈新月〉〈诗刊〉诗歌写作群及现代性特征研究》，硕士学位论文，福建师范大学，2011 年，第 19 页。

② 参考孔范今主编《二十世纪中国文学史》（上），山东文艺出版社 1997 年版。"30 年代的戴望舒、何其芳、卞之琳、曹葆华、废名、陈江帆等'现代派'诗人，在开掘感觉情绪上大有斩获，诗的象征意蕴与玄学意境超越前贤，但同样对活生生的'现实'世界不够投入。这个阵营里的诗人孙毓棠，在抗战爆发后的第二年，检讨了现代派诗歌'集中于个人的悲欢情绪之抒泄与个人的生活感觉之描绘'。"张松建：《文下之文，书中之书：重识袁可嘉"新诗现代化"论述》，袁可嘉诗歌创作与诗歌理论研讨会论文，2009 年 10 月，第 144 页。"从这个作者阵容不难看出，该刊诗作，前期比较引人注目的主要是一些'现代派'的诗人，如卞之琳、戴望舒、废名、林庚、孙毓棠、曹葆华、林徽因、石民、路易士、杨世骥等"。邵宁宁：《京派诗风的嬗变：〈文学杂志〉与中国现代诗歌》，《海南师范大学学报》（社会科学版）2018 年第 1 期。

③ 陆耀东：《中国新诗史（1916—1949）》第 2 卷，长江文艺出版社 2009 年版。

④ "除了艺术形式上他的诗讲究节奏，有鲜明整齐的格律，还是因为他的'文学圈子'属于这个范围"。蓝棣之：《若干重要诗集创作与理论评价上的问题》，《安徽师范大学学报》2003 年第 2 期。

⑤ "一九二六年以闻一多、徐志摩为代表的新月诗派出现，一直到三十年代初期仍活跃于诗坛。这一流派中有影响的诗人比较多，如朱湘、饶孟侃、刘梦苇、于赓虞、卞之琳、何其芳、孙大雨、朱大楠、林庚、孙毓棠、陈梦家、邵河美、朱维基、方玮德、林徽音，这是对新诗艺术探索较多，创作较丰富的一个诗歌流派"。唐祈：《论中国新诗的发展及其传统》，《西北民族大学学报》（哲学社会科学版）1984 年第 2 期。

⑥ "后期新月派与不少京派的作者是《文艺月刊》极为重要的一支作者队伍，除了上面提到的沈从文、巴金、靳以等之外，新月后期的一些主要诗人如陈梦家、方玮德、臧克家、曹葆华、于赓虞、方令孺、孙毓棠等，新月政论派的梁实秋和后起之秀储安平等也在《文艺月刊》上发表了不少诗歌和文章"。郑蕾：《〈文艺月刊〉研究》，硕士学位论文，华东师范大学，2009 年，第 11 页。

员。也有学者明确将后期新月派成员分为南京、中央大学、北京三大版图，将孙毓棠与曹葆华等诗人看作新月派第二代诗人群。① 同时，有学者将孙毓棠与朱湘视为后期新月派中创作现代叙事诗的代表。② 有些论断因为没有考证史料而有所错谬，如仅从《孙毓棠诗集》来判定孙毓棠并未在新月派刊物上发表过作品③，而事实是孙毓棠的确在《新月》上发表过作品，《孙毓棠诗集》遗漏了两首。孙毓棠与新月派的交集其实是很明显的，加入新月派也是非常自主的行为，《清华周刊》作为后期新月发表阵地的前身，孙毓棠也为其进行了较长时间的编辑工作。方玮德去世后，送灵队伍中有孙毓棠，并随后在《北平晨报》上发表了纪念诗与文章。

还有部分学者如沈用大将孙毓棠归入京派诗人群，刘淑玲也认为"《宝马》的诞生，可以说是孙毓棠自己和京派诗歌的双重收获"④，但这一归类方法也不是没有学者质疑。⑤ 应该说，将孙毓棠划归为京派，主要是因为这个时期孙毓棠作为一名学院派的知识分子，与京派成员走动较多，而且作品也多发表在与京派有关的刊物上。

除以上三个典型的划分方法之外，张玲霞将曹葆华、孙毓棠、李长

① "1930 年前后，以陈梦家、方玮德几位新诗秀为核心，在南京集合了一批诗人结成小文会，经常在一起切磋交流，相互启发，创作新诗。""小文会的几个成员，再加上在《新月》月刊上发表诗歌的中央大学学生沈祖牟、梁镇、俞大纲、孙询侯和后来为《诗刊》撰稿的在北京的林徽音、卞之琳、孙毓棠、曹葆华等诗人，后来形成了新月派后期的诗人群即第二代诗人群"。张以英、刘士元：《新月派后起之秀方玮德传略》，《新文学史料》1991 年第 1 期。

② 王荣：《论"新月诗派"的现代叙事诗创作及其理论批评》，《文学评论》2008 年第 2 期。

③ "孙毓棠虽然与闻一多个人交情甚好，其早期诗歌写作也较注重形式的严整和格律，但是《孙毓棠诗集》中所辑录的诗歌并未见有转载自新月派刊物上的作品。"许金琼、蒋登科：《呈现与遮蔽：文学史书写中的孙毓棠》，《文艺争鸣》2017 年第 9 期。

④ 刘淑玲：《〈大公报〉文艺副刊与现代主义诗潮中的京派诗歌》，《江汉大学学报》（人文科学版）2005 年第 1 期。

⑤ "某些学者将之纳入'京派诗人'，因为孙毓棠曾经在清华大学上学，后来留校任教，又在《大公报》上发表过不少的诗歌作品。以地缘来对诗人进行分类本身无可厚非，只是这样的分类太泛化，并不能反映出诗人群体的诗学主张和诗歌风格的共同性，并且在大多数的文学史著作中'京派'文学更多指向的是小说作家群，'京派'诗人群这样的表述则很少出现。"许金琼、蒋登科：《呈现与遮蔽：文学史书写中的孙毓棠》，《文艺争鸣》2017 年第 9 期。

之、孙作云作为"清华诗人"的代表，并将孙毓棠定义为"爱情诗人"①，尤其是《梦乡曲》等作品，体现出诗人对现实与理想、人生与幻境的思考。骆寒超则将孙毓棠与刘半农、俞平伯、宗白华、徐志摩、戴望舒、艾青、陈梦家、卞之琳、辛笛、穆旦等诗人作家一起划归到"吴越诗人"这个群体中。② 诸多说法表明，"关于孙毓棠是属于某个诗歌流派的组成成员还是本身仅为一名独立的诗人个体或者究竟具体归属于哪一个诗歌流派这个问题，在已有的文学史记载中一直处于一种凌乱纷杂、模糊不清的状态。"③

不管是以人际交往为划分依据，还是以主要发表阵地为依据，都有其道理，也有其不全面的地方。比如孙毓棠在各个流派之中的流动性，"从某种意义上说，《学文》是《新月》的延续，也是新月社和京派的成功融合。如《学文》的主要撰稿人饶孟侃、陈梦家、林徽因、沈从文、卞之琳、陈西滢、胡适、孙大雨、孙毓棠、钱钟书、曹葆华等都是当时活跃在平津地区的学院派知识分子，相当一部分成员也曾经是《新月》的主要作者。"④ 这篇文章在无形中将孙毓棠划归到三个流派中，无法给出一个单一的类属，恰恰说明了孙毓棠在各种流派之间的流动性。

全面抗战爆发前后，"新月诗派"与"现代诗派"已经合流，在"大公报·文艺·诗特刊"创立的时候，孙毓棠就明确被列在作者队伍中。而从现代叙事诗的角度观察，臧克家、孙毓棠等诗人诗作在 20 世纪 40 年代"战时文学"大潮中被战争硝烟所掩盖，其后又在"西南联大诗

---

① 在清华校园时期，孙毓棠"遵循新诗格律派的主张，注重诗歌艺术的探索"。张玲霞：《三十年代清华四诗人》，《中国现代文学研究丛刊》2006 年第 2 期。

② 骆寒超：《论现代吴越诗人的文化基因及创作格局》，《中国现代文学研究丛刊》1991 年第 2 期。

③ 许金琼、蒋登科：《呈现与遮蔽：文学史书写中的孙毓棠》，《文艺争鸣》2017 年第 9 期。

④ 文学武：《重识叶公超在中国现代文学史上的地位》，《社会科学》2015 年第 4 期。

人群"的诗歌艺术实践活动中得到延续及拓展。① 这种身份的流动性使得很难将孙毓棠划归到某个群体当中，那么最重要的便是回到历史现场，考察孙毓棠在一系列文学活动中建构的文学形象以及其中所反映的思想观念，重新审视作为新诗人的孙毓棠的意义，以此为切入点考察 20 世纪三四十年代新诗的发展历程。

---

① 王荣：《论"新月诗派"的现代叙事诗创作及其理论批评》，《文学评论》2008 年第 2 期。

第一章　孙毓棠其人其诗

第一节　从"少宰之第"到"流徙的诗家"

　　孙毓棠（1911 年 4 月 9 日—1985 年 9 月 5 日），祖籍江苏无锡[①]，城内上河人。父亲名为孙沆。孙毓棠幼年举家迁往天津，在天津长大，随着四个姐妹和五个堂兄弟在家塾读书。幼时已能熟诵多部儒家典籍，同时练出了一手具有独特风格的好字。[②] 1925 年，母亲送 14 岁的孙毓棠进南开中学读书，"南开中学是六年制"[③]。根据《南中周刊》1926 年第 1 期校闻栏目刊载的消息，孙毓棠在 1926 年春季学期当选为初三（三）班副干事，可以推测，孙毓棠应该是 1925 年秋季学期入校上初三，此时初三（三）班的

---

　　① 周良沛：《卷首》，载《中国新诗库　六集》，长江文艺出版社 2000 年版，第 259 页。

　　② "其父原来是位中医师，后来入保定军官学校求学。母亲成长于世代书香的环境中，是位宽容贤惠的主妇。孙毓棠有四位姐妹，他是家中独子。他的外祖父是位翰林，官至礼部尚书，做过光绪皇帝的老师。由于家世显赫，在无锡的老一辈人中没有人不知道'小河口孙家'的。江苏无锡孙家旧宅正门上曾悬有'少宰之第'的匾额。"张彦林：《诗人孙毓棠纪事》，《文学报》2018 年 3 月 16 日第 12 版。

　　③ 曹禺语，见田本相、刘一军编著：《苦闷的灵魂——曹禺访谈录》，江苏教育出版社 2001 年版，第 5 页。

辅导员是雷法章先生。① 翌年母亲去世，② 父亲另娶，父子失和，孙毓棠开始离家寄宿于学校。南开中学的校长张伯苓与其母亲是好友，将其收留。南开中学此时采用美国式的教育体系，对于一直在家塾接受传统文化教育，连"五四"都还不知道的孙毓棠来说，无疑带来了未知与兴奋。他努力学习白话，参加文学社团，协助编辑文学刊物，结识了曹禺等好友。

1926年起，孙毓棠开始在《绿竹》（旬刊）、《南中周刊》、《南开双周》等校内刊物上发表诗文，并且协助编辑这些文学刊物，积累了重要的编辑经验。写诗之外，孙毓棠也关注外国诗文的翻译，如发表于《南中周刊》1926年11月10日第11期上的《莎绿美（Salome）的译文》，就对《莎绿美》的翻译以及翻译本身的一些问题做了较为深入的思考。此时他已开始阅读英文原著，而且详细读过易卜生的《娜拉》《群鬼》，小仲马的《茶花女》，泰戈尔的《飞鸟集》等西方文学作品，广泛接触了"浪漫主义"与"新浪漫主义"的作家作品。到1929年，孙毓棠正式发表的第一篇译文是Ken Nakazawa的一篇不短的诗论——《日本诗歌的精神》。Ken Nakazawa是日本的一位作家，《日本诗歌的精神》原文是用英语写的，这篇文章甫一发表，孙毓棠就将其翻译成了中文。孙毓棠的翻译实践持续了很长时间，甚至在极少写作诗歌的20世纪40年代后期，仍然不断有译诗问世。

在南开中学期间，由于生活艰苦，他在本校讲授一年级古文，此外张伯苓也不断给予接济。当时，南开中学的学子一般要修业六年方可毕业，但孙毓棠通过了资格考试，提前一年（1930年，孙毓棠1925年入校）从南开中学毕业，进入南开大学。之后，历史课导师蒋廷黻鼓励孙

---

① 《校闻》，《南中周刊》1926年第1期。
② 据孙毓棠日后在文中记载，其母亲去世的时间还有待考证，他回忆送母亲灵柩入土的场景："三年前一样地在夏暮秋初之际。一样的秋雨连绵的天气，我送我母亲的灵柩到'江苏义园'。"尚呆：《秋窗短札》，《南中周刊》1927年第26期。写于1927年8月17日。尚呆是孙毓棠的笔名。如果按文中所说，孙毓棠的母亲当在1924年去世，但考虑到当时人时常用"三"指代多年，并不一定就是"三年"的意思，因此此处暂时存疑。

毓棠从南开大学转入清华大学历史系。①

据《曹禺年谱》记载，1930 年暑假，孙毓棠、曹禺等 8 位同学一起赴北平考清华大学，孙毓棠与曹禺两人就住在孙毓棠的外祖父徐家。9月，二人顺利考入清华大学，曹禺插入文学院西洋文学系（1928 年改名为外国语文学系）二年级，孙毓棠进入历史系二年级插班就读。②

表 1 - 1 历史系课程表摘要③

第一年/课程	学分
国文	6
中国通史	8
英文	6
西洋通史	10
物理学 化理 生物学 论理	（择一）8
第二年/课程	学分
第二外国语	8
东亚史	4
西洋近百系史	8
其他本系课程	4 - 8

① 据载：1929 年 9 月，"本年度新聘教授：中文系黄节、刘文典，外语系瑞恰慈、叶公超、常浩德、石坦安，历史系蒋廷黻、原田淑人"，"本学年各院院长：文学院杨振声，理学院叶企孙，法学院陈岱孙。各系系主任：中国文学系杨振声，外国文学系王文显，哲学系冯友兰，历史系蒋廷黻"。清华大学校史研究室编：《清华大学九十年》，清华大学出版社 2001 年版，第 51 页。

② 据清华大学校史研究室编《清华大学九十年》记载："招收大学一年级新生 192 人，转学生 52 人，合计 244 人"。清华大学出版社 2001 年版，第 54 页。孙浩然回忆："我们是 8 个同学一块从南开转到清华大学来的，还有孙毓棠。当时南开大学讲好条件，考不上就不能再回南开了，立了军令状，结果都考上了。曹禺和孙毓棠是很要好的同学，他在中学时代，差不多一直在孙毓棠家里玩，《雷雨》中的许多人事和孙毓棠家颇有关系。"田本相、刘一军编著：《苦闷的灵魂——曹禺访谈录》，江苏教育出版社 2001 年版，第 218 页。曹禺回忆："我们是中学同学，我考清华就住在他（笔者注：孙毓棠）的外祖父徐家。这一家和我写《北京人》有点关系，《北京人》的环境、家庭氛围，甚至有的人事，也有徐家的影子。徐家坐落在东四头条，恐怕现在房子也没有了，就像我在《北京人》里所描写的一个行将破落的大家庭。考清华之前，我在徐家住了很久，毓棠的外祖父对我很器重，是个清朝的遗老。"田本相、刘一军编著：《苦闷的灵魂——曹禺访谈录》，江苏教育出版社 2001 年版，第 67 页。

③ 参看《清华周刊》第 35 卷第 11/12 期，1931 年合刊所载历史系课程表，表格为笔者所绘。

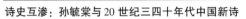

续表

第二年/课程	学分
政治 经济 地理 社会学 心理学 哲学 中国文学 西洋文学 （择二）8—12	
第三年/课程	学分
第二外国语（第二年）	8
史学方法	4
其他本系课程	8－16
政治 经济 地理 社会学 心理学 哲学 中国文学 西洋文学 （择一）4—8	
第四年/课程	学分
中国史学史	4
西洋史学史	2
其他本系课程	16－28
政治 经济 地理 社会学 心理学 哲学 中国文学 西洋文学	0—8
附说明：以本系为主系者，至少须选习本系课程 70 学分。	

从表 1-1 可以看出，历史系的学生除了修习本专业的课程外，还要选修其他专业课程以获得学分。其时清华大学历史系主任蒋廷黻极为注重西方理论与中国问题的结合，"其他人文学术大能帮助我们了解历史的复杂性，整个性，和帮助我们作综合功夫。"[①] 强调对中国本土政治、经济、社会问题的研究，同时特别强调研究历史对其他人文学科知识和方法的吸取的重要性，培养出许多讲究"新史学"研究方法的优秀学生。[②] 孙毓棠日后的研究路向也反映出这位多次提携他的长辈对他的影响。

在这样的课程设置下，孙毓棠有更多的机会与中国文学系的同学进行广泛的接触，林庚就曾与孙毓棠同班。[③] 著名的新月派诗人闻一多此时

---

① 蒋廷黻：《历史学系的概况》，《清华周刊》第 35 卷第 11/12 期合刊，1931 年。正是在蒋廷黻任系主任期间，清华大学历史系的学生课程（1929 年至 1930 年）规定，本科第二年必须在政治、经济、地理、社会学、心理学、哲学、中国文学、西洋文学等外系课程，选其中二门进行选修，第三年选修一门，第四年选修一到二门外系课程。

② 参看蒋廷黻《中国社会科学的前途》，《独立评论》1932 年 12 月 4 日第 29 号。

③ 林庚回忆："当时，在清华，我与孙毓棠是同班，关系很好。我们曾经商量，加入什么文学社团。孙毓棠要我一起加入新月，我说，我不加入新月，而要加入《现代》。后来给《现代》杂志投稿，与施蛰存认识了，我就加入了《现代》。而他加入了新月。他是历史系的，研究世界史。"孙玉石：《"相见匪遥 乐何如之"——林庚先生燕园谈诗录》，载北京大学中文系、北京大学诗歌中心编《化雨集》，人民文学出版社 2005 年版，第 52 页。

正在清华大学中文系执教，孙毓棠的新诗创作日后受到闻一多很大的影响。1932 年 11 月 1 日，孙毓棠开始在《新月》（四卷四期）上发表作品。在此之前，1931 年，孙毓棠的诗集《梦乡曲》由北平震东图书馆出版。清华大学期间，孙毓棠编辑过《清华周刊》，这是他协助编辑《南开双周》等刊物的经历的延续，他的作品也多发表于《清华周刊》。至1933 年，孙毓棠写作诗文约 50 篇，译诗约 9 首，译诗中有的是短诗合集，涉及 Matthew Arnold，Walter de la Mare，Heinrich Heine，但丁（Dante Alighieri）等诗人。

1932 年 5 月上旬，为了反对翻译界的商业投机现象，孙毓棠与曹禺、李长之、张大伦、王炳文等 15 人发起提议，编译了《清华大学编译丛书》①。1931 年"九一八事变"之后，孙毓棠、曹禺等创办《救亡日报》②。此外孙毓棠还参演了不少戏剧，1932 年，曹禺排演高尔斯华绥的《罪》，孙毓棠扮演里面的哥哥吉斯。③

1933 年，孙毓棠从清华大学毕业。5 月 26 日，清华学生会举行欢送本届毕业同学大会。④ 孙毓棠的学士论文为《中俄北京条约及其背景》，蒋廷黻鼓励他继续留校在研究所攻读学位，但因为经济上的考虑，孙毓棠最后去了天津女子师范学院工作。⑤

---

① 《举办"清华大学翻译丛书"！——诸位同学师长请注意》，《清华周刊》第 37 卷第 11 期，1932 年。

② 孙浩然回忆："我和曹禺、孙毓棠、蒋恩钿（钿），于'九一八'后，办了个《救亡日报》，像参考消息那么大篇幅，有社论、消息、杂文……我们又编又写"。田本相、刘一军编著：《苦闷的灵魂——曹禺访谈录》，江苏教育出版社 2001 年版，第 224 页。

③ 孙浩然回忆："那时清华有个不成文的传统：一二三年级都要演戏，四年级来当裁判，每年都搞。1932 年就演《最先与最后》，或称《罪》，曹禺演剧中的弟弟，孙毓棠扮演哥哥，郑秀演个女孩子；哥哥当法官，大概弟弟犯罪。这时，我就为他们搞舞台美术了"。郑秀回忆："我和孙毓棠、曹禺三个人演了《罪》，就是在同方部演的。可能现在还有，就是清华学堂和大礼堂之间的那所房子，实际上可以说诗歌小礼堂。演了七八场，反映很好，不但清华人来看，燕京的人也来看"。田本相、刘一军编著：《苦闷的灵魂——曹禺访谈录》，江苏教育出版社 2001 年版，219 页。

④ 《欢送毕业同学大会》，《园内》1933 年 5 月 20 日。

⑤ 孙毓棠在史地系任教，讲授东西交通史，"研究欧亚交通之史迹，注重中国与中亚、欧洲交通演进之经过"。河北省立女子师范学院编：《河北省立女子师范学院一览》（1934 年），第 86 页。

此时，清华大学尚未毕业的吴晗、汤象龙等组织了一个"史学研究会"，孙毓棠虽然身在天津，但也参与了这一研究会的筹办以及后续的活动。①"研究会建立后，每月集会一次，还吸引到张荫麟、杨绍震、吴铎等学者加入"。② 这一群青年史学家继续推崇多学科间互相学习启发的史学研究路径。研究会在抗战期间停止了活动，1939 年，"吴晗、张荫麟、罗尔纲、孙毓棠等人先后来到昆明，才重新开始活动"③。"史学研究会"的成员多发表文章在《中国社会经济史集刊》上，1937 年到 1944 年，孙毓棠共在上面发表了 3 篇文章。

1934 年 5 月，孙毓棠的第二部诗集《海盗船》由立达书局出版。这之前的诗作则发表在《新月》《学文》《文学季刊》《文艺月刊》《大公报・文艺》等刊物上。这本诗集共收录了 21 首短诗，是"三年来在不同的时间地点，不同的心情中所遗留下来的一些生活经验和思想经验的残片"。生活的不安与艰苦时时侵扰着诗人的心灵，因此他想"暂时作一个结束"，"在实际的生活中能找一些安定"。④

在南开上学时，孙毓棠在别人心中属于富家子弟："孙毓棠有钱，他上学时总是有汽车来接送，曹禺是人力车接送的。孙毓棠家后来就破产

---

① 1934 年 5 月 20 日，这一天是星期天，夏鼐日记载："进城开会。上午至骑河楼清华同学会，发起人十人（汤象龙、吴春晗、罗尔纲、朱庆永、谷霁光、孙毓棠、梁方仲、刘隽、罗玉东、夏鼐），除孙毓棠在津未来外，其余皆已到会，商酌会章及进行方针。下午继续讨论，至三时许始毕，定名'史学研究会'，推选汤象龙为主席，约定下月十七日再行大会，乃散会。"《夏鼐日记》卷一，华东师范大学出版社 2011 年版，第 180 页。

② 戴海斌：《清华园里的夏鼐与吴晗》，《读书》2015 年第 3 期。吴晗为编辑，谷霁光为文书。"七七"事变后，史学研究会的活动暂停。史学研究会的成员"主要来自清华大学和北平社会调查所（后更名为中央研究院社会科学研究所），都曾先后就读于清华。他们具有不同的学科背景"。王学典：《中国新史学的摇篮——为清华大学历史系创建 90 周年而作》，《清华大学学报》（哲学社会科学版）2016 年第 5 期。这"不但是一个社会经济史研究社群的集结，更是社会学、经济学、历史学在学科层面上的交汇"。"经济学者从历史学者身上学到了社会变迁的眼光，历史学者则从经济学者的身上看到了经济的动因，两者结合的结果，一种从历史发展的脉络下观察社会变迁与经济活动的研究取径就此出现。"刘龙心：《中国社会经济史研究的兴起——以学术社群为核心的观察》，中国现代学科的形成国际学术研讨会论文，复旦大学，2005 年 9 月。

③ 苏双碧、王宏志：《吴晗传》，上海人民出版社 1998 年版，第 37 页。

④ 孙毓棠：《海盗船・序》，载《海盗船》，立达书局 1934 年版。

了"①，破产之后的孙毓棠过得无比艰辛，甚至放弃了继续攻读研究生的机会。1935 年 8 月，孙毓棠在外祖父的资助下留学日本。他在东京帝国大学历史学部攻读中国古代史，后又转文学部大学院攻读文学，"自去岁入日本东京帝国大学文学部大学院研究汉魏六朝史，每日至东洋文库读书"②。为了解决经济问题，孙毓棠在学习院（Gakushuyin）教授中文以获得薪金。1937 年，曹禺率团到日本演出《日出》③，演员凤子受邀赴日参与"中华国际戏剧协进会"之公演，饰演陈白露。凤子原名封季壬，笔名封禾子，此前在上海演出《日出》就受到了好评，此番凤子来日本结识了孙毓棠，并在长期接触后相恋。

　　1935 年到 1937 年之间，孙毓棠的作品主要发表在《文学时代》《女师学院期刊》《水星》《文学杂志》与《大公报·文艺》上，作为一名学院派作家被大家认识，并发表了《宝马》等重要作品。回国之后不久，孙毓棠与凤子"1937 年下半年在南京悄悄地结为眷属"④。辗转奔波期间，孙毓棠曾在广西省立高级中学任英语、史地教员⑤，孙毓棠到昆明之

①　陆以循的回忆，见田本相、刘一军编著：《苦闷的灵魂——曹禺访谈录》，江苏教育出版社 2001 年版，第 244 页。

②　《校友来信》，《清华校友通讯》第 4 卷第 6/7 期，1937 年。

③　《〈日出〉在东京公演 特邀凤子女士赴日参与串演》，《益世报》1937 年 3 月 17 日。

④　"那时，国防艺术社邀请欧阳予倩排演阳翰笙的《前夜》，作为该社艺术指导的凤子就向欧阳予倩推荐了孙毓棠。这样，龙小姐饰演婶母郑文首，凤子饰演白青虹，孙毓棠饰演白次山，公孙昊饰演林建中。整个戏排练了近两个月，演出后在春城昆明产生了一定影响。但在排演过程中，孙毓棠与凤子婚事就基本上确定了下来。不久，凤子就和孙毓棠结了婚住到了一起。"张彦林：《凤子与诗人孙毓棠》，《新文学史料》2009 年第 1 期。也可参看张彦林《诗人孙毓棠纪事》，《文学报》2018 年 3 月 16 日。

⑤　艾芜回忆："我在湖南宁远县，偶然看报，知道作家孙毓棠在桂林省立一中教书。我和他并没有会过面，只知道他翻译外国文学作品，并写新诗。我写一封信给他，要他告诉我有关桂林的文化情形。他很快回我一封信，讲桂林有什么报纸和刊物，其中就有《救亡日报》，编副刊的是诗人林林。"艾芜：《往事杂记》，《新文学史料》1991 年第 4 期。据桂林中学的学生罗孚回忆，"孙毓棠在桂中教的是历史，但我没有上过他的课，只是见他在校园中来去匆匆，风度翩翩，很令人仰慕。""他虽然没有教过我，我却总是记得他，因为他在桂林城中的下榻之处，是我的姐夫的住所。那是大姐夫妇所买下的房子，楼上有空，就租给了他，位置在王城边上风中华路。虽是木楼，但在当时已是不错的房子了。""孙毓棠夫妇住在那里。"罗孚：《忆孙毓棠和几位老师》，《香港作家》2004 年第 5 期。此时，为了避开日本飞机的轰炸，桂林中学从桂林城西的麓君路搬到了城南六七十里外的雁山的西林公园。因年代久远，是八十年前的事，作者的回忆有些许误差，不过大体还可以做参考。

后，初在云南大学，后被"西南联大师范学院史地系所聘，除讲授中
国通史外，在联大历史系曾讲授魏晋南北朝史、中国社会经济史、汉魏
六朝风俗史等课程"①。在民国二十七年"国立云南大学教职员名录"
中，孙毓棠是作为先修班教师列入的，但他在民国二十八年一月才到校，
也就是 1939 年 1 月，对他的简介是"日本东京帝国大学文学院研究院研
究 曾住螺峰街 116 号"。② 国立云南大学、国立西南联大都设置了先修
班。这个先修班不同于预科，也不是中学，是不在正式学制之内的升学
补习学校。孙毓棠在此期间主要讲授《中国通史》。③ 在昆明，孙毓棠
与凤子度过了一段和谐美满的日子④，此时孙毓棠因诗人气质令人印象

---

① 西南联合大学北京校友会编：《国立西南联合大学校史：一九三七年至一九四六年的北
大、清华、南开》，北京大学出版社 2006 年版，第 119—122 页。

② "为了不过分降低大学入学程度又可予成绩不过低劣，堪资造就的学子以适当补习机会
起见，教育部便于二十八年春天创设大学先修班"。徐咏平编著：《到大学之路》，学生之友出版
社 1943 年版，第 114 页。

③ 同为《中国通史》，吴晗主要从制度演变方面讲，而孙毓棠则侧重经济，钱穆依据他的
《国史大纲》。"《中国通史》是大一必修课，由吴晗先生和孙毓棠先生各开一班。我们选修的是
孙毓棠教授的一班。孙先生仪表堂堂，京腔京韵，大有 '看今日天气晴和，不免郊外走走' 的京
戏小生之态。他上课，侃侃而谈，把繁复的中华五千年文明梳理得条理分明，脉络清楚，娓娓动
听，深受同学们爱戴。"张尚元、许仲钧、陈为汉：《筚吹弦诵情弥切—— 回忆西南联大和清华
的学习生活》，《文史杂志》2007 年第 6 期。

④ "他们的住处是山城圆通路一所精致旧式房子，布置得很美观，他们也不时挽着肩去静
谧的翠湖畔蹀上一阵子，谁个看见了能不羡慕地赞一句：多么美满的一对啊！"野丁：《凤子与孙
毓棠》，载杨之华编《文坛史料》，上海中华日报社 1944 年版，第 326 页。当时同在云南大学执
教的施蛰存回忆："1938 年，凤子和她的新婚夫婿孙毓棠来到昆明。他俩在云南大学附近租了三
间民房。中间是客厅。东西二间做卧室。凤子和孙毓棠住在东间，西间让给独身的王以中。吴晗
也在云南大学，我和他同住在一个宿舍。孙毓棠搬来之后，吴晗就常去他家打桥牌。每星期总有
三四个晚上。有时我也去参加。"据吴从发先生《〈忆朱自清先生〉补正》一文记载："闻一多、
杨振声、冯至、沈从文、卞之琳、李广田、施蛰存、刘惠之、迟习儒、穆木天、彭慧、李长之、
常任侠、孙福熙、李何林、王振华、吴晗、顾颉刚、雷石榆、孙毓棠、冰心、吴文藻、费孝通、
潘光旦、贺麟、陈铨、林同济、钱穆、尚锥、吴亦、冯友兰、罗常培、张佛泉、吴大猷、游国
恩、包鹭宾、罗隆基、曹禺、凤子、汪梦九等人，是 1938 年 1939 年随国立长沙临时大学（原清
华、北大、南开）东方语专、中山大学、华中大学、中央研究院等迁滇，和因广州武汉沦陷而来
昆明的。"《新文学史料》1984 年第 2 期。凤子晚年写作《迎接金婚》中回忆："我结过婚，已
离婚。离婚的丈夫是位学者。也喜好文艺。甚至上台演过戏，但性格上我们差别很 （转下页）

深刻①，而卞之琳则认为从孙毓棠的诗中能看出他"气贯长虹的风貌"②，1940年夏天，卞之琳初到昆明，在西南联大任教，与孙毓棠合住过一段时期。③孙毓棠与凤子一起参与了许多话剧活动，写剧本、客串、当舞台监督，当导演等。1945年抗战结束后二人和平分手。

　　1938年到1948年，孙毓棠的作品主要发表在《文艺新潮》《今日评论》《中央日报·平明》《大公报》《当代评论》《西洋文学》《国文月刊》《人间世》《文聚》《文丛》《生活导报》《新文学》《自由论坛（昆明）》《文学杂志》上。1939年，孙毓棠的第三本诗集《宝马》由上海文化生活出版社出版，隶属于巴金编辑的"文季社丛书"。《宝马》收录了《宝马》长诗以及36首短诗，包含了《海盗船》集中的所有诗作。

　　孙毓棠在西南联大期间参与了诸多戏剧活动，他从南开中学起就热爱戏剧，在清华大学期间与曹禺等排演《马百记》《罪》，回国之后国防艺术社邀请欧阳予倩排演阳翰笙的《前夜》，孙毓棠饰演白次山。西南联

（接上页）大。他希望有一个安定的家。他也同意我演戏，但只是'玩耍'，绝不可以'下海'。他为了要做研究工作，把自己反锁在屋里，希望我最好一天不回家。当时我年轻。抗战初期，我想参加演剧队，不甘于业余'玩耍'。到不了前线、敌后去演出，我就跑到当时抗战时期的陪都重庆。重庆聚集的影剧人员多，我参加了中国电影制片厂、中国万岁剧团。从而成为一个职业演员。两地分居多年，我们终于协议离婚了。"凤子：《迎接金婚（续）》，《上海滩》1994年第6期。

　　①　"说起孙毓棠，其威名也不过是近年来的事。照样子，也不过三十左右；一张清癯微黄的脸，两颧骨像胡桃般地隆起，头发一直像稻草似地散乱着，看起来像永没有好好地梳洗过，个子很高，但因此益发显得瘦削，一袭不合称的衣裳，上面有好几处已沾满了油污，裤管的直线也梆成一团，他走路迂缓，说话声音很轻，老像惧怕着什么似的，嘴角一天到晚都叼着一根烟蒂，头总是低着，像似沉思着什么，他给人的最初印象是孱弱和蔼，一个属于诗人典型的人。"野丁：《凤子与孙毓棠》，载杨之华编《文坛史料》，上海中华日报社1944年版，第322页。

　　②　卞之琳：《序》，载孙毓棠著，余太山编《孙毓棠诗集》，商务印书馆2013年版。

　　③　"有机缘和他（笔者注：孙毓棠）在西南联合大学一处宿舍小楼，与另二位一起，短期同住在一个大房间，直到受敌机空袭，楼毁为止。"卞之琳：《序》，载孙毓棠著，余太山编《孙毓棠诗集》，商务印书馆2013年版。

大期间，孙毓棠首先参与演出的是《祖国》①，之后演出《原野》②，导演了《权与死》③《风雪夜归人》④。此外，孙毓棠还发表了《谈中国戏剧》的演讲⑤。1938 年底，西南联合大学话剧团成立，闻一多、孙毓棠、凤子、陈铨担任导师。1939 年，昆明的"国防剧社"请曹禺过来导言《原野》，"请孙毓棠任前台主任"⑥。

---

① 1938 年 11 月 24 日，西南联大开学，戏剧爱好者们积极酝酿在校内演出宣传抗日救国的话剧，得到闻一多、孙毓棠、陈铨等的支持，并且选定了陈铨的剧本《祖国》来排演。陈铨将法国剧本《古城的怒吼》改编为多幕剧抗战话剧《祖国》，并亲自担任导演，该剧由联大剧团演出，凤子和孙毓棠在剧中各自扮演了角色，闻一多担任了该剧的舞台设计、布置和灯光等剧务。当日《益世报》整版刊出"联大剧团公演祖国专页"，主创孙毓棠、凤子、汪雨等分别撰文介绍了排练准备、演员舞台、角色体验等情形。陈铨则从剧本、导演、演员三方面介绍了筹演过程，尤对闻一多、孙毓棠的专业水准、工作热情予以高度评价，并认为从主角佩玉，到婢女小云、警察厅厅长等"小的角色"，"都经过细心的选择"和认真打磨。陈铨：《联大剧团重演祖国的经过》，《益世报》1939 年 2 月 18 日。孙毓棠"不辞劳苦的竭力地要使这出戏达到最圆满的结果。在初春的料峭的晚风里他和我们一样的总是十二点的深夜才回家去"。《致谢赞助本团的人们》，《益世报》1939 年 2 月 18 日。

② 1939 年 7 月 13 日，曹禺自重庆飞抵昆明，安顿好之后，便与闻一多、孙毓棠、凤子、吴铁翼等人商定要演出两个剧目：一个是《原野》，一个是曹禺、宋之的创作的宣传抗日的话剧《黑字二十八》（又名《全民总动员》）。演出剧目确定后，便选定演员，开始了紧张的排演。在《原野》排演中，闻一多负责舞台和服装设计，凤子饰演花金子，孙毓棠饰演常五。而《全民总动员》中凤子演主角富商的女儿玛丽，孙毓棠演小汉奸杨兴福。

③ "1940 年 8 月 10 日，沈从文、孙毓棠约集了二十多位学生，在西南联大开会欢迎 7 月间到昆明的巴金。1941 年 8 月 12 日，三民主义青年团云南支团部青年剧社演出《权与死》，由孙毓棠导演。"蒙树宏：《云南现代文学大事记初编（四）》，《楚雄师范学院学报》1993 年第 2 期。

④ 1943 年 5 月 25 日，联大中文系为欢送毕业生，在中法大学礼堂演出吴祖光的剧作《风雪夜归人》。"中国文学系主任罗常培主持，该校教授孙毓棠导演，杨振声舞台监督，闻一多舞台设计，沈从文、罗膺中顾问，全系同学参加演出，成绩甚佳，观众无不赞誉云。"《吴祖光名剧〈风雪夜归人〉联大精彩演出》，《云南日报》1943 年 5 月 26 日。此剧没有公演，也就没能造成较大的影响。

⑤ "1944 年 5 月 8 日，联大纪念'五四'的晚会由罗常培、闻一多共同主持，参加者达三千人以上，演讲者和讲题为：罗常培讲《五四前后新旧文体的辩争》，冯至讲《新文艺中诗歌的收获》，朱自清讲《新文艺中散文的收获》，孙毓棠讲《谈中国戏剧》，沈从文讲《五四以来创作小说的发展和社会的关系》，卞之琳讲《新文学和西洋文学的关系》，闻家驷讲《中国新诗与法国象征主义的关系》，李广田讲《新文艺中杂文的收获》，闻一多讲《新文艺与中国文学遗产》，杨振声讲《新文艺的前途》。这是'会串式'的讲演，每人 20 分钟。晚会举行了五小时，昆明《中央日报》刊出《月夜中畅谈新文艺》，对晚会作了详细报道。"《月夜中畅谈新文艺——记西南联大文艺晚会》，昆明《中央日报》1944 年 5 月 9/10 日。

⑥ 吴德铭：《闻一多在云南鲜为人知的往事》，《云南日报》2012 年 7 月 6 日。

抗战期间，孙毓棠从事中国古代史的教学与研究，①1945 年 8 月，经闻一多推荐，孙毓棠得到英国文化协会的资助，前往牛津皇后学院任研究员。同行者中就有陈寅恪。闻一多赠印章留念②。在此期间，孙毓棠先后担任中国出席联合国代表团社经理事会专门助理。1947 年 8 月，孙毓棠得到洛克菲勒基金会的奖学金，前往美国哈佛大学任客座研究员。1948 年 8 月，孙毓棠回国任教于清华大学。1948 年之后，孙毓棠放下了诗笔，专心于历史研究。

第二节 "三刊两社"：文学活动与诗学交往

孙毓棠 1925 年到南开中学学习，1930 年进入南开大学，同年 9 月转校到清华大学历史系二年级，从 14 岁到 19 岁，他在南开学习了五年时间。在这五年，他从一个懵懂幼子成长为办刊好手，在确定历史为专业方向的同时，更通过五年的积淀成功获得迈入中国新诗坛的门票，进入清华的第二年就出版了诗集《梦乡曲》，获得了诗坛较为热烈的回应，从此之后新诗坛就不再陌生于这个年轻的新诗人了。而在南开的这五年，可以算作孙毓棠的诗学起步期，不仅发表了许多诗文，而且参与了诸多校园刊物的编辑，在编辑过程中积累了丰富的办刊经验，为其后在《清华周刊》担任重要编辑人员奠定了基础。虽然孙毓棠参与的都是校园刊

---

① 这一时期孙毓棠发表的主要论著有《历史与文学》《汉末魏晋时代社会经济大动荡》《汉代的交通》《汉代财政》《西汉的兵制》《东汉兵制之演变》《战国秦汉时代纺织技术的进步》《中国古代社会经济论丛》《关于北宋赋役制度的几个问题》《清代的丁口记录及其调查制度》等。其中《西汉的兵制》《东汉兵制之演变》《战国秦汉时代纺织技术的进步》等至今还有着十分重要的参考价值。

② 在长 1.3 厘米，高 5 厘米的玉石印边款上刻 126 字行草："忝与毓棠为忘年交者十有余年，抗战以还，居恒相约：非抗战结束，不出国门一步。顷者强虏屈膝，胜利来晚也。而毓棠亦适牛津之邀，而果得挟胜利以远游异域。信乎！必国家有光荣而后个人乃有光荣也。承命作印，因附数言，以志欣慰之情，非徒以为惜别之纪念而已也。卅四年九月十一日，一多，于昆明之西仓坡寓庐。"

物，受众主要是学校的学生，但从校园刊物的发展可以看出一个时代的思想潮流在青少年间的涌动。从南开走出去时，孙毓棠尚未年满二十，但他的学识与眼界却非同寻常，相对而言，南开时期似乎是孙毓棠文学人生的巅峰时期，无论从校园活动还是从诗学构建来看，都有必要回顾他在这几年的经历。

一　从晨风社到《绿竹》旬刊

1925 年，孙毓棠 14 岁，母亲送他到南开中学读书。此时，南开中学的文学气氛十分浓厚，如天津绿波社就成立于 1923 年 2 月。虽然到孙毓棠入学的那年夏天，于赓虞等绿波社成员已考入燕京大学或离校，绿波社也随之转移阵地，但想必孙毓棠对此并不陌生。曹禺作为孙毓棠的好友，先于他两年进入南开中学，此后二人不仅私交甚笃，而且频频同时出现在南开各类期刊的编辑人员名单里。1926 年初，曹禺与几位同学成立了文学团体"玄背社"，孙毓棠并没有直接参与玄背社的活动，但他对玄背社也有相当程度的了解。靳以也是 1923 年进入南开中学读书，曾任《南开大学周刊》杂俎组（第七届①）和语林组（第八届②）组长。孙毓棠也一度在《南开大学周刊》文艺组担任编辑、组长。日后靳以与孙毓棠、曹禺都多有联系，1932 年，孙毓棠的《牧女之歌》等四首诗就刊于巴金、靳以主编的《文学月刊》2 卷 3 期，两年后，又有两首诗发表在靳以主编的《文学季刊》上。在南开的五年，是孙毓棠深入参与多种文学刊物的编辑、社团成立的五年。根据目前笔者找到的资料，孙毓棠主要在《晨风》《绿竹》（旬刊）《南中周刊》《南开双周》《南开大学周刊》这几个刊物上发表诗文及担任编辑。

南开学校是一所具有小学、中学、大学等组织规模相对较大的学

---

① 《南大副刊》1932 年第 12 期。
② 《南开大学半月刊》1933 年第 1 期。

校①，1921 年 1 月，"南开学校大、中学部师生合作出版新闻性周刊《南开周刊》和学术型期刊《南开季刊》。同时决定成立以姜立夫教授为首的师生组成的出版委员会，负责出版《南开周刊》"②。1923 年之后，南开中学的文学社团逐渐成立，课外学生团体众多，除青年会、摄影研究会外，还有晨风社、文学会、绿竹社、玄背社、碧潮社、旭光社等，这些社团都有自己的发表园地，比如晨风社的《晨风》（1925 年 6 月出版），文学会的《文学》（半月刊，1924 年 6 月 1 日出版，1925 年 5 月改为《文学》旬刊），玄背社的《玄背》（1926 年创办），碧潮社的《碧潮》，旭光社的《旭光半月刊》等。1926 年 3 月，《文学》旬刊与《晨风》合并出刊，即《绿竹》（旬刊），从这期开始，孙毓棠连续有多篇文章在《绿竹》（旬刊）上发表，而常在上面发表文章的还有教师胡候楚、张弓、陈醴泉等。中学部还有一份重要刊物，就是学生会出版部主办的《南中周刊》，之后更名为《南开双周》。大学部则有《南开大学周刊》《南开大学季刊》等。

《南中周刊》1926 年第 1 期上"校闻"栏目有一则关于"文学会"的消息："该会之《文学》半月刊，闻已与晨风社出版之《晨风》合并出版，以节经费；负责编辑闻系姜希节孙毓棠数君云。"③ 这则消息似乎说明孙毓棠是文学会或晨风社的成员，据笔者查证，姜希节是文学会出版股的职员，那么孙毓棠应该就是晨风社成员，二人分别代表两个社团一起编辑《绿竹》（旬刊）。文学会成立于 1925 年 5 月 4 日，6 月 1 日出版了第一期《文学半月刊》，"销路甚畅"④，1925 年春季学期开始，文学会的成员"焕然一新"⑤，从第 8 期开始，《文学半月刊》改为《文学旬

---

① 大学部、中学部，1923 年创设女中部，1928 年增设小学部。
② 崔国良、张世甲主编：《南开新闻出版史料（1909—1999）》，南开大学出版社 1999 年版，第 2 页。
③ 《南中周刊》1926 年第 1 期。
④ 《南开周刊·南开学校 20 周年纪念号》1924 年 10 月 17 日。
⑤ 《南开周刊》1925 年第 115 期。

刊》，1925 年 10 月 17 日，万家宝和申重志被选为总务股委员①，此时孙
毓棠刚进校不久。晨风社则成立于 1925 年 4 月 21 日，6 月"本社出版部
定于本期出创刊号一期，下期继续出版，特此致闻"②，孙毓棠是 1925 年
入校的，应该他入校不久就加入了晨风社。查阅晨风社的刊物《晨风》
（笔者只找到第 2、3 两期，保存于北京大学图书馆），第 2 期于 1925 年
12 月 1 日出版，第 3 期于 1925 年 12 月 16 日出版。在第 3 期上有一篇署
名为"棠"的小说《飘零的残叶》，当是第 4 期或更后几期还有一篇《飘
零的残叶》（续），从小说内容看不出与孙毓棠本人生活经历的重合之处，
但孙毓棠日后在多处自称"棠"，因此这极有可能是孙毓棠的作品，因为
暂时没有其他材料可以佐证，不能完全确定。

《南中周刊》几乎同步刊登了《绿竹》（旬刊）的目录，第 1 期"介
绍书报"栏目"介绍绿竹旬刊"："《绿竹》是我校惟一的文艺刊物。她
是文学会的文学半月刊及晨风社的晨风化合的。内容颇为精彩丰富"③，
所载第一期目录中有孙毓棠《元宵节》一文，这篇文章目前可以确定为
是孙毓棠的第一篇作品。

接下来，第 2 期《南中周刊》载《绿竹》第 2 期目录（4 月 5 日出
版），有孙毓棠《心的彷徨》一诗；《南中周刊》第 3 期载《绿竹》（旬
刊）第 3 期（4 月 15 日出版）目录，有孙毓棠的随笔《夏雨》④；《南中
周刊》第 4 期载《绿竹》（旬刊）第 4 期（4 月 25 日出版）目录，有孙
毓棠《小表妹的几页日记》⑤ 一篇。

《南中周刊》第 5 期有一则"绿竹编辑部启"的启事，为《绿竹旬刊
征文启事》⑥：

---

① 《南开周刊》1925 年第 8 期。
② 《南开周刊》1925 年第 125 期。
③ 《南中周刊》1926 年第 1 期。
④ 《南中周刊》1926 年第 3 期。
⑤ 《南中周刊》1926 年第 4 期。
⑥ 《南中周刊》1926 年第 5 期。

在五月九日及四月二十一日是文学会和晨风社的生日——一个（文学）两岁，一个（晨风）一岁。

　　我们在这当儿，想替她们姊妹俩过个生日。除了另有表示外，决以《绿竹》第六期作为纪念增刊。想来我们这个"不必又似乎可以"的计划，一定能得到她们旧交新识的朋友们的同情。那末，就请朋友们来实力赞助——多赐大作。

　　征文的内容，无论是论文，诗歌，小说，翻译都一律欢迎。

　　赐稿务请于五月七日以前交本校童家骥君或孙毓棠君收。①

　　《南中周刊》第7期"介绍书报"栏刊登了《绿竹》（旬刊）（第6期纪念号）目录，其中孙毓棠有《讬春风吹去》一篇，"诗"栏目显示有尹衣、孙毓棠、桐华的诗，可惜笔者没有找到这一期《绿竹》（旬刊），无法确知这首诗的题目及内容。

　　以上就是《南中周刊》第1—7期所载关于《绿竹》（旬刊）的消息，有较为完整的《绿竹》（旬刊）第1、2、3、4、5、6期目录，在这几期中除了第5期，孙毓棠皆有文章发表，而《绿竹》（旬刊）之后的办刊情况则没有继续在《南中周刊》上同步。

　　笔者能够找到的《绿竹》（旬刊）原刊只有第2、3、7三期（保存于北京大学图书馆，封面署"天津南开学校文学会晨风社"。）因此现在除了发表于第2期上的《心的彷徨》，第3期上的《夏雨》，另外几篇诗文的内容与形式暂时还不得知。《心的彷徨》是一首诗，《夏雨》则是一篇随笔。《绿竹》（旬刊）出到第7期之后就停刊了，第7期出版于1926年6月10日，封面的《启事》中说：

---

① 《南开周刊》1926年第5期。

我们只知道本着练习发表能力——并不拿它当作饭碗——组织这个刊物；同时学校为提倡学生对于文学和发表之兴趣起见，特于每学期都津贴些钱：所以我们就大胆地把刊物的卖价落到只抵得成本的二分之一。但是不幸呵，不幸因为我们"不自量力"地把第六期充作什么纪念号，而在那上面又登了些不顺眼的文章——"宣传淫化""大逆不道"——于是这小小的《绿竹》亦就和《结婚的爱》之类同列为应禁的淫书了，没收了；而经济局促的学校底津贴亦就因此而停止了——这是宽宏大量的学校当局底"从宽处罚"议决案，我们当然不能反对的，这刊物就只得因此而停版了！

因此《绿竹》（旬刊）实际上只出了 7 期，孙毓棠在这份刊物上发表的诗文列举如下：

1. 《元宵节》，《绿竹》（旬刊），1926 年第 1 期。
2. 《心的彷徨》，《绿竹》（旬刊），1926 年第 2 期。
3. 《夏雨》，《绿竹》（旬刊），1926 年第 3 期。
4. 《小表妹的几页日记》，《绿竹》（旬刊），1926 年第 4 期。
5. 《托春风吹去》，《绿竹》（旬刊），1926 年第 6 期。（本期还有诗一首，未查到诗名）

《心的彷徨》是一首形式颇为讲究的诗歌，但孙毓棠这一时期诗的格式都比较类似，分为几个行数比较均匀的段落，在每一段的开始或结束都有重复的词语或句子前后照应。《夏雨》则是一篇随笔，写于 1926 年 2 月 4 日，回忆四五年前六月底的一个下雨天，书塾先生不来上课，五弟、八弟、六妹捧了几本《儿童世界》、儿童教育书、童话等在游廊同坐读书，久读无聊之后一起剪纸船、吹胰泡的经过。孙毓棠将天色的变化与弟妹们的游戏写得栩栩如生，感叹儿童时游戏的兴味"甜蜜而迷茫"，而入学校以后，忙着课内的功课，再也没有同样的心情了，"可惜童年一瞬，渺如轻烟，急如逝波，不能返老还童，多沉醉几年!"①《儿童世界》1923 年第 4 卷第 6 期《爱读本刊者照片》就刊登了孙毓棠与孙毓菜两兄弟的照片，下面介绍孙毓棠"年十三岁江苏无锡人"，孙毓菜"年十一岁江苏无锡人"，而《夏雨》一篇回忆的则是五六年前，也即孙毓棠八九岁时的事情，说明孙家兄弟姐妹从小就爱看《儿童世界》。

二 文坛新星与鼎盛时期的《南中周刊》

在孙毓棠进校的 1925 年之前，南开校内的刊物还比较混杂，既有大学部办的刊物，也有中学部办的刊物。《南开周刊》是大、中学部合刊的，1924 年出版第 1 卷第 1 期，同年还发行了《南中半月刊》，1925 年孙毓棠入学的这一年又出版了《南中旬刊》，从 1925 年开始，"校中特设出版部，聘请专员，负责整理本校周刊，内容为之一新，精神焕然陡振"②。孙毓棠刚进校却恰好碰上了校内刊物的整顿革新，或许就是在这个风潮的影响之下，孙毓棠也积极地参与其中，加入晨风社，参与编辑《晨风》《绿竹》（旬刊）等。翻过年的 1926 年，为了彻底改变刊物混杂的状况，学生会将几种刊物合而为一，出版了《南中周刊》：

> 去岁本校刊行《南开周刊》，为大中两部共有之出版物；然大学部学生会复发行《南大周刊》，性质与内容与《南开周刊》无异，故该刊虽名为全校共有之刊物，则以中学部为主体。未几中学部学生会成立，又发行《南中旬刊》，性质亦与《南开周刊》大同而小异。二同性质之出版物，同时并行于校，于全体精神，及校中经济，均感不便。于是由学生会提出二刊合并案，向学校商榷进行；旋得允

---

① 孙毓棠：《夏雨》，《绿竹》（旬刊）1926 年第 3 期。
② 《发刊序言》，《南中周刊》1926 年第 1 期。

准，遂由师生合组出版委员会，继续进行。故谓本刊继《南中旬刊》而出版固可，即谓之续《南开周刊》而出版亦无不可，总之南中师生全体之共有刊物则一而已。①

这之前，在《南中周刊》上发表文章被视为与学校名誉息息相关，因此学生的文字很少登载，长久以往，"以南中如是之大，而并无一全体交换意见之公共刊物，诚属耻事；然满纸尽载名流陈旧不朽之作，而于本校学生之文字，则淡然视之，以减杀其创作冲动，束缚其发表能力"，这"恐亦非取名扬声之正道"，② 在这样的情况下，从1926年第1期《南中周刊》开始，特地开设了几个新的栏目，如"小同学的园地"就专门刊登童话笑话一类，以引起读者的兴趣，加强师生之间的联系。转变办刊思路之后，学生的作品开始刊登，学生对刊物的兴趣也大大增加。

1926年，孙毓棠发表与编辑的阵地逐渐从《绿竹》（旬刊）这个专门的文学社团刊物转到刊登范围更广、受众面更大的《南中周刊》，后来又转到《南开双周》及《南开大学周刊》。而就在孙毓棠积极参加学校的社团活动的1926年，他的家庭遭遇了重大变故，这一年他的母亲去世，父亲另娶，紧接着父子失和，家里经济状况急转直下，他不得不离家寄宿于学校。幸运的是，南开中学校长张伯苓与他的母亲是好友，收留了孙毓棠。张伯苓是南开大学最重要的灵魂人物，他在20世纪初远赴欧美考察西方教育回来之后，在1909年"组织学生表演西方形式的戏剧的同时，又组织学生创办报刊"③。可想而知，孙毓棠一定有机会面见张伯苓先生，并深受其影响和鼓励，因此他在学校里积极参与文学社团、编辑

---

① 《发刊序言》，《南中周刊》1926年第1期。
② 《发刊序言》，《南中周刊》1926年第1期。
③ 崔国良、张世甲主编：《南开新闻出版史料（1909—1999）》，南开大学出版社1999年版，第5页。

刊物的同时，也对戏剧活动热爱不止，与曹禺、孙浩然等建立了非常紧密的朋友关系。①

1926 年 5 月 3 日《南中周刊》载学生会的"临时执行委员会""出版股"职员名单中，孙毓棠成为 13 名股员之一，在此之前，学生会的出版股一直未有明确人员名单。从第 5 期开始，孙毓棠正式进入《南中周刊》的出版团体，但他并没有立即退出《绿竹》（旬刊）的编辑，同期《南中周刊》所载"绿竹旬刊征文启事"的消息中，孙毓棠仍然在为《绿竹》（旬刊）组稿。

查阅《南中周刊》的编辑职员表，1926 年第 5 期载孙毓棠为"文艺"栏职员②，其时"文艺"栏主任是陈醴泉先生，职员为两名学生，即孙毓棠与邢桐华，这一编辑阵容持续到第 10 期；1926 年第 11 期上的职员表上"文艺股"下设孙毓棠一人③；第 12—19 期新的出版委员会成立，"文艺股"主任变为邵存民；而从第 20 期起，"文艺"栏负责人又变为孙毓棠、邵存民二人④。可以看出，除了第 12—19 期之外，在《南中周刊》两年的办刊历史中，孙毓棠几乎一直担任"文艺"栏的编辑，前期由教师主导，后期逐渐变为孙毓棠、邵存民等学生主导。《南中周刊》更名为《南开双周》之后，从 1928 年 2 月 19 日到 5 月 14 日，即从 2 卷 1 期到 2 卷 5 期，孙毓棠、张檗铭（先生）⑤ 担任《南开双周》出版委员会"诗"栏目负责人⑥，这也从侧面证明孙毓棠在新诗上用力日勤并逐渐成为了能够独当一面的新诗栏目负责人。

此外，孙毓棠参与编辑的刊物还有《南中周刊·临时增刊》《南开大

---

①　据《曹禺年谱长编》记载，1923 年 9 月，曹禺升入高三，"结识同学陆以洪、陆以循兄弟和孙毓棠等人，与他们成为好朋友"。田本相、阿鹰编著：《曹禺年谱长编》，上海交通大学出版社 2017 年版，第 38 页。不过这里或许有误，因为 1923 年孙毓棠还没有进入南开中学读书。

②　《南中周刊》1926 年第 5 期。

③　《南中周刊》1926 年第 11 期。

④　《南中周刊》1927 年第 20 期。

⑤　张檗铭、胡侯楚、陈醴泉三位先生都是 1925 年春季学期加入文学会的。

⑥　《南开双周》第 1 卷第 1 期，1928 年。"剧"栏目负责人是张联沛、万家宝。

学周刊》等。《南中周刊·临时增刊》（1927 年 9 月 12 日到 12 月 12 日，即第 31—37 期）"文艺"栏负责人是孙毓棠、张联沛。①《南中周刊·临时增刊》于 1927 年 9 月 6 日出版第 1 号，"本刊每期专登关于新南中的讲演记录及同类的记载"②，格式与形式都与《南中周刊》一样。从 1928 年 10 月到 1928 年 11 月 25 日，即从《南开大学周刊》63 到 66 期，孙毓棠担任编辑部"文艺组"组员③；从 1928 年 12 月 15 日到 1929 年 3 月 27 日，即从第 67 期到 71 期，孙毓棠担任编辑部"文艺组"特约撰稿员④；从 1929 年 11 月 26 日到 1930 年 2 月 25 日，即 72 期到 79 期，孙毓棠担任编辑部"文艺组"组长⑤。在他担任"文艺组组长"期间，文艺组其他成员是贾问津、梁家椿、万家宝、颜毓蘅、张羽。因为《南开大学周刊》是南开大学出版社出版的，故也可以称他们为出版社的职员。

为了更清楚地展示孙毓棠在南开期间的编辑经历，下面附一个简单的表格：

表 1 - 2 孙毓棠在南开期间的编辑经历

刊物	时间	职务
《晨风》	1925—1926. 3	编辑
《绿竹》（旬刊）	1926. 3—1926. 5 （1—6 期）	编辑
《南中周刊》	1926. 5. 3—1926. 10. 7 （5—10 期）	出版委员会"文艺"栏编辑
《南中周刊》	1926. 11. 10 （11 期）	"临时出版委员会"成员

---

① 《南中周刊·临时增刊》1927 年 9 月 12 日第 2 号。
② 《南中周刊·临时增刊》1927 年 9 月 6 日第 1 号。
③ 参考《南开大学周刊》1928 年第 63—68 期每期后面的职员表。
④ 参考《南开大学周刊》1928 年第 67—1929 年第 71 期每期后面的职员表。
⑤ 参考《南开大学周刊》1929 年第 72—77 期每期后面的职员表。

续表

刊物	时间	职务
《南中周刊》	1927.4.18—1927.9.26 (20—29期)	出版股"文艺"栏编辑
《南中周刊·临时增刊》	1927.9.12—1927.12.12	"文艺"栏负责人
《碧潮》	1926.5—	编辑
《南开双周》	1928.2.19—1928.5.14 (1—5期)	出版委员会"诗"栏目编辑
《南开大学周刊》	1928.10—1928.11.25 (63—66期)	南开大学周刊学术出版部"文艺组"组员
《南开大学周刊》	1928.12.14—1929.3.27 (67—71期)	南大学生会出版编辑部"文艺组"特约撰稿员
《南开大学周刊》	1929.11.26—1930.2.25① (72—79期)	南大学生会出版编辑部"文艺组"组长

虽然孙毓棠从 1926 年 5 月 3 日就加入了《南中周刊》（第 5 期）文艺栏的编辑组，但是直到 1926 年 5 月 23 日他才在《南中周刊》（1926 年第 9 期）上发表了第一篇文章，这篇文章的格式很特别，一共分为四个部分，第一个部分是散文，后面三个部分均为新诗，所以这篇题为《寸红轩消暑录》的文章不能看作一个整篇，而应该是四篇作品的合集，其中《琴声》是散文，《离乡》《花影春风》《午天游墙子河堤偶成》是三首诗歌，这是孙毓棠第三次公开发表诗歌（第一次是刊于《绿竹》（旬刊）上的《心的彷徨》，第二次是刊于第 6 期《绿竹》（旬刊）上的诗《讬春风吹去》）。

第九期刊载的另外一则消息引人注目，乃是《碧潮社成立消息》：

---

① 81 期组长换为万家宝。

碧潮社系以研究文学为宗旨的团体。发起人为旧文学会会员童家骥，邢桐华，晨风社社员孙毓棠，曾用修及新加入同学邵存民，许邦和等六人。开学伊始，即屡经开会筹备，现已完全成立，并出广告征友矣。该会工作闻系侧重研究方面；发表方面则拟出不定期刊物一种，用为工作成绩之记载云。①

碧潮社在成立宣言中开宗明义："以研究文学为宗旨"，"侧重研究"说明了六位成员共同的旨趣和追求。而一个社团"屡经开会筹备"，最终正式"广告征友"，这一系列流程只有6名学生自主活动，一方面说明南开中学鼓励自由文学社团的兴起，另一方面也从他们一再强调的"研究"中看出了相比于同年龄文学青年更高层次的追求和文学理想。远在十年之后，叶公超还在呼吁："我相信国内现在最缺乏的，不是浪漫主义，不是写实主义，不是象征主义，而是这种分析文学作品的理论。"② 也正可说明这群年轻的、拥有极高文学理想的青年们的前瞻性。孙毓棠与邵存民二人此后合作编辑《南中周刊》"文艺栏"长达半年多时间，可以说是在"发表方面"集中贯彻了他们与碧潮社成员的文艺主张。

《南中周刊》第10期载《碧潮社的消息》事关《南中周刊》接下来文艺栏的编辑，消息称：

近因学生会出版股接收办理《南中周刊》，关于文艺一栏，需要该社社员多人帮忙，而该社亦因经济上感觉困难，不易使碧潮如期出版，于是遂互相商定，《南中周刊》之文艺栏自第十一期起至本学期止由碧潮社编辑，同学等可照常投稿。于学期终此文艺栏之合订本即名为《碧潮》。

该社本拟不选职员，会务由社员共同担任，嗣以无专人负责，

---

① 《碧潮社成立消息》，《南中周刊》1926年第9期。
② 叶公超：《曹葆华译〈科学与诗〉序》，载《科学与诗》，商务印书馆1937年版。

究属不便，已于开首次大会时选举，结果邵存民和童家骥二君当选为干事，孙毓棠君被选作出席《南中周刊》编辑会议之代表云。①

紧接着在"学生会出版股编辑科第一次常会"，即上面消息中所言的《南中周刊》编辑会议中，决定"文艺栏由碧潮社主编"②，孙毓棠则当选为"编辑科书记"，另外一名书记是杨璧，同时孙毓棠还当选为"文艺栏主任"。

这一事件的起因是由于秋季学期初始，学生会出版股成员要进行改组，学生会的出版股是以半学期为期限进行改选的，第 9、10 期是学期初的两期，仍然由旧职员编辑，第 9 期《南中周刊》上"启事一"言："敬启者出版委员会，于本月十六日下午开会议决，在学生会出版股职员未选出以前，暂由本会旧职员负责发行，兹鄙人等遵照议决案负责发行本学期第一二两期（即第九十期）周刊，自第三期（即第十一期）起即改由新职员负责进行"③，并随后录上一份"同启"名单 11 人，因此在新的职员选出以前，还是由孙毓棠等旧职员编辑。

事实上，不管出版委员会如何变化，孙毓棠一直都没有离开过周刊的文艺栏。第 7、8、9 期出版股主任是陈醴泉先生，此外是邢桐华与孙毓棠两人，第 10 期却变成了孙毓棠一个人。按理说，从第 11 期开始，就应该由新出版职员接手。但由于下一届还没有选出，第 11 期的出版日期遭到延后一度停顿，学校为使刊物继续发行，组成了"临时出版委员会"，准备等到新出版股组织完成后，再专人负责《南中周刊》，届时这个"临时出版委员会"就会自行解散。

此时碧潮社被委托主编周刊的文艺栏，所以孙毓棠作为碧潮社社员又顺其自然地成为"临时出版委员会"的成员之一。在第 10 期与第 11

---

① 《碧潮社的消息》，《南中周刊》1926 年第 10 期。
② 《南中周刊》1926 年第 10 期。
③ 《启事一》，《南中周刊》1926 年第 9 期。

期之间还出版了《南开学校二十二周年纪念号》，第 11 期就由"临时出版委员会"编辑，从这一期刊发的孙毓棠写作的两文看来，可能他才是主要负责人，而第 11 期上的职员表上"文艺股"下确实只有孙毓棠一人①。

第 11 期所载孙毓棠《文艺杂谈·引言》一文呼吁同学们日后多投"文学批评"相关的稿件给周刊"文艺"栏，孙毓棠在文中说："纯文艺的作品太多了，未免觉得寂寞，所以我在此提倡关于文艺的杂谈的文章"，并且随之列出了六则撰写文艺批评的好处，即："锻炼逻辑的思想""使我们对于文章具有清晰之概念""使我们对于文学增加兴趣""使我们对于研究文学持一种科学之态度""使我们可以得笔端上的互相研究及交换知识的利益""使我们将平日对于文学的杂乱的概念整理出一个系统来"②。其中孙毓棠在"锻炼逻辑的思想"一则后补充："我们知道作论文以文艺批评的论文为最难，本栏虽不是篇篇都要文艺批评的文章，但大部分都是属于这类"③，更清晰地表达了文艺栏的稿件需求。

另外一篇《莎绿美（salome）的译文》是孙毓棠"为引起全校同学对于《文艺杂谈》的兴味起见"所作的"一场开场戏"④，主要谈戏剧的翻译问题。文章认为，文艺作品的主要成分是"音乐性与图画性"，正因如此，"诗是根本不可能译的"，"富于小说性的戏剧容易译而富于诗性的戏剧难译"。原因是诗性戏剧"感情是猖獗的，主观的，灵的东西，多半是浪漫主义与新浪漫主义作品"，"其难译之点则在于音乐性及灵的舒畅"，小说和戏剧可译，也要选择"音乐性"成分很少的小说和戏剧来翻译。所以针对于《莎绿美》这篇诗性戏剧，孙毓棠认为目前可见的译本都还很不足，呼吁有能力的人去读法文或英文版本。这篇文章虽短，见

① 《南中周刊》1926 年第 11 期。
② 孙毓棠：《文艺杂谈》，《南中周刊》1926 年第 11 期。
③ 孙毓棠：《文艺杂谈》，《南中周刊》1926 年第 11 期。
④ 孙毓棠：《莎绿美（salome）的译文》，《南中周刊》1926 年第 11 期。

解却很深刻，以《莎绿美》为例条分缕析地表达了他对翻译的意见，观点突出、逻辑顺畅，完全可以成为他自己所呼吁的"文艺"栏目文学批评稿件的范本。不过他仍自谦"我对于文学本是门外汉，或者所说的竟是完全错误的话，或可笑的话"①。总体观之，他欲以周刊中的"文艺"栏目为阵地施展自身及其他碧潮社成员的文艺理想。

1926 年 11 月 23 日《民国日报》的"评林"板块上，也发表了同名消息：

> 《莎绿美》原文是法文，作者的朋友洛克译为英文。在中国有三种译本：一种是商务的英文本中附带着（英汉文对照莎绿美）桂裕及徐名骥合译。一种是中华书局出版，田汉译。一种是上海艺专教授徐葆炎所译，现在尚未出版。

孙毓棠文章得到了《民国日报》的关注，也从侧面说明孙毓棠对《莎绿美》及其在中国的翻译情况非常了解。仅从《南中周刊》上的这篇短文，我们已经可以看出 15 岁的孙毓棠下笔颇为老到，此时他已开始阅读英文原著，而且详细读过易卜生的《娜拉》《群鬼》，小仲马的《茶花女》，泰戈尔的《飞鸟集》等西方文学作品，广泛接触了"浪漫主义"与"新浪漫主义"的作家作品。

但可惜的是，仅仅出版了 1 期之后，学生会出版股内部改组完成，学生会新出版股组织完成。从第 12 期开始，新出版股"负责本刊一切事宜"②，文艺栏主任变更为邵存民，负责人还有张弓先生、吴鸿举③二人，而"临时出版委员会"则顺势宣告解散④。而幸运的则是，选上去的文艺

---

① 孙毓棠：《莎绿美（salome）的译文》，《南中周刊》1926 年第 11 期。
② 《学生会出版股启事一》，《南中周刊》1926 年第 12 期。
③ 《周刊委员》表，见《南中周刊》1926 年第 12 期封底。
④ 《临时出版委员会启事一》，《南中周刊》1926 年第 11 期。

栏负责人邵存民其实也是碧潮社社员，也曾是"临时出版委员会"成员之一，孙毓棠对"文艺杂谈"的设想也能得到继续。第 13 期刊发的震荪《文艺的寻味》《读了茶花女以后》两文显然就属于"文艺杂谈"的范围。

最能反映孙毓棠、邵存民二人合作主持《南中周刊》文艺栏的两个事件，一是刊于第 16 期孙毓棠的一篇散文诗《漂泊在粉色的烟波里》及其后邵存民的评论《写在〈漂泊在粉色的烟波里〉的后面的话（一）》；二是从第 20 期到 29 期，孙毓棠又与邵存民一起全权负责周刊文艺栏的编辑，第 29 期上《这半年的文艺栏》一文署名"编者"，应是孙毓棠与邵存民二人的意思，由邵存民执笔的。

《漂泊在粉色的烟波里》是一首被邵存民称为"散文诗"的篇章，一共四段，每段结尾均为"我的魂灵儿！归来！归来！"，全篇语言富丽，充满青春伤逝的浪漫情调。邵存民评价此文在"细密的辞句，铿锵的音节"中包含着"不少的人生妙理"，将此文看作一篇关于"人生与爱情"的抒情诗，分析孙毓棠是"在爱之园里游历过"又走出园门的人，从这篇诗里看出"他对于过去的黄金的梦的两种心情"，即"依依未能忘情"和"对于人生感到虚无和渺茫"，但作者在结尾又举起了"一盏新灯"，邵存民总结："作者这篇诗，便是他要走上新的大路的宣言"。① 孙毓棠这篇散文诗与邵存民紧随其后的批评文章共同构成了《南中周刊》文艺栏的崭新风景，在此之前并没有类似版式编排，无论是散文诗还是其后的评论都不是随意为之，尤其是邵存民的评论，既有严密的分析，也有个人情感体会。

从第 20 期开始到第 29 期，孙毓棠、邵存民二人成为文艺栏下面唯一的两名编辑②。第 21 期文艺栏刊有孙毓棠《闲谈几句》一文，这是一篇

---

① 邵存民：《写在〈漂泊在粉色的烟波里〉的后面的话（一）》，《南中周刊》1927 年第 16 期。

② 参看第 20—29 期封底《学生会出版股职员》表。

写于 1927 年 4 月 9 日晚上的文章，周刊的文艺栏一直收不到好的文章，在"灰心到极点"的状态下他呼吁同学们多写多投，而且急切需要"真的诗""成熟的小说"：

今年的文艺栏我们已拟定分成三大部：第一部是纯文学作品，大概这一部之中不乏稿件，但我们今年不似往年的糊涂，须加以严重的选择，我们所须要的不是些风花雪月无病呻吟或是从来没有一些涵养的幼稚的东西，我们所须要的是真的成熟的文学作品。我们宁可文艺栏一篇稿件没有，我们决不将无些许价值的东西去充篇幅。第二部是文学批评及文学原理。我们觉得这一部分的文章比前一部还要重要，因为这是带有辩论性和述理性的文字，对于我们同学的智识都有直接的关系，并极容易引起同学们的兴趣。但就以前观，周刊对于这一类的文字太缺乏了。去年曾经一度地提倡，但没有一些回答。今年我们对于这一部最为注重且极其欢迎这一类的稿件。第三部是文学常识和文学书籍的介绍，这一部完全为同学诸君的智识而设立。①

以此观之，孙毓棠与邵存民坚定想法要改变周刊文艺栏的现状——"要干就干得好好的"②，不仅提高了对稿件自身质量的要求，而且尤其注重文艺批评、杂谈部分。那么接下来的 22—29 期文艺栏究竟是什么情况呢？在第 29 期上《这半年的文艺栏》一文中，邵存民写道："所可惜的，就是周刊的篇幅太少了。别栏的稿件一拥挤，本栏便时时要受限制。结果弄得：不仅我们的新计划不曾施行，就是现有的稿件，作者很热心地投来，恨不得早些看见印出，往往被压下来，直过许多时候才得发表。"③

① 孙毓棠：《闲谈几句》，《南中周刊》1927 年第 21 期。
② 编者：《这半年的文艺栏》，《南中周刊》1927 年第 29 期。
③ 编者：《这半年的文艺栏》，《南中周刊》1927 年第 29 期。

看来，孙毓棠和邵存民的办刊理想并没有顺利实现。第 29 期是孙毓棠与邵存民合作编辑文艺栏的最后一期，《这半年的文艺栏》一文有总结工作、并对后续编者提出希望的意思。至此，孙毓棠在《南中周刊》上的编辑生涯也行将结束。

碧潮社并不是孙毓棠参与发起的唯一文学社团，1938 年，孙毓棠在桂林参与组织五月文社，出版《五月》半月刊（1938 年 5 月 1 日创刊）。主要撰稿人有孙毓棠、黄风、司徒华等人。1938 年 5 月 16 日出版，第 1 卷第 2 期，目录中有孙毓棠论文《新诗的形式》一篇。1938 年 6 月 1 日出版的第 1 卷第 3 期仍然有《新诗的形式》一文。①

此外，孙毓棠在南开期间还参与成立了"史地研究会"，发起人 13 人，也有孙毓棠所在班级的辅导员雷法章先生。《史地研究会成立宣言》中言："我们感觉到课内求史地常识时间之不足，有感觉到史地常识关系人生的重要；我们知道史地学会在南开是必须的了。"② 从晨风社到绿竹社，再到碧潮社、史地研究会，从《晨风》到《绿竹》（旬刊），再到《南中周刊》《南开双周》《南开大学周刊》，孙毓棠在南开大学期间参与了五种校园刊物的编辑，发起成立了两个社团。这些经历都为其创作与交流积累了丰富的经验，在写作上，随笔散文、诗歌、翻译、文艺杂谈等都有涉猎，每个维度都有其特色；在刊物编辑过程中吸收了丰富的知识，对同时代同龄人的创作有更深的体会，而这些都为他日后自身诗论体系的建设打下了坚实的基础。

三　孙毓棠与校园刊物的离合

孙毓棠 1930 年 9 月进入清华大学历史系二年级插班读书，此时历史

---

① 参考龙谦、胡庆嘉编著《桂林文史资料》第 38 辑，漓江出版社 1999 年版。此书中将孙毓棠之名误为"孙玉棠"，因笔者多方查找但没有找到更多资料，因此关于五月文社事还须进一步考证。

② 《史地研究会成立宣言》，《南中周刊》1926 年第 14 期。

学系也在文学院，文学院还有中国文学系、哲学系、外国语文系、社会人类学系。1931 年到 1932 年，孙毓棠的诗作和译作主要发表在《清华周刊》上。《清华周刊》由清华大学清华周刊社编辑，清华学校出版，属于文理综合性刊物，主要栏目有新闻、杂俎、校闻、校评、特别通讯、译丛、文苑、小说、诗等。据学者研究，相比 1927—1931 年旧诗占据鳌头的情况，1932 年到 1933 年期间《清华周刊》上发表的新诗数量激增。[①]《清华周刊》在编辑同仁心目中是"一个学生自治团体主办的周刊"[②]，到 1931 年，已经有 18 年办刊历史。在孙毓棠进校之前，闻一多、朱湘等人已经以《清华周刊》为阵地发表了许多关于新诗格律化的新解，批判新诗的散文化和自由化，鼓吹格律体，这样的文学背景势必对稍后进入清华学校的孙毓棠等年轻新诗人产生影响。孙毓棠在《清华周刊》担任的编辑职务与时间列表如下：

表 1 - 3　　　　孙毓棠在《清华周刊》担任的编辑职务与时间

刊名	卷期	编辑职务
《清华周刊》	34 卷 4 期—34 卷 10 期	出版科编辑部编辑
	35 卷 1 期—35 卷 11/12 期合刊	出版科编辑部学术组主任
	36 卷 1 期—39 卷 11/12 期合刊	出版科编辑部编辑

从第 34 卷第 4 期开始，孙毓棠进入出版科编辑部，编辑中还有之前常在《南中周刊》上见到的潘如澍、郝御风、万家宝等人。从第 35 卷第 1 期（1931 年 2 月 28 日）起开始担任《清华周刊》的学术组主任，下面还有 8 位编辑，此时除了"学术主任"，还有"言论主任""文艺主任""英文主任""新闻主任""语林主任"，每名主任下面至少设 5 名编辑，

　　① 江泉：《复古与探新——〈清华周刊〉1916—1933 年诗歌研究》，硕士学位论文，福建师范大学，2015 年，第 8 页。
　　② 《卷头语》，《清华周刊》第 36 卷第 1 期，1931 年。

文艺组最多，连主任一起有 10 人。也是从这一期开始，《清华周刊》经历了较大的改版，之前的所有文字是从右至左竖体排列，之后统一变为从左至右横体排列。

在改版前的第 34 卷第 10 期上，竹叶发表了《关于周刊的一点意见》，他提到"本校周刊，为全校师生及同学出版共同刊物，欲求完善，非群策群力无以济事。乃历年以来，办理者每苦棘手。一因意见之纷繁，二为稿件之缺乏。教授文字概深藏高阁，同学复惜墨如珍。"① 而这种对《清华周刊》办刊难的"抱怨"其实早有端倪，早在一年前，北风在《我们在一味夸耀之前需平心静气的想一想自己的短处》② 一文中就提到过罗家伦曾要停办《清华周刊》，这其实是整个社会中学校社团趋于萎靡的潮流中《清华周刊》随之产生的波折。编者们似乎按捺不住内心的失望而针对学校、教师、学生都发出了"指责"："关于周刊，许多人似乎把《清华周刊》的本身，看得太轻，把编者的责任，看得太重，他们也许忘记这是代表整个清华，且已有二十年历史的刊物。因此，同学可以不爱护，师长可以不爱护，学校可以不爱护，至少可以说，爱护的人并没有尽心！"③ 并紧接着将更具体的事实情况说明："同学有价值的作品与研究成绩，尽量的，只要可能，投向校外刊物发表；师长们尽管为校外刊物著作忙，但不肯为国内周刊执笔；学校将周刊津贴大事削减。总之，事实告诉我们：'清华人'把《清华周刊》看得太轻了！待得太薄了！"④ 从这些持续已久的言论看来，《清华周刊》确实面临办刊之难，除了津贴不足，更重要的则是稿件缺乏。

一年之后，孙毓棠担任学术组主任（第 35 卷第 1 期）时情况并没有发生多少改变，甚至每况愈下。除了学校津贴陷入"僵局"，最终只增加

---

① 竹叶：《关于周刊的一点意见》，《清华周刊》第 34 卷第 10 期，1930 年。
② 《清华周刊》第 34 卷第 1 期，1930 年。
③ 洪谟：《编后》，《清华周刊》第 34 卷第 1 期，1930 年。
④ 洪谟：《编后》，《清华周刊》第 34 卷第 1 期，1930 年。

了"二百五十元的印刷津贴",最为艰难的是此前主要收入来源——三百多份美国订户,现在降为五十多份,收入少了"六分之五",编者认为"长此以往,恐怕十八年如一日的清华周刊,在不久的将来,不免要'寿终正寝'"①。就是在这样的情况下,《清华周刊》开始改版,编辑人员也发生了变动。

《清华周刊》第35卷一共有12期,其中8/9期合刊,11/12期合刊,孙毓棠皆为学术主任。从第36卷第1期开始,学术主任变更为潘如树,孙毓棠则变更为42位编辑之一,编辑中还有我们熟知的钱锺书、林庚、孙浩然等。第36卷之后,"此后我们的方针,除贯彻上几期编者把周刊充分学术化底主张以外,还愿意负一部分唤起民族意识,促进社会改革的责任"②。

1931年5月2日,《清华周刊》第35卷8/9期刊行,这期8/9期合刊是"本校二十周年纪念号",开篇即冯友兰先生的《校史概略》。本期内容丰富,涉及政治、革命、贸易、生物、心理、社会、国际关系等方面,而孙毓棠的第一首长诗——《梦乡曲》就发表在这一期。本期220页,版面较多,在"编后"栏目着重介绍了本期本刊的作者,除了冯友兰、张崧年等教授,也有本校同学及已毕业的同学。如孙毓棠此时是历史系二年级生、"本刊学术主任"。除孙毓棠之外,还有曹葆华(本校西洋文学系四年级生)、钱锺书等,总编辑潘如澍是"本校政治系二年级生"。可以看出《清华周刊》的编辑主要以在校生为主,他们分布在各个系里,也时常联系本校教授刊发各类文章。

在《清华周刊》第36卷第2期上刊发了孙毓棠的五首诗,《结束》《歌儿》《秘密》《舟子》《仙笛》,形式均非常整饬。

从36卷第3期开始,之前每期第二页上的职员表取消了,直到第36

---

① 编者:《卷头小语》,《清华周刊》第35卷第1期,1931年。
② 《卷头语》,《清华周刊》第36卷第1期,1931年。上期总编辑李振芬主张"把周刊充分地学术化"(编者:《卷头小语》,《清华周刊》第35卷第1期,1931年。)

卷第 12 期上又出现了完整的一份"本社职员"图，其中孙毓棠是 40 名编辑之一。本期编辑在刊尾有《别辞》一篇，文中谈到："在这个万难齐来，社会状况极不稳定的时代里，本刊仍能继续前进，安然长了半岁，不曾发生波折，未始不是一件聊可自慰的事。""还有一件可以庆幸的事，就是投稿的同学渐渐踊跃起来了。但教授的稿件，颇不易见到。"① 第 37 卷第 1 期则又恢复竖体排版，本期只有孙毓棠的两首诗：《寄》《月》，从本期开始，"时事评述"一栏放在学术文章的前面，显得尤其重要。第 37 卷第 6 期是"文艺专号"，而这个"专号"中却没有孙毓棠的诗，但在第 37 卷第 8 期，孙毓棠连载了 8 首诗和 5 首译诗。第 37 卷第 12 期上"本刊编辑部全体摄影"的图片中，孙毓棠站在最右边。

　　第 38 卷第 4 期（1932 年 10 月 24 日出版）也是"文艺专号"，由孙毓棠在俞平伯、顾一樵、朱自清、陈梦家及白眼等帮助下组稿编辑完成。② 由孙毓棠执笔的《编后》一文虽然代表整个编辑团队的意见，但想必其中也有很多他自己的想法。文中说："编者仍不能不自认选择的时候不免有主观的见解"，"编者自己不是以文学为专务的人，对于文学毫无造诣，以此愚昧之资，当此重任，遗金漏玉，在所不免"，"文艺专号的稿件，收到的有四十余万字之多，而本期因为经济的限制，只能刊登十五万字"，"本期本来有张君川先生的一篇德国诗人及其诗歌，和今先生的一篇《秋儿》，都是因为稿件太多，付印后临时抽出来的"。③

　　这一期"文艺专号"刊登了不少新月派人的诗歌，陈梦家的《燕子》《呼应》，方玮德的《一年》《爬山虎》，曹葆华《沉思》，此外还有陈敬容的《幻灭》，霍士林的《停止了你的歌唱吧，夜莺！》《乞丐之歌》，孙毓棠自己的《睡孩》《迟月》，林庚的《泉前》《春风》，李长之《思想的

① 编者：《别辞》，《清华周刊》第 36 卷第 12 期，1932 年。
② "本期得俞平伯、顾一樵、朱自清、陈梦家及白眼诸先生的帮助，编者在此深致谢忱。"孙毓棠：《编后》，《清华周刊》第 38 卷第 4 期，1932 年。
③ 孙毓棠：《编后》，《清华周刊》第 38 卷第 4 期，1932 年。

桎梏》等，另有俞平伯《葺芷缭衡室读诗札记七》、朱佩弦的《论白话》等文。曹葆华的诗前有一则短言，言"今周刊索稿，故敢寄投"①，可见孙毓棠或许向曹葆华约稿在先，也可以印证他在《编后》中说"主观的见解"问题。本期还有孙毓棠译的《海涅情诗短曲》，共有 17 则，并"附归乡一首"，一共 18 首译诗。这期文艺专号显然是以孙毓棠为主要编辑进行组稿和编辑的，从中也可以反映出他这个时期的交往范围以及选稿旨趣。

1933 年，孙毓棠已经读四年级，4 月 26 日出版的第 39 卷第 7 期是孙毓棠最后在《清华周刊》上发表诗作的一期，此后孙毓棠进入河北工作，诗文也转投其他刊物。因后面经过几次改版，原先刊印在封二上的编辑职员名单后来一直没有出现，但可以推测，孙毓棠任《清华周刊》编辑的时间应该是第 35 卷第 1 期（1931 年 2 月 28 日出版）——第 39 卷第 11/12 期合刊（1933 年 6 月 14 日出版），也就是孙毓棠从二年级到四年级期间一直在《清华周刊》任编辑。其中比较重要的是第 38 卷第 4 期"文艺专号"以孙毓棠为主要负责人进行选稿编辑。

清华大学 1933 年的暑假从 6 月 23 日开始，孙毓棠此时从清华毕业。

孙毓棠在清华大学上学期间，除了以《清华周刊》为主要发表阵地，也在《文学月刊》（北平）、《新月》上发表新诗作品。《文学月刊》（北平）继承《清华中国文学会月刊》，国立清华大学中国文学会会刊，发表文学创作为主，登载诗歌、戏剧、小说、通讯、故事等文学作品，兼有部分中国文学评论和研究文章。孙毓棠在 1932 年第 2 卷第 3 期上发表了"诗四首"：《牧女之歌》《忆亡友》《银帆》《寻访》。这一期是"新诗专号"，林庚也有"诗六首"，除二人之外，还有常在《清华周刊》上发表诗文的郝御风、余冠英、李文瀛、霍佩心、李彭洲、家雁等人的新诗，并有俞平伯《卷头语》及《呓语·并序》，余冠英《新诗的前后两期》

---

① 《清华周刊》第 38 卷第 4 期，1932 年。

《新诗的形式》两篇论文，这期"新诗专号"上的诗文以清华学生诗作为主体，虽然主题各异，但也可以见出他们在形式、音节上某种相似的格律化趋向。本刊由学生李文瀛主编，编辑还有俞平伯先生、郑振铎先生、浦江清先生，以及学生林庚、安文棹等。余冠英在《新诗的前后两期》一文中以《诗镌》的出版为新诗前后两期的分界线，认为当下的诗已从写景说理变为抒情叙事，受西洋诗影响更多，并且形式整饬，注意音节。①

我们所知孙毓棠与新月派的交往，比较典型的事例之一是闻一多鼓励孙毓棠写作历史长诗，以及孙毓棠将《宝马》题献给闻一多的事件，另一典型事件则是尚未被广泛讨论的孙毓棠为方玮德送灵之事，以及写作诗论《玮德的诗》。在《海盗船·序》中，孙毓棠也提及闻一多、叶公超、陈梦家、方玮德、孙洵侯对他的教导和鼓励，在此后的时间里，除了在诗论中举例时谈及戴望舒、卞之琳、朱湘、雷白苇、梁宗岱，孙毓棠很少再直接提及同时代的其他诗人。这虽然并不能完全反映出他的诗学交往及人际关系，但是能够从侧面看出他所重视的诗人诗作以及由此产生的对话。

孙毓棠在《新月》上发表了三首诗歌，分别是《船》（《新月》第4卷第4期，1932年11月1日）、《灯》（《新月》第4卷第4期）、《东风》（《新月》第4卷第6期）。《新月》月刊从1928年3月10日创刊到1933年6月1日终刊，共刊行了43期。在孙毓棠刊发这三首诗歌的时候，从第4卷第4期到第7期终刊，编辑主要是叶公超、潘光旦、梁实秋、余上沅、邵洵美、罗隆基。相对于陈梦家在《新月》上发表新诗21首，方玮德发表12首，曹葆华发表7首，孙毓棠并未在《新月》上发表很多作品，与孙毓棠发表数量相等的有臧克家、林徽因等。孙毓棠并未在稍后新月派同仁创办的《诗刊》上发表作品。新月派的活动随徐志摩的逝世

---

① 余冠英：《新诗的前后两期》，《文学月刊》（北平）第2卷第3期，1932年。

而逐渐消减，新月派诗人们却仍然在叶公超主编的《学文》上发表作品，而孙毓棠在《学文》上则又发表了两首诗歌：《野狗》（《学文月刊》，第 1 卷第 1 期，1934 年）、《我回来了》（《学文月刊》，第 1 卷第 2 期，1934 年）。

1935 年 11 月 8 日，《大公报·文艺》副刊"诗特刊"创刊，两天后《大公报·文艺》第 40 期登出沈从文《新诗的旧账——并介绍诗刊》一文，对"诗特刊"作了介绍，作者中除了孙毓棠，还有：朱佩弦、闻一多、俞平伯、朱孟实、废名、林徽因、方令孺、陆志韦、冯至、陈梦家、卞之琳、何其芳、李广田、林庚、徐芳、陈世骧、孙洵侯、曹葆华等。可以看出，这个作者群中还有不少"后期新月派"的代表人物，同时也有很多其他著名诗人。而《大公报·文艺》"诗特刊"的想法则来源于在朱光潜家中举办多次的"读诗会"，它的作者群也多是参加过读诗会的诗人们。

孙毓棠与新月派的前辈闻一多、叶公超来往最为频繁，与同辈陈梦家、方玮德、孙洵侯、林庚、曹葆华等来往也非常密切。但在陈梦家编选的《新月诗选》中却未见孙毓棠的诗作，也许是孙毓棠在《新月》上发表的诗作太少，没有形成具有代表性的规模。

就写作而言，孙毓棠早期诗作具有较为明显的"新月派"影子，因此有研究者认为："他的诗风慷慨处受到闻一多影响，篇末点睛的方法类似于孙大雨，清新处又仿徐志摩。"① 例如《海盗船》的最后一段与闻一多的《死水》在音律上有相似之处。而在诗歌观念上，梁宗岱对孙毓棠的影响或许更大。纯诗观念、翻译、抗战诗歌论等方向上均与梁宗岱存在对话关系。总体而言，孙毓棠始终不是作为中心人物参与到新月派的诸多活动之中，但将他划归到后期新月派之中也不算违和。

---

① 王舒：《论孙毓棠的诗歌创作》，硕士学位论文，山东大学，2019 年，第 57 页。

四　孙毓棠与北平诗歌圈

1935 年前后，孙毓棠在诗坛是较为活跃的，1934 年 5 月由立达书局出版的自印诗集《海盗船》得到了很多人的注意。自此，他从校园诗人这个身份转变为一名成熟的新诗人，在年轻一辈中崭露头角。从孙毓棠发表诗歌的刊物，我们似乎可以拟出几条人际关系，即孙毓棠与《新月》《文学时代》《大公报》《文艺月刊》《文学季刊》《学文》《中央日报副刊》等的联系。

1935 年，朱自清在日记中多次提到孙毓棠：

> 1 月 1 日，"参加校长夫妇举行的元旦茶会，会上节目甚好，尤以孙毓棠之独唱为最。歌词是他自己创作的一首诗，曲也是他谱的。此诗颇富哲理性，歌声融于其中"。①
>
> 2 月 4 日，"孙 Y. T. 来访，谈及中文文法，他于此颇有见地"。②
>
> 3 月 25 日，"谈及昨日的朗诵会，说李健吾朗读了孙毓棠先生的诗，并与淑芳女士一起朗读了她的剧本，很成功。朗诵会上朗诵的东西大多数是新诗。P 认为新诗的生命在一定程度上依赖于朗诵，正如音乐作品要靠演奏者一样。不过这中间仍然有共同的东西，这是需要探讨的实质性问题。然后我们又谈到了古诗的特色。我认为年轻读者将不会对古诗感兴趣，但 P. P. 不以为然，而且他认为新诗的读者也不会太多"。③

在迄今为止关于朱光潜家中举办的"读诗与文学讨论会"（简称读诗会）研究中，主要史料来源仍然是朱自清的日记。根据朱自清的记载，

---

① 《朱自清全集》第 9 卷，江苏教育出版社 1998 年版，第 336 页。
② 《朱自清全集》第 9 卷，江苏教育出版社 1998 年版，第 337 页。
③ 《朱自清全集》第 9 卷，江苏教育出版社 1998 年版，第 348 页。

从 1934 年 5 月 22 日到 1935 年 11 月 10 日，读诗会每月举行一回，地点在北平后门慈惠殿三号朱光潜家中，参加的人非常多，据沈从文记录，"北大有梁宗岱、冯至、孙大雨、罗念生、周作人、叶公超、废名、卞之琳、何其芳诸先生，清华有朱自清、俞平伯、王了一、李健吾、林庚、曹葆华诸先生，此外尚有林徽因女士，周熙良先生等"。而 "大家兴致所集中的一件事，就是新诗在朗诵上，究竟有无成功的可能？"① 在费东梅所作的《朱光潜"文学沙龙""读诗会"成员情况一览表（1934年—1936年)》② 中，并未见孙毓棠。但从以上所引三则材料看来，孙毓棠或许并未每次都参与了读诗会，但与读诗会成员关系一定十分密切。

在读诗会上，诗人们会朗读自己的作品并进行相关讨论，如李健吾朗诵自己的翻译剧本，林徽因、林庚等朗诵自己的诗作，朱自清朗诵自己的散文。而在朱自清 1935 年 3 月 25 日的日记中，为何会记载着李健吾朗读孙毓棠的诗这样一件事呢？这种情况应该很少见，如一次读诗会，"废名后，群请林徽音女士，读其作品。林以身体不适，辞。坚请，林始说一关于培根记日记之笑话……"③ 之后也并没有请别人来代替林徽因读她的诗。那么有可能孙毓棠并未在场，又或者孙毓棠在场，但自请李健吾来诵读，这也不是没有可能性，因李健吾本身是剧作家，那么他朗诵的这首诗就可能是孙毓棠写作的一首颇具戏剧性的诗歌。而孙毓棠刚在本年 2 月时发表了一首《河》在朱自清主办的刊物《水星》上。

朱自清的日记记载，2 月 4 日，孙毓棠曾去拜访过他，而且他称赞孙毓棠对中文文法"颇有见地"。此前，我们曾提到过《清华周刊》第 38 卷第 4 期 "文艺专号"是由孙毓棠在俞平伯、顾一樵、朱自清、陈梦家及白眼等帮助下组稿编辑完成的，说明二人在私底下关系匪浅。而《河》

---

① 沈从文：《谈朗诵诗（一点历史的回溯)》，载《沈从文文集》第 11 卷，花城出版社 1984 年版，第 251 页。
② 费冬梅：《朱光潜的文学沙龙与一场诗歌论争》，《社会科学论坛》2015 年第 10 期。
③ 费冬梅：《朱光潜的文学沙龙与一场诗歌论争》，《社会科学论坛》2015 年第 10 期。

这首诗能够引起读诗会的注意也并非没有原因，一方面在时间上，3 月 24 日举办的这次读诗会有可能会拿着 2 月刚出版的《水星》杂志进行鉴赏评论，他们选了这首《河》来朗读并讨论其音律；另一方面，《河》确实是一首经得起解读的颇具戏剧性的诗歌，就算孙毓棠在场，请精通戏剧的李健吾来朗读也很合适。但并没有证据直接表明孙毓棠在场，因此我们只能猜测有以上两种可能。无论如何，孙毓棠的身影在读诗会中想必是不陌生的了。

孙毓棠此时已毕业两年，在天津女子师范大学教学，但时常前往北平，回到国立清华大学参与母校的活动，如朱自清记载的在 1935 年的元旦茶会上，孙毓棠给自己的一首诗谱曲并独唱，给了朱自清非常深刻的印象。回到寓所后，他评价茶会上所有的节目中"尤以孙毓棠之独唱为最"。这也给我们以新的理解孙毓棠诗歌的视角，因为此前并没有任何史料能够证明孙毓棠在谱曲与歌唱上的兴趣，但朱自清记载的细节很清楚："歌词是他自己创作的一首诗，曲也是他谱的"，能够不假借他人进行演唱，说明孙毓棠在给自己的诗谱曲演唱上是很有经验的。在《旧诗与新诗的节奏问题》一文中，孙毓棠认为：

> 诗中每句的节奏原是音乐性，合乎人类生理活动的，及于听觉的产物，与词意并无需密切的机械的联络。

> 节奏原是一个很纤弱的东西，太单调呆板了，便失了美，有如火车的轮声；太杂乱无条理了，也失了美，有如闹市的喧嚣。节奏的美就要靠诗人在这两极端之间，取舍剪裁，意匠安排，加给他以人工艺术的整理。这种工作正如一个音乐家之安排曲谱，艺术正在其中。①

---

① 孙毓棠：《旧诗与新诗的节奏问题（上）》，《今日评论》第 4 卷第 7 期，1940 年。

我们看孙毓棠的许多诗都富于乐感，最典型的如刊于《文艺新潮》1938 年第 1 卷第 1 期的《秋灯》：

秋灯是光之海，
是月明的汪洋。
我漂浮在一片
止水上。冥想似
淡烟，袅绕于止水
无极的清澄上。

拿夜露的滴声
当酒；拿静与梦
和梦的空茫当酒。
醉中有高山流水。
化作一粒水明珠
滴落在秋灯里。

这首诗的前半阙因为将情境设置在"秋灯"绵延出的"光之海"中，使得整个情绪与节奏都达到了一种无法言说的境界，超越了感官的诗意世界，需要精神领会。但诗的下半阙就有一些很明显的线索，如"夜露的滴声"，这是有节奏的，轻盈又清脆的。"高山流水"本就是一首曲子，在半梦半醒的熏醉状态中，声音，也即音乐似乎更能撩拨人的心弦。唐湜在《凝定的意象》一文中引用梵乐希的话说："真正的诗，却应该由浮动的音乐走向凝定的建筑，由光芒换发的浪漫蒂克走向坚定不拔的克猎西克"[①]，也有异曲同工之意。

---

① 唐湜：《凝定的意象》，《大公报·文艺》（天津），1948 年 10 月 24 日。

关于《秋灯》一诗，孙毓棠还回忆："1938 年沈从文同志代我寄出一诗，题为《秋灯》，在上海什么地方发表的（那时李健吾、巴金同志皆在上海），诗只两节，共十二行，那年冬天我在昆明第一次在抗战起后再见到朱自清先生时，他一见面便提到我这首诗。"① 元旦茶会上，孙毓棠选择的是一首"颇富哲理性"的诗，在演唱时"歌声融于其中"，因此给正在研究诵读的朱自清留下了深刻印象。

平津两地相隔虽近，在 20 世纪 30 年代也并不是很容易往返的。与孙毓棠有过较深交往的林庚、曹葆华等都是读诗会的常客，而他们这些年纪相仿的年轻诗人，或许都可以算作是北平诗歌圈的新兴力量。事实上，在读诗会中的位置，似乎也直接影响到了他们个人在北平文坛也即逐渐形成的京派文坛上的位置。② 《大公报·文艺·"诗特刊"》的创办就与朱光潜家中的读诗会不无关系，沈从文在日后的发刊词所列的作者群中也提到了孙毓棠。③ 在朱光潜主编的《文学杂志》上也有孙毓棠的作品发表，1937 年第 1 卷第 4 期发表了《暴风雨》，甚至在《文学杂志》复刊之后，1948 年第 3 卷第 1 期也发表了孙毓棠《诗三首：渔夫、山溪、北行》。萧乾和孙毓棠应该也是通过读诗会认识的。萧乾比孙毓棠大一岁，其时正在《大公报》编辑《小公园》副刊。日后提及发表《宝马》的过程，萧乾回忆到：

　　一种颇受瞩目的特辑是邀请多位来谈一部作品。曹禺的《日出》

---

① 刘福春：《史学家孙毓棠和他的诗——寻诗之旅（七）》，《新文学史料》2020 年第 4 期。

② 费冬梅在文章中说："围绕着此沙龙，日后日渐形成了'京派'这个文学群体。"《朱光潜的文学沙龙与一场诗歌论争》，《社会科学论坛》2015 年第 10 期。

③ 孙毓棠日后回忆与沈从文的交往："因为我是清华大学历史系毕业的，以后又在西南联大和清华母校多年只是教历史（1939—1952），之后转到中国社会科学院经济研究所和历史研究所（1952—今），始终忙于本职搞史学，无暇触及文学，只偶然写几句新诗消遣，所以在《宝马》以外（1937—45）只发表过零散的几首短诗，写了即交给沈从文同志，他就送出去给我发表了……"刘福春：《史学家孙毓棠和他的诗——寻诗之旅（七）》，《新文学史料》2020 年第 4 期。

和孙毓棠的《宝马》都曾是这种集体评论的对象。这样讨论的出发点是避免由一位权威对作品一锤定音。集体讨论可以从不同的角度来谈，有时还会反映评者的某些生活体会。①

不论如何，以一整版的版面来刊发孙毓棠的《宝马》，都足以证明萧乾对这位诗人及其作品的重视，在《文学回忆录》中，萧乾谈到编辑报纸副刊时的经历，多次提及副刊版面不足、字数限制太严格的问题。但孙毓棠的《宝马》长达七百多行，足以占据所有副刊版面了。而且又专门编辑"特辑"，邀请诗人自己和评论家来对作品进行阐发，形成讨论的氛围。副刊发表的长诗《宝马》后面，有主编萧乾所加的按语，这些都足以引起诗坛的重视，然而由于抗战兴起，时代环境猝然改变，讨论的余波并未掀起就戛然而止，可谓遗憾。

《大公报》转移到香港之后，萧乾继续编辑报纸副刊，于1939年秋天把《大公报·文艺》的编辑工作转移给了杨刚。而在此之前，1939年6月，萧乾又刊发了孙毓棠的重要诗论《谈"抗战诗"》，引起了内地关于抗战诗问题的多次论争。仅从以上事实可以看出，读诗会所形成的作者群体影响所及，无论是年长一辈学者，还是年轻一辈诗人，都在以后有诸多合作与发展。而孙毓棠在走出校门之后，最重要的人际关系圈也与读诗会紧密相关。

除此之外，孙毓棠发表诗歌的阵地也多与他的人际交往圈子有关。1935年，储安平编辑的《文学时代》创刊号于11月10日出版，孙毓棠在这本刊物上发表了多首诗歌②，《文学时代》只发行了6期，孙毓棠在1、2、4、5期上都发表了诗歌。除他之外，常在上面发表诗作的还有孙洵侯、沈祖牟、林庚、陈梦家等。储安平在《文学时代》的"编后记"

① 萧乾：《文学回忆录》，华艺出版社1992年版，第79页。
② 《奔》，1935年创刊号；《阳春有梅雨》第1卷第2期，1935年；《清晨》第1卷第4期，1935年；《云》第1卷第5期，1935年。

中专门提到了张天翼、老舍、方令孺、孙毓棠等供稿者的支持，"孙毓棠先生的这首长诗《奔》，是在一整夜中写成的。"① 储安平比孙毓棠大两岁，也参与过新月派的活动，方令孺在本期译文的开头中说："安平立意邀集文章趣味相同的朋友们创办一种杂志"②，"我们容许每一个在本刊上写稿的人，有他自己在文艺上的立场与见解，除了对文艺的本身忠实的这一点之外，我们没有更大的苛求"③。除《文学时代》之外，《文学季刊》1934 年 1 月 1 日创刊，编辑有冰心、朱自清、沉樱、吴晗、李长之、林庚、靳以、郑振铎等，特约撰稿人 108 位，孙毓棠也名列其中，并在创刊号发表了两首诗歌。

　　以上，我们通过朱自清先生的日记、朱光潜先生主编的《文学杂志》、萧乾主持的《大公报·文艺》、储安平主编的《文学时代》等大致理清了孙毓棠与北平诗歌圈的人际交往，以及建立在此基础之上的诗学活动范围，显现出一个虽游走在诗歌圈边缘却仍积极探索的珍贵身影。

---

① 储安平：《编后记》，《文学时代》1935 年创刊号。
② 方令孺译：《在一个远远的世界里》，《文学时代》1935 年创刊号。
③ 储安平：《编后记》，《文学时代》1935 年创刊号。

第二章　以历史为参照系：孙毓棠的新诗风格之形成

　　孙毓棠的新诗创作从 1926 年开始，到 1948 年为止，历经二十余年时间，按照钱理群、温儒敏等对中国现代文学阶段的划分方法，基本处在第二个十年与第三个十年之中，也即常说的 20 世纪三四十年代。20 世纪 30 年代是中国新诗发展的"黄金时期"，经过第一个十年的探索，第二个十年的新诗无论在诗的内容还是形式上均走入了一个崭新的发展期，流派纷呈、诗人迭出，而 20 世纪 40 年代则在现实与理想、古典与现代、抗战与大众化等向度上得到了更进一步的发展。孙毓棠早期的诗作带有浓烈的浪漫主义色彩，从不自觉到自觉地靠拢新月派，又走向现代主义与历史题材的结合，其间有一个不断深化的过程。学生时期的孙毓棠显现出迈向成熟之前的"单纯"，对"真实"与"童真"的追求是他写作的起点，也始终作为精神底色存在。20 世纪 40 年代，浪漫主义不断被压缩，孙毓棠早期所使用的意象以及写作手法逐渐不再适应于"时代的诗情"，在"浮士德式的内心骚乱"状态下，他进入复杂的写作状态，以自身历史专业为参照系，在写作中强化了时代的感应神经。之前对孙毓棠的研究集中于名篇《宝马》，而忽略了孙毓棠作为一名历史学家在新诗创作上走向成熟、又最终归于沉寂的路径与原因，这或许仍然必须回到新诗文本的细读中去。

孙毓棠是新月派后期从抒情转向叙事的审美流转中、初步实践叙事性长诗写作的诗人之一。他的诗歌创作在晚唐与现代诗风肆虐的环境下从历史中获取诗学资源，并形成了鲜明的个人风格。本章以孙毓棠的诗歌作品为线索，勾勒出他在20世纪三四十年代的写作面貌及变化轨迹。

孙毓棠16岁时开始作绝句，17岁发表新诗作品，新诗创作一直持续到37岁。写作初期，翻译外来的文学作品与理论使他在创作技巧上得到了提升，进入清华大学之后，《梦乡曲》在结构与语言上的成熟代表他进入了崭新的写作阶段，可现实与理想的纠缠又让他陷入"浮士德式的内心骚乱"。其间他在诗艺上不断探索，《海盗船》《老马》等作品显示出了思想上的精进，《野狗》《清晨》等诗在现代象征手法上开辟了新路。现实战争愈演愈烈，孙毓棠尝试创作抗战诗但似乎并不成功，他意识到"时代的诗情"正在发生转变，于是利用历史学专业的优势，在历史题材创作上取得了不菲的成就。

以上似乎显示出了一条孙毓棠创作的发展变化之路，但在实际的创作过程中，其情形更加复杂多变，尤其是《宝马》发表之后，战乱与孙毓棠自身人生轨迹的变化，使得他没有沿着历史题材写作这一道路持续精进，而是转而探索"四行诗""商籁体"。虽然并没有提供数量足够庞大的作品，也显示出了他对新诗不断思考的兴趣与能力，最后走向历史与哲学的思考，似乎又是成熟诗人的必经之路。

纵观孙毓棠的新诗创作历程，并不是一开始就具备写出复杂文本的能力，虽然他并没有经过很长的练习期，但前期诗作仍然有十分强烈的浪漫主义色彩。浪漫主义并非写作和思想的敌人，但在当时的社会氛围中，浪漫主义确实在不断被压缩，他在"浮士德式的内心骚乱"状态下回应了诗坛"抒情的放逐"潮流，在抓住"时代的诗情"的同时，渐渐向现代派挺进，在20世纪三四十年代的新诗史中留下了宝贵的探索身影。本章主要分析孙毓棠诗歌创作的衍变过程，但也遗留下不少问题，如孙毓棠为何不写更多的抗战诗，他是如何理解"时代的诗情"、新旧诗的关系等，这些问题将在第三章结合社会历史环境进行更深入的辨析。

第一节 从"少年老成"到"言之有物"

20 世纪 20 年代末，年轻的孙毓棠尝试拿起诗笔，在这之前，他已经从家塾走进现代化学校，一方面拥有较为深厚的古典文学基础，另一方面又如饥似渴地接触了新文学。在南开中学、南开大学以及清华大学期间，孙毓棠显露出对浪漫主义写作的痴情，"清华新诗人"的称号也表明了当时的读者们对青年诗人孙毓棠的认可。但仔细研读他的诗歌会发现，这种对浪漫主义写作的喜爱显示了出一条不断深化的路径。

孙毓棠 16 岁时，曾尝试作绝句。

> 朝晨看看书，在树荫中玩玩鹦鹉，午饭后，或写写信，或读读古诗，午后两三点钟时，独自搬把藤椅坐在楼角廊间看看云，作两首诗（大半是不堪看的绝句），残照里散散步静坐一会，下一两盘围棋，晚间月儿出来，便依旧坐在楼角看月儿，朗诵我最心爱的最心爱的楚辞，吹吹萧……时光便在这无聊中飘去了呵！①

作为少年朋友间的通信，孙毓棠真诚地描绘出了自己每日读书的生活情境。除去这些对日常的详细记录，主要还是对朋友诉说情绪上的孤寂和苦闷。在"久病的弱身"② 加持下，一种典型的少年愁滋味——"孤独""空虚"萦绕不去，当别的同龄人呼朋引伴出去玩耍，楼廊外的欢声笑语更增添了窗内少年诗人心中的悲凉之感："我在此身病心病之中，感到我生命

---

① 孙毓棠：《断云之一、二》，《南中周刊》1926 年第 10 期。
② 孙毓棠：《断云之一、二》，《南中周刊》1926 年第 10 期。

的悲哀了"①，而这种心绪不正是吟诵楚辞、作绝句的绝佳心境吗？

我们无法说少年孙毓棠是为了读诗而有意使自己的心境处在莫名的悲凉之中，还是"身病"加强了"心病"，"最爱的楚辞"与月色更使他感到了生命的悲哀。但我们可以稍稍理解，为何孙毓棠一开始写诗就充满了少年老成的语调："我忍泪不敢想已逝的鬃龄"（《请再进一杯酒吧，朋友》），"梦我颌下已白髯半尺，/玫瑰的青春已随逝水茫茫"（《青春者的梦》）。这两首诗沉浸在"为赋新词强说愁"般的旧诗情调中，尤其是语言的说教意味明显："酒后的回味里青春更青/这杯酒留给你青春常在/莫待白发时叹有酒无青春"，这样的句子恰似刚刚挣脱旧诗词格律，半文半白型语言无意间将典故的化用变成了说教。与戴望舒在《我的素描》（写于其 24 岁左右）中"我是青春和衰老的集合体，我有健康的身体和病的心"一句所表达出的"年青的老人"这种深刻的焦灼体验还无法比拟，更与苏珊·桑塔格称疾病"激活了意识"②的深层诗学体验相隔甚远。这个时期的练习之作无论在语言的打磨上还是意境的深入上，都未能摆脱旧诗词强大的"影响焦虑"，而孙毓棠自己也并未将这些诗作收录进日后的任何诗集中。

但同时我们也不能忽略，孙毓棠在创作上的进步速度是非常明显的。写于 1928 年 3 月 12 日的《请再进一杯酒吧，朋友》还是前述少年通信的"翻版"，虽然采用了诗的格式，但不如说是用排比手法给散文句子分了行。但写于 3 月 15 日的《青春者的梦》，则在结构上经过了用心的安排。《青春者的梦》是一首共 64 行的小长诗，共 15 节，每节 4 行或 5 行，颇为让人惊讶的是整首诗的戏剧情景设置将读者带入了具体场景中，诗中的"我"一路走过江南，凄凉心境与江南景物穿插描写，直到上酒楼遇见旧日好友，后面的对话其实更像是一场自我诉白，直至曲终人散，"眼前消失了一切光明与世界，/风雪里渐渐地苍白发犹飘扬！"这首诗显

① 孙毓棠：《断云之一、二》，《南中周刊》1926 年第 10 期。
② ［美］苏珊·桑塔格：《疾病的隐喻》，程巍译，上海译文出版社 2003 年版，第 35 页。

示出孙毓棠能够较为敏锐地发现新的意象与情境，但在语言表达上仍显薄弱，尤其是除去"对话"外，有些句子读起来还有些许"不通"。在学校戏剧活动如火如荼的背景下，孙毓棠深爱戏剧并受其影响，比较能够把握诗中类似戏剧独白的句子，而对新诗本身应如何在"语言"上表达得更通透还欠缺锻炼。

孙毓棠创作初期的《船头》一诗，这是一首形式整饬、几乎行行押韵（脚韵）的十四行诗。在形式考究下，诗意也显得较为紧凑，尤其是和谐的韵律，末尾四句甚至可以比拟朱湘的《采莲曲》：

> 呆看着桨打波纹，
> 一轮——两轮
> 只揭不去心头的那
> 一页——两页——

通过连续的吟咏将一人独坐船头、淡淡的忧愁思绪烘托了出来。这首诗虽然主题仍不离少年哀愁，但在音韵上出奇制胜。遗憾的是意象仍显稚嫩："船头""雾霭""归鸦""灯影""斜阳""柳丝"等表现出他尚未完全摆脱旧诗词的影响。

《沉船》描绘的是一艘船即将沉没时水手们的动作，配以急促的、连续的拟声词，以及水手们的对话，凸显一瞬间的紧迫感，用"风""浪""乌云""摇曳的灯"等意象构成紧张的画面感。《我离不开你》是一首爱情诗，整体采用对象述说式语调，叙述上已稍显圆融。《归墓曲》的主题则与陶渊明《拟挽歌辞》一诗有异曲同工之处：

> 我来到我自己的坟墓的门前，
> 跪在潮湿的墓穴里向世界痛苦了一番，
> 然后才悄悄地关上了墓门瞑目长眠。

……

他们走后依旧去狂笑狂欢，

碎花余酒却把这样墓门遮满。

唉！我全且把这些礼物当作他们真心的贡献。

每到夜深时我自己在墓前垂泪后，

总要把这滴滴剩酒瓣瓣残花亲遍吻遍。

同样是对"他人亦已歌"的感慨，陶渊明见证了人世冷暖之后潇洒离去，而孙毓棠却在深夜"把这滴滴剩酒瓣瓣残花亲遍吻遍"，在痛苦和矛盾心理中"亲吻"别人的"贡献"，揭示出对人世的无奈，也显露了诗人自身善良柔弱的心理状态。

仅仅通过前面几首诗的剖析，我们已经可以发现孙毓棠逐渐挣脱旧诗词的影响，在新诗戏剧化、格律化方面自觉探索，但总体来说，在写作《梦乡曲》之前，孙毓棠的创作虽然在各个方面都有所精进，不过并没有质的转变。就算"诗情在心中野火似的烧"（《暮霭里的诗痕》），也仍然无法在更深的层次上找到寄托。直到孙毓棠翻译了《日本诗歌的精神》一文，文中观念深深影响了他之后的创作。原作者 Ken Nakazawa 是日本的一位作家，文章主题是向西方读者介绍日本诗歌，作者阐述了很多对于日本诗歌的精妙看法，而作者所阐述的对象——日本俳句，却深受西方现代诗歌的影响。文中"默示""对物的感觉""梦"等观念对孙毓棠日后的创作具有长远的启发。

文中谈到，日本诗歌一般很短，因此要在"默示"上下工夫，就像一棵种苗，需要读者自己去培育花朵，重要的"不只是写成的诗句，而是那不言间的一点妙趣"①。显然，"默示"也就是象征主义诗歌常用的表现手法"暗示"，即"不是一种直接的表现"。作者认为，文字是"不

---

① 孙毓棠，Ken Nakazawa 原著：《日本诗歌的精神》，《南开双周》第 4 卷第 1 期，1929 年。

细腻不准确的东西"，采用"默示"的方法，可以使我们从"表面的真实内去发现内在的美"，"在这声音中藏着描不出的寂寥的情绪"。另外，作者强调诗人"对物的感觉"的重要性，"果真我们把他看作一个有灵魂的或是有感情的东西，他立即可以变成一个活泼的美的象征"。日本诗是"情绪的刻画，不是事情的记载"，其创作过程为先仔细观察，直到"有一种特别的觉感在他心中结了晶"，"当他要表现他的情绪时，他只描写他所要描写的东西的一部分；直至可以达到他的目的为止"。而在"梦"中，追寻或创造的快乐才是诗歌赐予的真乐趣，"明畅的诗篇"就像是一个已有了答案的难题，不如自己"划到梦境里去"，"这种追寻或创造所给与的快乐才是诗歌赐予的真快乐"。从孙毓棠日后对梦境的不断书写来看，他确实在其中寻找到了创作的自由与乐趣。这次翻译促进了孙毓棠理论素养的提升，在初学者这里起到了关键性的作用，以后的写作逐渐成为观念引导下的自觉实践，创作也更加"言之有物"。

孙毓棠进入清华大学不久就出版了《梦乡曲》。从诗的结构及主旨来看，孙毓棠在此期间在西方诗歌学习上下足了功夫，我们明显能够看出来但丁《神曲》对此诗的影响，此外诗中仍不失中国古典诗歌的蕴藉之美。《梦乡曲》分为三个部分：序曲、正曲、尾曲。每三行为一节，每节都是重音单字押脚韵，多处运用叠声词，使诗句读起来朗朗上口。在景物描写方面，孙毓棠多运用白描手法，并用声音、气味、颜色等呈现丰富的细节。除了词语运用较前期更加自然之外，孙毓棠在诗句表达上也通透了许多，选取自然口语化用如"桃花源记"般的古典故事，使得诗句在蕴藉中又减少了古诗词的距离感，同时又吸纳一些西方经典史诗中的典型意象，如"魔窟鬼蜮"等穿插其中，在"梦样的桃坞""苍茫古道""暮色丛林"等词语中令人眼前一亮。诗中对引路姑娘的描写：低眉、微笑静听、托腮思索，呈现出东方美女的姿态，而接下来饮不老泉的情节却又来源于经典的西方寓言，这种在词语与情节上的中西交融正反映出此时孙毓棠运用诗学资源的中西交杂：

依稀想起太白不是沉入龙宫？
游过地狱天堂的有不朽的但丁，
这境界莫非也会有什么异遇奇逢？

孙毓棠在这个如天堂般的世界里设置了一对终极矛盾："恋爱里容不下性灵，性灵中藏不住恋爱"。作为"爱与美的化身"的美丽女神，"轻柔""天真"，充满"性灵"，而"我"却"有一株魔蕊在你心宫深处藏埋/这泉水洗不掉的就是这恋爱"，诗人无法化解这一矛盾。性灵存于被人遗忘的"灵慧峰"，而恋爱却在充满了"罪恶的火焰"的人世，女皇的退缩也证明了这一鸿沟无法跨越。"我"虽然有"永远在这山头花下独自徜徉"的愿望，但内心却明白没有爱情的参与，永久的自由也是空虚，所以最终也没能做到把"爱""培栽化入性灵"，这就是"梦乡"的悲剧所在。

陆耀东先生认为："与五四时期不少诗人把美和爱的梦乡现实化、理想化相比，我们可以更清晰地悟出《梦乡曲》深刻之处。"① 如果纵向比较，孙毓棠在处理梦与现实的关系时技法确实已较为成熟，但五四以降，并非没有更好、更深刻的关于爱与梦的诗，因此与其说《梦乡曲》以其精雕细琢的诗体结构、成熟的诗体语言显得与众不同，不如说这一场爱的梦幻之旅以最终的失败揭示出了诗人理想的失败——"恋爱里容不下性灵，性灵中藏不住恋爱"，这就是《梦乡曲》体现出的一种深刻的悲剧精神。

从"为赋新词强说愁"到深刻表达出浪漫背后的悲剧性，孙毓棠在诗歌创作上的成长速度很快，尤其是在诗的形式、语言、主旨等各个方面齐头并进式的进步更让人惊讶。在孙毓棠早期的这些诗作中，我们能

---

① 陆耀东：《论孙毓棠的诗》，《文学评论》2007 年第 6 期。

够看到结构的精心安排、词语的调遣自如、中西资源的融合，这些特点均在后面不断得到强化，并逐渐形成了孙毓棠自身的创作风格。

第二节 "向死而生"的浪漫主义诗人

从《梦乡曲》我们可以看出孙毓棠具有写作长诗的能力，这不仅在于其诗学资源的中西融合，还在于其在写作长诗过程中的组织能力逐渐成熟。但年轻诗人在爱与梦的失败中同时也体验到了内心的纠缠：

> 这几年间生活的平淡俨若孤舟静止在热带无风的海洋里，一切事物对旁人或许觉得新奇的，对我总像按时旋转的星空，我只看到科学的规律而已。虽然表面是无波无浪的空澄，但是理智和信仰像两个诱惑的女子牵住我左右手，几年来把我一天天拉进一个"浮士德式的内心骚乱"。①

当时的评论家尤辛在梳理"一年来的中国诗坛"现状时评价孙毓棠的诗集《海盗船》是"严肃地面着生活，发为北国之音，有海鹰歌之姿容"②。"海鹰歌之姿容"这一描述形容出了诗集给读者带来的阅读感受，即在浪漫中透露出严肃的追求。诗人内心的纠缠，在"插入天的桅杆""黑水洋""北极圈""荒山""乱峰""深谷""铁样的天穹"这些稍显粗豪的意象上得到了充分的展现，浪漫主义早已不是这一时期孙毓棠的诗歌特色了。

浮士德是歌德名著《浮士德》中的主人翁，他拥有哲学、法学、医学、神学的丰富学识，但是"却因此而被剥夺了一切欣喜"（悲剧第一部

---

① 孙毓棠：《海盗船·序》，立达书局1934年版。
② 尤辛：《一年来的中国诗坛》，《读书顾问》1935年第4期。

第一场·夜)①，浮士德生活的地方"塞满大堆的书本，/被蠹鱼蛀咬，被灰尘笼罩，/一直堆到高高的屋顶"②，所谓"浮士德式的内心骚乱"或许就是在这种"满载"情形下的"惴惴不安"和"难说的苦情"：

> 你却避开生动的自然，
> 让人和动物的骸骨包围，
> 紧固在霉气和烟雾里面。

"梦乡"的失败是由于太过于纯洁的天堂容不下"爱与死"，"浮士德式的内心骚乱"则是理智与信仰的冲突。此时孙毓棠正在《清华周刊》当编辑，1931 年第 35 卷第 4 期是"纪念歌德专号"，其栏目下关于歌德的译诗、介绍及研究文章，尤其是《歌德年谱》及杨丙辰重译《葛德（Goethe）所著〈浮士德〉一剧卷首献词》等，或许都为孙毓棠提供了将自我与浮士德联系起来的依据。联系现实来看，与其说这场"内心骚乱"来自于理智与信仰的冲突，还不如说其代表了诗人在"知识"与"自然"、现实与理想之间无法取得平衡的矛盾心理。

如孙毓棠一般的青年诗人，在学校这个"象牙塔"里过着追寻真知的学子生活，其时外界却是严峻的民族危机和流离失所的百姓，有关战争与民族解放的话语不时飘进他们的耳朵，不禁要热血一番，但知识的殿堂还需要攀爬很远的阶梯，屠弱的身躯也经不起现实的蹂躏。《中华》一诗就代表了孙毓棠试图创作"抗战诗"的努力，但并不成功，全篇遍布感叹号，对中华的歌颂也没有显出什么新意，这无疑正是学子们的尴尬。因此"我和世界从此告一个结束"（《结束》）就不再是少年莫名的哀愁，而是深刻体验到与现实的隔阂后，想要埋葬以往的记忆重拾新生的愿望。

---

① ［德］歌德：《浮士德》，钱春绮译，上海译文出版社 2013 年版，第 4 页。
② ［德］歌德：《浮士德》，钱春绮译，上海译文出版社 2013 年版，第 6 页。

一直持续到《海盗船》的出版，意欲"暂时作一个结束"的心理挥之不去，"挣扎想要捞救自己"① 的过程持续了不短的时间。《梦乡曲》之后直到《船》，孙毓棠写作了一些短诗，如《结束》《中华》《歌儿》《秘密》《舟子》《仙笛》《牧女之歌》《忆亡友》《银帆》《寻访》《玫瑰姑娘》等，无论是表现时代，还是描写爱情，整体洋溢着浪漫主义式的悲哀、对寂寞与孤独的独自体味、对爱人不理解的恐慌等，这来源于倾诉的需要。孙毓棠写爱情诗，不像很多现代派诗人试图与爱情保持若即若离的安全距离，而采取直接大胆的描绘，在《寄》一诗的前面，孙毓棠特意加了一则附言：

> 棠自提笔以来，从未涉及个人。此诗发表，诚恐友侪曲解。棠爱"美"，爱山海明月流水清风，更爱美的情感，美的意象，美的思想，美的性灵。了解美只有真纯的心。美的灵魂是理想，是真实，是人生的寄托。因此，这一点经历，"流水样的来，清风样的去"。在回忆中留下的是一个性灵的印证。此外，辞句之间如有缺欠，应归咎棠的不慎，棠的过错，我关心的，关心我的朋友们，当能宽恕我。②

李广田在《〈银狐集〉题记》中提及自己的诗时说："在这些文字中已很少有个人的伤感，或身边的琐事，从表面上看来，仿佛这里已经没有我自己的存在，或者说这已是变得客观了的东西。"③《银狐集》大部分写于1935年作者大学毕业之前，而这样的情绪显然并不是他个人的独特经历，孙毓棠的这篇说明就与此十分相似。"此情可待成追忆，只是当时已惘然"，这一点经历"流水样的来，清风样的去"，最重要

---

① 孙毓棠：《海盗船·序》，立达书局1934年版。
② 孙毓棠：《寄》，《清华周刊》第37卷第1期，1932年。
③ 李广田：《〈银狐集〉题记》，广东人民出版社1981年版，第2页。

的不是这个经历本身，而是这个经历所代表的"美"与"真纯"，以及在回忆中留下的"性灵的印证"。与雪莱（Percy Bysshe Shelley）对"真纯"的渴慕一样，孙毓棠意欲"把爱情神圣化，把自然灵性化，把性灵生活理想化"①，无论是《梦乡曲》中的女神，还是《寄》中的女郎，都不是某个具体人物的化身，而是对理想中真纯与美的凝练。

1935年，孙毓棠谈及方玮德的诗《丁香花的歌》时说道：

> 写爱人幽会后的缠绵热情，没有一字是烘托或虚耗，使你只觉得里面有一种单纯的"力量"，这力量是因为每个字都有他的重量。其朴质简洁处直像一个不施脂粉的天真健美而又真率的女孩子。②

把"单纯"作为一种力量看待是孙毓棠最典型的美学观念，"单纯"不再是女性孱弱与柔美的代名词，而是化解阴暗、逾越鸿沟的生命之力。

除此之外，孙毓棠也不断从中西古典中寻求答案。《写照》《诗五首：SHELLEY、山中、双翼、记忆、如果》连续1931年发表在《清华周刊》第36卷第6期和第7期，诗中出现了一些西方诗人的名字：但丁、雪莱、T. S. 艾略特（Thomas Stearns Eliot）。这三位诗人的写作风格跨度非常大，但丁是欧洲中古时期文艺复兴中的诗人，雪莱是19世纪代表性的浪漫主义诗人，而 T. S. 艾略特是20世纪初西方现代派运动的领袖。这些诗人分别代表了西方古典诗歌、浪漫主义诗歌与现代派诗歌的最高成就，而孙毓棠从他们身上获取的或许不是写作技巧，而是一种写作精神。《SHELLEY》一诗歌颂雪莱的"真纯"，首先描绘了一幅浪漫的场景，采用他最为喜爱的海的意象：

---

① 孙毓棠：《谈"抗战诗"》，《大公报·文艺》（香港）1939年6月15—16日。
② 孙毓棠：《玮德的诗》，《北平晨报·北平学园》1935年6月10日。

清风吹拂着海上的流云，

拂入无垠的蔚蓝的天，

海天极处飘来银铃云雀的歌声。

啊！真纯！天赋的真纯！

紧接着却笔锋突转：

莫求在这污丑的世界，

——这里残杀挽着虚伪，

罪恶和阴谋像丘陵重叠——

莫求，莫求在这污丑的世界

追寻一样真纯的心！

　　19 世纪的浪漫与真纯，20 世纪的残杀、虚伪、罪恶和阴谋，这种对比表明诗人不再限于个人意义上的怀念过去，而是站在人类意义上呼唤"灵慧的天国，自由的邦土"，只有在这样的世界里，童真不灭。"自己更感到自己的纯洁，自己的高净，感到他们生活的无意义和无价值，自己呵！自己是雪一般的月一般的净白，自己是风一般的水一般的清高"①，在孙毓棠心目中，雪莱的真纯与美丽女皇的性灵同为一种"信仰"，甚至"'死'在真纯里是'灵之永生'"，将"死亡"看作至高无上的真纯的形式，可以说是浪漫主义最深刻的表达。

　　另一首诗《写照》前面有两段引文，分别是但丁的 Divina Commedia "Inferno" CANTO VII 85–87，即《神曲》"地狱篇"第 7 章第 85、86、87 句，和 T. S. 艾略特诗歌《圣灰星期三》（*Ash Wednesday*）中的一小段。T. S. 艾略特对 20 世纪 30 年代的中国新诗产生了"冲击波"式的影

---

　　①　孙毓棠：《断云之一、二》，《南中周刊》1926 年第 10 期。

响，而孙毓棠也正处于这种冲击所产生的影响之下。写于 1930 年的《圣灰星期三》是 T. S. 艾略特皈依英国国教之后代表创作转折的作品，孙毓棠引用的这一段，意思是皈依宗教后，最终得到欢欣并建立了信仰。为什么孙毓棠会在此处引用一段看似皈依宗教宣言书式的诗句呢？他曾就诗中涉及的宗教名词问题说："有人说我揶揄基督教，我不得不申明这些诗中所提的上帝不是一个翻译的名词，并且各诗中上帝二字也不仅是泛指一神或一物，我不过拿他当作一个象征，一个符号而已。"① 我们可以推测，这并不是一种要靠拢宗教的想法，而是仍然在"告一个结束"的心理状态下，诗人对"这孤零的枯叶向哪方飘"（《写照》）的某一个答案的思考。在这首诗中，诗人不断提问：

　　　　这一点流星向何处消沉？

　　　　荒漠的街头何处有路途？

　　　　何处有灵台何处有梦？

　　　　何处有荒原孤岛？

　　　　阴沉的暗流中有失有得？

　　这些不断穿插在诗中的提问，无不指向同一个问题：我要去哪？在作于两年后的另一首诗《涤罪》中，孙毓棠将自己设置为一个背着行囊在荒沙上行走了七天的人，"涤罪"也就是"赎罪"，而"七天"也很容易使人联想到上帝七天创世的故事，在诗的结尾——"我受不住爱情啊，

---

① 孙毓棠：《海盗船·序》，立达书局 1934 年版。

上帝！"——其实来得很突兀，因为前面都是在写"我"在荒沙中跋涉，极度饥渴，"从七个清晨到七个黄昏/我恨不得掘穿了干沙，找一座能通地狱的门"，并没有丝毫关于爱情的提示，而如果我们知道孙毓棠只是拿宗教故事当作一个符号来使用，就能够理解他在结尾突然提到的"爱情"才是全篇的诗眼，这首诗其实是在描绘一种恋爱时的煎熬感觉，对爱的渴望与恐惧。在《劫掠》一诗中，诗人写道："多少白天晚上我真诚扮作个巡礼的人/我发现天国是一片沙漠——我看不见上帝"，这种对"上帝"的疑问，根本上也来自于对人生的困惑，等待"最后的裁判"（《死海》），那道"通地狱的门"是浮士德曾差一点跨过的门。在这些孙毓棠惯常使用的宗教意象中，其实埋藏了他对未知的一种疑惑。

而另外一段则来自于但丁的《神曲》，孙毓棠曾翻译了《神曲》中"地狱篇"第一章，也即常说的"序诗"，发表在《大公报·文艺》1933年8月28日第11版，摘引的这段则是第7章的第85句到第87句。《写照》一诗实际上是这个阶段某种心境的"写照"，带有总结意味。

1932年在孙毓棠的创作历程中是比较重要的一年，他结识了闻一多，并开始翻译诗歌。从发表于《新月》的《船》《灯》开始，诗的内容更为紧凑绵密，意境也更为深远，开始显示出一种诗风的转变。目前所见孙毓棠发于《新月》上的这两首诗以及第二年发表的《东风》，都被孙毓棠选进了诗集《海盗船》中。

如果说之前的诗歌显露出孙毓棠将自我隔绝于尘世喧嚣的愿望，"万物都不来惹我的忧愁；我也不向万物要求欢喜"（《死海》），之后的诗歌则明显变得气量更大，处理的内容与题材也更丰富。《船》形制短小，却富有丰富的意蕴，尤其是与日后写作的散文《死的鸟》在主旨上很接近。不同于之前略显消极、悲观的"少年愁绪"，诗中显现出一种"向死而生"的勇气——"去！向更深处去！"此后诗歌无论从广度还是深度上均对前期有所超越。《婚夕》是一首赠曲，表现的还是古老的主题——丈夫对妻子的歌颂。前面的铺排显得场面宏大，这首诗视野广阔，显示出孙毓棠驾驭更多题材的能力。孙毓棠使用不连续的单字脚韵，使诗读起来很欢快，音韵与诗的主题相称。

《老马》则是这一阶段颇为成熟的作品，诗的格律很考究，采用"AABB"的押韵形式，得到了当时评论者的注意，定珊认为"它的音节，缓缓的，长长的，能刻画出一只老马长途跋涉的状态"①。陆耀东则认为，此诗"十分注意把绘画和建筑的某些特长融化在诗中"②。

另一首诗《海盗船》对黑水洋里一艘遭遇风暴的船及水手们的描写，凸显出承上启下的特征，其意象也在孙毓棠的诗歌中具有母题性质。当风暴来临时的那一刻，对黑夜里风浪中的船剧烈的飘摇和紧迫感描写十分精彩：

> 舱底五百名紫铜的水手，
> 赤了身像一群疯狂的野牛，
> 铁链锁住腿，皮鞭鞭着背，
> 把千斤的桨往生命里推。

诗中对瞬间情境的描绘，通过一系列词语的紧密铺排，将关键事物的细节与状态描写得栩栩如生，难能可贵的是孙毓棠对"自由"与"公平"的思考：

> 英雄拔出刀，争你的自由，
> 不要为公平就低你的头！

在同时期的诗作中我们很少能够看到这种哲思，在"做久了奴隶"的时候，往往会被短暂的"公平"迷惑，而诗人要奴隶们警惕为了"公

---

① 定珊：《孙毓棠的海盗船》，《读书顾问》1934 年第 2 期。
② 陆耀东：《论孙毓棠的诗》，《文学评论》2007 年第 6 期。

平"而放弃"自由"，因为只有"自由"才会有真正的"公平"。因此陆耀东先生不无欣赏地说："这种诗在前后期'新月'诗人中，可以说绝无仅有。即使是'新月'以外，赞美反抗、斗争的诗人及其诗中艺术整体上超过此诗者，似也极少极少。"①

通过诗歌分析，可以看出孙毓棠在诗歌写作上渐入佳境，他善于利用视觉效果十分强烈的诗歌意象，在虚实之间构筑诗歌体系，在诗的主题与创作技巧上巧用象征。

《海盗船》是1934年孙毓棠自费出版的同名诗集，将早期大部分浪漫主义诗作剔除之后，还剩下21首代表作，《老马》《船》《灯》《野狗》《舞》《乌黎将军》《城》均在其中，出版之后，定珊认为"在诗坛日渐衰微的时候，肤浅的东西特别多，在水平线上的东西已经较少，可以够得上歌颂的诗篇越发少，仅仅是包含着二十一首小诗的海盗船确然是不可多得，难能可贵的了"②。而关键的则是，"他不依傍着一切的主张；他的好处就在他不依傍别人说话，他有他的自己"③。接下来，我们看到孙毓棠在表达"现代感受"上越加深刻，虽然他早已意识到"世界原是清洁的，可惜人们不在清洁的路上走"④，但诗歌技法的成熟使他能够在诗的思想上不断进行突破。

第三节 现代主义的启发及时代的"感应神经"

有研究者认为："孙毓棠创作的道路，也正是由新古典主义开始，走向象征主义，这也与新月派从《晨报诗镌》到《新月》《诗刊》的路数

---

① 陆耀东：《"新月"（后期）诗人群——孙毓棠等人的诗》，载《中国新诗史（1916—1949）》第2卷，长江文艺出版社2009年版，第92页。
② 定珊：《孙毓棠的海盗船》，《读书顾问》1934年第2期。
③ 定珊：《孙毓棠的海盗船》，《读书顾问》1934年第2期。
④ 孙毓棠：《断云之一、二》，《南中周刊》1926年第10期。

一致。从整体而言，也和中国诗坛更广阔的文化背景和演变进程相符合。孙毓棠向现代派的转向，也正是在新月派的基础上吸收了象征主义的手法，从而汇入了现代派的浪潮之中。"① 如果将孙毓棠的创作划归到一种整体性的潮流之中，或许只能从宏观角度反映出一种趋势，但在细节上会有所遮蔽，且孙毓棠早期的创作似乎也不能划归为"新古典主义"一路。新月派从《晨报诗镌》到《新月》《诗刊》，包括 20 世纪 30 年代现代派的崛起，都似乎反映出了这样一条新诗从浪漫主义发展到现代主义的道路，但这种发展并不是一蹴而就的，尤其在孙毓棠这里，并不存在某种突然的转折，而且这种发展观很难解释孙毓棠跨越至少 5 年时间的历史题材创作。但如果说 20 世纪 30 年代新诗的主流是"抒情的放逐"②，"要排除传统的陈词滥调和模糊不清的浪漫诗意"③，那么孙毓棠的创作或许也在无形中回应了这一趋势。最终他并没有完成大规模的现代派诗创作，也没有沿着这条路走下去，而是将多种创作手法融合并汇入历史题材写作中。

1986 年，蓝棣之先生在《现代派诗选》中选入了孙毓棠的《河》与《踏着沙沙的落叶》两首，显然将这两首诗视为孙毓棠现代派诗中的代表。这两首诗中，《河》更为厚重，"古陵"的所在更是让读者反复猜想，写作手法也具有现代派特点。而《踏着沙沙的落叶》则是一首悲秋之作，其实在写法上并未见得有显著脱离早期浪漫主义写作特点之处。或许是因为这首诗刊发在《新诗》上，而《新诗》则是 20 世纪 30 年代现代派诗作的发表阵地，故而被编者选入。相对来说，《野狗》《舞》等诗更能成为这一方向上孙毓棠的代表作。

《野狗》是一首具有现代主义色彩的诗歌，等待猎物的野狗安静地匍

---

① 王舒：《论孙毓棠的诗歌创作》，硕士学位论文，山东大学，2019 年，第 57 页。

② 徐迟：《抒情的放逐》，《星岛日报·星座》1939 年 5 月 13 日。

③ 穆旦：《致杜运燮六封·1976 年》，载《穆旦诗文集》第 2 卷，人民文学出版社 2006 年版，第 145 页。

匐在深山，行动、触觉都充满了紧张感，景物带上了阴霾与肃杀，"枯死的月亮像是我的眼睛"——这种描述在《野狗》中随处可见，一改之前诗作主要以个体内心世界为描述对象，诗人将目光投向充满象征与警觉意味的"野狗"身上："这世界的一切我都知道！/我要用铁锁锁住上帝的手""用荆冠圈住上帝的头颅，/是的，这深山我要来治理！/我比你聪明，上帝，因为我/啃过人的尸骨，撕过人的皮"。这种对"恶"的描写，一方面是现实环境带来的身心体验，一方面也是受到新的美学思潮的影响。在诗集《海盗船》的后记中，孙毓棠专门谈到了《野狗》一诗的写作过程："其中《野狗》一篇，诗成以后曾修改三四次；《学文》一卷一期发稿时，一时疏忽误将初着笔时的草稿付印，此集中所收是修正过的。"① 那么《野狗》最初的修改与最后的成型到底有什么区别呢？可以将《学文》版的《野狗》与《海盗船》版中相同的句子进行对比：

1. "颤抖着舌头来舐钢牙的血腥"（《学文》版）

   "颤抖着红舌来舐鼻角的黏腥"（《海盗船》版）

2. "干死的月亮是我的眼睛"（《学文》版）

   "枯死的月亮像是我的眼睛"（《海盗船》版）

3. "等候什么阴影在森林里走……"（《学文》版）

   "竖耳听乱草在山风里抖……"（《海盗船》版）

4. "注视着天穹的深邃（我的心）"（《学文》版）

   "瞪住眼望着宇宙的昏濛"（《海盗船》版）

5. "要重铸制裁宇宙的铁律"（《学文》版）

   "要重铸裁判人生的铁律"（《海盗船》版）

6. "我竖起两耳往满山空濛里听"（《学文》版）

   "我竖耳往乱山昏濛里听"（《海盗船》版）

---

① 孙毓棠：《海盗船·后记》，立达书局1934年版。

7. "没有一滴露水声，一半丝虫鸣"（《学文》版）

"没有一星蟋蟀，一半滴虫鸣"（《海盗船》版）

《学文》版是初稿，《海盗船》版是定稿，这中间曾改动三四次，我们从整体来看改动较大的是以上7处。第1处改动使得野狗的形象动作更加具有现实性，"鼻角的黏腥"会比"钢牙的血腥"更具有感官上的冲击力。第2处从"是我的眼睛"改为"像是我的眼睛"，诗意改动不大，但于音韵上更加和谐。第3处改动使得野狗的动作性更强，更突出夜里的深山环境与野狗之间的互动，造成令人恐惧的氛围。第4处与第3处改动作用一样，在加强动作力度的同时，将主体更强调为"野狗"。第5处改"制裁宇宙"为"裁判人生"，范围上缩小，意义上则更为连贯。第6处改"空濛"为"昏濛"，使语境上前后统一。第7处改动主要是为了使时间上更为合理，"露水"与"虫鸣"一般在清晨，"蟋蟀"和"虫鸣"则在傍晚。整体而言，改动之后的诗作更加文气贯通，加强了现代手法，削弱了诗中原本代表孱弱无力感的意象与词语，爆发了更为尖锐有力的现代感性。采用不和谐的词语与蒙太奇的组合方式，这是现代诗歌的典型创作技巧。

《舞》曾发表于《文学季刊》1934年第1卷第1期，描写了一个在荒滩上跳舞的人，永不停止的动作与发狂的悲哀，虚幻的"重"与轻盈的"舞"形成无法摆脱的拉扯力，将内心的"狂躁"状态表现得淋漓尽致。而更为典型的现代情绪则体现为意象含义的转变，以"月亮"为例：

半天里僵死的月亮是多可怕，

星子的脸都罩上忧愁的面纱。（《舞》）

让昏黑永远蒙盖这海面。

这里也不要星光和月光，（《死海》）

围着一钩忧愁的黄月（《残春》）

代表纯洁的"月亮"已经不再散发性灵的光芒，而是"僵死""枯死""忧愁"，在这种感受中，诗人自身也产生了疑问："我失落了些什么"？是否"只要说声信仰，脚下就是天堂"（《怀疑》)？是否"出了这片丛林就是一片好月光"（《奔》)？然而纵使"盼望得发狂"，世界也没有给诗人带来任何解脱的希望："我恨文明，我看不起爱情，我不想望/一切曾毁灭的琐碎零星"（《人·梦语》)。《劫掠》一诗就安排了一则极其反讽的戏剧——空虚至极的灵魂被劫掠的故事。《劫掠》虽然在整体上是一种"省略对话一方的独语体"①，但是却并不一定是"生活口语体"②。被劫掠者的回答实则充满了形而上的意义，如："我说你劫错了人，我不知道什么地方/是我的家，我没有乡土也没有国度；/像夏夜渺茫的一丝风，连我自己也不知道/从哪儿来的，将来是向哪儿去的""那床头上的一本圣经你不要动，/不，你知道那也不是我的：多少年，/多少白天晚上我真诚扮作个巡礼的人，/我发现天国是一片沙漠——我看不见上帝。"

> 是的，这是我唯一所有的，一颗跳动的心，
> 保持着这枯瘦的一堆骨和肉。
> 如果你想要，尽管拿了去，
> 这累赘是我多年最厌倦的，最厌倦的；
> 不过我告诉你，这里面可是没有灵魂，
> 老天从来就没把灵魂交给我，
> 我也从来未曾想望过

---

① 薛媛元：《论孙毓棠的新诗戏剧化探索》，《文学与文化》2018 年第 3 期。
② 薛媛元：《论孙毓棠的新诗戏剧化探索》，《文学与文化》2018 年第 3 期。

从诗的结尾处可以看出这是一出爱情悲剧，但这个时候爱情不再是诗人表达的主旨所在，而是唤起"被劫掠者"思考人生的一个导引，根本上是为了展现回答者没有故乡、没有上帝、没有灵魂的孤寂与苦闷，所谓的"现代转变"也就体现在这些地方。之后《清晨》一诗更加清晰地呈现出诗人身处现代都市中的感受：

> 两面高楼是荒原上的
> 古庙，死一样的凄凉；
> 门窗像漆黑没有底的
> 洞，像刚遭了劫掠

不同于青春期的哀怨，充满了无所着落的深刻荒凉。诗中"劫掠"一词也是对《劫掠》一诗的呼应，"劫掠者"不抢劫钱财，而抢劫人对美好的感受力，劫掠者也不再是年轻的姑娘，而是看不见的现代都市化进程。T. S. 艾略特笔下的"荒原"不是一个具有地理真实性和确定性的地方，而是书写 20 世纪西方社会价值体系崩塌的隐喻——失去信仰、精神枯竭、文化迷茫，是一个不安的充满焦虑的支离破碎的世界，这是对 20世纪现代都市化最强有力的一个隐喻。孙毓棠则将"高楼"喻为"荒原上的古庙"，"古庙"寄托了中国古人对先辈、历史的回忆和未来的想象。在同时期的诗里，诗人还写道："深山里一座颓朽的古塔"（《蝙蝠》），不管是"古庙"还是"古塔"都代表着某种祖先遗留的精神财富的逝去，而"荒原上的古庙"两相结合，似乎暗藏着孙毓棠对中西古典美都被遗忘的失望。无论是凄凉的高楼，还是漆黑的门窗，都是孙毓棠主观幻化的产物，多次出现在孙毓棠笔下代表"单纯力量"的女性，此刻也蒙上了烟尘之气：

屋脊在讥诮着沉沉的

天，别再装出那羞耻；

她怎么挤眼，是诱惑，

那一盏昏灯的红志？

从"不施脂粉的天真健美而又真率的女孩子"到一个"诱惑"，这不仅仅是意象的转变，也包含着诗人对事物的认知与感情的转变："我自己只知道记载经验中的思绪和情绪，什么是能知能解和什么是不可知不可解，只知道用我仅有的知识与经验来解剖来窥察自己和世界"①，而这表明了诗人对时代的"感应神经"由弱到强的过程。孙毓棠从古典文学中继承的是浪漫诗情，但现实教给他的却是沉重与荒诞，如果说"月亮"与"女性"是最能代表"性灵"的意象，那么其"颓朽"色彩的强化最能够代表孙毓棠"抒情上的放逐"。

但奇怪的是孙毓棠并没有沿着这种象征主义方式继续走下去，而是将其与浪漫思想融合为一体。随后写作的《奔》就不是典型的现代派诗作，其间融合了很多手法，就像同时期写作的《河》，不像戴望舒、施蛰存等人的创作更接近西方现代诗经验，而是运用一些现代派手法，辅以具有东方艺术特色的繁复意象来表达复杂的现代感。"这些诗作多半不再采用传统的抒情方式，而是运用暗示和繁复的意象来表达现代人的复杂情绪，以客观象征主观，具有知性的特点。"②

同时，这个时期的诗作并不是都很成功，像"荒原上的古庙"这种十分具有独创性的意象并不很多，诗人有时为了强调一种荒凉感，会让某些词语或句子在一首诗里反复出现。如《秋暮》一诗重复多次"我循着荒街在冷雾里彷徨"，把颇为紧凑的诗意冲淡了。不断重复的"荒街"读起来也颇有冗余之感，读者并没有从这种重复中得到美的感受，反而

---

① 孙毓棠：《海盗船·序》，立达书局1934年版。
② 文学武：《〈水星〉杂志与中国现代文学空间的开创》，《新文学史料》2015年第2期。

感到疲惫。但"荒街"这个意象本身值得注意，孙毓棠对这个意象投入的关注至深，也正因其符合他在孤独荒凉中思索的心境。而惯于使用"荒街"这一意象的还有诗人穆旦，吴晓东认为，"穆旦的形象，是一个沿着荒街徐徐散步，苦苦思索的形象"①，不同的是，穆旦通过"荒街上的沉思"使自己的诗呈现出"思辨色彩"，而孙毓棠的"荒街"则与诗人形象有关，并未突破表象进入更深层的思索。

1936 年孙毓棠发表的两首诗，《啊，我的人民》与《春山小诗》（组诗）透露出诗人在现实与理想之间感受到的冲突。《啊，我的人民》是在《中华》一诗后又一次尝试写作"抗战诗"，但仍然没能取得突破，更加无法与卞之琳深入后方创作的《慰劳信集》等相媲美。究其原因，与孙毓棠此时身在日本，潜心在东洋文库读书，没有实际接触到国内的抗战现实有关。而这两次失败的经验更促成日后孙毓棠写作《谈"抗战诗"》一文，正因为孙毓棠自身写作抗战诗失败的经验，所以他才更加要求诗人们写出"技术纯熟的好抗战诗"②。分三次发表的《春山小诗》却完全是另一幅景象，类似桃花源般的田园幻想，在这个时代里就是一种回避，显示出了知识分子的犹疑。现实与理想的拉扯所导致的"浮士德式的内心骚乱"一直伴随着孙毓棠这一时期的创作过程，所以才会有这种浪漫主义情感和手法不断在诗中出现的现象，直到孙毓棠找到更加适合自己的题材和表现形式。

第四节　现代寓言与历史题材的化用

对现实的回应是检验文人心态的试金石，孙毓棠在战争年代不是从

---

① 吴晓东：《荒街上的沉思者——析穆旦的〈裂纹〉》，《新诗评论》2005 年第 1 辑。
② 孙毓棠：《谈"抗战诗"》，《大公报·文艺》（香港）1939 年 6 月 15—16 日。

"旧的抒情"① 转向 "非个人化" 以及智性纯诗的追求，而是走向以历史为参照系的 "时代的诗情" 的发现与创作。"时代的诗情" 即："一时代的人对于一种诗的内容的嗜好，我们可以给它起个名字，叫做'时代的诗情'（the poetical of the age）。"② 战争年代的诗学蜕变猝不及防却也有迹可循，"大多数纯诗追求者，在时代的裹挟与冲击下，试图迅速地告别与抛弃纯诗，在真诚的自剖和反思中，逐步向大众化诗学靠拢"③。孙毓棠并非是 "艺术至上主义者"，或 "在现实意识上远离时代主调"④，只是他的转变并没有何其芳等那么直接。何其芳 "厌弃我自己的精致"⑤，面对现实的风云变化，手中的 "传彩笔" 骤然显得枯窘，因此迅速开始他的自觉反思之路。孙毓棠也曾写作呼应时代的 "抗战诗"，如《中华》《啊，我的人民》《农夫》《荒村》等，但除了《农夫》一诗在艺术结构上有所不同，其他诗作似乎很难摆脱 "口号诗" 的嫌疑。相反，那些潜在或间接地表达 "时代的诗情" 的诗却可以达到诗艺的某种高度，像《海盗船》《暴风雨》等诗，很难说其中没有对现实的隐喻，其内里所包含的抗争精神也是对现实的一种回应，只不过用了一种更为抽象的方式，并往往在这种抗争思想中包含了反思意识：

> 炮火在青天上，炮火在
> 原野和海洋上；更凶的炮火
> 将要在未来的每一分
> 每一秒的时间和空间里。
> 我爱这人生，爱完美和光明的人，

---

① 20 世纪 40 年代穆旦曾言："假如'抒情'就等于'牧歌情绪'加'自然风景'"，那么已经变成了 "旧的抒情"，因而他呼唤一种 "新的抒情"。穆旦：《〈慰劳信集〉——从〈鱼目集〉说起》，载《穆旦诗文集》第 2 卷，人民文学出版社 2006 年版，第 53—54 页。
② 孙毓棠：《谈 "抗战诗"》，《大公报·文艺》（香港）1939 年 6 月 15—16 日。
③ 刘继业：《新诗的大众化和纯诗化》，北京大学出版社 2008 年版，第 244 页。
④ 王舒：《论孙毓棠的诗歌创作》，硕士学位论文，山东大学，2019 年，第 67 页。
⑤ 何其芳：《论梦中道路》，《诗歌特刊》第 1 期，《大公报·文艺》1936 年 7 月 19 日。

也该爱毁灭，爱阴黑，爱死。

——《人：醒语》

　　在孙毓棠的诗作中，"海盗""奴隶""拉夫"等意象代表了他对底层人民的想象，而他对他们的感情又是复杂的。一方面，他们似乎只是一个"群体"，这个"群体"没有善恶之分，出现在集体性的劳动场面中，如《海盗船》中的奴隶、《城》中的拉夫、《河》中的船上百姓，没有个人的主体性，只有群体的一致性；另一方面，这个"群体"内部又蕴含着勃勃生机，迸发出的生命力与抗争力是非常强大的。这些人在"主体性"与"群体性"之间的界限非常模糊，赞美反抗的同时也构成了孙毓棠自身无法解决的矛盾：永恒生命到底会铸成一座理想石城，还是永远在重复运石的动作，或与暴风雨斗争却永远无法抵达彼岸？"古陵"与"石城"都只是一个遥远的地方，这个终点只有抽象的理想并无详细的描绘。群体的塑造或许还表明了孙毓棠在某种程度上对底层人民的隔阂，所以他也试图写作《卖酒的》这类诗作来刻画某一个底层人物，但是用"纯诗"的手法似乎也无法完成他的想象，因此采用的是戏剧对话体。夏济安曾说，选择什么样的字词入诗，"最重要的还是诗人要有'文字的感觉'"[1]，这个"文字的感觉"就是诗人对语言的领悟力，同时，什么样的语言最能够启发诗人的灵感，这关乎一个诗人的个性所在。对孙毓棠而言，这些常用的意象或许就是最能够给他带来感觉的语言。

　　在诗的"大众化"这一点上，孙毓棠似乎无力将现实与理想完美地融合在一起，诗艺的成功不能掩盖思想上的稍显薄弱。这并不是孙毓棠一个人的缺陷，而是现代知识分子本身在寻求现代中国建设方案上无力的体现。从诗艺与现实的结合来看，《老马》仍然在孙毓棠诗作中堪称独步，通过描写一匹负重老马勉力前行的姿态，诗人控诉了社会的不公与

----

① 夏济安语，转引自痖弦《未完工的纪念碑》，《创世纪》1972 年第 30 期。

黑暗，在诗的意蕴、结构、音节、节奏上的匠心，也使得这首诗充分反映出了"时代的诗情"。

孙毓棠这一时期大多数的诗，不能不说是在现实映射下的表达：

> 我不求孤舟，鸿毛重过我的生命；
> 如果茫茫是生，我生不如不生，
> 不如未生，也没有善，德，也没有罪！
> 啊，天苍，我不求超度，我只求在
> 滔天的旋浪里许我留一刻气息，
> 向亿万生灵滴两滴清泪。
>
> ——《洪水》

这类诗句除了诗艺上的精进，更重要的是其中隐含了诗人对时代的感受与思考。孙毓棠翻译《日本诗歌的精神》一文时曾提到过对"暴风雨"的描写："假若他写一首关于暴风雨的景色的诗，他所见的是闪电飞云，野风摧木，狂飙怒撼着巍峨的山峦。但他写在诗篇里面的，不是闪电，不是飙风，而是一片枯叶在暴雨内打旋。""我们要看的不是自然是什么，而是自然所赐予的感觉是什么。"[①] 孙毓棠所作《暴风雨》一诗却将"自然所赐予的感觉"返还到"自然"身上，并没有强调"暴风雨"带给人的感觉，而是"暴风雨"来临前万物的"感受"，孙毓棠还原了"一片枯叶在暴雨内打旋"的感觉，通过描写"山""松林""草""河水""蛇""兽""鸟"在暴风雨"来临前"的状态，刻画出时代风雨的强劲，可以看出这类诗在精研诗艺时并没有放弃与时代对话的可能性。

"新的诗应该有新的情绪和表现这情绪的形式"[②]，随着"时代的诗情"的转变以及自身专业的影响，孙毓棠把目光投向历史题材写作似乎

---

① ［日］Ken Nakazawa：《日本诗歌的精神》，孙毓棠译，《南开双周》第4卷第1期，1929年。
② 戴望舒：《望舒诗论》，《现代》第2卷第1期，1932年。

是一件必然的事情。历史题材写作将历史事件与象征手法结合起来，形成了一种崭新的"现代寓言"式写作手法。如果我们将《乌黎将军》（1933 年 3 月）、《城》（1934 年 1 月）、《河》（1935 年）、《吐谷图王》（1935 年 4 月）、《宝马》（1937 年 4 月）视为孙毓棠在历史题材写作上的集中代表，那么这一过程中的延续性则值得探讨。

《乌黎将军》一诗共 16 行，将乌黎将军带军征伐的气势与心理描写得十分细致，突出了千军万马跃蹄冲刺前那一瞬间的紧张情境。"黄昏里撒哈拉卷来了东北风，/杂着人的喊，军笳的叫，和纷乱的马蹄声"，胡笳的悲声断断续续响彻原野，带着沙的风裹挟着人的呼喊与纷乱的马蹄，"太阳在地面上打抖，红得像堆干血一样"，通过灼热的触觉与猩红的视觉传达出场面的暴躁，"遮昏了天的黄沙里闪着枪头冷冰冰的光"，强调了冷兵器时代战争的痛感，"挥动几千面鲜红的大旗，是黑云着了火"，如此恢宏气势又使人热血沸腾。意象的急速转换堪比摄像镜头，开头的五行诗句充分预示出孙毓棠日后在描写古代战争场面上的能力。全诗昂扬着开疆拓土的激情，但又在无形中透露出生命的悲哀底色。乌黎将军唱出的歌带着直指苍穹的质问，也是诗人对生命之永恒悲哀与痛苦的描摹。但这首诗并不全是为了塑造一个将军式的人物，其映射的是现实战争给人带来的如"火烧"般的感受，诗中昂扬的抗争之力代表着诗人对世人的期许。《乌黎将军》一诗可以作为《宝马》长诗的前奏，对古代战争场景及人物的刻画十分细腻传神。

《城》则换了一个视角，转而描写一群运石的拉夫。全诗以"我"为视角，描绘一群拉夫运送"枯石"去荒山上建"亘古的石城"的过程，"我"用一种"演讲"式的语调鼓吹拉夫们，将要建成的世界则是：

> 我们要的不是远古底比斯的巍峨，
>
> 千年的石柱萦绕戛纳克的香火；
>
> 我们不要红灯缀满了的巴比伦城；

雅典的葡萄香；耶路撒冷的钟声；

不希望有云石来筑我们的罗马；

伽蓝的金铃摇动佛顶上的云花；

长安回龙的宫阙，奥萨沉碧的海水；

我们不要，不要威尼斯茄色的氛围。

……

我们不是要柏林样垃圾堆满的城池；

莫斯科蛛网的街头上蝼蚁的拥挤；

支加哥的黏腥；巴黎腐肉的淫靡；

我们不要伦敦的喧嚷；纽约城的浓烟，

金钱垒成的巨厦，巨厦指着青天。

我们不想望粉裸的蛆虫在灯里舞；

钢铁的长蛇把灰黑往绿野里涂。

诗人说"我们绝不要这样的世界""我们不要这些凋残了的古老的梦境"，那要的是什么样的世界呢？我们只能从一些只言片语中归纳出一幅大概的景象："有的是时间给你休息""一朵希望""我们的天堂""毁不灭的真实"，仅仅这些描述，看起来真的太过抽象和简单。如果我们还记得诗人曾在《梦乡曲》里描绘过的那个"梦乡"："这梦乡只有美，只有快乐，青春和自由/这里永远寻不到苦恼，找不到悲愁/花没有老，树没有枯，春光吮啜着永久"，联系诗人多处对青春的赞扬，或许我们能够知道，他并不是要造一个什么理想世界，而是要求一种"把生命往这高山绝顶上推"的力量，"生命应该是战争，永远得张开你铁弦的弓"，而这个生命力与其说是个体的，不如说是群体的展现。

这座"亘古的城"与《河》中的"古陵"不一样，诗人对不要什么样的"城"还有具体的想象，但"古陵"却是未知的，"古陵是什么地方？/没有人知道；没有人知道古陵/是山，是水，是乡城，是一个古老的国度，/是荒墟，还是个不知名的神秘的世界。/只知道古陵远远的，远远的隔着西天/重重烟雾"，有学者认为《河》这首诗显示出的"朦胧"性甚至放在 20 世纪 80 年代的"朦胧诗"文本群中也不显弱，陆耀东将诗中反复出现的"到古陵去"视为"驶向死亡的代名词"①，吴晓东则提出疑问："为什么孙毓棠在诗中创造了一个流向广袤的内陆沙漠地域的向西的大河？为什么河流上相竞的千帆承载的是一个种族性和集体性的通过河流的大迁徙，其方向是朝向黄沙漫漫的西部边疆，甚至是一个历史的版图疆域之外一点一个疑似子虚乌有的地方——古陵？"② 并猜想："或许，这条呜咽的大河，本来就存在于孙毓棠关于西部边疆的史地想象中，连同诗中屡屡复现的'古陵'，是类似于福柯所谓的'异托邦'式的存在物。"③ 其实，如果我们能够更清楚地了解孙毓棠对历史中中国边疆的想象，会明白他为何会选择一个面向西边的出口，为何不断在诗里重复"西天"一词。

在孙毓棠对中国历史地理环境的研究中，他将整个中国版图比作一个壶嘴朝向西边的茶壶：

　　　　中国本部的地势正有如一个茶壶，东西南三方面海洋山岭包成一个壶腹，西北高原通西域是个壶嘴，但北方自辽东至河西六千里"边塞"缺少了一个壶盖。④

"西边"不仅是孙毓棠多次描写的对象，而且也承载了他对文明的向往。"两千年来中国的历史，就成了如何以武力保住这壶腹，不许异族人

① 陆耀东：《论孙毓棠的诗》，《文学评论》2007 年第 6 期。
② 吴晓东：《西部边疆史地想象中的"异托邦"世界——解读孙毓棠的〈河〉》，载《文学性的命运》，广东人民出版社 2014 年版，第 170 页。
③ 吴晓东：《西部边疆史地想象中的"异托邦"世界——解读孙毓棠的〈河〉》，载《文学性的命运》，广东人民出版社 2014 年版，第 170 页。
④ 孙毓棠：《中国民族的发展·上》，《周论》第 2 卷第 16 期，1948 年。

入内；又如何冲出这壶盖镇服住这片大莽原地带。"① 无论是《城》《河》等小长诗，还是《宝马》长诗，孙毓棠在运用历史题材进行写作的时候，都将背景设置在西部边疆这一广袤土地，源于他对中国两千年历史变迁背后的整体逻辑。而孙毓棠多次写到的"荒原"，就不仅是现代都市的荒原，或许还有这一层实际的意义："在这壶盖以北，自东海滨至欧洲北部实在是一片大莽原"②，这一"荒原"想象也建基于他的西域史研究上。在学术研究精准客观的基础上，孙毓棠发挥了一名诗人的想象力，将汉民族西征或草原部族西迁的过程填充为有血有肉的故事：

> 重重烟雾。只听见船夫们放开喉咙
> 一声声呼喊："我们到古陵去，到古陵去！"
> 大大小小多少片帆蓬鼓住肚子吸满了风，
> 小船喘吁吁嗅着大船的尾巴跑，
> 这一串樯头像枯林斜拖几千里路。
> 舱里舱外堆着这多人，这多人，
> 看不出快乐，悲哀，也不露任何颜色，
> 只船头船尾挤作一团团斑点的，
> 乌黑的沉重。倚着箱笼，包裹，杂堆着
> 雨伞，钉耙，笤帚，铁壶压着破砂锅；
> 女人们蓬了发，狠狠的骂着孩儿的哭；
> 白发的弯了虾腰呆望着焦黄的浪；
> 青年躬了身，咸汗一滴滴点着长篙，
> 紫铜的膀臂推动千斤的桨，勒住
> 帆头绳索上一股股钢丝样的力量。
>
> ——《河》

① 孙毓棠：《中国民族的发展·上》，《周论》第 2 卷第 16 期，1948 年。
② 孙毓棠：《中国民族的发展·上》，《周论》第 2 卷第 16 期，1948 年。

通过对语言、肢体动作、面部表情甚至是颜色、味觉的刻画，尤其是将"物"人格化，使得这条大船上的场景充满生命力。通过精细的白描手法，苦难与命运感自然地呈现出来。而其设置的这场向西的流亡之路，又与抗战时一部分中国人的奔波之途无意间吻合，使其具有现实"寓言"般的影响力。

如果说《城》与《河》都是诗人在理想世界与现实世界的矛盾之间调动所有情感与经验写出的恢宏之作，那么《乌黎将军》《吐谷图王》则在"人物"身上寄予了更多现实思考。《吐谷图王》一诗在人物心理状态着墨更多，年老的吐谷图王站立在初继位时建成的公园前，时间风干了记忆的血色，战争与欢笑皆已随风而逝，徒留满园暗黑的风景，年老的王厌倦一切，也忘掉了一切，"满园的月光/照着的黑山，黑树，古怪的花朵，/思绪飘飘的找不到地方，/飘飘的找不到停留的地方"，在看起来平实的描写中隐含了诗人对年老的王的谴责，"但是他的确忘掉了一件什么宝物"又使人联想到《宝马》中的宛王毋寡。

从《乌黎将军》《城》《河》《吐谷图王》的写作过程可以看出，孙毓棠早已自觉地在历史题材写作上进行探索，在历史视野中反思现实，并最终在《宝马》（1937 年 4 月）一诗中得到了完整的阐释。我们要注意这种写作上的延续性，才能深刻认识到《宝马》一诗并不是横空出世的杰作，而是有其发展脉络并来自于诗人一贯的自觉努力。在此意义上，关天林认为，"我们确实可以把《海盗船》《城》《河》《洪水》视为一个过程，不仅仅是从双行韵体到无韵体的变化，或多了跨行、更散文化。少了鲜明铿锵节拍的分别，更重要的是，在一种一贯的、对人类身处极端自然环境时的精神发扬状态的兴趣驱使下，开拓了一个表现形式的实验领域，为想象力探寻更多的节奏可能"①。

---

① 关天林：《史的诗·诗的史——论孙毓棠〈宝马〉及一种节奏形式的探索经验》，《华文文学》2015 年第 2 期。

这里并不打算详细解读《宝马》一诗，但有必要强调一下《宝马》
的写作背景。孙毓棠对西域史的研究直接导致了这一作品的产生，在孙
毓棠对两汉研究的论文中，我们可知其时汉朝已大败匈奴，但遗留的匈
奴仍然对汉朝边疆人民构成极大威胁，西边各个处于汉与匈奴之间的小
国立场摇摆不定，这对汉朝来说是不可忽视的危险。这种情况下，大宛
国作为亲近匈奴的边境小国之一，汉朝对其的征伐和打击就是不可避免
的。而"宝马"事件则是大战的导火索，也由于这次胜利，汉朝在周边
小国心目中树立起强大不可逾越的国家形象，进一步巩固了对匈奴的压
迫之势。《宝马》第一节对大宛国的介绍，风土人情，尤其是宛王毋寡的
性格爱好，非常类似于年轻时的吐谷图王。《宝马》一诗是孙毓棠创作生
涯中最为辉煌的成就，通过孙毓棠的创作实践，也可看出在"时代的诗
情"与现代寓言这两个向度上，只有找到真正适合自己的表达方式，并
不断在诗艺上进行扩展，才能在与时代对话的同时不遗忘诗的艺术法则。

第三章　孙毓棠的诗学观与 20 世纪三四十年代诗学论争

孙毓棠写作的诗论很少，《孙毓棠诗集》中收录的仅有《海盗船·序》《我怎样写〈宝马〉》《谈"抗战诗"》《旧诗与新诗的节奏问题》（上、下）等为数不多的几篇，目前学界较为熟知的也是这几篇。我们需要将他早年编辑刊物过程中流露的文学思想包括进来，才能更完整地考察其思想变迁的轨迹。包括新发现的佚文《介绍给高一同学们》《答震荪君的〈关于介绍给高一同学们之商榷〉》《文艺的寻味（一）》《秋窗短札》《到巴黎》及《玮德的诗》等文。在第一章笔者已将孙毓棠在南开大学与清华大学期间的编辑经历做了详细的考察和梳理。本章将在此基础上继续深入，以孙毓棠的诗论及产生的相关论争为线索，考察他在告别学生时代进入实际社会生活之后，诗歌创作与诗歌观念的变化。并围绕孙毓棠以"尚呆"为笔名写于不同时期的文章，考察他对待文艺与写作的态度，追溯其早期文学思想的形成过程及重要取向，勾连起他对于新文学精神及新诗传统的阐释。如果仔细探查，会发现孙毓棠诗论所谈到的问题十分丰富，不仅是他与同时代诗人进行诗学交流后的抒发己见，也代表了一名史学家对于新诗未来的构想。

第一节　战时文人心态："避开一切主义"

一　由新的笔名观孙毓棠早期思想形成

在《南中周刊》第 29 期上《这半年的文艺栏》一文中，编辑邵存民提到："毓棠那篇《文艺的寻味》，虽是旧稿，然而现在读起来，还觉得极有意思"，查阅二人编辑文艺栏期间刊发的稿件，第 24 期有一篇《文艺的寻味（一）》，却署名"尚呆"，那这是否是孙毓棠的文章呢，"尚呆"难道是孙毓棠的笔名？《文艺的寻味（一）》中有一句——"不由得不使我这十六岁的大孩子泊住了在苦难中奔波的生命之舟而回首童年"，此文刊于 1927 年 5 月 16 日，刚好是孙毓棠 16 岁的时候，似乎可以证明此文为孙毓棠所写；《南中周刊》第 28 期上又有署名"尚呆"写的另一篇《秋窗短札》，文中首句载："存民致友：顷接你来函，使棠几至落泪，所谓'浮萍飘絮，乘风游荡'，所谓'当年好梦，已化飞烟；未来渺茫，竟如雾霭'，直似一字一泪，从我棠儿的心中哭出，你那封信，沉痛的过分了，我不敢看第三次！"显然，文中的"棠"就是孙毓棠习惯性的自称；另外，《南中周刊》第 16 期署名"尚呆"的《答震苏君的〈关于介绍给高一同学们之商榷〉》一文中提到"我也是高一的学生"，此文刊于 1927 年 1 月 19 日《南中周刊》，孙毓棠正上高一，这些材料似乎足可证明"尚呆"就是孙毓棠的笔名。而另外一则材料则更加能够确证此事，孙毓棠于 1933 年在《女师学院期刊》第 2 卷第 1 期上发表了一篇文章——《弥拉波》，署名孙毓棠，经笔者查阅，这篇文章曾以《米拉波与法国革命：as a real politiker》为篇名发表在《清华周刊》1932 年第 37 卷第 3 期，两篇文章的内容几乎一模一样，而《清华周刊》上的这篇文章就署名"尚呆"。毫无疑问，"尚呆"就是孙毓棠的笔名。①

这里有必要按时间顺序列举一下署名"尚呆"的文章：

1. 《介绍给高一同学们》，《南中周刊》1926年第15期。

2. 《答震荪君的〈关于介绍给高一同学们之商榷〉》，《南中周刊》1927年第16期。

3. 《文艺的寻味（一）》，《南中周刊》1927年第24期。

4. 《秋窗短札》，《南中周刊》1927年第28期。写于1927年8月17日。

5. 《给》（诗），《清华周刊》1931年第10期。

6. 《米拉波与法国革命：as a real politiker》，《清华周刊》1932年第3期。

7. 《欧洲中古授权礼纷争之历史的背景》，《清华周刊》1932年第5期。

8. 《西洋封建制度的起源》，《清华周刊》1933年第3期。

可以看出，孙毓棠在上学期间，曾用这个笔名发表了7篇文章，1首诗。孙毓棠逝世之前告诉余太山曾用笔名"唐鱼"，乃是"毓棠"二字的谐音，而"尚呆"二字其实就是"棠"字用拆字法得出。署名"尚呆"的除了7篇文章外，还有一首诗《给》。在这几篇文章中，尤其值得注意的是《介绍给高一同学们》《答震荪君的〈关于介绍给高一同学们之商榷〉》《文艺的寻味（一）》《到巴黎》这几篇，反映了孙毓棠在南开时期的思想状况，其所展现的孙毓棠阅读范围之广泛、文学修养之深厚均让

---

① 刘福春先生在《史学家孙毓棠和他的诗——寻诗之旅（七）》（《新文学史料》2020年第4期）一文中披露，孙毓棠曾在给其的信中说："我一生只一次用了个笔名发表过八首'商籁'（十四行诗），笔名是唐鱼，诗题是明湖商籁，刊在1942年或1943年昆明出版的《当代评论》上，哪年哪月记不清了。"孙毓棠此时的回忆（1985年4月5日）距离事情发生已接近60年，可能有误。

人叹为观止。

《介绍给高一同学们》一文是为了给高一的同学们介绍一些课外国文书目，孙毓棠认为现在高中年级的学生似乎把国文的范围看得太广，以至于课外阅读真正国文书的时间很少，经过初中三年国文常识的学习，现在"应该进步做一个系统的研究"，而高中的国文应该包括两项，一是"国文的常识"，二是"文学原理、文学批评，与中国近代文学"，因此他给高一同学介绍了一些"本学年中必阅的书"，他认为"大凡研究国学，必须有系统，始能得兴味"，以此产生一种"比较上的兴趣"。这篇文章的重要性体现在能够从中看出孙毓棠自身的国文基础，这一年秋季他刚开始上高一，高一年级学校规定的国文课外书目是《梁任公要籍解题》《韩非子》《诗经》[1]，这几本在他看来显然非常不够，"每天如肯花费一小时的功夫，一年之中，一定可以看完"[2]。

孙毓棠列举的书目非常系统，其中"国文的常识"部分有 29 条，包括：《汉书艺文志》、《隋唐经籍志》、《文献通考总序》、《通志总序》、《通志·校雠略》、《文史通义经解篇》、《国朝经师经义目录》、《史通二体篇六家篇》、《论过去中国之史学界》、《论杂家之兼儒释名法》（第一、二、三、四、五、十、十一章）、《诗品》、《文心雕龙》（明诗篇、乐府篇、辩骚篇）、《中乐寻源》、《中国学术思想变迁之大势》、《古史辩序》、《文章缘起》、《戏曲考原》、《中国小说史略》、《国故学大纲》、《中国大文学史》，以及梁启超国学书目、陈钟凡国学书目、中国文学研究的重要书籍的介绍等，列举完这些书目要目之后，孙毓棠说："以上所举都是有系统的易读的文章。读此后中国学术概要及研究法便可概得纲领了。""文学原理与文学批评之部"也有 29 条，在列举之前孙毓棠就说："此部不能仅限于中国人的作品，因为中国的谈文学原理及文学批评的东西太少了。在这一方面不得不有求于他国。在中国这种书籍的译本不多，读

① 《国文课外阅书》，《南中周刊》1926 年第 10 期。
② 尚呆：《介绍给高一同学们》，《南中周刊》1926 年第 15 期。本段引文皆出于此。

原文又稍觉困难。在这种情形之下，我们是何等的不幸！"但他还是列举了一些书目：

1. 《诗学原理》——爱伦坡著，林纾译。《小说月报》业刊中。又朱维基译，见《火山月刊》中。他对于诗有些特别的主张，但没有看过几本著作学原理的书，看此恐不易懂。

2. 《生艺术的胎》——日本有岛武郎著。鲁迅译。见《葵原半月刊》第九期。

3. 《革命文学与他的永远性》——成仿吾。见《创造月刊》一卷四期。

4. 《革命与文学》——郭沫若。见《创造月刊》一卷三期。

5. 《谈诗》《再谈诗》——穆木天。王独清，见《创造月刊》一卷一期。

6. 《新文学之使命》——成仿吾。见《创造周报》第二号。

7. 《批评与同情》——成仿吾。见《创造周报》第十三号。

8. 《国民文学论》——郑伯奇。见《创造周报》第三十三、三十四、三十五号。

9. 《建设的批评论》——成仿吾。见《创造周报》第四十三号。

10. 《批评与批评家》——成仿吾。见《创造周报》第十二号。成仿吾为我代文学批评之主要人物，其作品甚多。……

11. 《创作讨论》——叶绍钧等。《小说月报》业刊中。

12. 《读〈毁灭〉》——俞平伯。见《小说月报》业刊第六种毁灭中。观此可以知作文艺批评文的方法。……这种文章是必须多看的，这都是正式的文艺批评。……

13. 《论无产阶级艺术》——沈雁冰。见《文学周报》。

14. 《谴责小说》——郑振铎。见《文学周报》第一百七十六期。

15.《文学者的新使命》——沈雁冰。见《文学周报》第一九〇期。

16.《创造的意义》——金满城。见《文学周报》第二〇〇期。

17.《论无产阶级的文化与艺术》——俄国脱洛斯基著，仲云译。见《文学周报》。

18.《什么叫做艺术》——金满城。见《文学周报》二三八及二三九期。

19.《新文艺的建设》——仲云。见《文学周报》二三五期。

20.《文艺之力》——朱自清。见《星海》。

21.《社会的文学批评论》——蒲克著。付东华译。

22.《文学批评之原理》——Winchester 著。钱堃新译。

23.《新文学概论》——本问久雄著。章锡琛译。

24.《苦闷的象征》——厨川白村著。鲁迅译。

25.《出了象牙之塔》——厨川白村著。鲁迅译。

26.《文艺思潮论》——厨川白村著。樊从予译。译文不甚好。

27.《文学批评——其意义及方法》——胡愈之译述。

28.《论散文诗》——郑振铎。

29.《小泉八云的文学讲义》——滕固译。

　　从列举的这些书目看来，孙毓棠经常阅读《小说月报》《创造月刊》《创造周报》《文学周报》等刊物上的文艺批评类文章，而且尤其关注他国文艺理论被翻译到中国的情况。但这份书单的个人特色非常浓厚，是否适合于其他高一年级的学生呢？就在同一期，震苏《关于〈介绍给高一同学们〉的商榷》一文称这些书目是"一个很硬的食物单子"①。他认为，孙毓棠在列书目之前没有事先考虑到同学们的国文根底，因此这个

---

① 震苏：《关于〈介绍给高一同学们〉的商榷》，《南中周刊》1926 年第 15 期。

计划可能要"失败"，给高一同学"最先要是一部文学史——浅近简略的文学史"。另外孙毓棠所列的"文学原理与文学批评之部""介绍的都是读新文化的东西"，与之前他对于"国文"的定义颇有不合。而震荪补充的一些书目如《少年维特之烦恼》《茶花女》及易卜生的书，显然这些孙毓棠早就读过了，因此他并没有列举这些基础文学作品。

紧接着孙毓棠在第 16 期《答震荪君的〈关于介绍给高一同学们之商榷〉》一文中回答了震荪在文中提出的高一同学国文根底的问题，将学生分为八种类型，并称这份书目是针对大多数人的情况的"药方"，至于服药之后的结果，则不在考虑范围内。孙毓棠将学生的国文根底情况分为八种类型，应该受到了厨川白村"文艺鉴赏的四阶段"论的影响。① 孙毓棠所分读者的八种类型，分别是：

1. 有过相当的训练并且消化量极大的人；

2. 只喜研究国故，对于文学原理批评鉴赏等永不过问的人；

3. 只喜研究西洋文学而对于国故与中国近代文学永不过问的人；

4. 只喜研究中国近代文学而对于国故与西洋文学永不过问的人；

5. 只喜欢软性读物——小说，新诗……——而对于文学原理文学史等永不过问的人；

6. 不甚喜过问而具有在他以前被强迫地读国文时所给予他的一点简单的眉目；

7. 对于国文无甚兴趣亦无甚恶感，但对于国故、文学等都茫然不知的人；

8. 根本憎恶国文的人。

---

① 厨川白村将文艺鉴赏者的心理分为四个阶段，分别是"理知的作用""感觉的作用""感觉的心象""情绪、思想、精神、心气"，第一阶段读者"懂得文句的意义，或者追随内容的事迹，有着兴会"。[日] 厨川白村：《苦闷的象征》，鲁迅译，江苏文艺出版社 2008 年版，第 46 页。

孙毓棠当然没有照搬厨川白村的理论，而是结合南开学生国文根底这个问题，将读者的接受情况予以具化，分出了这八种类型。针对震苏提出的难处，即没有一部合适的文学史可以推荐，其实早在孙毓棠等人成立碧潮社时就考虑过这个问题。《南中周刊》第9期后面的《碧潮社启事》与《碧潮社启事之二》就是专门针对重写文学史的问题而面向全校同学呼吁，他们深刻认识到当下中国"没有一部好的文学史"①，并且"民间的文学的价值，应该从此提高"②，因此他们想在"文学史研究"和"民间文学的搜集"这两项工作上下功夫。

　　碧潮社成员称：

　　　　我们最近现要想快快地编出一部中国最近文学史大纲或是中国最近文学资料。范围自新文学之萌芽期迄今年八月止。③

希望全校师生赐予材料，包括"历史方面的""读书笔记方面的""批评方面的""记叙与批评并兼的""理论方面的""大系统大规模方面的"，而每个方向下的内容设置都很全面。其中关于新诗的比如"新诗坛成功之来源""中国诗界变迁史""《女神》与《瓶》之比较""新诗概论""新诗史"等，也颇为周到。但这项工作的难度可想而知，毕竟是几个年轻的学生，各方面条件都不够成熟。但这个想法却在碧潮社成员心中扎下了根，因此孙毓棠这篇《介绍给高一同学们》应该就是他自己在进行这项工作中的思考，其开列书单才会有如此强烈的系统性。但孙毓棠显然也没有料到震苏所提出的南开学生国文功底如此之差的问题，虽然他进行了辩解，但这份书单本身的难度过高也是显而易见的事实。

　　另外一篇《文艺的寻味（一）》，就是孙毓棠实践文学批评的锻炼，

---

① 《碧潮社启事》，《南中周刊》1926年第9期。
② 《碧潮社启事》，《南中周刊》1926年第9期。
③ 《碧潮社启事之二》，《南中周刊》1926年第9期。

缘起于孙毓棠在 *Poetic Gems* 一书中偶然发现了一首催眠歌，歌名为 *In a Garden*，这首催眠歌"不过是一首普通的催眠歌，他何以能够这样感动一个素常感情极冷静的人呢？""这也无非是诗的持续性和统一性所凝成的'文艺的滋味'"，"文艺的滋味便是在我们诵读一篇文艺作品之后所得的 *Inspiration*①，这种 Inspiration 有时能激动我们的感情……总之，在读文艺作品之后，我们感情上所得的影响是随着读者的当时的心情和作品中所涌现的情感的结合而变异"。将"文艺的滋味"这个他所创造的新名词进行了一番解释之后，② 继而他又想到"艺术为艺术"和"艺术为人生"的问题，前者是王尔德所谓的唯美主义，后者是托尔斯泰所谓的自然主义，在这两个概念上存在某种悖论：

> 我们且想：一个文学家若只是走消极的路，终日只在象牙之塔中玫瑰花心里（美酒妇人），自己享乐，舍自己的身躯给艺术作了奴隶，那么人生不是一天天地将要颓废下去了么？若是艺术反之而成为人生的奴隶，创作上处处要本着人生的需要而出发，再加之以宗教道德的色彩，那么艺术岂不是又要成为生命的机械了么？

针对这种矛盾，孙毓棠给出的解决办法是：

> 当作者创作的时候，不当存一些目的成见，尽着欲望的驰骋，没有一些顾忌；作品成功之后，批评方面可取一种社会文学的批评的态度，那么结果创作方面才能有有价值的真的感情流露的作品出现；在批评一方面也才能有真理的建设。

---

① 原文为 inspirstion，应当是 inspiration 之误。

② "文艺的滋味"一词是孙毓棠自创的，"我武断地说——至少在我自己觉得——文艺作品给我们的 inspiration（便是文艺的鉴赏）是我们人的生活的调和剂"。尚杲：《文艺的寻味（一）》，《南中周刊》1927 年第 24 期。本段引文皆出于此。

这篇文章写于 12 月 28 日晚，第 24 期是 1927 年 5 月 16 日出版的，邵存民称此文为"旧文"，那么应当最晚作于 1926 年 12 月 28 日。文章以一首催眠歌引发的遐思为线索，先是以此为例阐释了"文艺的滋味"，继而又分析了唯美主义与自然主义两种写作方法各自的缺陷，并提出了自己的看法。文章虽然不长，但逻辑清晰、层次了然。

　　孙毓棠在编辑《南中周刊》文艺栏期间，以其深厚的文学素养、广阔的文学视野，无论在创作还是编辑上，都取得了现今看来仍然令人瞩目的成就。如果不仔细爬梳史料，这些积极探索的青春身影或许就将被淹没在浩瀚的历史灰尘之中。

　　另外，在《秋窗短札》一文中他还提到这样一个信息："后天晚上七时半新剧正式上台，不知你尚能余出一些功夫来欣赏这小的艺术否？我这次是在剧本里表现我的艺术的创作，无非是文艺的另一法式而已。"[1] 此文写于 1927 年 8 月 17 日，"后天晚上"应该是 8 月 19 日晚，据《曹禺年谱长编》记载，该年的 8 月 19 日确实有剧排演，但却是丁西林的独幕剧《压迫》，据孙毓棠这里的意思，剧本应该是他创作的，由于笔者多方查找无果，因此这点疑问只能暂且搁置。

　　《南中周刊》改名为《南开双周》之后，还是由南开中学出版委员会编辑发行，但不像《南中周刊》那样有非常具体的学生事宜的安排等说明，"诗"被作为一个专门的栏目由专人负责。孙毓棠从第 1 期到第 5 期都担任"诗"栏目的负责人之一。并在第 2 期发表了两首诗：《请再进一杯酒吧，朋友！》《青春者的梦》。一直以来，这两首诗都被误认为是孙毓棠的处女作。

　　同期一共有五首诗，另外是曹禺的《不长久，不长久。》、勃生的《枯了的生泉》、刘光远的《午夜更声》；紧接着第 3 期又刊发了三首诗，孙毓棠的《我离不开你》《沉船》，联沛的《怀人》。《我离不开你》一诗

---

　　① 　尚呆：《秋窗短札》，《南中周刊》1927 年第 26 期。

与《怀人》一诗意趣相近，都是描写主人公与心爱女性相遇后的缠绵情思，而且他们都喜用排比与白描手法，相对来说，孙毓棠的诗充满更多转折，因此显得情思更为丰富。第 5 期上又刊发了三首诗，钟琦的《去了，我的青春》，孙毓棠的《归墓曲》《船头》。之后孙毓棠就退出了《南开双周》的编辑队伍，但仍然于 1929 年在上面发表了一篇重量级译文——《日本诗歌的精神》。或许源于《南开双周》编辑团队对翻译的重视，在 1928 年 3 月 19 日第 1 期出版的时候，出版委员会研究股就强调了对翻译稿的欢迎："本股为提高同学对于文艺创作及翻译之兴趣起见，拟在本学期内举行征文数次。"① 这说明在南开，翻译被作为重要的课余学习内容。因此当日本作家 Ken Nakazawa 刚发表《日本诗歌的精神》一文之时，一向敏锐关注各类期刊报纸及文艺理论翻译情况的孙毓棠就发现了此文，并迅速将其翻译了过来，投给了《南开双周》。

《日本诗歌的精神》原文是用英语写的，原文题为 *The Spirit of Japanese Poetry*，发表在《大西洋月刊》1929 年 2 月刊上。孙毓棠将此文翻译过来之后发表在《南开双周》1929 年第 4 卷第 1 期。同期在署名"记者"的前奏曲中说到："在一个团体里所需要的，一大部分在于吸收外界的'能'，来促进它向着光明的前途进展。"② 《日本诗歌的精神》排在本期第一篇，显然得到了编辑们相当程度的重视。而这篇文章对孙毓棠本人来说也非常重要，在本书的第一章中曾提到过，这篇文章是孙毓棠在创作一段时间新诗后及时的理论提升。文中概括了作者对诗这一文体的理解，介绍了日本俳句的写作过程及独有特征，最重要的是理解俳句言有尽而意无穷的特色，体会俳句背后"描不出的寂寥的情绪"。在南开这个阶段，孙毓棠其实已经注意到需要建构自身的文艺理论体系，所以他有意识地翻译出这篇诗论，希望从一种单纯的浪漫写作中挣脱出来，用更加现代化的方式表达情感。

---

① 《出版委员会研究股第一次征文启事》，《南开双周》1928 年第 1 期。
② 《南开双周》第 4 卷第 1 期，1929 年。

从 1928 年 10 月到 1929 年 12 月，孙毓棠的编辑重心转移到《南开大学周刊》。这一年多时间孙毓棠仅仅发表了一首新诗——《暮霭里的诗痕》。纵然诗中说"诗情在心中野火似的烧"①，但他却没有再继续写诗，而是发表了两篇译文、一篇文章。译文除上述那篇谈日本诗歌的诗论之外，还有一篇谈论法国外交政策的文章，另外一篇《到巴黎》则是类似于《文艺的寻味》一样的文艺杂谈。

《南开大学周刊》第 67 期《南大学生会出版部启事一》言："南开大学周刊自第六十七期起由本部接收负责办理，以后关于周刊一切事务，请直接向本部交涉。"② 此前，"南大周刊，从第一期到第三十五期，是由学生会出版股办理；民国十五年秋季，学生会无形消灭，周刊便也停顿了一个学期，十六年春，同学们感觉到学生会无立时恢复的可能，而周刊有必须存在的价值，所以单独的设立一个学生出版部来办周刊，这样一直出到第六十六期。最近因为时代的变迁和同学的需要，南大学生会复活了，周刊自然重新归学生会出版部管理"③。

南大学生会于 1928 年 12 月 7 日成立，在此之前，从第 63 期到第 66 期，孙毓棠就已经是"文艺组"组员了。从第 67 期开始，孙毓棠担任《南开大学周刊》编辑部"文艺组"特约撰稿员，从第 72 期到第 79 期则担任编辑部"文艺组"组长。所以观察他在《南开大学周刊》时期的编辑经历，主要还是看第 72 期到第 79 期的情况。孙毓棠在第 72 期上发表了《到巴黎》一文，第 77 期发表了《法兰西的外交政策》的译文。

《到巴黎》一文详细描述了西方世界进入现代时期之后的变化，并意识到这个变化是全球性的："现代不只在巴黎，现代已爬遍了全世界"，"全世界同时奏着科学的交响乐"，"人人脑中晃着自由神像"，现代人已经忘记了山和海，只能欣赏巴黎戏院的裸体剧和咖啡的醇酒香。在这个

---

①　孙毓棠：《暮霭里的诗痕》，《南开大学周刊》1928 年第 63 期。
②　《南大学生会出版部启事一》，《南开大学周刊》1928 年第 67 期。
③　《编辑者言》，《南开大学周刊》1928 年第 67 期。

潮流中，中国人的世界观也随之逐渐转变："读歌德的时候不如学会速记术。女孩子与其去读雪莱的诗，为什么不去学缝纫呢？现代人要讲效率"，"要做现代人，得谈政治，谈金钱，连生活也要科学化"。①

在这篇文章中有一个注释，出自厨川白村《近代文学十讲》中的一段，而孙毓棠的论述方式明显受到了厨川白村著作的影响，早在《介绍给高一同学们》一文中，孙毓棠就提到了厨川白村的几本书：《苦闷的象征》《出了象牙之塔》《文艺思潮论》，并言：

> 由以上三书，可以窥见厨川白村氏对于文学与艺术的理论，其中尤以《苦闷的象征》为最重要。谈文学原理，至深至奥，较他人皆高出一节。其《近代文学十讲》（罗迪先译）也可参看，唯译文不甚好。②

所以孙毓棠在 1926 年就读过厨川白村的这几本书，而且由厨川白村读到了小泉八云，小泉八云是厨川白村上大学时的老师，孙毓棠在之前列的书单中也有《小泉八云的文学讲义》一书，说明孙毓棠对日本的文艺理论界多有关注。此前也提到过他的某些文艺思想出自厨川白村，此文更甚，前文几乎是概括性地描述了厨川白村在《近代文学十讲》中所描述的近代文学变化轨迹。

孙毓棠用"现代文学"一词而非"近代文学"，都是指同一个时段，即 19 世纪中叶至 20 世纪初的西方现代文学潮流。这篇文章采取否定—肯定—否定—肯定的论述模式，即先概述现代文学的悖谬之处，然后呼唤人类的灵性，紧接着又论述在中国这种灵性的丧失，最后提出解决办法仍然是警惕"时代的痼疾"，呼唤灵性出场。孙毓棠言，"人类进化的目的不是目下的肉体的享乐，而是要求灵性的自由"。"外在的物的境界不

---

① 毓棠：《到巴黎》，《南开大学周刊》1929 年第 72 期。本段引文均出自于此。
② 尚朵：《介绍给高一同学们》，《南中周刊》1926 年第 15 期。

是文明的花苞，文明的花苞全在内在的灵性的润泽"，但是"艺术的表现随着机械文明的发展而渐渐发生了病态"。"人们都做着科学的梦"，"科学文明流入了文学，成了写实主义"。"机械文明夺去了人类灵性的自由"，"现代的人被自己创造的机械文明上了枷"，"这种时代的苦闷的病，在最近百五十年间已经造成""世纪的痼疾"。而就在这个时候，中国民族接触了西方现代文化，"中国的现代化是东西文化相融相抵的时代"，"生长在中国的大城市中的青年们，患着与西洋同一的疲劳病"。接着他一边论述一边引用了一段厨川白村的话：

> 处处表现着"颓废的近代的倾向 Decadent Modernism，生活全陷于怀疑的苦闷的，和心意常常被悲哀锁住着专门寻欢求乐的倾向""激烈的生存竞争场里，恶战苦斗的近代人因为过激的劳役，生了疲倦，要想个法子用人工的来兴奋心身，还要安静休息太锐的神经，用了种种不自然的手段"。中国的受了现代文明洗染的青年们也是这样苦闷着，悲哀着，彷徨着，到处追寻刺激。①

厨川白村对西方现代文学的观察是孙毓棠了解西方文学的一个重要窗口，他不仅服膺厨川白村的论述观点，而且联系中国的现实进行了横向比较，最终得出中国已深处现代化的潮流之中、深陷"时代的痼疾"而不自知的结论。此时需要做的便是如他在文末所言："世界潮流是早晚把机械文明放开手，中国人要是聪明，及早往灵性的世界里走，负这个责任的是现代作思想领袖的人们。"② 他在这篇文章中提到的一些概念，如"疲劳病""时代的痼疾"等，都来自于《近代文学十讲》，此书是厨川白村的第一本著作，论述了 19 世纪中叶以后到 20 世纪初五六十年间近代西洋文艺潮流的变迁轨迹，第二讲《近代生活》中有一个部分即"疲

---

① 毓棠：《到巴黎》，《南开大学周刊》1929 年第 72 期。
② 毓棠：《到巴黎》，《南开大学周刊》1929 年第 72 期。

劳及神经之病的状态"，第三讲《近代之思潮（其一）》中则有"世纪之痼疾"部分，这里不再详细阐述这两个概念，只是为了说明孙毓棠身为一个高中学生，在阅读文艺理论著作时极其注重融会贯通，而这些知识无疑也都成为他日后进行文学创作的思想基础。

二 "客串"之于"真诗"的重要性

孙毓棠 1925 年进入南开中学，1933 年从清华毕业进入河北女子师范学院工作，一直到 1934 年 5 月《海盗船》出版，他在新诗创作与校园刊物编辑上都相对活跃，但就在《海盗船》出版前，他却说这几年自己陷入了"浮士德式的内心骚乱"的深渊，想要从这种深渊中摆脱出来"暂时作一个结束"①，期望在"实际生活"中能找到一些安定。② 我们似乎能从孙毓棠的话语中感觉到他传达出的怀疑与困惑。

从学生变为一名历史教师，从新诗鼎盛的南开、清华到相对安静的河北女子师范学院，身份与地理环境的改变都将影响创作心境。在《海盗船》出版的两个月后他又写了一篇文章，试图阐述文学在生命中的地位与作用。在这篇文章中，他首先否认了自己与文学的直接关系，转而以"客串""游艺""娱乐""消遣"等词来表达对待文学的态度，这个转变似乎过于突兀。

回到 1927 年，孙毓棠给邵存民的信中曾提起："我最近有许多新的感觉，新的觉悟，新的思想的变迁。我觉悟我们以前的学问都是空幻，都是些仰首看天的空洞的无用的东西"③，并引用朱自清《毁灭》中的诗句——"摆脱一切纠缠／还成一个平平常常的我"——来表达远离复杂纠

---

① 孙毓棠：《海盗船·序》，立达书局 1934 年版。

② 闻一多曾在《烙印·序》中说："我们不要诗了。我们只要生活，生活磨出来的力，像孟郊所给我们的，是'空螯'也好，是'蚤吻涩齿'或'如嚼木瓜，齿缺舌敝，不知味之所在'也好，我们还是要吃，因为那才可以磨炼我们的力。"臧克家：《烙印》，上海：开明书店1934 年版，第 6—7 页。

③ 尚呆：《秋窗短札》，《南中周刊》1927 年第 26 期。

缠，过一种"画意的诗意的，平静的孤独的，快乐的□清的生活"① 的愿望，这其中已然隐含了对天性被桎梏的抱怨。虽然不久前他还强调了文艺对生活的调节作用：

> 生活在澎湃的狂涛中度过这一生，因为动得太厉害了，往往会发生倦怠，悲观，烦恼的情绪来，那是异常的危险，要救济这一类的人们，唯一的有兴趣的有效力的药剂便是去寻觅去尝尝文艺的滋味。②

但仔细探查，会发现在他体悟"文艺的滋味"时就已隐含了对复杂学问的怀疑，读了 *In a Garden* 这首儿歌之后，他疑惑"这歌并非是一首什么有名的大作，这不过是一首普通的催眠歌，他何以能够这样感动一个素常感情极冷静的人呢?"③ 一首简单的催眠歌却引起了孙毓棠心灵的震荡，原因正在于这首催眠歌所引起的情感共鸣，不仅如此，他还由此想到了"艺术为艺术"与"艺术为人生"的问题，认为最好的办法是：

> 当作者创作的时候，不当存一些目的成见，尽着创作的欲望的驰骋，没有一些顾忌；作品成功之后，批评方面可取一种社会文学的批评的态度，那么结果创作方面才能有价值的真的感情流露的作品出现；在批评一方面也才能有真理的建设。④

所谓的"成见""顾忌"究竟是什么，结合他此前对"文艺杂谈"的不断呼吁，似乎可以推测这种写作上的压抑感一方面来自于"学问"

---

① 尚呆：《秋窗短札》，《南中周刊》1927 年第 26 期。
② 尚呆：《文艺的寻味（一）》，《南中周刊》1927 年第 24 期。
③ 尚呆：《文艺的寻味（一）》，《南中周刊》1927 年第 24 期。
④ 尚呆：《文艺的寻味（一）》，《南中周刊》1927 年第 24 期。

多了之后对创作的干预，一方面也许还有生活的困窘。

　　毫无疑问，这种压抑绵延成了诗中的悲观色彩，而他最想为自己辩言的也就是他人从其作品中感受到的"悲观"，并用这一词语来标签化其创作的现象。有学者认为孙毓棠："艺术创作的方法与现代中国的绝大多数诗人一样，带有敏感、纤弱的气息，甚至是过于理想化而陷入虚幻的天真的文人气"①，这种感受的产生就与他诗中时常流露出颓废色彩有关。

　　孙毓棠在《海盗船·序》中曾专门谈及此事：

　　　　有人说我悲观。我曾用千百个名词来解剖过自己，但从来未想到悲观二字；分析开来讲，这两个字本没有什么意义。我对这现世界不是不感兴味，不过还未曾找出一种自己和世界的合理的牵连。②

　　这一说法首先就被当时的学者定珊否认了："实际作者不容讳言是悲观的，找不到作者所谓'自己和世界的合理的牵连'，则对于世界不能不一再的露出消极的感情来，在作者的诗里也就有这种表现。'我说：天星，我来不及／把我的悲哀告诉你！'（《东风》）'悲哀，又葬入空濛'（《灯》）所以作者'甘心愿意作一片死海'，作者在《死海》一诗里充分的表现他对于'现世界的不感趣味'，我们能说作者不悲观吗？"③ 定珊显然还是从诗作所引起的情绪体验入手进行辩驳，不过，正如孙毓棠自己所言，这两个字并不能充分概括他对这个世界的复杂感受。

　　孙毓棠在诗作中常流露出悲观色彩，是他在寻找与这个世界的关联时所碰到的挫折体验带来的，要理解他所谓的"从未想到悲观"，或许可以从早期创作时就存在的一种写作取向入手。他在给朋友的信中坦言：

---

　　① 王舒：《论孙毓棠的诗歌创作》，硕士学位论文，山东大学，2019 年，第 60 页。

　　② 孙毓棠：《海盗船·序》，立达书局 1934 年版。

　　③ 定珊：《孙毓棠的海盗船》，《读书顾问》1934 年第 2 期。

"悲哀时是笑的眼泪，快乐时是愁的歌唱"①，悲观或乐观往往只是一种外在的表现。冯至曾在20世纪40年代批评现代象征派诗人："诗在他们变成了避难所；逃出丑恶的现实的唯一出路；大家带了一种绝望的热忱直奔那里"②，竞相表现着"怀疑人生是否值得过一遭"这种悲观、虚无的情绪。但我们很少能够从孙毓棠的诗中看到"虚无感"，无论是浪漫主义，还是现代象征、历史题材的写作，他的诗中从没有悲观所导致的完全的颓废。诗人从现实体验到的是"寂寞呀，这丛林旷野的阴暗，/给我把野火烧遍万重山"（《盲》），这种复杂的感受带来的是"诗情在心中野火似的烧"（《暮霭里的诗痕》）而已。"悲观"是外在的，内里还是对生命中纯善、纯美的追求。而他将自己与文学的关系用"娱乐""消遣"等词语来定义，仍然出自不愿创作被束缚、将创作视为自由灵魂舒张的愿望，所以他才说"娱乐消遣时也得像正经工作一样的认真去做，然后才能得到娱乐消遣的真趣味"③。

　　孙毓棠还在《文学于我只是客串》一文中回顾了自己写诗的过程，④与此前他强调的"尽着创作的欲望的驰骋，没有一些顾忌"⑤一样，就算作为业余的文学创作，也要"成功的心愈薄，所得娱乐的趣味才愈觉得深厚"⑥。摆脱桎梏，才能创作出"性灵的艺术"⑦。正所谓"艺术没有捷径"，"推敲琢磨"正是"娱乐消遣"的乐趣所在，这种"娱乐"就非轻

---

①　孙毓棠：《断云之一、二》，《南中周刊》1926年第10期。

②　冯至：《关于诗》，《中国新诗》1948年第5期。

③　孙毓棠：《文学于我只是客串》，载郑振铎、傅东华编《我与文学》，上海：生活书店1934年版。

④　"写诗当然多一重痛苦，因为有这一重痛苦才能更深切的感到趣味。心中一时感兴的流荡回旋，随着是压抑，策画，补裁，情绪的蕴育，煎熬；一句半句的斟酌，咀嚼；一两个字的选择，推敲，配合它的色彩，观察它的阴影……你处处可以觉得出趣味一层层向上涌卷。"孙毓棠：《文学于我只是客串》，载郑振铎、傅东华编《我与文学》，上海：生活书店1934年版。

⑤　尚呆：《文艺的寻味（一）》，《南中周刊》1927年第24期。

⑥　孙毓棠：《文学于我只是客串》，载郑振铎、傅东华编《我与文学》，上海：生活书店1934年版。

⑦　尚呆：《秋窗短札》，《南中周刊》1927年第26期。

松肆意的"娱乐"，反而要花费许多精力：

> 思绪和情绪经过艺术雕镂锻炼才能给你最后最大的"痛快"，这种痛快就是娱乐消遣的唯一的目标，何况娱乐消遣里又蕴藏着一个真实的自己。①

文学不过是"客串"的说法就像是障眼法，只是为了更深刻地强调创作中"天真自然"的重要性，"写诗不是一种轻松适意的娱乐"②。

在这个时期关于"我与文学"的话题中，许多作者往往从"业余""娱乐"等角度总结自己与文学的关系，例如赵景深也说"我对于文学，只是玩艺者的态度，可是，我是一个勤恳的玩艺者"③。从孙毓棠的《文学于我只是客串》一文也可以看出，这种正话反说或欲扬先抑乃是他们惯用的手法。但"消遣的人得谨防流产，因为流产使你忍受了和生产一样多的痛苦，而结果得不到一个活泼的婴儿落地后所给的快乐"④，这种打击对诗人而言是最致命的。梵乐希对梁宗岱说："制作底时候，最好为你自己设立某种条件，这条件是足以使你每次搁笔后，无论作品底成败，都自觉更坚强，更自信和更能自立的。这样，无论作品底外在命运如何，作家自己总不致感到整个的失望。"⑤"娱乐消遣"的边界也正在此。

以正经的"游戏"态度对待文学，似乎是孙毓棠始终处在诗坛边

---

① 孙毓棠：《文学于我只是客串》，载郑振铎、傅东华编《我与文学》，上海：生活书店 1934 年版。

② 孙毓棠：《文学于我只是客串》，载郑振铎、傅东华编《我与文学》，上海：生活书店 1934 年版。

③ 赵景深：《我要做一个勤恳的园丁》，载郑振铎、傅东华编《我与文学》，上海：生活书店 1934 年版。

④ 孙毓棠：《文学于我只是客串》，载郑振铎、傅东华编《我与文学》，上海：生活书店 1934 年版。

⑤ 梁宗岱：《诗与真》，载《梁宗岱文集》，中央编译出版社 2003 年版，第 35 页。

缘的原因之一，或者说这种自觉的疏离姿态影响了他对新诗坛主流的参与度。

　　　　我只知道记载经验中的思绪和情绪，什么是能知能解和什么是不可知不可解，只知道用我仅有的知识与经验来解剖来窥察自己和世界：因此我避开一切主义——因为思想和情操一铸成主义就变作奥陶纪的化石了。①

　　所谓"避开一切主义"，就是避开当下流行并已形成一定规模的现代诗写作方法与技巧，也避开纷繁的人事，只以"客串"的心态记载个人的经验，似乎这样更能够接近他心目中的"真实"。那孙毓棠想要创作出的是否就是与真实非常接近的"纯文学"呢？

　　孙毓棠第一次提到"纯文学"是在《闲谈几句》一文中，此时这个"纯文学"还是就体裁而论、将作品与评论分别开来的一种说法。而"纯诗"这个概念显然并不代表单纯的新诗创作手法，在新诗史上，"所谓'诗'的标准，并非一个本质性概念，它的确立既是一般审美期待的结果，也与现代'纯文学'观念的塑造、规训有关"②。它时而指向创作技巧，时而指向创作态度，孙毓棠所谓的"纯文学"或者"真诗"，并不是新诗研究方法中的诗歌观念，乃是一种相对于新诗意义、功能的纯粹的创作出发点。这种真、纯，不仅是诗的创作，更重要的是诗人本身的"真感情"。

　　在《玮德的诗》这篇可以称为唯一一篇孙毓棠对同时代诗人的评论中，他借阐释方玮德诗作的机会，详细地阐发了自己的诗学观，强调了"格律训练"与"天赋创作"的重要性。同时对孙毓棠自己而言，最

---

　　① 孙毓棠：《海盗船·序》，立达书局 1934 年版。
　　② 姜涛：《导言：研究方法、对象的提出》，载《"新诗集"与中国新诗的发生》（增订本），北京大学出版社 2019 年版，第 6 页。

吸引他的仍然是方玮德在诗中体现出的"单纯的力量感"。文章从格律说起，举方玮德《幽子》一诗为例，此诗前后两节形式对称，内容与形式组合自然，因此他认为方玮德是一个"富有建筑性的艺术家"。闻一多曾言："韵脚不易安好，乃因少读少做耳"[1]，孙毓棠也表达过类似的看法："诗和琴一样，不经过很多时候这样一字一句的练习，很难成功整篇的曲谱。"[2]孙毓棠认为："格律是一种普遍的艺术"。

孙毓棠看重方玮德诗中单纯的感觉及其背后的力量，其来源，一是"实"，就是文字的简洁，字字落地；二是"刺激性"，来自于感官与颜色的结合。方玮德的诗在一种简洁、单纯的文字中蕴含力量感，在这两者的冲突中构成了诗美。但孙毓棠认为这并不是模仿或练习就能达到的，而是一种"天赋超人的锐敏的感觉力与联想力"，在这个基础上，如果能够加强格律的训练，将使得诗作呈现出"特异的美"，这两相结合成为一首好诗，是方玮德创作成功的经验。

孙毓棠形容玮德诗妙处在于"'纯诗感觉'所遗留的痕迹"，也就是：飘忽的，一闪的，纯诗情的，纯美的不带一点渣滓的，而又是最切身的"感觉"的记录。将诗中的具体性剥去，只剩下一丝"感觉的痕迹"。此外，孙毓棠认为玮德诗还有三种特色："迅速""真率""青年生命的力量"，而这三点也仍然是建基于天赋的超人之上的一种"单纯"的力量表现。孙毓棠反复强调天赋之上的训练，这种训练不是让感情如水一样泼洒出去，反而是一种"节制"，"行于所当行，止于所当止"，所谓"带着镣铐跳舞"，正是格律诗派的核心要旨。

总体而言，孙毓棠看重方玮德诗作及其人身上单纯、青春的力量感，同时又强调格律训练对天赋之力的合理约束，方玮德在这两点上所显示出的潜力更加让人悲叹于他的早殇。孙毓棠在鉴赏方玮德诗作时展现出了锐

---

① 闻一多：《致左明》，《闻一多书信集》，群言出版社 2014 年版，第 291 页。
② 孙毓棠：《文学于我只是客串》，载郑振铎、傅东华编：《我与文学》，上海：生活书店1934 年版。

敏的观察力与理解力，尤其是对他"灵感创作"与"格律训练"两方面综合能力的挖掘，不仅阐释了方玮德诗作的特点，更重要的是通过方玮德的实践证明了闻一多等人所强调的格律诗的重要性，可以视为后期新月派有力的批评之作。

第二节　20 世纪 30 年代末"真正文学的诗"论争

1939 年 6 月 14—15 日，孙毓棠在《大公报》（香港）"文艺"副刊上连载了一篇写于当年 3 月的文章《谈"抗战诗"》，文章发表后引起了多方批评，怀宇、拉特、林焕平等人的参与更使得这场以"真正文学的诗"为焦点的论争进入高潮。纵观论争前后语境，新诗与"时代"的关系、新诗的"技术"问题是掩盖在"真正文学的诗"之下更为核心的论争观念。这次论争虽然波及范围不大，但无疑是抗战诗大众化视野下的一次深入讨论。作为始发者的孙毓棠并没有发起一场论争的愿望，但他的观念实则继承了梁宗岱有关抗战诗的一系列理念，并因其更加激烈的语言挑破了当时论争双方的微妙平衡，无形中充当了此次论争的始作俑者。

一　论争背后的关键词：新诗与时代

20 世纪 30 年代，随着"抗战诗"的产生，很多人对新诗的发展产生了新的期待，赞美声此起彼伏，诗坛也充斥着乐观情绪。但随着抗战诗数量的激增，越来越多的人发现了其中存在的问题，除了辩论歌颂与暴露问题，诗的公式化也是论争的焦点之一。虽然诗歌大众化成为大多数诗人新的追求目标，然而一贯追求"纯诗"的诗人们却持怀疑态度，双方逐渐形成对立态势。在孙毓棠这篇文章发表的时候，编者似乎就想以此为契机发起一场讨论，在文前的编者按语中说：

著作触到了若干极值得讨论的问题：如同孙君不相信诗歌能大众化，不相信诗适于宣传，作者并验证了工具与技巧的修养，最后劝从事救亡诗歌的朋友们，致力于"真正文学的诗"。想不久必可听到各方反应。①

可以看出，"诗的大众化""诗与宣传""诗的工具与技巧"等是编者提出以供讨论的问题，其中"真正文学的诗"被着重提出，被视为孙毓棠文章的核心追求。值得注意的是，编者按语往往具有一定的倾向性，也预想了"各方反应"的出现，但之后的发展趋势显然是编者没有预料到的，这种有意识的引导是否达到了预期的效果，还需要回到当时的论争现场进行考察。

论争的焦点实则集中于两个方面，（1）诗与时代的关系，什么才是当下"时代的诗情"？（2）诗是否是追求写作技术的艺术品？在第一点上，集中论述的有艾青、穆木天的文章，第二点则有拉特、锡金等的文章。

孙毓棠的文章被视为"一部分人反对诗歌大众化的思想倾向的集中反映"②，有关这一论争，后来的研究一般只谈到了拉特、锡金、林焕平等人，而穆木天、艾青等人其实都有非常及时的回应。如果将视野放得更开阔一些，那么参与此次论争的文章至少应该包含：怀宇《斥〈谈抗战诗〉》、拉特《关于"真正文学的诗"》、林焕平《"真正文学的诗"新解》《论抗战诗的诸问题》《诗到底是民众还是少数人的》、锡金《诗歌的技术偏至论者的困惑——读孙毓棠先生的〈谈抗战诗〉》、穆木天《关于抗战诗歌运动——对于抗战诗歌否定论者的常识的解答》、艾青《诗与

---

① 孙毓棠：《谈"抗战诗"》，《大公报·文艺》（香港）1939 年 6 月 15 日—16 日。见文前编者按语。

② 龙泉明：《中国现代作家审美意识论》，武汉出版社 1993 年版，第 102 页。

时代》、吕荧《人的花朵：艾青与田间合论》等。①

　　孙毓棠的文章首先从"诗歌一般的内容谈起"，他认为，虽然诗歌的内容应该包含着整个的宇宙与人生，但在某个时代，只有某些特别的题材，包括思绪、情操、感觉、形式等被人认为是好诗，这是"时代的文学嗜好"。

　　　　一时代的人对于一种诗的内容的嗜好，我们可以给它取个名字，叫作"时代的诗情"（the poetical of the age）。②

　　前文曾提到，孙毓棠的文学思想深受厨川白村影响，厨川白村在《近代文学十讲》中言：

　　　　文学常为时代的反映，所以无论在何时代，必定有为文化中心根底的思想为时代种种活动的心轴，左右时势根本的精神，这就是时代精神。③

　　厨川白村所言的"时代精神"，如果放到诗歌写作中，就变成了孙毓棠所言"时代的诗情"，其内涵是大致相似的。孙毓棠紧接着阐述了"时代的诗情"的具体表现特征。首先，它随历史的发展而自然演变，绝不

----

　　① 怀宇：《斥〈谈抗战诗〉》，《立报·言林》1939 年 6 月 17 日；拉特《关于"真正文学的诗"》，《大公报·文艺》（香港）1939 年 6 月 27 日；林焕平：《"真正文学的诗"新解》，《中国诗坛》1939 年 9 月 20 日新 3 号；林焕平：《论抗战诗的诸问题》，载《林焕平作品选》，漓江出版社 1988 年版。锡金：《诗歌的技术偏至论者的困惑——读孙毓棠先生的〈谈抗战诗〉》，《文艺阵地》第 3 卷第 10 期，1939 年；穆木天：《关于抗战诗歌运动——对于抗战诗歌否定论者的常识的解答》，《文艺阵地》第 4 卷第 3 期，1939 年；艾青：《诗与时代》，《国民公论》（汉口）第 2 卷第 5 期，1939 年；吕荧：《人的花朵：艾青与田间合论》，《七月》第 6 卷第 3 期，1941 年。另苏光文在《抗战诗歌史稿》一书中收录了孙毓棠的文章，在他编著的《抗战文学纪程》中，将孙毓棠与拉特的文章作为这场论争的双方代表。
　　② 孙毓棠：《谈"抗战诗"》，《大公报·文艺》（香港）1939 年 6 月 15 日—16 日。
　　③ ［日］厨川白村：《近代文学十讲》，罗迪先译，学术研究会总会 1925 年版，第 7 页。

是人为可以控制的；其次，它的形成往往需要许多诗人、许多岁月的尝试，在其初期往往受到打压；最后，当"时代的诗情"形成并被奉为准绳之后，日子一久便会失去初起时的冒险与创造精神，但仍有多人守着已落后的"时代的诗情"不放手。这显然是在为后文谈论抗战诗问题进行铺垫，即某一主题写作只具有一段时期的有效性，抗战诗作为"时代的诗情"尚需时日。

孙毓棠从诗人自身出发，认为当下"作者的心理根本不是文学创作的心理，而是政治心理"：

> 诗在今天的世界上本已走到末路，成了少数人的东西了（我不承认诗能大众化；即使能大众化，也没有什么好处或价值，因为即使大众化了，大众也不会喜欢诗）。①

孙毓棠直白地"反对"诗歌大众化，之后成为论争中的"靶子"，他本人也因此被作为"抗战诗歌否定论"的坚定支持者。

古远清认为："孙毓棠不人云亦云，敢于反潮流，强调诗本身的特殊艺术性，这没有错，可他态度倨傲，用词尖刻，便引起一些作家的非议。"② 张松建也观察到，孙毓棠"试图以纯诗诗学来提升抗战诗的审美素质""这种论调在宏大迫切的战争背景下，失之迂阔了"③。

纵观其前后文背景，孙毓棠此处并不是要否定抗战诗本身，而是为了强调创作者也即诗人在写作过程中的"自主性"，即不能以一种"主义先行"的方法、抱着宣传抗战的目的去写诗，而应该调整自身的写作状态，"专心致力于写真正文学的诗，注重在'表现'这个时代"④，这样

① 孙毓棠：《谈"抗战诗"》，《大公报·文艺》（香港）1939 年 6 月 15 日—16 日。
② 古远清：《抗战时期香港文坛的两次论争》，《粤港澳大湾区文学评论》2020 年第 2 期。
③ 张松建：《"抒情"诠释学——论中国现代抒情诗学的三个结构》，"中国新诗：新世纪十年的回顾与反思——第三届当代诗学论坛"论文，2010 年 6 月 26 日，第 10 页。
④ 孙毓棠：《谈"抗战诗"》，《大公报·文艺》（香港）1939 年 6 月 15 日—16 日。

自然会使作品具有"附带的宣传价值"。但其"我不承认诗能大众化""大众也不会喜欢诗"云云的确过于武断和直白。

孙毓棠的文章发表之后,首先做出反应的是拉特,拉特以"抗战诗究竟是不是真正文学的诗"为切入点,认为"爱国热情"并不是抗战诗产生的基础,其基础应该是新主题新现象的出现,这就决定了抗战诗一定是真正的文学的诗。拉特批评孙毓棠等诗人将新主题新现象的出现仅仅当作一种材料的冷淡态度以及沉溺于技术的做法。此文发表之后,孙毓棠随之被视为拥护诗的技术而否定抗战诗的代表作家。

拉特从思想态度上把握抗战诗,但在如何写出好的抗战诗这一点上却无法提出真知灼见,所以他不得不承认孙毓棠关于"表现"时代的说法的正确性,但又强调诗人一定要"有高度的政治热忱,用民族民主革命的精神来渗透新的主题,新的现象,向读者来宣传教育,提高他们民族的自信心和自尊心"①。可以看出,拉特更关注的是写作抗战诗时的思想态度,即"写什么"的问题,而非"如何写"的问题。林焕平也接连写了几篇文章,从"时代的诗情"、文学与政治的关系等角度进行批评,进而抨击整个新月派:"新月派所代表的倾向是个人主义的唯心主义,专以模仿英国诗为能事"②。在另一篇文章中,更直言孙毓棠的观点"变相为'一切抗战诗都不是诗'"③,这显然将论争推向了意气化的层面。

二 从学术探讨到态度之争

经由锡金与林焕平对孙毓棠文章的批评,这场关于"真正文学的诗"的论争也逐渐浮出了水面。论争双方一上场就表现出了针锋相对的气势,也因此使得一场学术性的探讨逐渐划向了对作者思想意识形态的推敲和

---

① 拉特:《关于"真正文学的诗"》,《大公报·文艺》(香港)1939 年 6 月 27 日。

② 林焕平:《论抗战诗的诸问题》,载《林焕平作品选》,漓江出版社 1988 年版,第 46 页。

③ 林焕平:《真正文学的诗新解》,《中国诗坛》1939 年 9 月 20 日新 3 号。

批评。

在这场转变中，锡金的文章具有一定代表性，他明确将孙毓棠视为"抗战诗歌否定论"的代表，认为持否定论的人"特别强调诗歌作品的技巧，把'宣传'和'艺术'分开，甚至是对立起来。当他们的理论发展到最后的阶段时，于是他的最后的主张便显露出来，他们还是在想象一种神秘的'纯诗'，照现在孙毓棠先生的说法，就是'真正文学的诗'"①。事实上，孙毓棠在后文也曾反思过："但是后来想过，便深觉这种评语似乎太过分了些。批评的人好像是只对抗战诗出产的结果而发出这种冷冰冰的悲观论调，都不曾着眼于抗战诗之何以没有好作品，更不曾鼓励作家们如何才能有好的抗战诗出现。在如今抗战时代，对抗战抱如此消极的态度，在整个文艺界看来不是个好现象。"②

锡金的文章发表于茅盾主编的《文艺阵地》1939 年第 3 卷第 10 期，在他发表文章的同时，艾青也发表了《诗与时代》一文，实际文章写于孙文发表一个月后，艾青的论争焦点在于我们究竟身处一个怎样的"时代"之中，真正回应了孙毓棠关于"时代的诗情"观点：

> 一个写诗的人（我依然不知道应否把那些专门堆砌着枯死的文字的人称为"诗人"；为了我尊重那些真正曾创造了"时代的诗情"的和现在还在创造着"时代的诗情"的"诗人"们，我只能对那些衰老在萎谢了的词藻里的写诗的人称之为"写诗的人"），专门写着狭窄得可笑的个人的情感的东西称为那才是"诗"，又疲惫地拖住一种形式作为那是诗的唯一的形式，更有甚于此者，竟会自满那种迂腐的见解，说那样的东西才是"真正文学的诗"，这究

---

① 锡金：《诗歌的技术偏至论者的困惑——读孙毓棠先生的〈谈抗战诗〉》，《文艺阵地》第 3 卷第 10 期，1939 年。

② 孙毓棠：《谈"抗战诗"》，《大公报·文艺》（香港）1939 年 6 月 15 日—16 日。

竟是可悲的现象。①

"自以为在写着'真正文学的诗'的人真是何等幸福！他们说'七七'事件来得奇突"②，实际上，艾青才真正抓住了孙毓棠诗学观念中的弱点。孙毓棠认为，卢沟桥事变发生之后，"我们的诗人与读者，多年喜欢歌唱个人小小的哀情与欢喜的，对此都觉得太突然，精神好像没来得及准备，瞠目结舌不知所云"③，这是孙毓棠认为为何两年时间过去之后"好的抗战诗为何没有产生"的原因之一，也即作家"没来得及准备"。这种"奇突"确实是某些诗人的反应，但也不应就此否认抗战诗歌大众化的可能性，孙毓棠解答问题的角度显然过于个人化。

在艾青看来，孙毓棠显然属于"另一些诗人"，"另一些诗人，则从这历史的苦闷里闪避过去，专心致志于一切奇瑰的形式之制造和外国的技巧的移植上"④。二者观念的差异实际在于对中国新诗当下阶段不同的认识，艾青认为，"目前中国新诗的主流，是以自由的、素朴的语言，加上明显的节奏和大致相近的脚韵，作为形式；内容则以丰富的现实的紧密而深刻的关照，冲荡了一位个人疾弱的唏嘘，与对于世界之苍白的凝视"⑤。这显然与孙毓棠认为当下新诗应该冷静下来"表现"这个时代的认识不同。

艾青《诗与时代》一文是对"真正文学的诗"论争的深刻反思，全篇其实并没有提到孙毓棠的名字，但却是对孙毓棠文章核心观点的回应，相对于锡金、林焕平等人的文章更具有客观性。在此基础上，我们也能够更加清楚地认识艾青这一时期的诗学观念，通过对"真正文学的诗"论争前后过程的分析，理清之前的一些认知。如许霆认为，艾青"针对

---

① 艾青：《诗与时代》，《国民公论（汉口）》第 2 卷第 5 期，1939 年。
② 艾青：《诗与时代》，《国民公论（汉口）》第 2 卷第 5 期，1939 年。
③ 孙毓棠：《谈"抗战诗"》，《大公报·文艺》（香港）1939 年 6 月 15 日—16 日。
④ 艾青：《诗与时代》，《国民公论（汉口）》第 2 卷第 5 期，1939 年。
⑤ 艾青：《诗与时代》，《国民公论（汉口）》第 2 卷第 5 期，1939 年。

诗坛所谓为艺术而艺术的创作倾向和一切艺术都是宣传的创作倾向，正面提出了'真正文学的诗'的主张，包括意象、象征、联想等现代艺术技巧……这其中渗透着'综合传统'的诗学建设要求"①。实际上，艾青所提"真正文学的诗"乃是对此次论争的一个回应，而不是由他提出的一个全新的概念，甚至在很大程度上是带有否定含义的，与其在《诗论》中提出的"真正的诗"② 这个概念不可同日而语。除了《诗与时代》，艾青还写作了《诗与宣传》一文，与此文观念相互应和。

在以上这些文章发表之后，茅盾在其主编的《文艺阵地》1939 年第4 卷第 3 期的《编后记》中似乎又有意使论争进一步深化：

> 今年六月间，孙毓棠在香港《大公报》发表谈抗战诗，否定抗战诗歌，本刊三卷十期曾发表锡金的驳斥，兹又接得穆木天辗转寄来的关于抗战诗歌运动，给否定论者以决绝的答复，孙氏之文虽相隔已久，但一般抗战诗歌以至抗战文艺的怀疑以至否定论者，仍在四处潜伏，图谋蠢动，我们觉得穆式的文章依然有着他的重要性。③

在《文艺阵地》1939 年第 3 卷第 10 期《编后记》上茅盾也曾提及："孙毓棠在香港《大公报》上发表的《谈抗战诗歌》，是文艺上个人主义者向抗战诗坛所投掷的一炮。近来这一种倾向显然是在部分的抬头，守护着文艺岗位的兵士自不应忽略自己的警戒"。在茅盾眼中明显已将"抗战文艺的怀疑以至否定论者"视为孙毓棠之流。茅盾所言穆木天的文章，即穆木天《关于抗战诗歌运动——对于抗战诗歌否定论者的常识的解答》一文，发表在《文艺阵地》1939 年第 4 卷第 3 期。穆木天虽然强调抗战诗歌必须要有"精良的技术"，但"伟大的革命诗歌的产生，并不是由于

---

① 许霆：《中国现代诗学核心观念演进论》，江苏凤凰教育出版社 2018 年版，第 185 页。
② 艾青：《诗论》，复旦大学出版社 2005 年版，第 3 页。
③ 茅盾：《编后记》，《文艺阵地》第 4 卷第 3 期，1939 年。

抑制热情的静观沉思的态度，也不是由于新技巧新词藻的练习，而是由于作者对于现实的正确的把握和表现"①，穆木天强调"革命的热情和现实的认识"，这显然并不意在谈论诗歌的内容或形式本身，而是紧抓创作者的"态度"，这种对于"态度"的强调也成为日后很长一段时间超越于诗歌本体意义的道德准绳。

　　之后吕荧在《人的花朵》一文中，将"真正文学的诗"辨认为是 20 世纪 30 年代"为艺术而艺术"的文学思潮的又一反应，"削弱或抹杀诗歌的社会功能"②，当然吕荧同时也批评了"一切艺术都是宣传"的思潮。可以看出，到这时"真正文学的诗"已完全被当作"纯诗"的另一说法，并遭到了普遍的质疑。

　　就在论争的另一方如火如荼地进行辩论时，孙毓棠却并未作出回应。然而这时孙毓棠的观点原样如何也已经不重要了，他只是作为否定论者一方的虚影被不断提及以充当攻击的对象。龙泉明认为拉特、林焕平、穆木天之文"在讨论中是占主导地位的"③，这显然是事实。1939 年，戴望舒与艾青联合主编的新诗刊物《顶点》出版，他们声明需要一种不背离时代、有"深远一点的内容"④ 的诗歌，但正如艾青所言，此时"现实的内容和艺术的技巧已慢慢地结合在一起"，"新诗已在进行着向幼稚的叫喊与庸俗的艺术至上主义可以雄辩地取得胜利的斗争"。⑤ 而这种将"现实的内容"与"艺术的技巧"结合的观念已逐渐成为 20 世纪 40 年代初期的一种文学理想。

　　早期"新诗的诗学斗争并不过于注重立场、方向等与政治选择或思想倾向息息相关的命题。而更多的是围绕着具体的诗学问题或命题展开

---

① 穆木天：《关于抗战诗歌运动——对于抗战诗歌否定论者的常识的解答》，《文艺阵地》第 4 卷第 3 期，1939 年。
② 吕荧：《人的花朵：艾青与田间合论》，《七月》第 6 卷第 3 期，1941 年。
③ 龙泉明：《中国现代作家审美意识论》，武汉出版社 1993 年版，第 102 页。
④ 《编后杂记》，《顶点·创刊号》1939 年 7 月 10 日。
⑤ 艾青：《北方·序》，文化生活出版社 1939 年版。

讨论"①，这种论争方式似乎在战争气息日浓的社会氛围中逐渐走向了另一面，"抗战前期倡导的诗歌大众化运动虽然难免有一些偏颇，但基本上还是能够实事求是讨论理论问题"②，而越到后期就越脱离了学术论争的范围，"这些发自大都市亭子间的呐喊，事实上与左翼诗人们想要把握的真正现实还相差甚远"③。这一趋势在关于"真正文学的诗"的论争中已初见端倪。

三　工具与艺术："好的抗战诗"究竟如何产生？

"真正文学的诗"论争是新诗发展到 20 世纪 30 年代过渡到革命文学时代的一次典型反映，是新诗发展历程中一贯存在的在审美与功能期待之间的龃龉，是"诗歌艺术自身的逻辑和社会历史的逻辑"④之间的又一次论争。论争起自于孙毓棠，而后来的学者尤其是文学史家常一笔带过，将孙毓棠视为 30 年代"为艺术而艺术"的代表作家，认为他们所倡导的"真正文学的诗"过于注重文字技巧，"反对新诗在抗战时期负起抗日反汉奸的历史使命，抹煞诗的社会功能"⑤，最终脱离现实，走向了神秘主义与象征主义。他们往往被概括为"原数新月派、现代派的自由主义人士"⑥。在文学史书写中，细节更是被淹没于历史烟尘中，"抗战诗歌否定论""诗歌的技术偏至论"等标签都被放到了孙毓棠身上。

而回到论争发生的前一年——1938 年，梁宗岱在《星岛日报》的

①　刘继业：《新诗的大众化和纯诗化》，北京大学出版社 2008 年版，第 3 页。

②　周晓风：《抗战与诗的双重选择》，载《新诗的历程——现代新诗文体流变（1919—1949）》，重庆出版社 2001 年版，第 272 页。

③　解志熙：《暴风雨中的行吟——抗战及 40 年代新诗潮叙论（上）》，《解放军艺术学院学报》2017 年第 1 期。

④　周晓风：《抗战与诗的双重选择》，载《新诗的历程——现代新诗文体流变（1919—1949）》，重庆出版社 2001 年版，第 265 页。

⑤　潘颂德：《艾青的诗论》，载《艾青作品国际研讨会论文集》，花山文艺出版社 1992 年版，第 674 页。

⑥　吕家乡：《新诗研究的历史和现状》，载《从旧体诗到新诗》，山东人民出版社 2014 年版，第 127 页。

"星座"副刊上发表了两篇文章:《论诗之应用》《谈抗战诗》,梁宗岱在文章中对抗战诗的"否定"程度丝毫不亚于孙毓棠,发表时间却比孙文早大半年(前者9月份,后者来年6月份),因此有研究者认为:"'抗战诗歌否定论'的始作俑者,不是孙毓棠,而是诗人梁宗岱。"① 此前也有学者将二人放在一起谈论,"诗歌界批评公式化概念化本来是有益于抗战诗歌运动发展的,梁宗岱、孙毓棠等人却借此攻击整个抗战诗歌,逼得诗人们不得不起来'保卫'抗战诗歌"②,也从反面说明了孙毓棠与梁宗岱观念上的某些继承关系。

孙毓棠之文引起的论争焦点虽然是"真正文学的诗"问题,但核心还是"抗战诗歌否定论"问题。同样是站在"纯诗"立场上发表观点,梁宗岱对"抗战诗"和"诗歌大众化"的否定要比孙毓棠更为彻底和犀利。在"好的抗战诗"如何写的问题上,二人观点则有相似的地方。刘继业认为,"梁宗岱的初衷和出发点是提高抗战诗的艺术水准,但是,又坚持内在的纯诗立场,因而在理论和逻辑上论争了好的抗战诗产生的不可能性"③,就这一点而言,二人内在的逻辑还是有细微的差别。孙毓棠虽直言"我不相信诗歌能大众化",但在抗战诗问题上,孙毓棠并不否认"好的抗战诗"产生的极大可能性。但或许不可否认的是,梁宗岱对大众诗歌读者素质的怀疑是后来孙毓棠直接否定诗歌大众化的一个思想来源。

穆木天在发表文章的时候,希望孙毓棠指出文章所提"那些严格的批评家"到底指哪些人,锡金同样也提出了这个要求,事实上,锡金在写这篇批判孙毓棠的文章之前就写作了一篇《读梁宗岱先生的"谈抗战诗歌"》,他显然很清楚"那些严格的批评家"中至少有梁宗岱,但在批评孙毓棠的文章中并未提及梁宗岱,无形中造成了孙毓棠孤掌难鸣的氛

---

① 刘继业:《从三篇诗论佚文看梁宗岱的"抗战诗歌否定论"——兼论新诗诗论研究史料发掘》,中国当代文学研究会会议论文,2007年5月,第87页。

② 杨里昂:《中国新诗史话》,湖南文艺出版社1992年版,第227页。

③ 刘继业:《从三篇诗论佚文看梁宗岱的"抗战诗歌否定论"——兼论新诗诗论研究史料发掘》,中国当代文学研究会会议论文,2007年5月,第88页。

围。同样奇怪的是，穆木天在批判"抗战诗歌否定论"的时候也只以孙毓棠为主要批判对象。

刘继业注意到，根据苏光文的《抗战诗歌史稿》，梁宗岱此时正与戴望舒、徐迟等一起在香港"文协"分会下设的几处单位担任指导教师，辅导抗战诗歌写作。戴望舒去香港之后思想上发生了巨大的转变，被主流所接受，那么穆木天等是否也因此没有注意到梁宗岱这个来港作家发的这几篇文章也是有可能的。在"真正文学的诗"的论争中虽然无人提及梁宗岱，但二人的观念显然具有一定的继承性，这场延续了一年多的文学论争，是"纯诗"派与主流的一次正面争锋。我们或许可以将这次论争看作两个阶段，第一阶段便是梁宗岱的《谈抗战诗》与锡金的《读梁宗岱先生的"谈抗战诗歌"》，第二阶则是孙毓棠的《谈"抗战诗"》与拉特、穆木天、锡金、林焕平等人的争论。这场论争也一定程度上接续了抗战之前"国防诗歌"与"纯诗"的论争。

首先值得探讨的问题是孙毓棠与梁宗岱二人观念上的异同。梁宗岱在《论诗之应用》一文中，称"国防诗歌"与"纯诗""一个把诗看作目标，一个只看作手段"①。在关于如何作"好的抗战诗"这一点上，二人看法也多一致，如梁宗岱所谓"埋头作沉潜的修养"，与孙毓棠的"不急于发表"如出一辙。在另一篇《谈抗战诗》中，梁宗岱提出的问题则是"为什么在抗战情绪这么高涨的时代，好的抗战诗歌竟这么难产"②，而他所谓的"成功的战歌"，除了要激励士气、"老妪能解"，另一半条件就是"它须具有真诗底表现，以求达到真诗底品质"③。而孙毓棠则直接在他的文章中宣称："我不承认诗能大众化；即使能大众化，也没有什么好处或价值，因为即使大众化了，大众也不会喜欢读诗"④，没有阐述他

① 梁宗岱：《论诗之应用》，《星岛日报·星座》1938 年第 45 期。
② 梁宗岱：《谈抗战诗》，《星岛日报·星座》1938 年第 52 期。
③ 梁宗岱：《谈抗战诗》，《星岛日报·星座》1938 年第 52 期。
④ 梁宗岱：《谈抗战诗》，《星岛日报·星座》1938 年第 52 期。

这种观念产生的原因，我们有理由认为孙毓棠觉得没有必要赘述。

与梁宗岱的文章同时发表在这一期《星岛日报·星座》上的是锡金《读梁宗岱先生的"谈抗战诗歌"》一文，锡金的文章在内地引起了较为强烈的反响，这篇文章曾两次被内地报纸杂志转载，一次转载于昆明的《战歌》1938 年第 1 卷第 3 期，一次以《梁先生想不通：读梁宗岱先生的〈谈抗战诗歌〉》为名转载于《十日文萃》1938 年第 3 期。锡金批评梁宗岱"想的太随便"，认为"我们更需要的是能确切表现我们在这伟大而神圣的战争里的情绪的奔流，并且要从现实生活里建立民族的形式"，锡金以梁宗岱的诗歌《战歌》为例，说明此诗并没有达到他自己所称的"老妪能解"。虽然锡金的文章并没有多少深刻的辩论，但其谓《战歌》一诗"陈腐的冷气"一语，也从侧面说明了梁宗岱虽然极力想要摆脱"纯诗"与抗战诗二元对立的立场，但在自身创作上却收效甚微。虽然锡金的文章被转载多次，但梁宗岱的文章除了稍后《我也谈谈朗诵诗》被转载到重庆《时事新报》的"学灯"副刊，以上两篇谈抗战诗的文章均没有在内地出现过，甚至一度在梁宗岱文集中失收。

相对于第一阶段梁宗岱与锡金的辩论，第二阶段孙毓棠及锡金之间的辩论显然注意到了更多的问题，他们都意识到了"时代"的重要性。"时代的抒情"在不同时间段有不同的变体，如闻一多所谓"时代精神"，穆旦所谓"新的抒情"① 等。孙毓棠所谓"时代的诗情"其实并没有在这些基础上进行延伸，仍然只是强调了"时代"在创作中的重要性。孙毓棠和锡金等人的观念并非水火不容，而在于二者不同的立场，但某一方更具历史的正义，"目前最迫切的任务，就是将我们的诗歌武装起来"②，诗歌艺术的逻辑此时已几乎被社会历史的逻辑完全取代。

---

① "首先要把自我扩充到时代那么大，然后再写自我，这样写出的作品就成了时代的作品。"穆旦：《致郭保卫二十六封·1975 年 9 月 9 日》，载《穆旦诗文集》第 2 卷，人民文学出版社 2006 年版，第 188 页。

② 上海"中国诗人协会"1937 年 8 月在上海成立，引自其"抗敌宣言"。协会编辑的《高射炮》（8 月 25 日出版）是第一个抗战诗歌刊物，其余的大型抗战刊物多达二十多种。

对抗战诗的反思并非始于梁宗岱、孙毓棠，如针对抗战诗歌写作公式化的问题，当时文艺界普遍认为解决方法是更深入地向生活学习、向抗战学习、向好的文化遗产学习，总体而言他们更注重写诗的热情和正确的思想态度。在梁宗岱和孙毓棠之外，施蛰存、袁可嘉等人的思考也有异曲同工之处。袁可嘉在《新诗戏剧化》一文中承认抗战胜利之后的左翼诗歌具有值得赞美的写作意图，但"随即谴责后者未能把这种原生态的'人生经验'有力地转化为'诗歌经验'，这无疑与孙毓棠的抗战诗批评共享了一种价值判断"①。

在这次论争中，孙毓棠被定义为"抗战诗歌否定论"者，原因主要在于他直接否认了诗歌大众化的可能性，但如果我们真正从孙毓棠的整体论述出发，就会发现他"对抗战诗这一新的诗歌类型并非执意否定，而是试图以一种纯诗的社会学标准来规范和衡量。坚持抗战诗必须是'诗'"②。如何才能写出好的抗战诗？孙毓棠认为解决路径首先是要适应环境，不怕失败、不断尝试，假以时日，"雄浑、真实、丰富、气魄伟大"的抗战诗一定会产生。这一观念与其说是在探讨"好的抗战诗为何没有产生"的原因和解决方案，不如是在为这一既成事实寻找缓冲，而事实也证明这样的缓冲也是大多数诗人所需要的。就孙毓棠自身的创作而言，他的抗战诗代表作是 1938 年 9 月 2 日发表在《大公报》上的《荒村》，这是一首每段 4 行、共 8 段的诗，诗以第三人称对话的形式描绘了村子被屠杀烧空之后的情景，用一种克制的笔调凸显出了村子的荒芜冷凄，但孙毓棠创作的抗战诗数量却屈指可数，创作的稀少证明了要在新诗的艺术性与功能期待之间取得平衡与调和，本就不是一容易的事情。

绵延一年多的"真正文学的诗"的论争以孙毓棠没有再做回应而结

---

① 张松建：《文下之文，书中之书：重识袁可嘉"新诗现代化"论述》，载方向明主编《斯人可嘉 袁可嘉先生纪念文集》，浙江文艺出版社 2014 年版，第 327 页。

② 刘继业：《从三篇诗论佚文看梁宗岱的"抗战诗歌否定论"——兼论新诗诗论研究史料发掘》，中国当代文学研究会会议论文，2007 年 5 月，第 86 页。

束。一年之后，孙毓棠在昆明的《今日评论》上，分两期发表了一篇谈旧诗与新诗节奏问题的文章，在这一期杂志尾页上，编者说："名诗人孙毓棠先生是不肯轻易动笔。但他一动笔，总是一篇有价值的作品，抗战以后他曾写过一篇关于抗战的诗的论文，当时引起过不少的争论。本期登出的一篇，也是孙先生精心作品之一，读者千万不要轻轻放过。"① 从编辑的话可以看出，"真正文学的诗"的讨论在昆明地区也引起了一定程度的关注。而孙毓棠从对抗战诗的思考转移到对诗之节奏的观察，似乎是从外向内、由浅入深，但在抗战诗论上的弱势地位，是否能够通过回到诗歌内部得到转圜，孙毓棠之后彻底转向历史学研究，再也没有回到新诗领域，是否又与这次思考的结果有关？这些问题的答案早已隐含在了他的思考轨迹中。

第三节　20 世纪 40 年代语境中的 "节奏发展论"

孙毓棠在昆明《今日评论》上发表了谈旧诗与新诗节奏问题的文章，此文在前期新月派新诗格律论及 20 世纪 30 年代中后期关于诗歌音节的讨论后，进一步探讨新诗节奏问题，与叶公超的《论新诗》等文构成了呼应，成为 20 世纪 30 年代中后期绵延至 40 年代初期关于新诗音节、节奏问题讨论中的重要文献。② 此时，孙毓棠一直坚守的格律思想发生了裂变，在新旧诗关系及新诗节奏问题上提出了一些深刻的见解。他试图将旧诗与新诗的关系阐释为一种 "发展" 的关系，从诗歌内容上 "时代的

---

① 《本期撰者》，《今日评论》第 4 卷第 7 期，1939 年。
② 在之前的研究中，我们往往将《大公报·文艺·诗特刊》上关于新诗节奏的文章集中在一起探讨，如罗念生《节律与拍子》（1936 年 1 月 10 日）、梁宗岱《关于音节》（1936 年 1 月 31 日）、罗念生《音节》（1936 年 2 月 28 日）、叶公超《音节与意义》（1936 年 4 月 17 日）、叶公超《音节与意义》（续）（1936 年 5 月 15 日）、郭绍虞《从永明体到律体》（1936 年 6 月 20、26 日）等。此时（1935—1937 年）梁宗岱担任天津《大公报·文艺·诗特刊》的主编，后改名为《诗歌特刊》。

诗情"推导出诗歌节奏上的"时代自然性"，这在孙毓棠的整体诗学构建中具有总结作用。

在孙毓棠的新诗节奏观念中，构成节奏的基本单位是"音组"，与闻一多提出的"音尺"是一样的意思，但打破了闻一多每行字数划一的格律方案。拿《诗经》为例，《诗经》中的四言诗就是每句四字，每二字为一组，每组成一拍，每句两拍。在每组两个字中，有一个重音，而重音会造成意义上的差别。孙毓棠强调，汉字单音复词居多，不必拘泥于轻重音问题，不影响"其组成音组的能力"，重要的是诗句中每个音组所占的时间是单独的，至于一个音组有多少字，也不重要。每行字数划一，实际上并不能形成和谐的节奏，因为节奏不受字数的影响，受到音组的影响更多。关于这一点，卞之琳在 50 年代更系统地提过。① 孙毓棠、卞之琳相继以"音组"（卞之琳称为"顿"）来作为新诗格律的基本单位，与陆志韦、罗念生以轻重音、平仄来构建新诗的节奏不一样，更加符合中国文字的实际情况，因为轻重音是西方诗歌中的节奏观念，而平仄是旧诗的经验，这都与新诗语言的实际情况有所差异。

在"音组"与"节奏"关系的认识基础上，孙毓棠提出了古典诗歌发展过程中"积极的破格"与"消极的破格"的观念。四言诗在文法辞义上求明畅，不得已加减一二字，或填补虚字，这就是"消极的破格"，而如果是为了给单调的节奏增加变化的美感，这就是一种人为的艺术技巧，这是"积极的破格"。"积极的破格"实际上是为了寻求"节奏变化的美"，这是诗歌发展的内部驱动力，这种"破格"，是《诗经》中除了四言以外，还有五言乃至九言诗句存在的原因。因此，孙毓棠将诗的"节奏"视为以"音组"为基本单位，以"积极的破格"与"消极的破格"来增加变化美的诗句组织方式。

---

① "用汉语白话写诗，基本格律因素，像我国旧体诗或民歌一样，和多数外国语格律诗类似，主要不在于脚韵的安排而在于这个'顿'或'音组'的处理。"卞之琳：《雕虫纪历·自序》，人民文学出版社 1984 年版，第 11 页。

同时，孙毓棠将"呼吸"也考虑进来，例如他说四言诗"句读之处缺少一使人呼吸的机会"，如果快读就会像一阵急鼓，喘不过气。而"楚辞在节奏上产生一种新格"，"这种新格即以一'兮'字填补呼吸的空洞穴"，另外五言诗则是"把句与句间之呼吸加入了节奏之中"，如"青青/河畔/草/"，孙毓棠将这种诗句的节奏分为每两字为一个音组，那么末尾一字就与呼吸合并为一组。"呼吸化入诗的节奏而与诗打成了一片"，这种组成节奏的方法是他人未曾谈过的。

在考虑"音组"与"词意"的关系时，孙毓棠将词与义分开，认为二者之间并无"机械的联络"。这与叶公超在 1937 年前后提出的关于字音与字义不能分开的观念有所区别。叶公超在《音节与意义》一文中指出："一个字的声音与意义在充分传达的时候，是不能分开的，不能各自独立的，它们似乎有一种彼此象征的关系……换句话说，脱离了意义（包括情感、语气、态度和直指的事物等等），除了前段所说的状声字之外，字音只能算是空虚的，无本质的。"① 虽然孙毓棠谈的是"节奏"，叶公超谈的是"音节"，但在关于诗与音乐的关系这一点，叶公超显然认为"诗与音乐的性质根本不同"，最重要的是，诗作为一种语言的艺术，必须"站在意义上接受音节的和谐"。孙毓棠在谈论诗的节奏时则并没有考虑词义，或者轻重音所产生的词义差别等因素，而将诗的节奏与音乐的性质紧密联系在一起。

那么"节奏"与"词义"到底有没有联系？只能说在叶公超所举的"状声词"中，意义与音节或曰节奏是有紧密关系的，但并非所有诗都是如此。由于中国文字，尤其是文言中单音字较多，意义与节奏的联系并非都那么紧密，例如杜甫《秋兴八首》中"香稻啄余鹦鹉粒，碧梧栖老凤凰枝"一句，就是意义与音节的脱轨。但完全不考虑词义的话也会有所偏颇，孙毓棠在后文也有所提及，轻重音的变化会导致词的变化，但

---

① 叶公超：《音节与意义》，载叶公超著，陈子善编《叶公超批评文集》，珠海出版社1998年版，第65—66页。

孙毓棠还是更偏向于将诗的节奏与音乐的节奏联系起来看，在这个问题上，叶公超和孙毓棠都还有可以辩证补充的地方。

孙毓棠还发明了一个概念——"卑音字"，这种字在诗句中可以"随口一带就读了过去"，"只在文法上有重要性，在节奏中除略增变化外，别无重要性。"如"在南山之阳"中的"在"与"之"，就是孙毓棠所谓的"卑音字"。《说文》解释："卑，贱也"，引申有"小"义，孙毓棠所谓"卑音"，就是在诗的节奏中不产生意义的"音节"，这个音节只是在句子辞义上有重要性。音组一般是由两个字组成的，有的音组有三个字，其中一个字就必然是"卑音字"。

在孙毓棠所列举的例证中，我们可以发现他是以二字音组作为诗的基本音组，在三字或四字音组中，"卑音字"占一个或两个字符，所以真正起作用的还是二字音组。也就是说，在古诗经验中，我们最常用的是二字音组。那么发展到新诗就又涉及另一个问题，即"节奏"与"语言"的关系。在旧诗中，我们所使用的语言是文言，而新诗则使用日常语言，新语言的出现是否影响了新诗的节奏呢？

孙毓棠举闻一多的《死水》一诗为例，这首诗每行四个音组，与七言诗一样。这里不考虑每个音组的字数，由于卑音字的关系，新语言也仍然是以二字音组为主要音组，这就是旧诗与新诗中共同存在的"节奏的骨干"。既然"节奏的骨干"是一样的，那么新旧诗相区别的地方就在于语言的不同，一个是旧文言，一个是当代日常语言，所形成的"自然节奏"不同，旧文言的自然节奏是"吟咏的"，新语言的自然节奏是"说话的"，而无论旧诗还是新诗，都必须秉承语言的自然节奏。"新诗（白话诗）与旧诗的生命原是一条河流上的一条川流，他们的生命都寄存于同一的'中国文字之自然的节奏上'，绝非截然两个互不相通的世界"。①

---

① 孙毓棠：《旧诗与新诗的节奏问题（下）》，《今日评论》第 4 卷第 9 期，1940 年。

孙毓棠在理解新旧诗关系时，重点就在节奏与语言的区别上，语言的不同是区别新旧诗的关键因素，而不是节奏。例如《死水》一诗"节奏的骨干"与七言诗一样。卞之琳后来指出："以二字'顿'和三字'顿'为骨干，进一步在彼此间作适当安排，以补'顿'或'音组'本身内整齐不明显（倒也自由）这一点不足"①，也正是此意。孙毓棠与卞之琳所言的"骨干"，就是"汉语的基本内在规律"②，是诗行内"音组"的构成方式，既然"节奏的骨干"没有区别，那么区分新旧诗的标准就在语言上。

新旧诗"节奏的骨干"的相似性又是否会造成二者不容易分辨呢？新的语言又是否是新诗之所以是"现代诗"的关键呢？我们可以回顾一下戴望舒对林庚四行诗实验的态度，戴望舒曾指出，林庚的四言诗是"拿白话写着古诗"，最重要的原因就是"从林庚先生的'四行诗'中所放射出来的，是一种古诗的氛围气，而这种古诗的氛围气又绝对没有被'人力车''马路'等现在的噪音所破坏了"，"他不只寻扯一些现代的字眼，却寻扯一些古已有之的境界，衣之以有韵律的现代语"③，并认为林庚的诗表面看是新诗，深处却有"古旧的基础"④。虽然林庚紧接着作出了答复，但戴望舒的批评实际提出了至关重要的问题，那就是什么是现代的诗？林庚的四行诗实验之所以受到批评，原因在于他采用了"四行"这样一个与古诗极为接近的诗行，而戴望舒就从其四行诗中读出了"古诗的氛围气"，想必除了一种类似于古诗的意境之外，还有一种孙毓棠所说的"节奏的骨干"的影响。

可以想象，如果"节奏的骨干"、诗行、意境都与古诗相差无几，那么单单用新的名词或许就产生不了现代诗的效果，这就是林庚的四行诗

---

① 卞之琳：《雕虫纪历·自序》，人民文学出版社 1984 年版，第 14 页。
② 卞之琳：《雕虫纪历·自序》，人民文学出版社 1984 年版，第 11 页。
③ 戴望舒：《谈林庚的诗见和"四行诗"》，《新诗》1936 年第 2 期。
④ 戴望舒：《谈林庚的诗见和"四行诗"》，《新诗》1936 年第 2 期。

遭到戴望舒、钱献之等人质疑的主要原因。戴望舒甚至将林庚的四行诗改编为旧诗，又将旧诗改编成林庚式的新诗，发现这之间差别不大。针对这一点，孙毓棠认为："有的旧诗词只消变动几个字，便可成新诗；新诗一改词句，即可成旧诗。原因还是由于它们根本的节奏丝毫无不同处。"① 不同于戴望舒的直接否定，孙毓棠并没有完全否认这样互相改变的可行性，但是他指出"不同处只在一个用的是当代最自然的语言，一个是模仿古老的做作的语言"②，因此在孙毓棠心目中，现代诗成立的根本还是在于它所使用的"语言"。

关于"音组"与诗行的关系，孙毓棠通过探索四言诗到七言诗的发展过程，发现"一口气读四拍，从中国语言的习惯上讲，似乎不多不少，刚刚分量合适的样子"，"句句五音组，在习惯上便觉太冗长；不是不可能，但略感不方便。中国诗演化至七言，便似乎走到极端，不能再进了。此种的原因恐怕大半由于节奏"。卞之琳也认为一行超过五个"顿"，就嫌冗长。③ 因此无论新诗旧诗，似乎一个诗行最多五个音组，或者说一首诗中大部分诗行应以四个音组组成，并辅之以节奏的变化，这样才是合乎中国文字自然节奏的。

"呼吸""破格""卑音字"等观念的提出，表明孙毓棠对音组的构成及新旧之间的继承关系有不同于前人的发现。卞之琳对"顿"的归纳总结与孙毓棠对新诗"音组"的划分及"节奏"的认识有很大的相似之处，"在建行原则上，卞之琳的格律方案放弃了闻一多、梁宗岱等对每行字数一律的要求以及轻重音、平仄以至韵脚的强制性安排，而集中于顿数的一律（或规律），从而使得这一格律方案更加富于弹性和灵活性，也更加符合现代汉语语用的实际。当然，放弃字数一律和轻重、平仄、用韵的强制性要求作为建行原则，并不是否定或排斥这种安排在特定场合

① 孙毓棠：《旧诗与新诗的节奏问题（下）》，《今日评论》第 4 卷第 9 期，1940 年。
② 孙毓棠：《旧诗与新诗的节奏问题（下）》，《今日评论》第 4 卷第 9 期，1940 年。
③ 卞之琳：《雕虫纪历·自序》，人民文学出版社 1984 年版，第 11 页。

下可能产生的艺术效果，但卞之琳显然认为那已经是一个属于诗人的艺术手腕的问题，而不是一个建行的问题。实际上，卞之琳的格律方案为诗人发挥个人的艺术手腕预留了充分的空间"①，这样的评价也同样适用于孙毓棠的诗歌节奏观念。

孙毓棠不断强调"节奏变化的美"，避免节奏的单调和过于整齐。他认为说话自有节奏，而艺术家的任务就是如何掌握这种"说话的节奏之音乐性"。事实上他早已从新月派前辈们所框定的格律论中走出，从旧诗与新诗的"发展"中来重新认识新诗的格律问题。

孙毓棠关注新诗语言问题，在叶公超等人观念的基础上进一步区分了"说话的节奏"与"语言的节奏"，进而深入剖析了新诗中语言与节奏的关系。虽然"节奏如一条河道，新旧诗原是一条川流"，但"白话诗用的是'语言的节奏'，而旧诗词用的是'吟咏的节奏'"。陆志韦、罗念生等主张以轻重音、平仄声为基础建立新诗节奏模式，孙毓棠则认为"我以为这是受了英文中重音的影响，中国文字没有这个东西，辩论毫无意义"，"必需用最浅近最习用的语言"。②

这里需要考虑的是，新诗的语言是不是就是说话用的语言？孙毓棠所设置的前提是文艺必须要使用最浅近最习用的语言，但并不是直接把说话的语言搬到诗中，而是将杂乱的说话节奏进行安排，使它变成一种"诗的节奏"，这个过程就是创造。例如孙毓棠注意到戴望舒的《雨巷》一诗，其节奏读起来极近日常说话的节奏，非常"自然"，觉不出刻意安排的痕迹。卞之琳的《酸梅汤》一诗也是"自然的说话的节奏"，虽然诗的语言经过了诗人的"安排、配合、组织、美化的手续"，但仍然还是"说话的节奏"。

王瑶先生曾经指出："正是这种发现使得中国的现代派诗人（从戴望舒到以后的《九叶集》诗人）能够逐渐摆脱早期象征派诗人那种对于外

---

① 西渡：《卞之琳的新诗格律理论》，《现代中文学刊》2011 年第 4 期。

② 孙毓棠：《旧诗与新诗的节奏问题（下）》，《今日评论》第 4 卷第 9 期，1940 年。

国诗歌的模仿和搬弄的现象，而与自己民族诗歌的传统结合起来，逐渐找到了外来形式民族化的道路。"① 因此，在 20 世纪 40 年代初期重提新旧诗关系这一问题，其根本目的已经不在于"为新诗一辩"，而在于探讨如何更好地将这一新诗发展趋势更合理地继承下来，将新诗与旧诗之间的冲突变为一种合理的继承。

卞之琳在《哼唱型节奏（吟调）和说话型节奏（诵调）》一文系统阐述了古典诗歌节奏是"哼唱型"的，而新诗节奏是"说话型"的观念。② 回过头来看，孙毓棠在论述卞之琳诗作节奏特点时，就已觉察出他的诗歌"简直完全是说话"的特征，"可以清楚地感觉到语言自然的节奏"的特点，"它可以读，可以念，念时与说话完全相同，自然的节奏之美即蕴蓄于其中"。孙毓棠不苛求诗句中的轻重音、押韵、平仄的节奏观，与卞之琳在讨论"顿"时的观点是一致的。

正由于新诗所用的是"说话的节奏"，因此在诗的朗诵问题上，孙毓棠认为"读新诗的'读'是'念'得和说话一样罢了"。在新诗中，"卑音字"可以"拯救节奏的单调"，使得诗句读起来更加自然，因此也毋宁说卑音字是新诗区别于旧诗节奏的一个关键因素。在旧诗中，常用的卑音字如"之""兮"等，而新诗中常用的则是"的""着"等，卑音字的变化也是节奏变化的关键。叶公超关于新旧诗节奏的观点可以视为孙毓棠观念的源头，他认为："新诗的节奏是从各种说话的语调里产生的，旧诗的节奏是根据一种乐谱式的文字的排比作成的，新诗是为说的，读的，就是乃是为吟的，哼的。"③ 除此之外，孙毓棠关于新诗中轻重音的观念大体上与叶公超相同。

新诗成立初期，胡适力求"诗体大解放"、郭沫若追寻"内在的韵

---

① 王瑶：《中国现代文学与古典文学的历史联系》，《北京大学学报》（哲学社会科学版）1986 年第 5 期。

② 卞之琳：《哼唱型节奏（吟调）和说话型节奏（诵调）》，《作家通讯》1954 年第 9 期。

③ 叶公超：《论新诗》，《文学杂志》第 1 卷第 1 期，1937 年。

律"等，一度成为新诗人们创作的金科玉律，到 20 世纪 30 年代中后期，梁宗岱《新诗底十字路口》一文开辟了关于新诗音节、格律问题的讨论新篇章，罗念生、朱光潜、叶公超等相继发表文章讨论新诗的节奏问题。相较于这些讨论，孙毓棠的节奏思想与林庚所探索的"自然诗"有相通之处，他们都用一种"发展"的观念来看待旧诗与新诗关系，并在旧诗节奏的基础上进一步探讨新诗节奏的新变化。林庚提出了"节奏自由诗"、九言诗的"五·四体"等具体的写作概念，而孙毓棠则更注重新诗节奏的方向性，提出了节奏上的"时代自然性"问题。20 世纪 30 年代中后期，新诗坛关于新旧诗以及新诗的音律节奏问题引发了一次讨论，孙毓棠的这篇文章可以看作这次讨论的余续。

虽然孙毓棠谈论的核心问题是诗的"节奏"，而这个问题的提出背景乃是新旧诗的关系问题，因为说得太过于"彻底"，所以单看起来也显得颇为偏激。孙毓棠认为新旧诗"之间本无分新旧"的观念到底该如何理解，还是要看他在后文如何从旧诗与新诗的"节奏"这一个切入口上进行阐释。

孙毓棠首先否认了前人的两个观点，一是"新诗的产生是对旧诗词的一大革命"；二是"旧诗可诵读而新诗不可诵读"，并抛出了自己的观点，即"新诗是承袭旧诗词的更进一步的自然的发展，二者原在一条线上，新诗的基本原则和旧诗词的丝毫没有两样"，二则"新诗与旧诗词一样的可读，读新诗的方法及其基本原则本与读旧诗词完全相同"①。我们知道，新诗的成立乃是建立在对旧诗词的彻底反抗之上的，在新诗发端二十年之后，孙毓棠此番言论是否又回到了起点，这两个问题是否还有继续辩论的必要性呢？

新旧诗关系乃是新旧文学关系下的一个重要分支，新诗成立初期，关于"新诗是从旧诗的镣铐里解放出来的"② 这一点毋庸置疑，虽然日后

---

① 孙毓棠：《旧诗与新诗的节奏问题（下）》，《今日评论》第 4 卷第 9 期，1940 年。
② 叶公超：《论新诗》，《文学杂志》第 1 卷第 1 期，1937 年。

这种声音因新诗合法性地位的不断增强而有所式微，但一直在不同的历史阶段以不同的面貌被提出。对旧诗合理的继承也成了一部分学者努力的重心，将二者从对抗性的论辩关系变为纯理论探讨的平等关系，试图弥合新旧诗之间因暴力革命所导致的巨大鸿沟。

对西方诗歌的借鉴与学习是现代派也是新月派诗人的惯用手法，但从戴望舒与卞之琳开始，他们对中国古典诗歌的关注，使得古典诗歌成为新诗的诗学资源，这是一条隐秘的通往现代的道路。叶公超的《论新诗》一文就产生于新诗"陷入一个可悲的环境"① 时力求拨乱反正的一篇宏文。由于新诗人们普遍将旧诗看作洪水猛兽不敢多读，深恐受其影响，叶公超批判"把自己一个二千多年的文学传统看作一种背负，看作一副立意要解脱而事实上却似乎难于解脱的镣铐，实在是很不幸的现象"②。在废名的《谈新诗》一文中，他也辨明了新诗与旧诗的性质，把新诗的源流上溯到晚唐乃至六朝。孙毓棠此文虽明言诗无分新旧，但却强调了二者"发展"的关系。孙毓棠强调新旧诗的差异性是建立在继承与发展的关系上，而非完全断裂的关系上。

郑敏先生在 20 世纪末提出："我们在世纪初的白话文及后来的新文学运动中立意要自绝于古典文学，从语言到内容都是否定继承，竭力使创作界遗忘和背离古典诗词"③，这一点是符合新文学成立之后的大众潮流的，但在这个潮流之中，例如孙毓棠这种对新旧诗关系作出反思的也多有存在。旧诗的"语言"和"内容"当然不合于时代，但是要"肯定继承"而非"否定继承"，一味地否定必然导致另一种偏激，而如何继承却需要我们不断探索。孙毓棠将"节奏"作为联系新旧诗的绳索，努力辨析其中的异同，为的还是让新诗成为"活源之水"。

---

① 沈从文：《新诗的旧账——并介绍〈诗刊〉》，《大公报·文艺》（天津）1935 年 11 月 10 日。

② 叶公超：《论新诗》，《文学杂志》第 1 卷第 1 期，1937 年。

③ 郑敏：《世纪末的回顾——汉语语言变革与中国新诗创作》，《文学评论》1993 年第 3 期。

陈太胜在研究中国新诗的现代性之路时，"出于对新诗与古诗明显的'差异'的强调和重视"，"有意不将新诗视为一种与古诗相延续的新的汉语文体，而是把它视作一种在新的文化语境中诞生的新文类（new genre）"①，这指向的是"承传"的断裂。而值得反思的却是，"将今天纳入伟大的文化积累是中国古典汉诗的一种美好传统。这种和传统及历史相呼应的品质在新诗中消失了，……是新诗显得单薄、落寞、无传统支撑的原因"②。回到新诗发展的 20 世纪三四十年代，关于新诗节奏与音律问题的讨论，已然较为深刻，林庚、孙毓棠等对于新旧诗的认识，尤其是在对古诗的继承这方面的探索成果，虽然也有其偏颇之处，但更为重要的则是在他们的探索成绩基础上取其精华，获得汉语新诗发展的资源与能力。

---

　　① 陈太胜：《中国新诗的现代性之路》，《声音、翻译和新旧之争——中国新诗的现代性之路》，湖南人民出版社 2016 年版，第 2 页。
　　② 郑敏：《世纪末的回顾——汉语语言变革与中国新诗创作》，《文学评论》1993 年第 3 期。

第四章 《宝马》与 20 世纪三四十年代的"现代史诗"

　　孙毓棠最重要的新诗作品就是《宝马》，在已有研究基础上如何重新认识《宝马》就是一个问题。本章试图在"现代史诗"这个理论视野中观察《宝马》为 20 世纪三四十年代的长诗写作提供了什么经验：从《宝马》的创作、发表、反响这一系列过程中，观察孙毓棠与同时期新诗人们就相关问题产生的诗学对话，思考 20 世纪三四十年代长诗写作中"现代史诗"的创作与赓续问题。

　　"现代史诗"这个概念最早是由朱自清先生转述自金赫罗而来，但一直没有得到很好的阐释，在应用过程中出现了诸多混乱情况，其与一般性的长篇叙事诗如何作区分、具有什么样的内涵与外延都是需要再仔细辨析的。本章认为孙毓棠的《宝马》一诗为"现代史诗"提供了一个绝好的范例。朱自清所言"现代史诗"，其中很重要的一个特质就是反映时代或制度的变化，但我们不能简单地将所有歌颂现代化制度的诗就视为"现代史诗"，其之所以为"史诗"又具有"现代"特质，还是不能脱离"史诗"本身特有的范畴，如对"史"的转化和应用，同时又必须着重强调"现代"在其中的关键性地位。

　　本章首先对"现代史诗"这个概念作考古学式的探究，将其出现及应用情况做一个梳理，我们会发现这个概念一直处在一种模糊的境遇之中，没有引起批评家们的足够重视。20 世纪 40 年代出现的"民族革命的史诗"等概念与"现代史诗"在诸多方面有相似之处，而现代主义的史诗类别一直受到冷落，更使得二者难以区分。《宝马》为什么能够被称为"现代史诗"，要从其结构、语言、意象等各个方面分析，这不再是简单的文本细读，而是在"现代史诗"这个观念视域下。去重新考察《宝马》创作上的得与失。事实上，《宝马》并不是完美无缺的，它所凸显的问题与取得的成就同样重要，从诗人创作的过程与最终成型的作品之间的龃龉，可以看出创作"现代史诗"的复杂性。

《宝马》的出现对"现代史诗"在新诗史上的确立起到了至关重要的作用。最为关键的是，在对《宝马》的接受与批评过程中，文学史家和批评家们的论述对"现代史诗"的内在肌理进行了填充，使得这个概念能够在现代新诗阐释学中具有一席之地。在其后的文学史及相关论述中，虽然"现代史诗"并没有像其他新诗概念一样被反复提及，但至少在某种程度上变成了一个更加明晰的概念，也具有了相对一致的标准。

回看新诗的发展史，20 世纪 30 年代末，叙事长诗的潮流就开始形成，源于时代环境的剧变，这股叙事潮流发展出两个方向，即"民族革命的史诗"与"现代史诗"。"民族革命的史诗"是在抗日战争背景下以个人或集体为主题进行创作的长诗，而"现代史诗"则是带有历史感、注重英雄人物刻画同时又注重现代主义技巧的长篇叙事诗。我们以《宝马》为线索来探讨 20 世纪三四十年代的长篇叙事诗写作问题，首先需要弄清楚的就是为什么孙毓棠在这个时代写出了这样一部作品。这就涉及孙毓棠作为新诗人的历史位置和新诗在 20 世纪 30 年代末的发展格局。其次《宝马》这部作品本身为新诗提供了什么样的经验，这必须回到作品内部去谈。关于"现代史诗"这个批评概念，后来者是如何使用的？如果将这些问题都弄清楚，那么我们对《宝马》一诗的价值与历史位置将会有一个全新的认识。

第一节　作为批评概念的"现代史诗"： 中国新诗的"一个悬想"

冯沅君将孙毓棠的《宝马》称为"史诗"，其含义不言自明，但这个"史诗"所指应该是"现代史诗"，而不是传统意义上的英雄或神话史诗。"现代史诗"第一次出现在中国诗论中，大概是 20 世纪 30 年代朱自清先生《诗与建国》一文刊发的时候，在文中他引用了金赫罗关于"现代史诗"的说法。同时期其他文献中，含义大致相当的词语还有"史诗""长篇叙事诗""民族叙事诗""大叙事诗"等，包括一些形容词如"史诗性""史诗情结""史诗格调"。由于诗人们对"史诗"及"现代性"的理解均存在差异，很长一段时期对新诗中的"史诗"概念一直是意有所指但不甚明晰，在中国古典诗话中，也几乎没有专门关于"史诗"的阐发，因此这个概念可以说大部分来源于"西学"的冲击与影响。①

谢冕先生曾谈到，"在世界艺术史中，史诗的概念是确定的。……如今我们接触到的史诗的概念的移植，与其说是我们基于中国诗歌自身发展的，无宁说是荷马史诗概念的'自铸新词'"②。所谓"自铸新词"，实际是指我们所使用的"史诗"一词，其内涵相对于西方的"史诗"概念（主要指荷马史诗）已经发生了较大的改变。"现代史诗"关涉的不仅是某一类诗歌体裁，它与新旧诗之关系、"纯诗"与"大众化"、诗的现代性等新诗问题都紧密联系在一起。考察 20 世纪三四十年代的"现代史诗"，源于其为新诗创作提供了问题与经验，同时也在新诗理论上具有深

---

① "与一般所想象的相反，'史诗'无论是对于整个中国现代文学还是对于中国现代新诗而言其实都是一种受西方影响与冲击之下而产生的完全崭新的现代形式与经验。"麦芒：《史诗情结与中国新诗的现代性》，《诗探索》2005 年第 3 期。

② 谢冕：《地火依然运行 中国新诗潮论》，上海三联书店 1991 年版，第 174 页。

层次的建构作用。以下问题是我们在说到"现代史诗"这个概念时需要注意的:"现代史诗"与我们常说的叙事诗区别在哪些地方?什么是"现代史诗"的文体特征和诗性品格?"现代史诗"是否一定强调其"叙事"的形体特征?"现代史诗"的写作方式是否首先应该是现代的?抒情与叙事在"现代史诗"中如何"综合"?

西方关于"史诗"的解释渊源有自。如黑格尔称"史诗"为"民族精神标本的展览馆",代表着"全民族的原始精神",在《美学》第三卷中,他谈到了史诗发展的三个阶段:即东方史诗——希腊、罗马史诗——基督教传奇史诗,他认为,"希腊人和罗马人的诗艺才初次把我们带到真正史诗的艺术世界"①。东方史诗(如印度史诗)被空空赋予了"开端"的地位,实际却没有产生太大影响。荷马史诗《伊利亚特》《奥德赛》与维吉尔的《埃涅阿斯纪》是公认的西方史诗典范,但黑格尔的"史诗"概念并不仅指某种具体的文体,或者这几部史诗本身,而是与他的"普遍精神"观念联系在一起,"史诗"作为一种专门的文学体裁的意义并不明显。相对而言,别林斯基更注重"史诗"的体裁价值,他在《诗歌的分类和分科》中说:"长篇史诗经常被认作是崇高的诗歌体裁,艺术的皇冠"②,这无疑拔高了史诗作为一种艺术体裁的地位。但他们都认同长篇史诗只可能出现在一个民族的"幼年"时期,因为这时"它的生活还没有分裂成为两个对立的方面——诗歌和散文"③,他们都把史诗看作一个民族在"现代化"发生时期的重要基础。

如果狭隘一点理解的话,"现代史诗"应该首先是指以历史为题材的现代长篇叙事诗,同时也不排斥个人的、自叙传式的、反映当下现实事件的长篇叙事诗。一般叙事诗的典型特征是具有极强的现实主义精神,

① [德]黑格尔:《美学》第三卷下册,朱光潜译,商务印书馆1981年版,第174页。
② [俄]别林斯基:《诗歌的分类和分科》,载《别林斯基选集》第三卷,满涛译,上海译文出版社1980年版,第38页。
③ [俄]别林斯基:《诗歌的分类和分科》,载《别林斯基选集》第三卷,满涛译,上海译文出版社1980年版,第39页。

也就是与当下现实中的人、事具有紧密联系，它往往采用现实主义的创作方法，诗人具有一定的社会使命感。而"现代史诗"则除此之外还必须强调其"现代性"，何为"现代性"？我们首先想到的是施蛰存在《现代》杂志上所论述的观点："它们是现代人在现代生活中所感受的现代的情绪，用现代的词藻排列成的现代的诗形"①，这里大体上也是在这个意义上使用"现代"一词的。这是"现代史诗"与中国古代"叙事诗"及西方史诗相区别的关键所在，也就是说要符合中国当下的历史情景与人们现时的情绪体验。"现代史诗"同样包含了历史与当下、个体与集体、城市与乡村等问题，在某种程度上，它所涵盖的内容要大于一般的现代诗。结合 20 世纪上半期的时代状况，不可忽视的是它也很容易走向某种"激进"，因过于贴近现实而充满口号与浮夸的情绪，这样的作品似乎具有"史诗性"，但或许并不符合"现代史诗"的标准。

陈世骧先生认为，中国文学传统的精华是抒情，从《诗经》到《楚辞》，抒情都是文学想象的中心，所谓中国传统文学的"温柔敦厚"，就源于乐而不淫、哀而不伤的抒情传统的不断承继。而我们可以注意到，"叙事"是"现代史诗"的必备要素之一，那么"叙事"文学在中国传统文学中处于什么样的位置，我们能否为"现代史诗"的叙事特征寻找到传统根基呢？王国维在《王国维论学集·文学小言》中将中国文学分为抒情的文学和叙事的文学②，胡适则在《白话文学史》的自序中指出，中国古代民族没有长篇故事诗（史诗）③，另外，胡怀琛《中国民歌研究》及杨鸿烈《中国诗学大纲》也就中国有无"史诗"进行过辨析。可以说他们的论辩都是在"西学"的冲击下，试图用西方的文学概念（特别是叙事概念）来阐释中国文学，有时不免有牵强之处。

---

① 施蛰存：《又关于本刊中的诗》，《现代》第 4 卷第 1 期，1933 年。
② 王国维：《文学小言》，载《王国维论学集》，云南人民出版社 2008 年版，第 376 页。
③ 胡适：《白话文学史》，新月书店 1928 年版。但他还是将汉乐府《日出东南隅》《孔雀东南飞》、左延年《秦女休行》、傅玄《秦女休行》和蔡琰《悲愤诗》等当作"故事诗"的范例，这无疑也为"叙事"文学传统寻找到了一些事实依据。

新文学成立初期，郑振铎等人通过翻译引进了"史诗"的概念。1923 年，郑振铎写作《诗歌的分类》一文，发表在《文学》第 85 期上，① 这篇文章将欧洲诗歌分为"史诗""剧诗""抒情诗"三个大类，其发展的顺序也是"史诗"最前，"抒情诗"最后，这篇文章只对"史诗"做了一个简单的界定："长篇的叙事诗歌"。而在紧接着的《文学》第 87 期上，他又刊登了一篇专门名为《史诗》的文章，借助盖莱（C. M. Gayley）对"史诗"的阐发，给"史诗"做了一个更详细的解释：

> 史诗（Epic Poetry）是叙事诗（Narative Poetry）的一种。叙事诗中，除了史诗以外，还有英雄传说（Hero-saya）、冒险记（Gast）、预言（Fable）、短歌（Idyl）、牧歌（Pastoral）、歌谣（Ballad）等，而史诗独为其中的最重要者；如英雄传说，冒险记，禽兽预言及民歌歌谣等差不多都是史诗的原料，史诗的最初的骨子；如牧歌，短歌等，则在文学上的地位殊不重要，如寓言，则近来所作，已都为散文，且已另成一类。所以有许多人捷直的称叙事诗为史诗。②

这篇文章将史诗分成了两类："民族的史诗"和"个人的史诗"。"有韵的可背诵的""一个大事件或大人物为主要的线索""集合了许多民间流传的神话"等因素是"民族的史诗"的必备要素，而"个人的史诗"则是如但丁、维吉尔、弥尔顿等人所作的作品。值得注意的是，在前一篇文章中，郑振铎还将《孔雀东南飞》《长恨歌》《卖炭翁》称为"短史诗"，而到了后文时观念却骤然一变："在中国，则伟大的个人的史诗作者，也同民族的史诗一样，完全不曾出现过。"③ 仔细考察郑振铎在两篇文章中的观点，可以很明显地看出在前一篇文章中，他有意将中国

---

① 原名《文学旬刊》1923 年第 85 期。
② 西谛：《史诗》，《文学旬刊》第 87 期，1923 年。
③ 西谛：《史诗》，《文学旬刊》第 87 期，1923 年。

传统诗歌放在世界诗歌这个体系内进行审视和参照，并试图找到自身的位置。例如他将史诗分为"古代的史诗"和"近代的史诗"，这无疑是为近代甚至当下的"个人史诗"写作留下了评述空间。① 然而在后一篇文章中他又摒弃了中国"短史诗"存在的可能性，直接将"史诗"分为《伊利亚特》《奥德赛》或者《神曲》《失乐园》这两类，在这种划分规则下，中国当然没有史诗。进一步，作者称史诗在现代已经"消歇"了，也就一笔将"史诗"划进了"历史"中。这些文章连同其他研究世界文学的文章，一起形成了《文学大纲》这本书。直到1929年，郑振铎还在关注荷马系的小史诗问题②，但他始终没有再重提中国的"史诗"问题。

20世纪30年代，朱自清在《诗与建国》一文中将金赫罗的"现代史诗"观念植入汉语新诗。相对于金赫罗将"现代史诗"等同于散文，朱自清仍然更强调其诗的形式特征。虽然如此，金赫罗对"制度"的阐发仍激发了朱自清的理论想象，从而使他理解的"史诗"不完全是指固定的文体，也可以理解为一种看待或感受事物的方式。例如朱自清将孙大雨的《纽约城》一诗标举为"'现代史诗'的一个雏形"，核心就不在于"史诗"，而在于"现代"二字。当"史诗"从固体的文类变成一种游动的"象征"，那么它原有的文类特征就变得不那么重要了，更为重要的是其内在的"品格"。所以短短十五行的《纽约城》也可以被视为"'现代史诗'的一个雏形"。朱自清用"具体而微""表现现代生活"来描述这首诗，也说明了他所理解的"现代史诗"并非宏大的"制度"，也并非"历史"，而是"当下"。

"雏形"的意义在于《纽约城》一诗不仅主题上符合朱自清对"现代史诗"的设想，也在整体的诗性品格上揭示出了某种可能性。但他

---

① "古代的史诗，诚然是与抒情诗剧诗不同，诚然是表现一个民族的兴衰，一个时代的生活，但近代的史诗则并不如此，尤其是短的史诗，差不多都是表现个人的事迹与情感的"。西谛：《诗歌的分类》，《文学旬刊》第85期，1923年。

② 西谛：《荷马系的小史诗（读书杂记）》，《小说月报》第20卷第1期，1929年。

同时也没有否认"现代史诗"所描写的对象已经从个体的"英雄"变成了正在"成长"中的制度和群体,现代化的都市建设、艰难浩大的工程,这些都可以是"现代史诗"歌颂的对象,而书写的主体则是抗战日隆中"建国的歌手"。这表现出了朱自清在历史环境下的复杂体验,一方面,《纽约城》所揭示的绝不仅仅是现代化建设所带来的各种好处,"险恶的灵魂"仍随处可见,但在"建国"的重要性远大于其他任务的时候,歌咏"现代化"的需求就足够迫切了。这里他虽然也提出了"中国诗的现代化"及"新诗的现代化",但其内涵相对狭窄。朱自清对"现代史诗"两个"方向"的思考,其一是孙大雨的《纽约城》所代表的这类表现现代生活的,其二是杜运燮的《滇缅公路》所代表的歌颂现代化"制度"的。谈到杜运燮的诗,朱自清也提出了不足,"就全体而论,也许还可以紧凑些,诗行也许长些,参差些"①,显然这些不足不是"现代"的不足,而是"史诗"的不足,也就是说"史诗"的形体特征仍然没有被全然抛弃。

孙大雨的《纽约城》写于 1928 年,刊于当年 10 月 2 日第 3 期《晨报副刊·晨星》,作为一位从小接受古典文学启蒙与熏陶的青年诗人,孙大雨在现代化都市的生活经历促成了这首诗,实践了他在国内时所提倡的"音组"概念,与之相对应的则是诗中所展现的现代工业社会图景,许多景象在"物化"中具有了值得被"观照"的价值。孙大雨在回忆《自我的写照》时曾提到,写于异域或回国初期的这首诗是"一个现代人在一个现代化的大都市中的意识、感受和遐思"②,这毋宁说也适用于《纽约城》的写作初衷。《纽约城》一诗可以看作孙大雨这类诗作的开端,在"森严的秩序,紊乱的浮嚣"中达致"严峻的和谐"。有趣的是,《纽约城》也被后人

① 朱自清:《诗与建国》,《新诗杂话》,作家书屋 1947 年版,第 66 页。
② 孙大雨:《我与诗》,载孙近仁编《孙大雨诗文集》,河北教育出版社 1996 年版,第 314 页。

看作是《自我的写照》的"雏形"①。《自我的写照》是个残篇，最早刊于 1931 年《诗刊》的第 1、2 期，共三百多行，原本计划写一千行，后又在天津《大公报·文艺》1935 年的第 39 期刊登了八十行，而朱自清《诗与建国》一文则收录在 1947 年 12 月出版的《新诗杂话》（上海作家书店）中，按理说此时他不会没有注意到《自我的写照》一诗。究其原因，或许与《自我的写照》一直未完成有关，徐志摩对此诗推崇备至，也说"不曾见到全部，未能下时审的按语"②，相对而言，痖弦评其为"未完工的纪念碑"③ 似乎颇与"现代史诗"的内蕴有所联系。无论如何，在朱自清心目中，《纽约城》一诗所展现的人的现代处境，以及对现代化都市的"风景"展现，都足以成为"现代史诗"的一个"雏形"了。

阿奇保德·麦克里希发表于《大西洋月刊》1939 年 6 月的《诗与公众世界》一文被作为附录收录于《新诗杂话》，"现代史诗"因此可以看作朱自清探讨"诗与公众世界"关系的其中一个维度。《诗与公众世界》一文试图回答"诗是否'能够'与政治改革发生交涉"的问题，而从《诗与建国》一文我们可以看出，朱自清赞成"现代史诗"可以是"具体而微的"，也可以是表达宏观主题的，而这与麦克里希的观点从本质上是相通的。麦克里希言"现代诗还没有试过将我们这时代的公众的然而又是私有的生活组织成篇"，或许"现代史诗"可以是达到这一目的的某一路径。另外，朱自清用西方史诗的观念去解读白采《羸疾者的爱》，以及他在清华大学所开设的"中国新文学"课程都可以视为关于"现代史诗"的延伸思考。④

除了朱自清先生的阐发，另外还有一些关于"史诗"的讨论，1935 年，沈从文在《新诗的旧账——并介绍〈诗刊〉》一文中提到："写诗胆

① 黄昌勇：《孙大雨传略·上》，《新文学史料》1996 年第 2 期。
② 《诗刊·前言》，《诗刊》1931 年 4 月 20 日。
③ 痖弦：《未完工的纪念碑》，《创世纪》第 30 期，1972 年。
④ 《中国新文学研究纲要》，《文艺论丛》第 14 辑，上海文艺出版社 1982 年版，第 1 页。

量大，气魄足，推郭沫若（他最先动手写长诗，写史诗）。"① 沈从文此文颇有总结新诗"历史"的意味，此中并没有单独关于"史诗"一词的阐释，但从郭沫若的作品来看，当是指的《湘累》一类"剧诗"创作。沈从文此时对新诗的理解大部分基于抒情短章②，包括他自己的诗也往往偏于"精巧的想象"，因此这里他提到的"史诗"也仅是指题材上从历史中"取一点因由，随意点染"（鲁迅语）的这类长诗。在很多批评家与创作者那里，对"史诗"这个概念的应用也正如沈从文一般，并未对其有更深入的阐释。

胡风在《续论抗战时期的一个战斗的文艺形式》中专门论及"集体的史诗"："当作家跳跃在时代的激流里的时候，他底想象作用就退居在更次要的地位，能够在事实底旋律里找到他底史诗底形态了。"③胡风所谓的"史诗"是在战斗时代用文艺活动服务于战争的一种"素材"或者"精神"，毋宁说"集体的史诗"就等同于"民族革命的战争史"，其"伟大""雄壮""历史的"的意义远大于"诗"本身。冯雪峰在《大渡河支流·序》中评价玉杲此诗"是一篇史诗……有着惊心动魄的力量"④，也与胡风的观念比较接近。萧艾评价《宝马》时将叙事诗称为"小型的史诗"⑤，他不敢大胆地定义《宝马》就是一首"史诗"，但又注意到了《宝马》的史诗特质，在没有更好的称谓的情况下，只能用"小型的史诗"来与传统史诗进行区分。

20 世纪 30 年代，后期新月派健将陈梦家扬言写诗要"始终忠实于自己，诚实表现自己渺小的一掬情感，不作夸大的梦"，他始终认为"人类

① 沈从文：《新诗的旧账——并介绍〈诗刊〉》，《大公报·文艺》（天津）1935 年 11 月 10 日。

② "单说中国诗，就内容言有风雅颂，就形式言有律绝五七言诗等等，它的存在却有个共通的意义，不外乎用文字从一种限制里描写一件人事，或表示一个意见，一点感想。"沈从文：《新诗的旧账——并介绍〈诗刊〉》，《大公报·文艺》（天津）1935 年 11 月 10 日。

③ 胡风：《续论战争期的一个战斗的文艺形式》，《七月》1938 年第 6 期。

④ 冯雪峰：《〈大渡河支流〉序》，载玉杲《大渡河支流》，建文书店 1948 年版。

⑤ 萧艾：《诗评漫笔——浅评〈宝马〉》，《诗风》1975 年第 32 期。

最可宝贵的，是一刹那情感的触发"①。同为新月派后期健将的孙毓棠，却写出了《宝马》，这是对新月派的叛逆，还是新月派发展之后的题中应有之义呢？从诗论家们关于如何写出一篇"史诗"也可以看出"现代史诗"的出现并不简单，如"写史诗，需要过人的魄力，在浩瀚的历史里织出一套体系来诠释历史"，"历史的诠释竖立起全诗的外在架构，语言和幻想充实这架构以实体"②。陈梦家与孙毓棠这两种相异的写作取向正类似于纯诗与大众化在整个新诗发展历程中的关系一样，随着时代环境的变化，在不同时期会产生不同的侧重方向。

在 20 世纪 30 年代末，茅盾敏锐地感觉到一个叙事诗的时代将要来临了。在《叙事诗的前途》一文中，茅盾将叙事诗称为"新诗的再解放和再革命"③，而 20 世纪 40 年代则更是常被称为"史诗的时代"。1937 年，穆木天兴奋地说"民族叙事诗"的时代到来了，这个"民族叙事诗"在很大程度上与"现代史诗"难以区分，④ 在后来的新诗研究中也常常混为一谈，但也有学者注意到了二者的区别，"这一时期相对于对现实主义叙事长诗研究的活跃局面而言，具有现代色彩的长篇叙事诗遭受了不该有的冷遇，不仅研究者寥寥无几，即使在为数极少的研究论文中，也充满了批评的声音"⑤。例如徐迟的《一代一代又一代》、唐湜《英雄的草原》、李金发《无依的灵魂》、穆旦《神魔之争》，这几部作品都采用了现代主义的诗体形式和表现手法，但在一段时期的研究中都很少被提及。唐湜后来多次提到自己受到了孙毓棠《宝马》的影响，他所作的长诗《英雄的草原》也与《宝马》在很多方面有呼应关系。总而言之，西方的史诗观念传到中国，经与中国传统诗歌观念的结合，在历史与现状的相

① 陈梦家编：《新月诗选·序》，新月书店 1931 年版。

② 萧艾：《诗评漫笔——浅评〈宝马〉》，《诗风》1975 年第 32 期。

③ 茅盾《论诗管窥》，《诗创作》第 15 期"诗论专号"，1942 年 10 月。

④ 1942 年前后，以重庆、桂林为中心的大后方诗歌理论批评界，就"民族革命的史诗"及叙事诗创作中抒情与叙事的关系及作用，进行了长时间广泛激烈的讨论。

⑤ 王汉林：《中国现代长篇叙事诗（1937—1949）研究的历史和现状》，《中国诗歌研究动态》2008 年第 2 期。

互作用下，最终产生了新的关于"现代史诗"的认识，同时由于时代的变化，在民族受到侵略的现实情况下，"现代史诗"的出现也合于历史与现状的双重压力。

第二节 《宝马》："现代史诗"的"建筑学"

一 闻一多与《宝马》——兼谈孙毓棠与前后期 "新月派"的关系

关于《宝马》，我们首先需要提出的问题是：孙毓棠为什么要写《宝马》？在《宝马》的副标题和《我怎样写〈宝马〉》一文中，孙毓棠同时提到了一个人——闻一多，这或许是解释其创作动机的一个切入点。首先需要回到孙毓棠与新月派的关系问题上，孙毓棠并非后期新月派的核心人物，其原因一方面在于他作为《清华周刊》的编辑，稿件首选发表在《清华周刊》上而不是《新月》；另一方面孙毓棠的专业是历史学，因此与中文系的同学来往不多。但孙毓棠曾明确表示加入新月派。林庚1930 年从清华大学物理系转到中文系，在很长时间内与孙毓棠同在《清华周刊》当编辑，他对孙毓棠加入新月派一事的回忆当是可靠的。[①] 这一方面证明他并不是投机性地在新月派刊物上发表几首诗歌，也说明他受新月派的影响有事实依据，这个影响主要是指以徐志摩、闻一多为主导的新诗格律化诗学观念。

从《玮德的诗》一文可以看出，孙毓棠离开清华之后，他的诗歌观念仍然深受格律论的影响。早在孙毓棠还在南开读书时，徐志摩就曾到

---

① 林庚回忆："当时，在清华，我与孙毓棠是同班，关系很好。我们曾经商量，加入什么文学社团。孙毓棠要我一起加入新月，我说，我不加入新月，而要加入《现代》。后来给《现代》杂志投稿，与施蛰存认识了，我就加入了《现代》。而他加入了新月。他是历史系的，研究世界史。"孙玉石：《"相见匪遥 乐何如之"——林庚先生燕园谈诗录》，载北京大学中文系、北京大学诗歌中心编《化雨集》，人民文学出版社 2005 年版，第 52 页。

南开作了一场名为"精神的山水"的演讲①。另外，1932 年 8 月，闻一多因学潮事从青岛大学辞职，应聘为清华大学中国文学系教授，据《闻一多年谱》记载，1933 年 4 月 24 日，闻一多特意去观看孙毓棠、万家宝排演的话剧《高尔斯华绥之罪》②，并作出了精彩的点评。因此孙毓棠与闻一多的交往应主要在闻一多 1932 年 9 月来清华之后。孙毓棠第一次在《新月》上发表诗歌是 1932 年 11 月，也可以从侧面证明这个时间起点的合理性。

陈梦家编《新月诗选》的时候，闻一多还在青岛大学任教，并未来清华，新月派诸人与孙毓棠之交尚未深厚，《新月诗选》中没有孙毓棠的诗歌也就不足为怪。闻一多一贯注意提拔新诗人才，待他到清华任教之后，曹葆华、孙毓棠、卞之琳、李广田时常到他那里座谈。③曹葆华 1930 年就出版了诗集《寄诗魂》，并寄赠闻一多，因此二人的交往比孙毓棠稍早，孙毓棠的第一部诗集《梦乡曲》正是在曹葆华的鼓励下自费出版的。④ 孙毓棠在编辑《清华周刊》时，在稿件上经常得到闻一多、陈梦家、曹葆华等人的帮助。

闻一多比孙毓棠大 13 岁，据孙毓棠《我怎样写〈宝马〉》一文回忆，大约在 1934 年左右，他收到了闻一多先生的信，信中"叫我偷闲写篇叙事诗试试看"⑤。后来见面时，闻一多更直接建议他以李陵的故事作底。⑥1934 年，孙毓棠刚满 23 岁，5 月时第二部诗集《海盗船》自印出版，很有可能闻一多在看到了诗集中《乌黎将军》《城》等诗作之后，敏锐地觉

① 《南开大学周刊》1929 年第 69 期。

② 闻黎明、侯菊坤编著：《闻一多年谱长编》，上海交通大学出版社 2014 年版，第 386 页。

③ 曹未风：《辜勒律己与闻一多》，《文汇报》1947 年 4 月 10 日。

④ 唐文一：《历史学家的文学情缘——孙毓棠的处女座诗集〈梦乡曲〉》，载《书海拾珍：中国现代作家处女作初版本录》，复旦大学出版社 2016 年版，第 158—160 页。

⑤ 孙毓棠：《我怎样写〈宝马〉》，《大公报·文艺》（天津、上海）1937 年 5 月 16 日。

⑥ 苏雪林曾在文中说："李陵乃汉猛将，牵带五千步卒出关，虽然获得不少胜仗，最后为匈奴单于大军所围，五千步卒伤亡殆尽，李陵也迫得只有投降之一途。"苏雪林：《新月派的诗人们》，载《苏雪林文集》第 3 卷，安徽文艺出版社 1996 年版，第 158 页。

察到了孙毓棠化用历史事件以写作现代叙事诗的能力，找到了能够将自己原先就有的想法付诸实践的合适人选。

1934 年，孙毓棠尚在天津女子师范学院史地系任教，担任欧洲上古史、中古史两门课程。两年之后，也就是 1936 年，他才"有机会翻一翻中国古书"，使得《宝马》"故事的细微处"得以成型。① 而 1936 年孙毓棠正在日本东京帝国大学历史学部留学，攻读中国古代史，也就是说《宝马》一诗的细节应成型于孙毓棠留学日本期间。据萧乾回忆，"当孙毓棠的《宝马》从日本寄到后，我感到不但应给它一整版篇幅，而且需要着重提倡一下这种体裁"②，也证明《宝马》一诗大部分应写于孙毓棠留学日本期间。

那么紧接着需要了解的是：为什么闻一多要建议孙毓棠写叙事诗，除了他认为孙毓棠具备创作出取材于历史事件的长篇叙事诗的能力，另外与闻一多自己的诗学观念有什么关系？而闻一多关于叙事诗的思想与 20 世纪 30 年代中后期新诗写作的整体态势又有什么关联？

据闻一多 1934 年给饶孟侃的信中所言，自己"近来懒于写信"③，所以闻一多写于 1934 年的信件只有四封左右，大部分是给饶孟侃，那为何他在此时又专门给孙毓棠去信说起写叙事诗一事呢？

1934 年这一年，闻一多与叶公超、朱自清创办了《学文》杂志，孙毓棠在《学文》第 1、2 期分别发表了诗歌：《野狗》（1934 年 5 月 1 日）、《我回来了》（1934 年 6 月 1 日）。第 1 期编辑署名叶公超，实则由叶公超与闻一多合编，这一期刊发了许多日后看来分量极重的诗文，如林徽因的《你是人间的四月天》《九十九度中》，陈梦家的《往日》，杨振声的小说《一封信》，卞之琳翻译的《传统与个人的才能》等。紧接着

---

① 孙毓棠：《我怎样写〈宝马〉》，《大公报·文艺》（天津、上海）1937 年 5 月 16 日。
② 萧乾：《鱼饵·论坛·阵地——记〈大公报·文艺〉（1935—1939）》，《新文学史料》1979 年第 2 辑。
③ 闻一多：《致饶孟侃（一九三四年一月十一日）》，载《闻一多书信集》，群言出版社 2014 年版，第 317 页。

第 2 期上除孙毓棠的诗外，还有饶孟侃、何其芳、林徽因、陈梦家的诗。《学文》每月 1 日出版，但只刊行了 4 期就由于诸多原因停刊了。编辑《学文》月刊是 1934 年闻一多参与的核心事件之一，而从孙毓棠在上面刊载的两首诗看来，这时期二人应该就组诗稿一事有较多的书信往来。闻一多建议孙毓棠写作叙事诗也应该发生在 1934 年 2 月到 6 月间（《学文》筹备之始到孙毓棠登载最后一篇诗稿为止）。

据叶公超所言："《学文》的创刊，可以说是继《新月》之后，代表了我们对文艺的主张和希望。"① 《学文》的作者群，既有原先的新月派诗人，也有京派诗人。值得注意是在这两期上的两篇论文，一为卞之琳翻译的《传统与个人才能》，二为叶公超《从印象到评价》，这两篇文章当对孙毓棠产生了一定的影响。事实上，也确实有学者日后以 T. S. 艾略特的诗论去阐释孙毓棠刊发在《学文》上的《野狗》一诗："'深山里野狗'的意象会让人很自然地想起艾略特笔下的'荒原'，其实它们都在某种程度上表现了现代人的精神世界的茫然和困惑，具有很深的象征含义，这是典型的现代主义特征。"② 而孙毓棠本人也相当重视这首诗，他在诗集《海盗船》的《后记》中专门谈到了《野狗》一诗的写作过程："其中《野狗》一篇，诗成以后曾修改三四次；《学文》一卷一期发稿时，一时疏忽误将初着笔时的草稿付印，此集中所收是修正过的。"③ 从这些相互联系的事实中可以看出，孙毓棠与闻一多、叶公超、陈梦家等新月派新老健将们一直保持紧密的联系。

苏雪林日后评价孙毓棠时称他在新月派诸多诗人中"才气最纵横，学力最充足"④，这不完全是溢美之辞，孙毓棠在学力与才气上或许不

① 叶公超：《我与〈学文〉》，《联合报·副刊》（台湾）1977 年 10 月 16 日。
② 文学武：《〈学文〉杂志与中国现代文学》，《新文学史料》2013 年第 3 期。
③ 孙毓棠：《序》，《海盗船》，立达书局 1934 年版。
④ 苏雪林：《新月派的诗人》，载《苏雪林文集》第 3 卷，安徽文艺出版社 1996 年版，第 157 页。

是最突出的，但一定是将二者结合得颇为完美的。在当时的学者看来，孙毓棠甚至可以说是新月派即将消沉之时力挽狂澜的代表性人物。《海盗船》出版之后，得到了评论家尤辛的重视，他在总结当年的新诗成绩时尤为推重《海盗船》一集。在《一年来的中国诗坛》一文中，尤辛例数了新月派健将徐志摩、朱湘、闻一多、陈梦家、方玮德、卞之琳等人近年在新诗领域的逐渐消沉，并引用蒲风之评价——"新月破灭"。在此颓势之下，"幸赖《海盗船》出，新月未坠之绪，遂赓续起来。谓为新月系之压卷石，想不曾失之过誉吧"。并继而评价道："孙毓棠运字遒劲似闻一多，但气势雄伟则过之；一望即知是生长浸养于北方大自然中之产物。以往新月系作家取材大自然时，多掇采其纤柔的，《海盗船》中则击目的，多为插入天的桅杆，黑水洋，北极圈，荒山，乱峰，深谷，铁样的天穹，等粗豪之字粒。"[1]尤辛无疑把握住了孙毓棠这一时期诗作的关键特色，而且看出了他与此前新月诸人写作上的不同。那么闻一多重视孙毓棠的创作，提出让他写作叙事诗，也似乎可以看作是替新月之发展谋划。而更重要的，还是二人在"叙事诗"这一观念上的契合。

朱湘写于 1932 年的《闻一多与〈死水〉》一文，或许可以反映出闻一多此时的诗学思想，朱湘在文中说："他说他已经是乐而忘返了——这么的乐而忘返，当然是值得；不过，我总替新诗十分的可惜。希望他不要忘记了自诺之言，将来要创作一篇兼用韵文与散文的唐代史诗！"[2] 闻一多自诺要作一篇"兼用韵文与散文的唐代史诗"，虽然日后并未写出，但这篇"唐代史诗"应该是一首现代新诗。朱湘 1933 年到清华住过一段时间，而这篇文章也正写于前后，所谓"唐代史诗"，或许是因为闻一多其时正在研究唐代文学，萌发了要以唐代某个人物或事件创作一首"史诗"的想法。而闻一多自己则在 1933 年之前就不再创

① 尤辛：《一年来的中国诗坛》，《读书顾问》1935 年第 4 期。
② 朱湘：《闻一多与死水》，《文艺复兴》第 3 卷第 5 期，1947 年。

作新诗了，虽并未"与诗绝缘"，却很少动笔进行创作。故此 1934 年闻一多建议孙毓棠以李陵的故事作底写一篇叙事诗，并不是灵光一现，而是渊源有自。

卞之琳曾回忆："孙毓棠受闻一多影响显然最深，俨然像实现了闻一多似曾想写古题材长诗的部分愿望。"① 这个"似曾"二字并非空穴来风，卞之琳 1933 年前后为臧克家《烙印》的序言一事常去拜访闻一多，闻一多与卞之琳除了谈这篇序言，另外"谈诗艺最多"②，卞之琳的回忆应该就基于这段时期二人之间的交流。所以写古题材长诗的想法在闻一多这里是很强烈的，他不仅督促孙毓棠写，也跟朱湘、卞之琳等都谈论过这一问题，而最终亲身实践了的，只有孙毓棠。

另一个问题是，《宝马》与早期朱湘等人的长诗写作之间是否存在继承与发展的关系？我们往往将《宝马》视为 20 世纪 30 年代末期叙事诗兴起时的代表作品，但却没有对这一时期的叙事诗作类型的区分，实际上《宝马》是沿着新月派写作长诗的实践继续往前走的，而这一条实践之路并没有在紧接其后的 40 年代兴盛起来，取而代之的是民族解放类型的长篇叙事诗。如果将《宝马》与 40 年代成为主流的民族解放叙事诗混在一起，其实无法解释为什么《宝马》一出世就处在风口浪尖但却"后继无人"的局面。只有将《宝马》与朱湘等新月派诗人写作长诗的经历结合起来看，才能解释孙毓棠写作《宝马》的起因，也才能从 40 年代众多叙事诗中找出可以与之相呼应的诗人与作品。

方玮德逝世后，《北平晨报·学园》专设"玮德纪念专刊"，闻一多、孙毓棠等人均有悼念文章发表，闻一多在其文中认为方玮德、陈梦家、徐大纲、孙毓棠等年轻诗人不约而同地走上了研究"中国本位文化"的

① 卞之琳：《序》，载孙毓棠著，余太山编《孙毓棠诗集》，商务印书馆 2013 年版，第 Ⅵ 页。
② 闻黎明、侯菊坤编著：《闻一多年谱长编》，上海交通大学出版社 2014 年版，第 390 页。

方向。① 闻一多认为这几个年轻人走上"古史"研究道路并非巧合，并似乎在这种趋势中看到了新诗即将产生新局面的希望。

何为新诗的"新局面"？闻一多一面强调新诗人在精神上必须对"中国本位文化"具有"彻底的了解，真诚的爱慕"，另一面新诗创作的"技术无妨西化"。这与他一贯坚持的"文化的国家主义"是一脉相承的。早在1923年，闻一多就曾创作长诗《李白之死》②，但在这首写于早期的诗作中，他"把李白之死描写得如此之美，如此之飘逸"③，诗中的浪漫想象成分非常多，与30年代中后期开始提倡的叙事诗并非一回事。他建议孙毓棠写作叙事诗的想法应起因于他对整个中国文化历史发展的理解，在《文学的历史动向》一文中，闻一多言：

> 中国文学史的路线南宋起便转向了，从此以后是小说戏剧的时代。……在这新时代的文学动向中，最值得揣摩的，是新诗的前途，……但那差不多等于说，要把诗做得不像诗了。也对，说得更确点，不像诗，而像小说戏剧，至少让它多像点小说戏剧，少像点诗。……在一个小说戏剧的时代，诗得尽量采取小说戏剧的态度，

---

① "因为我所指的不是掇拾一两个旧诗词的语句来妆点门面便可了事的。事情没有那样简单。我甚至于可以说这事与诗词一类的东西无大关系。要的是对本国历史与文化的普遍而深刻的认识，与由这种认识而生的一种热烈的追怀，拿前人的语句来说，便是'发思古之幽情'。一个作家非有这种情怀，决不足为他的文化的代言者；而一个人除非是他的文化的代言者，又不足称为一个作家。……这比小说戏剧还要主观，还要严重的诗，更不能不要道地的本国人，并且彻底的了解，真诚的爱慕'本位文化'的人来写它。技术无妨西化，甚至可以尽量的西化，但本质和精神却要自己的。……我并不是说玮德这样年青的人，在所谓'中学'者上有了如何精神的造诣，但他对这方面的态度是正确的，而向这方面努力的意向决是一天天在加强。梦家有一次告诉我，说接到玮德从厦门来信，说是正在研究明史。那是偶尔的兴趣的转移吗？但那转移是太巧了。和玮德一起作诗的朋友，如大纲原是治本国史的，毓棠是治西洋史的，近来兼致力于本国史。梦家现在也在从古文字中追求古史。何以大家都不约而同的走上一个方向？我期待着早晚新诗定要展开一个新局面，玮德和他这几位朋友便是这局面的开拓者。"闻一多：《悼玮德》，《北平晨报·学园》1935年第821号，6月11日。
② 闻一多：《李白之死》，《创造季刊》第2卷第1期，1923年。
③ 王富仁：《闻一多诗论》，《海南师院学报》1993年第1期。

利用小说戏剧的技巧，才能获得广大的读众。①

从《悼玮德》到《文学的历史动向》，闻一多对新诗"新局面"的构想变得更清晰了。而这也可以看作是闻一多在"向内转"向学术研究之后，站在新诗之外，对新诗未来产生的更为清醒的认识。而他转向学术研究的目的之一，也是试图"通过中华民族文化传统的研究，把中华民族固有的自强不息的精神挖掘出来，使其转化为中华民族的现实精神力量，整个改变中华民族在世界上的地位"②。所以他认为新诗人必须在精神上向"中国本位文化"靠拢，但正如我们通过《宝马》一诗能够看出的，"中国本位文化"中不尽是自强不息的精神，也有萎靡与压迫。因此闻一多并未能在学术研究中找到改变现实的路径，最终变成了一名"斗士"，而孙毓棠在写完《宝马》之后也自觉作品的意图与最终呈现的效果之间充满了紧张与矛盾。

1935 年 8 月，孙毓棠留学日本，并将自己的研究方向从西洋史转为中国古代史，这不能不说是受到了闻一多"中国本位文化"观念的深刻影响，这也是作为历史学家的孙毓棠一生中以文学为专业的特殊时期。在研究中国古代史的过程中，孙毓棠灵活化用《史记·大宛列传》中李广利的故事，创作了一篇堪称杰作的"现代史诗"。虽然孙毓棠并未听取闻一多的建议以李陵的故事作底，但《宝马》的创作却不能不说是源于闻一多直接的影响。另一方面，《宝马》一诗可以说开辟了闻一多所希望的新诗"新局面"。当《宝马》写出之后，闻一多并没有写作评论文章，但这部作品确实引起了文坛的一次不小的轰动，这也从侧面说明了闻一多敏锐的新诗嗅觉。

闻一多除了强调新诗人精神上要向"中国本位文化"靠拢，也自觉到"叙事诗""史诗"写作对新诗未来的重要性。其实新月派诗人写作长

① 闻一多：《文学的历史动向》，《当代评论》第 4 卷第 1 期，1943 年。
② 王富仁：《闻一多诗论》，《海南师院学报》1993 年第 1 期。

诗渊源有自，苏雪林在《论朱湘的诗》一文中就注意到了闻一多等人注重长诗写作的现象，"诗刊派除体制音节二端之外，又注意长诗的创作试验。闻一多《李白之死》、徐志摩《爱的灵感》、陈梦家、方玮德的《悔》与朱湘《猫诰》与《王娇》"①。沈从文也在《论朱湘的诗》一文中注意到："但在《夏天》里，如《寄思潜》一长诗，已显出作者的诗是当时所谓有才情的诗，与闻一多之长诗咏李白一篇，可以代表一个诗的新型。"②

闻一多的《李白之死》将李白临死前的心理活动写得波澜壮阔，充满浪漫色彩，情节以人物内心活动为主，主人翁也只有李白一人，与结构宏大的"史诗"还相距甚远。徐志摩的长诗《爱的灵感》在结构和韵律上似乎并未刻意营造，而且内容与"史"也并不相干，正如诗题"爱的灵感"一样，整首诗随心之所至，充满了对性灵的直觉转化。陈梦家的《悔与回》，正如诗的副标题"献给玮德"所揭示出的，这是一首具有特定对象的对话体诗歌，诗中不断自剖诗人的内心世界，而方玮德的同题诗也是一样，是"向内"挖掘的自省之作，二者都并非"取材于历史"。相比于闻一多、徐志摩、陈梦家、方玮德的叙事诗，与孙毓棠的《宝马》最为相似的是朱湘的《王娇》。

朱湘在写《草莽集》中的诗作时，有意识地致力于叙事诗写作，他在给罗皑岚的信中说："我要用叙事诗（现在改成史事诗这一名字）的体裁来称述华族民性的各相。"③《王娇》的故事取材于历史，"见于明代稗官，《今古奇观》有《王娇惊百年长恨》一则，便是演这故事。朱湘又把它化为长篇叙事诗。"④ 陆耀东先生认为《王娇》"情节波澜起伏，艺术

---

① 苏雪林：《论朱湘的诗》，载《苏雪林文集》第 3 卷，安徽文艺出版社 1996 年版，第146 页。

② 沈从文：《论朱湘的诗》，载《抽象的抒情》，复旦大学出版社 2004 年版，第 214 页。

③ 罗念生编：《朱湘书信集》，人生与文学社丛书 1936 年版，第 136 页。

④ 苏雪林：《论朱湘的诗》，载《苏雪林文集》第 3 卷，安徽文艺出版社 1996 年版，第147 页。

上近于成熟"，这主要是源于"因汉语多音节词的大量增加，例如一个词即达四个字，那么，留给诗人创造的空间就很小，对诗人的束缚也就愈紧，就无法自由驰骋了。朱湘的长诗，每行字数多用七行以上，是悟知此中奥秘的结果"。① 《王娇》一诗长达千行，情节完整，从王娇遇险初遇周生，到周生假扮书隶潜入王家，二人情根深种，再到周生变心，王娇惨死，步步紧扣、节奏紧凑，在结构上是一篇完整的叙事诗。与《宝马》相区别的是，《王娇》属于爱情诗，尤其是诗的前半部分，语言较为活泼，节奏上轻快灵动，对风景的描写、人物内心的渲染都非常细致。而《宝马》则因是战争史诗，历史感更为厚重，人物内心活动并没有朱湘写得深入。二者都是取材于历史事件的长篇叙事诗，但一个是个人史，一个是战争史，整体语言风格上的差别比较大。

朱湘一直致力于新诗各种体裁的实验，最成功的当属《采莲曲》等融合了古典诗歌韵味与现代诗歌特色的新诗。像《王娇》这类"史事诗"，虽有相对成功的试验，但并未形成较大的规模和影响。如其设想中的《杜十娘》《韩信》《文天祥》都写成了的话，或许会有不一样的成就。但总体来说，《王娇》的成就与格局远远比不上《宝马》，陆耀东先生就认为《猫诰》较之《王娇》也更有特色。

相对而言，从"史事诗"到"现代史诗"，孙毓棠的《宝马》可以称之为新月派写作长诗的巅峰之作。苏雪林评价《宝马》"此诗辞藻之美丽，结构之谨严，音节之顿挫铿锵，穿插之富于变化，可说新诗坛自有长诗以来的第一首杰作，也是对新诗坛极辉煌的贡献。孙毓棠可说是新月派里的一员压阵大将"②。朱湘虽立意写"史事诗"，但从其所拟几个未完成的选题来看，仍然是以人物为核心线索来结构全篇，但《宝马》

① 陆耀东：《略论朱湘的新诗及其诗论》，《湖南大学学报》（社会科学版）2004 年第 4 期。

② 苏雪林：《新月派的诗人》，载《苏雪林文集》第 3 卷，安徽文艺出版社 1996 年版，第 157—158 页。

的故事线索则更为复杂,一方面人物形象众多,尤其是"群像"的描写非常精彩,另外主题意蕴也更为深刻。尤其是在 20 世纪 30 年代末期的时代环境中,《宝马》的现实性显然比《王娇》要深刻得多。抗战时代,许多评论家都赞同"抒情诗是一种更有力的斗争工具"①,那么描写爱情的"史事诗"自然会遭到"放逐"。

闻一多意图写作"唐代史诗",陈梦家、方玮德等转向古史研究,这些现象似乎都昭示出了新月派在 20 世纪三四十年代的发展趋向,然而由于时代环境的剧变,新月派后期的团体性越来越弱,闻一多所期待的"新局面"也只在小范围内有所实践,《宝马》算得上是一次较为成功的亮相。孙毓棠不仅在精神与取材上深受闻一多影响,在语言上也继承了新月派前辈的某些特色,陆耀东认为"《宝马》的语言,走的路子大体接近闻一多,不过有着自己的独创性"②,这个独创性主要是指"吸收传统诗的表现法,又不改新诗的本色"③。闻一多在精神上或许可以视为孙毓棠的父辈,而孙毓棠作为一名写作新诗的历史学者,也实践了闻一多关于新诗未来的构想,可谓是一段佳话。下文深入《宝马》作品内部,继续探讨《宝马》为现代新诗创作提供的问题视野。

二 叙事结构与主题延宕:"现代史诗"的建筑方式

现代诗的叙事历史并不短暂,选取历史题材进行创作的新诗也不少,从郭沫若《女神之再生》《湘累》,再到闻一多的《李白之死》《渔阳曲》,都是典型的例子。我们所熟知的孙大雨《自己的写照》、蒲风《六月流火》等长篇叙事诗,是 20 世纪三四十年代蔚然成风的叙事诗创作潮流中的代表作,一直到 90 年代,叙事诗再度成为一种风向,但史诗类型

---

① 陈残云:《抒情的时代性》,《文艺阵地》第 4 卷第 2 期,1939 年。
② 陆耀东:《〈新月〉(后期)诗人群——孙毓棠等人的诗》,载《中国新诗史(1916—1949)》第 2 卷,长江文艺出版社 2009 年版,第 103 页。
③ 陆耀东:《〈新月〉(后期)诗人群——孙毓棠等人的诗》,载《中国新诗史(1916—1949)》第 2 卷,长江文艺出版社 2009 年版,第 103 页。

的现代长篇叙事诗似乎并没有形成固定的新诗"传统"。

史诗是以历史重大事件或神话传说为题材的长篇叙事诗，对史诗来说，规模、结构、形象、故事情节缺一不可。中国古代有诸多神话传说，但没有像《伊利亚特》《奥德赛》《摩诃婆罗多》《吉尔伽美什》一样被认为是史诗，究其原因，与散文化的表现方式、没有形成系统规模的诗表述有关。鲁迅在《神话与传说》中说华土之民"重实际而黜幻想"①，想必也是原因之一。

孙毓棠创作的《宝马》被誉为一首"成功的史诗"，唐湜在《关于中国现代文学史的一些看法与设想》中将之称为"新诗中迄今为止艺术成就最高的史诗型叙事长诗"，称《宝马》"气韵飞动"②。孔范今先生也认同："人们对'史诗'的理解或许有所不同，但从叙事性、历史的客观性、表现英雄与战争题材、结构庞大、辞藻华美、具有崇高感和悲壮美等方面考察，我们认同《宝马》确是一首优秀的史诗性作品。"③ 萧乾在谈到发表《宝马》的前因后果时说道："五四以来，我们的诗歌大多是抒情的，叙事诗极少，而用历史题材写成的长篇叙事诗尤不多见。当孙毓棠的《宝马》从日本寄到后，我感到不但应给它一整版篇幅，而且需要着重提倡一下这种体裁。"④ 司马长风在评述《宝马》一诗时，首先就指出了它"一气呵成"的"笔力"⑤。毋庸置疑的是，孙毓棠在写作之初就精心选取了一段史实，进行了精密的结构安排，他在其中扮演的角色也不只是一个"历史"或"故事"的"叙述者"，更是一个"现代诗人"。

1935 年，孙毓棠去东京帝国大学留学，专修两汉史，这是他选中汉

---

① 鲁迅：《中国小说史略》，载《鲁迅全集》第 9 卷，人民文学出版社 2005 年版，第 24 页。

② 唐湜：《关于中国现代文学史的一些看法与设想》，《中国现代文学研究丛刊》1989 年第 3 期。

③ 孔范今主编：《二十世纪中国文学史》（上），山东文艺出版社 1997 年版，第 810 页。

④ 萧乾：《鱼饵·论坛·阵地——记〈大公报·文艺〉（1935—1939)》，《新文学史料》1979 年第 2 辑。

⑤ 司马长风：《中国新文学史》（中卷），香港：昭明出版社 1976 年版，第 190 页。

武帝时期"宝马"事件的一个契机，同时，闻一多的建议、国内战争的加剧，都使他在情绪和题材上做足了准备。《宝马》对英雄人物的塑造和其中包含的神话色彩，无疑使它具备了明显的古典史诗质素，但英雄人物和神话色彩并不在《宝马》中占主要地位，诗人也没有浓墨重彩地勾勒英雄主人翁形象。比较典型的表现是行军路程的描写在诗中占据了重要篇幅，几乎超过了战争描写的篇幅，而这相对于典型的史诗写作手法而言，无疑更加突出了人力（群体）对自然的抗衡，以及这种抗衡的失败所产生的悲剧性。也正因如此，《宝马》绝对不能被看作为一首典型的"英雄史诗"。

唐晓渡先生曾言："长诗写作较之短诗是一种更加深思熟虑的诗歌行为，由于长诗的写作动机或多或少具有整体把握的倾向，并且它处理的，是'更大的经验整体'，它在这方面的实践难度就更大，面临的考验更严峻"，"这意味着除了种种语言策略的具体运用，诗人还必须更多地考虑到诗的建筑学，即结构的重要性"。① 出于"整体"性的考虑，"结构"有时甚至超越了语言创新这一现代汉诗的一贯要求，是一首长诗成功与否的关键因素。

《宝马》一诗共16节，769行，在"诗的建筑"这个"工程"面前，可以称之为现代长篇叙事诗中一个地标性的建筑物。同时它在节奏和韵律上也极为讲究，读起来铿锵有力、气脉连贯，在写法上具有边塞诗的风骨。在之前的研究中，对《宝马》颇多溢美之词，研究者们在新时期以后逐渐认识到了《宝马》在现代汉语长篇叙事诗中的重要地位。但同时也有一些研究者在赞美它的优点的同时没有忽视其中的缺陷，这似乎更值得我们注意。

在谈到白采《赢疾者的爱》一诗"建筑的方术"时，朱自清认为全诗基本是靠对话的方式来交代故事情节，很少"叙述的句子"，但由于全

① 唐晓渡：《编选者序：从死亡的方向看》，载谢冕、唐晓渡主编《与死亡对称·长诗、组诗卷》，北京师范大学出版社1993年版，第9—10页。

诗结构上"天然的安排"，读者虽然在第一节就已知道了故事的首尾，仍然并不觉得后面两节的对话是多余的。这种"建筑方术"相对来说虽然简洁，但在新诗初期，仍然算得上是令人满意的。① 到朱湘的《猫诰》《王娇》等"史事诗"（朱湘语）中，对新诗如何叙事已经有了一定的经验，但《宝马》的建筑方式，其曲折繁复处则更为复杂，下文通过文本细读深入考察《宝马》在"结构"与"叙述"上的特色。

《宝马》取材于《史记》中的《大宛列传》，在《大宛列传》中，宝马一战约两千字，记录了战争之前因后果、双方的军事谋略及战事的大致过程。《宝马》一诗则叙述贰师将军李广利带着汉军两出两进西域、历经四年讨伐大宛，并最终获得胜利的故事。据学者考证，"大宛位于前苏联中亚费尔干纳盆地（其都城贵山，一说在今乌兹别克斯坦的卡散赛，一说在今塔吉克斯坦的苦盏)"②。诗人将原本简略的史事进行了细致的剪裁，采用开端、发展、高潮、尾声的方法，层层深入、抑扬结合，绘制了一幅辽阔的史事画卷。尤其是描写战争时采用铺排、掩映相结合的手法，气魄雄浑中透露着深层关怀；描写行军过程时叙事与抒情交织，体现出诗人高超的现代诗写作技巧。全诗在整体布局上使用时间顺序，脉络连贯通畅，同时在横向时间轴上展现出不同空间中的事件，增强了故事的复杂性。

事件起因于汉武帝觊觎西域小国大宛藏于贰师城的宝马，命使者带着金银财帛前去换取，但遭到了大宛的拒绝甚至侮辱，震怒之下，汉武帝任命李广利为贰师将军，赵始成为军正，王恢为向导，李哆为校尉，带领军队前去讨伐。汉军第一次出征是在汉武帝太初元年（公元前104），由于路途遥远、行程艰难、缺乏粮食，又遭遇他国的堵截，损失惨重。

---

① 朱自清：《白采的诗——羸疾者的爱》，载《朱自清全集》第 1 卷，江苏教育出版社 1988 年版，第 226 页。

② 张中良：《〈宝马〉的国家问题背景及其内涵》，载《民族国家概念与民国文学》，花城出版社 2014 年版，第 142 页。

第二次出征时，汉朝做了充足的军事准备，历经艰险最终取得了胜利，从此威名远播。这一战起因虽为汉武帝爱马不得，派遣军队强取宝马，背后却又与汉朝和匈奴之间历史悠久的争夺与纠缠息息相关，有其历史上的进步意义，也为汉朝边疆稳定奠定了基础。但除了历史客观原因的推波助澜，不可否认的是，战争发动的根源还是出于统治者的贪心，因此《宝马》一诗对强权与暴力及其所导致的结果的呈现，也使它充满了现代反思意味。

孙毓棠在《我怎样写〈宝马〉》一文中，虽然着重强调了这一事件在中国历史进程中的重要地位①，但在写作过程中，那些战争中微小的人物与细节却不断出现在他的笔下，逐渐使全诗走向了与其"初衷"相背离的方向。

作为故事核心的"宝马"，及其主角宛王毋寡、汉武帝、李广利等人在诗中的形象，甚至可以说没有"士兵群像"鲜明，而这个矛盾就造成了全诗在"主题"上的"延宕"效果。对长诗尤其是史诗而言，"主题"是连贯全诗的草灰蛇线，但我们在读完《宝马》之后，会发现这个"主题"出现的次数并不多，"主题"被重重抛出，又轻轻落下，在这一"抛掷"或者说"延宕"的过程中，表现出了诗人自身无法压抑的情感倾向，同时也预兆了某种现代史诗写作的艰难。全诗共分为十六节，其中开端三节，发展四节，高潮八节，尾声一节。"开端"也可以称为"序诗"，一共有三个小节。

第一小节描绘大宛国的风景，不断使用"跨行"形成了连绵不断的"语势"；第二小节用"工笔"描绘出宛王的外貌与性格；第三小节描绘汉武帝及他所统治的国家情形。在第二小节中，诗人对宛王性格与外貌的刻画似乎具有很多想象的成分，而表现汉武帝时却更"实"，从汉朝的

---

① "在今日萎靡的中国，一般人都需要静心回想一下我们古代祖先宏勋伟业的时候，我想以此为写诗的题材，应该不是完全无意义的。"孙毓棠：《我怎样写〈宝马〉》，《大公报·文艺》（天津、上海）1937年5月16日。

历史、地理，甚至详细的街道布局、政治场域进行描写，这或许是出于表现汉朝创业的伟大这一初衷，同时也制造了大宛与汉之间隐形的对比冲突。诗人善用镜头的运镜，常常由远及近，又由近推远，十分生动地交待出了故事的背景。

"发展"往往在讲述故事时起到"引玉"的作用，要充分引起读者的兴趣，同时又要巧妙地交待出故事的起因。如果说《宝马》的"开端"是通过颇为高超的语言技巧引人入胜，那么"发展"就更加充分地体现出了诗人在讲述"事"与创造"诗"上的硬功夫。第四节到第七节属于全诗的"发展"部分，描述了汉军第一次征战的失败，以及紧锣密鼓的战事准备，使第二次征战也即全诗的"高潮"部分呼之欲出。

第四节叙述宛王拒绝献宝马并出言不逊，汉王震怒，授虎符令贰师将军西征伐宛的"前因"。用充满戏剧性的"对话"刻画出宛王的目中无人、汉王的心机深沉、汉军的昂扬斗志，渲染出战事一触即发的紧张态势。第五节讲述李广利带着军队日夜兼程向大宛进发。期间借用玉门都尉口中的"怪事"表现出他不惧异象的豪气，也暗示了汉军从上到下以汉皇意志为终身目标的可悲之处。在交代故事进展的同时，诗人会偶尔插入一些抒情，例如：

> 夜降了，关亭上凄清地敲响了更梆，
> 远望大军迎着落霞，在暮霭中
> 淡淡的消失在一片寂寥昏沉的
> 荒漠里……

诗人以第三者的视角，通过视觉与听觉传递出士兵们西征途中的寂寥情绪，用俯视镜头描绘千万极速前进的军马突然安静下来的一瞬间，句末的省略号更使这种安静所产生的寂寥无限绵延，在热闹与安静、昂扬与沉寂、兴奋与哀伤之间不断转换，突出了战争中的个人情绪，增强了叙事中的"诗性"。

接下来诗人直接将时间与空间从"这一夜"转向"第二年"的长安宫阙,一封急报呈送给皇帝,宣布了战争失败的结果,贰师将军带领的军队遭到"奇劫",天子大怒,而留守长安的老妈妈、小孙儿、少妇听闻战败的消息则暗自垂泪。这一超时空连接一方面压缩了时间,控制了叙事节奏,突出了事件的戏剧性效果,另外则在短短一节中运用对比手法刻画出李广利出发前的雄心、汉天子的大怒、老百姓的无奈,在对比中彰显了作者的臧否态度。

第六节、第七节叙述汉朝急调军马增补大军,一路西进,运用景物描写烘托出千万军马离家远赴战场的凄凉场景。汉天子派出的第二支队伍经过了一年的汇编,自重阳出发直到深秋。而从第八节开始一直到第十五节,全诗进入了"高潮",整个高潮通过先抑后扬的手法不断推进,直到最终贵山之战的胜利。其中第二次行军与贵山之战,一个可以称之为叙事结构上的"高潮",一个可称为"本事"上的"高潮"。所谓"本事",是指在《史记·大宛列传》中,贵山之战是司马迁行文的核心,而在《宝马》中,"行军"描写才是叙事上的第一次高潮。第八节和第九节无疑是全诗最具想象力和悲剧性的部分。

第八节讲述大军行至玉门关外,在大漠、落日、流沙、荒夜、朔风等一片死亡的海洋中,抱着"向西去!"的坚定意志艰难前行。第九节描述暴风来临前的天象、汉军慌乱的准备:

> 听西营里似劈山样轰隆隆地倒碎了
> 一行车,背后又猛一阵狂鸣惊跳起
> 一队驴驼和马。暴风撒着野是一个多
> 时辰,两耳里只灌着说不出名的昏沉,
> 恐怖,震撼,恶狠狠的癫狂,只叫你
> 想到白骨,寒冰,想到死——

这一段令人想起岑参《走马川行奉送出师西征》中的诗句："平沙莽莽黄入天，轮台九月风夜吼，一川碎石大如斗，随风满地石乱走"，孙毓棠则用现代诗的手法再现了古战场中遭遇沙漠暴风的场景，模拟一个身处狂风中心的士兵感官，将暴风来临时的恐怖、震撼、癫狂表现得淋漓尽致。

    第十节继续描绘暴风之后的行军，汉军抵达姑师国，姑师国王准备了美酒佳肴款待汉军。除了姑师国王、贰师将军李广利，还出现了参军李哆、导军王恢两个人物，均用对话形式来表现出他们的性格。从十一节到第十三节，全诗正式进入战争场面。汉军一路向西，渐进天山，将军回忆起前年在此被轮台抢劫并损失了三四万军士的惨景，加上轮台守军颇为嚣张的态度，愤怒地下达了复仇命令。轮台一战，诗人利用声音效果充分地表现出了冷兵器时代战争的残忍。战利品的丰富暗示了汉军压倒性的优势地位，胜利消息传遍了其他小国，汉军在被神化的英姿中直奔贵山。诗人特别表现了李广利的战争谋略。同是三年前被辱，将军对待大宛尚且有理有节，但对待轮台却是屠城之策。这里的区别在于轮台处在大宛和长安之间，轮台之战是贵山之战的前哨，这一战不仅事关复仇、汉军的威望，更与接下来战役的正义方属于谁息息相关。如果大宛在见证了轮台被屠之后，能够意识到汉军必胜的决心，对汉军抱有敬畏之心，主动献出宝马，那么贵山之战是有可能避免的，这也是将军到达贵山之后，下达不许扰民以及给予对方三天期限考虑的原因。

    这一节的篇幅在整首诗中较长，描述了汉军抵达贵山之后的第一场战役，虽然不无繁琐地交代了整个战争起止的过程，但整个行文仍然循序渐进、气脉连贯。三日期限过去，大宛并无回应，诗中通过将军巡城的视角，描述了大宛并不虚弱的军事力量。第二天一早，宛王毋寡束着金盔站上城楼，双方兵士英勇奋战，势均力敌。夜晚降临，击钲止戈，各自退回阵营。战争并未结束，汉军抓紧时机从四面团团围住贵山城，用沙囊堵塞河流，在松林乱草中埋下铁蒺藜、架起谯楼，对贵山形成合围之势。然而贵山城墙坚如铁壁，除了等待城中水粮断绝，暂时别无他法。时间拖得越久，汉军营内越布满焦虑。

这一战十分吃力，贵山城固若金汤，加上四周的援军不断增加，城中水粮储备充足，令贰师将军忧心忡忡。从春到夏，"围城的人像颓散了，像被时光磨倦了心"，诗人适时地在紧张的战争氛围中将视野转到士兵个人身上，探究他们的心理，使紧张的战争情节得到了缓冲：

> 战胜汉兵的不是恐惧，焦急，不是
> 疲劳（他们的意志硬过他们的刀矛），
> 战胜了汉兵的却是阳春暖雨天，
> 和大宛国红唇白肉体的年青女子。

同时又将镜头转到大宛一边，三月三日上巳节，大将煎靡向宛王建议，要么献马，要么背水一战。宛王像着魔一样徘徊在宝马身旁，一个月以来只会下达"杀退汉军!"的命令，于是煎靡组织敢死兵半夜偷袭汉军，汉军在大宛的偷袭下不堪一击。

这个插曲在原来的"本事"中是没有的，但诗人塑造了煎靡这样一个颇为丰满的大将形象，目的是在对比中突出李广利的性格。同为将军，煎靡与李广利都只能听从上级统治者的命令，但煎靡却表现出了一种具有自主性的大无畏牺牲精神，而这种精神在李广利的身上没有那么明显。纵观诗中对李广利的描写，在突出他的将军谋略与信心的同时，似乎总有一种"压抑感"，没有煎靡身上被赋予的那种无奈与果敢相交织的复杂性。当然李广利的性情在诗中也经历了两次转变，但仍然没有突破"忠君"特征，这在一定程度上同样也会导致主题的"延宕"效果。

第十四节描述贵山之战的休整期，历时一个多月，汉军在大宛的夜袭下损失惨重，而这次失败也正是汉军全面攻城之战的前哨。第十五节叙述汉军的背水一战，在将军的怒斥与鼓舞下，兵士们终于意识到"没有牺牲便永没有胜利"，六天六夜不知疲乏地进攻，终于攻下了贵山城的外城，大将煎靡被杀，在满地尸首中，一座同样坚固的中城石壁竖立在汉军面前。镜头转换到中城城墙内，大宛人民在死气沉沉的昏黑中等待他们的命运，而大宛贵族也终于醒悟过来，汉军的目的并不是杀伐，而是宝马。于是贵族暗中谋划出路，齐力杀了毋寡，使者带着毋寡的头颅奔向汗营乞求停战，最终双方歃血同盟，将军代替汉皇为大宛重立新君。到此为止，贵山之战以汉军一方的胜利宣告结束。而宝马这时才第一次真正出现在读者面前：

> 叫御苑中牵出宝马，将军抚摸那
> 黑鬣红鬃，空空地望着李哆，摇摇头，
> 想不出说甚么来称赞。

"空空""摇摇头""想不出说甚么"这几个否定词无不暗示出了宝马一战的荒谬性。全诗至此，主干部分已叙述完毕，最后一节是"尾声"。汉军经此大战，人员损失惨重。执驱校尉挑选了几十匹千里驹带回去，却"只愁/找不出比六郡的黄骠有甚么奇特"。回程兵分两路，恶劣的自然条件拖拽着兵士们疲乏的脚步，又有瘟疫流行，军队疲惫不堪。为了赶上中秋贺岁，校尉的皮鞭不断抽打着军队中的逃犯、剽贼。待返回玉门，玉门关都尉甚至被回程军队之惨状震惊，借都尉之口第三次描写宝马：

> 怎么，宝马？没留神宝马也混进了关，
> 怎么没看见玉眼金蹄，脊背上汪着血？

可以看出诗人对宝马的反讽一次比一次更强烈，宝马在诗中原本是一个内置的发动机，但由于诗人对它所承载的功能与动力不断进行质疑，它自身也遭遇到了前所未有的危机。回到长安之后，将军封侯，校尉升官，生还的兵士得到了奖赏，宝马也被奉为"天马"，但这一切的背后却隐含着悲凉和讽刺感：

> 他们说宝马已飞到了长安，上林苑
> 给他筑起了一座高巍巍的安神殿，
> 他全身是麒麟甲，闪亮着霞光，
> 白玉作的四只蹄，刻着"未央长乐"，
> 他两眼是闪电，呼吸是风，他头上的
> 金角一摇便落下了春天的甜雨点。
> 从此中国再不怕洪水或魃灾，
> 他会体贴农人，给我们和风时雨，
> 帮我们的黄牛永远年轻有气力，
> 帮我们的春蚕多作大茧，帮我们的
> 小姑娘早嫁给坐驷马高车的美男子。

这是全诗第四次写宝马，是被神化的宝马，堵述初称"这在文字上固是一种空灵的手腕，在意义上也不失一种委婉的讽刺"①。"飞""麒麟甲""白玉""闪电"等形容词与宝马本身的形象充满了悖论，而在这个悖论中，读者能够感受到诗人对统治者的讽刺、失望。帕斯说，"史诗作者说的并非自己，也不是他的经历，他说的是别人，他的话不容许半点含糊。他所讲述的故事的客观性使其失掉了自我"②，诗人在写作时由最初的主题思想鲜明，到一再"延宕"主题所承载的"愿景"，这个矛盾所形成的空间与旋涡正是《宝马》一诗复杂的内蕴所在。

---

① 堵述初：《〈宝马〉》，《潇湘连漪》第3卷第2期，1937年。
② ［墨］奥克塔维奥·帕斯：《诗歌与历史》，载《弓与琴》，赵振江等译，北京燕山出版社2014年版，第163页。

三　群像还是英雄："史诗"如何"现代"？

上文通过对《宝马》一诗叙事结构的剖析试图表明"现代史诗"是如何建构起来的，在"诗的建筑学"意义上，"现代史诗"又是通过哪些技巧使得"史诗"真正能够得以"现代"。朱自清在《诗与建国》一文中认为："现代的英雄是制度而不是人"①，也即"现代史诗"歌颂的对象由英雄变为了制度，典型的表现就是"我们已经渐渐不注重个人英雄而注重群体了"，这也是《宝马》中人物刻画的典型特色。按照金赫罗的理解，歌咏群体英雄的便是现代的史诗，当然这个群体主要是指"还在生长的群体——制度"，但我们似乎也能够从《宝马》中窥见这种现代转换时期的变幻底色，个人英雄的消逝、群体利益的凸显，无不是现代文明与现代制度的具体表现。而在一首以古代战争为主题的长诗中，如何让原本已成为历史的"史事"变成具有现代启示意义的新篇章，就需要诗人在多个方面进行考量。

《宝马》的主干取材于《史记·大宛列传》，此外还可以参考《汉书·武帝纪》《前汉书·武帝纪》《资治通鉴·武帝纪》《通鉴记事本末·汉通西域》《汉书·张骞传》《汉书·李广利传》等历史材料。根据冯沅君的考证，《宝马》有几处与史实相出入的地方。一是时间，按照史书，大宛之战第一次出征是在太初元年秋，第一次败归在太初二年秋，前后约一年时间，第二次出征是在太初三年秋，破大宛当在太初三年冬，班师回朝在太初四年春。而《宝马》将第一次出征的时间放在太初元年春，第一次败归在太初二年春，班师回朝在太初四年秋末，这是时间上的出入。其二，据《资治通鉴·武帝纪》《通鉴记事本末·汉通西域》《汉书·张骞传》记载，大汉带着金马与财宝去大宛换取宝马时，是汉使者自己椎毁了金马。《史记》中也载"汉使怒，妄言，椎金马而去"，也就是

---

① 朱自清：《新诗杂话》，载《朱自清全集》第 2 卷，江苏教育出版社 1988 年版，第 349 页。

说金驹是汉使者自己椎毁的，而财宝则被郁成夺去。《宝马》则叙述为大宛强留金驹。除了冯沅君指出的第一处，在后面大军第二次出征抵达大宛时，军正赵始成对宛国的翕侯也说："你们还该记得三年前侮辱汉使，/椎毁了金驹？"这也表明孙毓棠将椎毁金马这一事件看作是大宛一方的错误，这与历史记载存在冲突。其三，关于宝马的名字，史书中记载为"蒲梢""龙文""鱼目""汗血""琪瑠""蒲萄"等名，而《宝马》则名其为"骐骥骓骊骅骝和騄駬"，冯沅君则提出疑问，为什么不用原先已有的名字而另造呢？

孙毓棠并没有给全诗做详细的注解，但在《我怎样写〈宝马〉》一文中他曾明言"这首诗是取材于《史记·大宛列传》中所记载汉武帝太初年间（公元前 104—101 年）贰师将军李广利西伐大宛的故事"，因此应该把《史记·大宛列传》看作《宝马》最主要的"本事"。字数上，《大宛列传》约 2000 字，《宝马》约 11200 字，那么这些增加的部分主要在哪些方面呢？下面分别从"路线""战役""出发人员辎重""剩余人员辎重"四个方面来比较一下：

表 4-1　　　《宝马》与《史记·大宛列传》各项对比情况

	《宝马》	《史记·大宛列传》①
第一次出征		
时间	太初元年春，太初二年春败归	太初元年
路线	渭水、六盘山、焉支山、居延河、姑师国、乌垒、酒泉、敦煌、盐水、玉门	长安、盐水、郁成
战役	轮台之战（败）郁成之战（败）	郁成之战（王申生败）
参与人员	宛王毋寡、汉武帝、使者、李广利、玉门关都尉	汉使者、宛国贵人、汉武帝、李广利、参军李哆、导军王恢、军正赵始成

① （西汉）司马迁：《史记》，杨燕起译注，岳麓书社 2019 年版。

续表

	《宝马》	《史记·大宛列传》
出发人员辎重	六千铁骑，几万壮士	属国六千骑，郡国恶少年数万人
战后人员辎重	几千人	剩余十分之二
第二次出征		
时间	太初二年九月重阳节，太初四年秋末班师回朝	
路线	渭水，陇西，洮河，删丹山，贺兰山，祁连山，敦煌，玉门，姑师，天山，轮台，渠犁，乌垒，龟兹，温宿，姑墨，疏勒，葱岭，白峰，涩河，大宛	敦煌，仑头（轮台），宛城
战役	轮台之战（胜） 贵山之战（胜）	仑头之战（胜） 郁成之战（上官桀、赵弟胜） 贵山之战（胜）
参与人员	宛王毋寡，汉武帝，李广利，姑师国王，参军李哆，导军王恢，宛国翕侯，军正赵始成，煎靡，眛蔡，郁成王	宛王毋寡，汉武帝，李广利，煎靡，校尉王申生、故鸿胪壶充国，搜粟都尉上官桀，郁成王，上邽骑士赵弟
出发人员辎重	十六万八千四百多壮士，五十几个校尉，六百多个军侯，八十几个将军幕府官员，牛马十三万匹	六万人，牛十万，马三万余匹，驴骡橐它以万数，五十馀校尉，执驱校尉二人
战后人员辎重	三万六千	入玉门者万余人，军马千余匹
回程		
时间	太初四年三月中旬	无
路线	第 1 路：葱岭，郁成，长安 第 2 路：葱岭，姑师，玉门，长安	无
战役	郁成之战（胜）	无
参与人员		无
出发人员辎重		无
战后人员辎重	第 2 路剩一万来名兵士，瘦马七千	无

从表 4-1 可以清晰地看出，《宝马》在"路线"上进行了更为丰富的处理，同时也对人员等进行了适量的删减，如校尉王申生、故鸿胪壶充国、都尉上官桀、骑士赵弟等人均未在《宝马》中出现。《史记·大宛列传》更强调主角的言行性格及其对推动事件发展所起的主导性作用，而《宝马》则着力刻画了战争中的人物群像。在具体的故事情节上，《宝马》淡化了郁成之战，始终围绕汉朝与大宛之间的主体战争进行描写，同时又塑造了大宛名将煎靡这样一个性格特征比较突出的形象。《史记·大宛列传》对郁成之战的描写较为全面，细节与人物的详细程度不亚于宛城之战，而《宝马》则更详细地描写了轮台之战。这里无法得知孙毓棠这样增删的原因，但由此可以看出他的资料来源不只《史记》。

除此之外，《史记·大宛列传》几乎没有描写行军场景，而《宝马》则进行了浓墨重彩的描绘，人物对话上的差别也可以充分体现出诗、史之间的差异。这些处理显然都出自于某种结构上的考虑，由于"史"更讲究对事实的交代，而"诗"则要寻出适宜发挥想象的地方，选择对行军路程充分诗化，能使全诗的情绪更加饱满。《史记》在文史之间具有跨界性质，但作为"史"来说，仍然更强调"实"的一面。《宝马》作为"现代史诗"，注重英雄人物性格的刻画、情节的戏剧冲突，同时还要兼顾"诗性"。尤其是在主角的刻画上，《史记》遵循人物在历史中本来的命运轨迹，而诗则更集中化地刻画了英雄主人翁的内在性格。

孙毓棠写作《宝马》的目的，本是为了以汉武帝派遣大将李广利西伐大宛并取得胜利的历史故事激励当日萎靡的中国，用古代祖先拓展宏勋伟业的雄心志气唤醒民族抗日的斗志。要达到这样的目的，就必须将李广利塑造为一个充满民族英雄气概的领军人物。而在孙毓棠的写作中有两点却是与这一目的背道而驰的，其一是直接描写李广利的地方并不多，没有充分展开这个人物的形象、心理；其二是李广利的形象并没有被塑造为一个自始至终都豪气冲天，或者在任何时候都无所不能的英雄，与其说他是一个英雄，倒不如说更像一个凡人。有学者注意到了这一点，

"《宝马》似乎不大着重人物的刻画，读毕全诗，对主角李广利和毋寡，
仍感印象模糊"①。甚至认为若能安排李广利与毋寡的正面交锋，则可使
全诗增色。

　　李广利第一次出场，是在汉天子得知大宛拒绝献马之后，天子命其
为贰师将军，前去讨伐大宛。在《史记·大宛列传》中，太史公交代之
所以选择李广利，原因是汉武帝"欲侯宠姬李氏"，交代了人际关系上的
历史背景，而在《宝马》中则没有这一铺垫，在出场时就将李广利塑造
成了一个气势巍峨的大将军形象：

> 将军披着锁子铠，
> 头顶上闪亮着金兜，勒白马高声
> 喊出誓词："为争汉家社稷的光荣，
> 男儿当万里立功名。这一程
> 不屠平贵山，无颜再归朝见天子。"

并通过汉武帝的视角加深了形象特征："天子叹/解开羁绳才知道将军本
是条猛虎"。第一次出征时关于将军的描写还有：

> 将军传令催促全军
> 不许留连。
>
> 将军勒住马低头笑：
> "丈夫该终生以塞外为家，有钢刀
> 还怕什么天地的灾异！"将军捋着
> 须一口饮干了兕觥，叫军正催军

---

① 何超：《分析孙毓棠的宝马》，《诗风》第 72 期，1978 年 5 月 1 日。

加紧向西行。

　　这两处表现出了李广利必胜的信心，而这信心却很快遭受打击，第一次出征以汉军遭受"奇劫"而结束，但诗人并没有直接描写李广利在战争失败之后的表现。汉天子增派各项人员物资给贰师将军供二次出征，单是将军幕府中的官员就增添了八十多位，这时将军的性格似乎也发生了转变。之前不顾生死、以塞外为家的将军，在经过了一场史无前例的大漠暴风之后，看着军校交上来的军簿册，为在暴风中丧生的人"滴下了热泪"。直到行至姑师国，即将抵达大宛的贵山城，将军才又恢复了信心："等踩平贵山，可早备迎师酒"，但也说"骏马和宝刀，/到底敌不过眉黛红胭脂，来得是美！"待到了轮台，将军回想起第一次出征在此损失的军马，"渐渐叠织起恨和怒"，听到轮台的挑衅，更是大怒，"招集了军侯校尉们说：/'这里就是前冬劫我们后距粮车的/强盗！军士们杀进城，我们只要人头，/不要财宝！'"轮台之战是复仇之战，因此展露了他冷酷无情的一面，而到了大宛，将军又下达命令"进宛国不许扰乱平民，剽劫良善"，这虽然也是出自于某种战争谋略，但也从侧面表明李广利在杀伐果断背后留存的仁心。他的志向是封侯，但在经历过第一次出征失败后，尤其是目睹了在极端天气下丧生的大量士兵的惨状，封侯这一志向似乎变得动摇起来。

　　在全诗最为重要的贵山一战中，将军的言行却并不出彩："气直了双眉""沉了心""按不住怒火烧心""气抖了喉咙""抽一口气"，这些话语除了交代出具体的军务，就是为了鼓舞士气，诗句本身较为平淡，没能充分表现出李广利作为将军在失败后对士兵们怒其不争的愤慨之心，及面对失败仍然奋起反抗转败为胜的勇气。总的来说，贰师将军李广利作为全诗的灵魂人物，他的形象并没有达到预期般的精彩，相对而言，战争中士兵们的言行、感受似乎更加丰富。

　　比如诗人描写士兵在战争中的英勇无畏时："他们忘了夜，忘了天明，只当他/箭雨变了枯树枝，雷石只是茅檐的灰土"。诗人充分调动了他的想象力，刻画几十万人的军队时："连绵着百多里的兵马，/后队的铙歌还未唱过洮河，删丹山/已敲遍了前锋的鼍鼓"，从重阳走到深冬，"曲折蜿蜒这几十里大军/象一条大花蛇长长地爬上了荒漠"，用声音表现士兵们紧张的情绪：

> 白亮亮戈矛的钢刃闪烁着鳞光，
> 是鳞上添花纹，那戈矛间翻动的
> 五彩旌旗的浪，听铜笳一声声
> 扭抖着铜舌，战鼓冬冬冬敲落下
> 钢钉的骤雨，驼吼，驴嘶，牝骡的长嗥，
> 前军的呼啸应着后军的吆喝，
> 半空里抖着萧萧的怒马的悲鸣，
> 和马蹄得得得象杂乱的冰河上
> 敲碎了雹子点。这一片喧嚣里，又
> 滚着隆隆的沉闷的涩雷，那干沙上
> 头交尾毂交毂是一串串轮轴的粗吼。
> 战鼓冬冬冬撼着大漠，笳声奔上天，
> 托着层层铙歌，象怒海上罡风的叫啸，

比路程艰苦更为恐怖的是寂寥，对行军的描写表现出了士兵们在孤独与艰苦的环境下默默前行的顽强精神。军队抵达轮台之后，描写士兵们充满复仇精神的奋战："兵马一声喊，架起冲车，/搭上云梯，铁盾和长矛象黑浪山/向孤城拍着波涛，翻进了血井。"贵山之战中，士兵们的表现更是勇敢坚韧，"像一只苍鹰遮着天扑下四野"。除了描写士兵们的英勇，诗人还穿插了士兵们的心理世界：

一天天

围城的人像颓散了，像被时光磨倦了心，

战胜汉兵的不是恐惧，焦急，不是

疲劳（他们的意志硬过他们的刀矛），

战胜了汉兵的却是阳春暖雨天，

和大宛国红唇白肉体的年青女子。

每次巡营将军真按不住怒火烧心，

营营都搜得出葡萄酒瓮，女人的

花衣裙，和叫不出名字的零星红裤袄。

军法的皮鞭下抽得死灵魂，可是

抽不死毒蛇样一条男子的欲望。

一天天日子在等待里拖着绵长，

拖了军鞭，拖钝了刀矛，拖淡了将军

封侯的梦影——

诗人抓住了"男子的欲望"这个角度，使历史场景变得鲜活。诗句的节奏感也十分强烈，在音韵上，"心""军""影"在开头与结尾前后呼应，"天""矛""袄""望""长"等字交错押韵，使得诗句节奏在整齐协调的同时又富有变化。这样的描写无疑是成功的，达到了交代史事与增强诗性之间的完美结合。另外在描写人物时，诗人始终是从"现代身体"的角度去描写，如刻画大宛王的目中无人：

他心窝里

一条颤抖抖的尖毒舌，向四周

邻国笑着火红的傲岸的笑。

把人身体的"心""舌""唇"用拟物手法写出，将"王"拉下神坛的同时，更渲染了其内心深处阴暗恐怖的一面，"心窝里／一条颤抖抖的尖毒舌"这个比喻将原本深藏于心的静态画面拉到外面，变成充满攻击性的动作，"火红的傲岸的笑"则将颜色与神态联系到一起，采用跨行手法，又使节奏与诗句相辅相成，最终令大宛王自大无情的形象深入人心。整首诗中这样的精雕细刻之处随处可见。

通过上面对"本事"与诗的对比、李广利人物形象、士兵心理活动的分析可以发现，"现代史诗"的关键在于诗人的匠心，一方面体现为结构上的起承转合之巧妙合理，另一方面则表现为士兵群像刻画的鲜明深刻。描写战争不像描写个人情绪或小事件，稍不留意就会变成毫无趣味的流水账，或被原本的史事拖着走。而《宝马》则在"群像"刻画上着力表现，将战争中人物与环境的关系、士兵内心的转折写得入木三分。虽然李广利、毋寡、汉天子等主要英雄人物并未出彩，但群像以及行军场景的描写足以使整首诗歌充满现代意味。而这似乎也从另外一个层面说明了"现代史诗"在当下的变化，也即我们开头说过的"我们已经渐渐不注重个人英雄而注重群体了"。"现代史诗"所要表现的是"现代英雄"，而"现代英雄"显然已经从传统史诗中的个人英雄变为"群体""制度"。"史诗"如何"现代"？显然必须把握住新的对象的出现，对新的"现代英雄"进行捕捉与刻画。

四　历史与现实的"平衡术"

《宝马》刊发之后一个月，在 1937 年 5 月 16 日第 11 版《大公报·文艺》上同时刊出了两篇文章，分别是孙毓棠的《我怎样写〈宝马〉》与冯沅君的《读〈宝马〉》，从创作与接受的角度分别对《宝马》进行了阐释，而这两篇文章也奠定了一时之间谈论《宝马》的风向。

冯沅君在文章中首先提出："既然称为史诗，自然在可能的范围内应以史实为依据"[1]，虽然也强调了"丰富的想象力"的重要性，但"精博

---

① 冯沅君：《读〈宝马〉》，《大公报·文艺》（天津、上海）1937 年 5 月 16 日。

的史料"仍然被着重强调。作者不仅在后文对《宝马》与史实相出入的地方进行了对比分析，而且在具体的词句上也提出了较为严格的要求，例如她提出，"传侍中/立刻命御史按兰台诏拜李广利/去西伐大宛"一句，习惯上是在"拜某某"之后加上官职，现在这样读起来感觉"生"。这个"生"并不是"陌生化"带来的创造性效果，而是由于不符合史书一贯的表达方式，作为古文学学者读起来有一种不舒服的感觉。司马长风也在20世纪70年代提及此诗时表达了同样的意思："写史诗，不但要先证解史实，并且要考明风习、衣饰，要有文化史风俗史的功夫，并且要究明和体会古人的境遇和心情，经过层层学术的劳作，然后再把生硬的资材，赋予血肉灵魂，写成精炼的诗。"① 但一般不是研究历史、没有长期浸淫在史书氛围中的读者，恐怕不会发现这一句的"硬伤"。

孙毓棠在《我怎样写"宝马"》一文中谈及写作此诗的难处，颇有一种无可奈何之感。② 他首先言及的不是写作"史诗"之难，而是写"诗"的困难。想象与文字之间的缝隙，往往靠诗人的"手艺"去填补，但这个"表现力的薄弱"上还有一层"文字这工具的粗笨"的阴影，对孙毓棠来说，相对于天马行空的想象力，语言本身更为无力，这种无力感加上自身对语言把握的薄弱，最终使得"原意剥裂到七零八落"。正如白采在《赢疾者的爱》中说："但我有透骨髓的奇哀至痛/——却不在我所说的言语里！"就算如此，孙毓棠还是努力试图用语

① 司马长风：《中国新文学史》（中卷），香港：昭明出版社1976年版，第190页。
② "但《宝马》这首诗写得是失败了，因为它未能表达出我心中所要叙述所要描写的十分之一二；在写这篇诗的时候，我才真正感觉到文字这工具的粗笨和自己表现力的薄弱。有时很好的一团想象，寻不出词句来写，写出几句便把原意剥裂到七零八落。结果全诗成后，好像不是自己的东西。更苦的是在这诗中，我简直没能够表达出自己对于国家和古代英灵的些许热情，只觉得行行受着故事和文字束缚，所以一面写一面想，与其写这种东西，不如等十年后写一部千页的汉代史，才不致闷锁在这种压抑的痛苦中。也许这种痛苦由于故事本身的限制？如果采用比较自由容易发挥些的题材，想也许比《宝马》容易成功些。"孙毓棠：《我怎样写〈宝马〉》，《大公报·文艺》（天津、上海）1937年5月16日。

言恢复想象的原貌①。要达到这样的目的，他不得不"大胆"地用了一些古字和古辞，虽然明知会造成诗句"拉杂晦涩，难以卒读"。从积极的方面看来，这些古辞变成了一条为读者铺就的回到具体历史情境中的"小径"，具备了司马长风所期待的史诗中的"血肉灵魂"。但从另一面看，诗人是否因此得到"救赎"了呢？从他不断言说这种"困境"的姿态中，我们能够明显地感受到"突围"之难。

孙毓棠迫不及待地向读者解释，"我极力避免今人写旧体诗中那种乱用古字古辞假借代替的毛病"，并且像做考据文章一般向读者解释例如"丝绸"的"绸"字、"铁蒺藜"的另外一个名字"渠答"等类似的现象，但如果说这些还属于可以解释清楚的范围，有些困难似乎是无法解决的，如"'玄冠彩绶黼黻玉珪貂蝉和银挡'这一身内廷官的服饰是无法用今语来描写的；我写'驷马高车'或'华毂的云盖车'，眼前很清楚的一辆辆汉壁画上的车子，仪仗，我想不出方法用今语来代替。如冲朝楼橹辒辌猎武刚槽车这许多车子，各有各的形状与用处，不直道其名是别无办法的。"② 碰到这种情况，诗人就不得不被牵着往前走，史书或壁画所带来的色彩丰富的想象，无法被转换成现代语言，或者更明确一点说，无法转换成"现代诗句"，正因此，"行行受着故事和文字束缚"的压抑感让诗人透不过气来，觉得索性还不如去"写一部千页的汉代史"。

在这之后，才是写"史诗"的困难。首先是资料太少，要把"不合时代的东西杂揉进去"，作为历史学家，孙毓棠对事物出现的时间和名称更替有着敏锐的感知，也正因此，当碰到"不得不"的情况时，只好乞求读者不要"认真推敲"与"苛求"，但还是尽力对其中一些物品、地名的"不合时代"做了简要的解释。

---

① "我写'刁斗'，我脑中清清楚楚有一个三只脚长柄的铜谯锅，当时行军确实是拿它来白天做饭，夜晚敲着巡营的；我写'杏叶'，立刻回想到在各处博物馆中见过很多次的，那饰在马胸前三尖的铜杏叶；我写'羌笛'，很简单地指着当时住在青海高原上牧羊的西藏民族所吹的笛声。"孙毓棠：《我怎样写〈宝马〉》，《大公报·文艺》（天津、上海）1937 年 5 月 16 日。

② 孙毓棠：《我怎样写〈宝马〉》，《大公报·文艺》（天津、上海）1937 年 5 月 16 日。

其次便是"抓住时代的精神",我们在前面已经分析过,孙毓棠的"初衷"是表现祖先创业的伟大,但最终形成的效果似乎与这初衷背道而驰,诗人自己对此深有体会,因此才说"关于这一点我自己毫无把握"。他无奈地表明自身"实在不够写这种东西的资格,顺手写出来,处处是漏洞",这当然不是苛求过甚的过谦之词,而是十分坦诚的内心表白。我们通过他对写作障碍的坦诚,也能切身体会到写作"现代史诗"的不易。"也许这种痛苦由于故事本身的限制?如果采用比较自由容易发挥些的题材,想也许比《宝马》容易成功些。"① 但孙毓棠并没有再试图写类似于《宝马》的叙事长诗,因此这种设想最终也只能停留在想象中。类似于朱湘的《王娇》这种长篇叙事诗,应该可以算是孙毓棠所说的比较自由的题材,但取材于个人历史事件的长诗分量确实不能与"史诗"相媲美。

我们可以从《宝马》中窥见诗的主人翁由"英雄"变为"制度"(群像)的转换过程及其中的复杂纠缠。孙毓棠所感受到的"难",其实也与他身处的时代环境相关,在这个纷繁剥离的时代,想要在历史与现实之间求取"平衡术",本身就是一件艰难的事情。回到诗歌本身,孙毓棠意识到的薄弱处又是否与读者感受到的缺陷相一致呢?萧艾认为,在叙述事件的过程中,《宝马》的语言太过散文化,有点乏味。诗人叙述事件的手法有旧小说的影响,而这些句子又破坏了诗性。在情节上过于依赖史实,忙于交代经过,无暇将事件艺术化。罗念生则认为,《宝马》诗行太欠整齐,太软弱、散漫,行尾太没有力量。碧湘则从意识形态的角度出发,称《宝马》作者是"帝国主义型的侵略战争的歌颂者"②,这种类型的批判自有其时代特色。同时碧湘也提到了《宝马》过于"依赖史实"。而在具体的词句上,冯沅君指出有些诗句"颇嫌晦涩,不易了解"。

总体来看,对《宝马》缺陷的认识,主要集中在诗句散文化、叙述手法小说化、语言晦涩、依赖史实、缺少想象空间这几个方面。萧艾给

---

① 孙毓棠:《我怎样写〈宝马〉》,《大公报·文艺》(天津、上海)1937年5月16日。
② 戴碧湘:《评宝马》,《金箭》第1卷第2期,1937年。

出的调整方法是"将史实增减，来加强诗的戏剧性"①，但这其实并不容易，因为在史实和虚构上必须有度，"戏剧性"并不能完全取代"诗性"。同时史诗因为有"史事"的背景存在，就不可能不运用某种叙事手法，只不过在"叙事"时如何保证语言的"诗性"则是更高的要求。写作"现代史诗"的关键处，似乎也正在于"史"与"诗"的结合上。

当代写过片段式长诗的诗人臧棣曾说："长诗的写作，更依赖于文学传统，以及孕育在这文学传统中的诗歌文化。"② 而唐晓渡则认为，"由于内在观念、叙事——抒情角度和语言风格都发生了深刻变化，这些诗不能简单地视为古典长诗传统的延续；但就语言——结构方式和美学品质而言，确又可以说是一脉相承"③。按照臧棣的观点，"汉语独有的语言秘密"是"在结构上对短小体式的偏爱、对长诗体式的抵触"。现代汉语新诗相对古诗而言，并不注重"用典"，因此短诗的写作更加自由随性。而从《诗经》到《离骚》，再到现代时期孙大雨、孙毓棠、李季等的长诗写作，可以看出长诗的写作脉络是存在的，但并没有形成一种稳定持续的写作传统。

相对西方悠久的史诗传统而言，汉语诗歌自身的语言要求使得长诗写作的难度更大。像臧棣的"协会诗"和"丛书诗"，按其自身的说法，

---

① 萧艾：《诗评漫笔——浅评〈宝马〉》，《诗风》1975 年第 32 期。

② "从汉诗的传统看，我们没有写长诗的传统。这有三方面的原因，第一，在语言上，汉语在古诗的范式里，组织起来的语言呼应——对偶与平仄，不太能容忍太长的语言结构。或者说，在太长的语言结构中，基于汉字本身之美的语言对应，就没有施展出来。这样，转入到风格层面，古诗的语言推重的是记忆与情景的高度融合。这种融合不依赖词语的延展，而是强调语言的凝缩。这些，都不利于长诗的写作。换句话说，古典诗学的结构观不支持长诗的写作。更诡异的，古代汉语的语言质感，以及从这种语言质感中酝酿出来的诗歌文化，也天然地排斥长诗的写作。我们的汉语在语言质感上对诗句的长度有着苛刻的要求，这确实令我困惑。但也必须意识到，这种要求是基于古诗的实践，并不一定完全适用于新诗的状况。让我困惑的还有一点：即古诗的语言在结构上对短小体式的偏爱、对长诗体式的抵触，很可能反映出了汉语独有的语言秘密。"臧棣：《关于系列诗写作的若干解释——为什么要写作"协会诗"或"丛书诗"》，见公众号"天涯杂志"，2019 年 8 月 15 日。

③ 唐晓渡：《从死亡的方向看》，载谢冕、唐晓渡主编《与死亡对称》，北京师范大学出版社 1993 年版，第 14 页。

乃是为了用"集约性的写作方式解决个人写作中的片段性",也就是说出于"现代性的自我命名",而不是在一开始就具有完整的作为一个整体的"史诗"意图。而诗句的长度,在林庚的新诗试验之中,最合适的是"五四体"这种"九言诗",最多也不超过十一个字。所以某种程度上来说,长诗写作是不是必须依赖于文学传统,其实答案并非一定是确定的。

虽然有种种批评的声音出现,但总体来说,《宝马》得到了诗坛与学界的一致好评。唐湜在《中国新诗名篇鉴赏辞典》中称其是"诗意的立体浮雕""丰富而又灵活的动态书写"。在"史"与"诗"的结合上,孙毓棠其实试验了很多技巧,如用"转述"来代替叙事、对"本事"重心的改头换面等。全诗在描写第一次出征时是比较简略的,而行军过程中遭遇暴风的描写又非常丰富生动。又如描写大将煎靡于上巳节黑夜偷袭汉军一节非常传神,这一处在《史记·大宛列传》中并不存在,而在《宝马》一诗中则起到了丰富战争细节、推动情节发展、铺垫故事高潮的作用。诗人在交代事件进展的过程中不断穿插环境描写,以达到情景交融的效果:

> 煎靡退出宫,征集敢死的兵丁,教厚甲
> 衔了枚,战马都解下银铃杏叶;午夜
> 偷开了四面城,一钩昏月象答拉着
> 血舌头,汉营黑沉沉只几点灯火。

运用自然物象的移情手法,使得"黑夜偷袭"充满画面感。"血舌头"一词将我们平常看作月亮尾巴的光晕渲染出恐怖色彩,"几点灯火"更表现出了汉军多日松懈之后的疲惫与放松状态,为偷袭的成功埋下了线索。这种手法在诗中随处可见,使得诗句更充满诗性。

在语言方面,沈用大认为《宝马》采用了西方史诗的无韵长句,这其实是对罗念生、何超等人质疑《宝马》诗句过于散文化的另一种阐释。陆耀东则将《宝马》的音韵称为"重音节,轻脚韵",重叠、跨行等手法交替运用，减轻了叙事的单调性和长篇的冗余感，增强了阅读时的美感。而针对"在情节上过于依赖史实""无暇将事件艺术化"这一点，其实孙毓棠在诗中通过合理的详略安排减轻了对"史"的过分依赖，如果每一处都枝蔓发达旁逸斜出，那整体结构上也会失衡，只有详略得当，才会让一首长诗始终生动有力。

虽如司马长风所言，《宝马》"打破了中国没有史诗的寂寥"①，但它的命运确实波云诡谲，"《宝马》这一史诗是介于历史与诗歌之间并兼有两者特点的边缘性文学作品"②，这或许是对它的评价不断随现实政治而变化的原因之一。孙毓棠所处的历史场景，是激烈的动荡与精神的活跃并存的，他虽然声明"从来未曾写进去我自己对于政治社会等的意见"，但读者很难单独从诗中读出歌颂祖先宏图伟业的兴奋，反而感受到诗人对底层百姓的怜悯之心。我们也能够从《宝马》中看出历史的复杂性，汉武帝时期的历史逻辑——争取更多的土地（生存资本）——是汉穷兵黩武背后所谓"祖先遗留的责任"。在这些统治者统治下的人，是被命运裹挟着走的人，那些丧生在暴风中的士兵，只能怪"自己的爹娘没给你铜筋骨"，但《宝马》一诗并不是在为弱者唱赞歌。诗中还表现出了与忠君思想相悖的民主思想："对罪恶的魔王／裁判的威权该在我们手里"，这也是其"现代性"的具体体现。

第三节　"史诗的时代"：诗歌批评　实践中的"现代史诗"

早在新诗创立初期，新诗的建构者们就意识到这已经不是一个传统

---

① 司马长风：《中国新文学史》（中卷），香港：昭明出版社 1976 年版，第 187 页。

② 庄叔炎：《现代最早的史诗：〈宝马〉孙毓棠》，载《中国诗之最》，中国民主法制出版社 2016 年版，第 506 页。

的史诗时代:"任何近代人的最淳朴的诗,也因着无量的意识、传统、形式的要素、独创力的追求等而异于在一个英雄的棺车旁唱的歌或战争的进行曲。"①史诗必然随着时代发展走向现代化,重要的是探寻其现代化的具体路径。

朱自清从《纽约城》《滇缅公路》一类诗中辨认出了"史诗"如何"现代化"或者哪些事物可以成为"现代化""史诗"题材的重要质素,他采纳金赫罗"现代史诗"的概念,关联起现代性制度、建国、现代化进程这些理想中的"现代史诗"题材,意图在新的诗人身上看到"创造一个新中国在他诗里"② 的新图景。

而时代的发展是在"破坏"与"建设"的双重方向上同步发展的,有人从历史"大记忆"中取材,意图唤醒民族昂扬的斗志,然而战争本身的反人类性质使其反思多于斗志;也有人从革命发展中辨认出时代的新英雄,为他们谱写时代的赞歌。在不同类型、不同方向的"史诗"写作中,"现代性"都是其区别于传统史诗的关键因素。新的时代环境下,现代战争被动挑起,以"战争"或者战争中的"人"为新的表现对象的叙事诗应声出现,继而产生了理论视野中"民族革命的大叙事诗"的迫切呼唤,也正因此,"民族革命的大叙事诗"与"现代史诗"成为了现代长篇叙事诗的两个重要方向。

在现有研究中,对"现代史诗"的认识常常沿着朱自清"诗与建国"的角度去延伸,如吴晓东认为:"穆旦这一时期的《神魔之争》《森林之魅》《隐现》代表着史诗创作所能达到的最高成就"③;段从学认为常任侠《创世纪》一诗"把抽象的'现代'品质拟人化为'巨人',把文化建设、开采矿产、修筑道路等宏大现象纳入笔下,充分体现了'现代史

---

① Richard Moritz Meyer:《近代的诗人》,于若译,《莽原》1926 年第 20 期。
② 朱自清:《爱国诗》,文中说:"诗人是时代的前驱,她有义务先创造一个新中国在他的诗里。"《新诗杂话》,作家书屋 1947 年版,第 78 页。
③ 吴晓东:《20 世纪四十年代的中国诗论图景》,《北京大学学报》(哲学社会科学版)2019 年第 1 期。

诗’的抱负”①。从“歌颂群体英雄”“生长的群体——制度”的角度去确认其“现代史诗”特质，而“群体”则与“民主”和“大众”有关，在“现代史诗”中，单个英雄拯救世界的行为不再成为焦点，为获得集体利益而进行的集体行动才是重心，意识到“群体”的存在是第一步，而发现群体中的“个人”则是更高的要求。“歌咏群体英雄”与其说是揭示出了新的写作题材或取向，不如说是使“现代性”更深入诗歌创作的一种策略。就如《宝马》对士兵及其心理的描写，是为了突出弱者的同时运用更合理的后设视角去凸显古代战争行为所可能带来的现代反思。

如果不从篇幅，单从“见证”历史的角度去理解“现代史诗”，那么像穆旦的《森林之魅》被称为“史诗”，显然与杜甫“三吏三别”类型的“诗史”有很大区别，现代战争与古代战争的形式内容均发生了变化，身处其间的人的感受也随之而变。中国古典诗歌强烈的节奏与韵律要求使得“诗史”并不会在篇幅上取胜，“吟安一个字，捻断数根须”的现实情况也不允许长篇大论，而“现代史诗”则随着 20 世纪 40 年代对诗歌散文美的重新强调焕发了新的生机。叙事诗本身具有的戏剧性也更适合越来越大的诗歌容量。《宝马》中的戏剧手法首当其冲，无论是人物的对话，还是矛盾的安排，均在构建事件时被灵活运用，使故事的兴起与发展在合理的基础上更具阅读上的趣味性。

而“纪念碑式的大叙事诗”或者说“民族革命的大叙事诗”则有更大的野心，“纪念碑式”不仅要求体积的大，更要求有突出的典型，能够产生某些现实效果。如蒲风在《关于〈六月流火〉》一文中说：“在现今，伟大的时代下包含了伟大的现实，谁说我们不该当用诗来作整个的表现，谁说我们不该当来开发长篇的叙事诗、故事诗、史诗一类的东西呢？”② 这种用诗来对时代“作整个的表现”的需求极具现实意义。与大

---

① 段从学：《现代金陵诗人群及其内迁》，载《中国新诗的形式与历史》，人民出版社 2020 年版，第 75 页。

② 蒲风：《关于〈六月流火〉》，《六月流火》，上海内山书店 1946 年版，第 127 页。

部分左翼诗评家们以社会现实功用和大众化为标准来要求诗歌创作一样，蒲风将孙毓棠的《宝马》看作"'北方新诗人'中'国防性'长篇叙事诗'优美的收获'及代表作"①。这种对诗歌现实意义的强调，希望能够在新诗中表现现实、唤醒民众都是战争年代特有的要求。

问题的关键似乎在于，"现代史诗"与"现代叙事诗"之间的细微差别，虽然这种差别常被其共性所掩盖，但仍然能从新诗的发展历史中辨认出二者不同的身影。学界常常把20世纪40年代称为"史诗的年代"，这表达出了诗论者们对40年代新诗的整体印象，但并不是所有的"现代叙事诗"都是"现代史诗"。朱自清在《中国新文学研究纲要》中提到，早期新诗如郭沫若的诗剧在"词汇的展扩"上注重采用"西洋历史及神话中的典故"②，但这更多是从意象的角度接受西方的神话和史诗。新诗早期的叙事诗与诗剧也不属于"现代史诗"。待到郑振铎、傅东华等人将西方的"史诗"作品和理论介绍、翻译进中国时，对史诗与叙事诗相区别的本质已经有了新的解释。③ 但因为创作上的滞后，这种区分并没有被重视和延续下来。在这个过程中，朱自清与之相关的理论著述是相当值得注意的，在他研究新文学的整体历程中，对叙事诗和史诗都不时有相关精辟的论述。例如他按照叙事诗的概念去阐释白采的诗《羸疾者的爱》，很多论者以此为中国研究叙事诗的开端④，而在这个开端中，其实就隐含了对叙事诗和史诗之间异同的深刻思考。

朱自清第一次读白采的诗时（1926），只觉得"大有意思"⑤，并感

---

① 蒲风：《九·一八后的中国诗坛》，载《现代中国诗坛》，诗歌出版社1938年版，第96页。

② 朱自清：《中国新文学研究纲要》，载《文艺论丛》，上海文艺出版社1982年版，第16—17页。

③ 郑振铎连载在《文学周报》上的《文学的分类》《诗歌的分类》《史诗》《抒情诗》等文，傅东华翻译亚里士多德的《诗学》等。

④ 如普丽华在《建国前中国现代诗研究综论》中认为："朱自清评白采的诗虽是以'长诗'指称，却是自觉地以西方叙事诗（史诗）作为文体参照，也是以此为出发点的，在这个意义上说，朱文可看作叙事诗研究的起点。"《江汉论坛》2003年第7期。

⑤ 朱自清：《白采》，载《朱自清全集》第1卷，江苏教育出版社1988年版，第68页。

觉到 "似乎是受了尼采" ① 的影响，但并未有关于诗的形式方面的具体想法，或者这 "有意思" 里面已经包含了关于诗的形式的特殊性所引起的独特感受。通过对《嬴疾者的爱》一诗的分析，他否定了爱伦坡 "所谓长诗，只是许多短诗的集合" 的观点，认为长诗也可以达到令人 "体验一贯的情绪" 的目的。但纵观朱自清对白采的评论，仍然是以作者的 "情绪" 为核心线索，解读出诗人自身所要表达的思想感情，正因如此，朱自清最后认为这首长诗虽有 "叙事的形式和说理的句子" ②，却是一篇抒情诗，目的只为主人公自己的书写，也即他更看重白采作为诗人在诗中投射的 "情绪" 与 "世界观"。

这种批评方式类似于 "诗人论"，始终以作者为轴心进行论述。因此，朱自清虽然在文中对《嬴疾者的爱》一诗的结构进行了分析，但其目的并不在关注长诗的 "建筑方式"。虽然如此，作为较早解读叙事诗的批评实践，朱自清仍然发现了一些长诗所应该具有的简单品质，如："长诗之长原无一定，其与短诗的分别只在结构的铺张一点上" ③，"长诗之所以为长诗" 的本质就在于这结构的铺张，以及铺张引起的相较于短诗截然不同的阅读效果，其特点是 "繁复" 和 "恢廓"，长诗的特色不仅在于 "横的一面"，还有 "纵的进展"，以及 "深美的思想作血肉" ④。可以看出这些并不算特别清晰的要求，实际上已经包含了对叙事诗或者说现代史诗在篇幅、结构、思想上的最低标准。

之后，朱自清在清华大学讲授 "中国新文学研究" 时，除了诗人论和诗歌专题之外，还专门列出了 "小诗与哲理诗" "长诗" "叙事诗" 等诗体类型，"叙事诗" 被放在《中国新文学研究纲要》"其他的创作" 这

———————————

① 朱自清：《白采》，载《朱自清全集》第 1 卷，江苏教育出版社 1988 年版，第 68 页。

② 朱自清：《白采的诗——嬴疾者的爱》，载《朱自清全集》第 1 卷，江苏教育出版社 1988 年版，第 227 页。

③ 朱自清：《白采的诗——嬴疾者的爱》，载《朱自清全集》第 1 卷，江苏教育出版社 1988 年版，第 224 页。

④ 朱自清：《白采的诗——嬴疾者的爱》，载《朱自清全集》第 1 卷，江苏教育出版社 1988 年版，第 224—225 页。

一部分,"长诗"则专门列出。在"长诗"部分,朱自清选取了周作人、郭沫若、俞平伯、白采的创作进行论述,尤其是白采《赢疾者的爱》,包含了六个角度的细致分析,涉及形式方面的有"对话的体裁""故事的发展"这两个方向。而在"叙事诗"部分,则有"沈定一的《十五娘》""冯至的叙事诗""朱湘的叙事诗"三个维度。① 从"文学类型"的角度来说,朱自清在讲义中就已经对"长诗"与"叙事诗"进行了区分。我们并不能知道具体的教授细节,但从《白采的诗——赢疾者的爱》一文可以看出,朱自清应主要从诗的结构形式与精神内容两个角度进行阐释,但或许重心仍侧重于诗的内容,尤其是诗人诗作对时代精神的把握和突破。到写作《诗与建国》一文的时候,"现代史诗"就不是朱自清无意间从金赫罗那里引用过来的一个概念。在他对"长诗"与"叙事诗"的区别进行辨析的时候,就已经埋藏了对于这一特殊诗歌体裁的关注。

从新诗的发生到 20 世纪 30 年代末期"诗的叙事"的兴起,对史诗或者说叙事诗的重视,是新诗自然而然的发展。梁实秋《论诗的大小长短》(1931)一文主要针对诗的长短发言,在文中,他认为虽然"诗的价值原不必以篇幅长短而定",但"伟大的作品,因为内容的性质之需要,绝非三言两语所能宣泄无遗,必定要有相当的长度,作者才有用武之地,才能把繁复深刻的思想与情绪表现得干干净净"②。梁实秋受到了亚里士多德"悲剧必有相当之长度"的影响,而且将西方史诗如《失乐园》《神曲》作为新诗最高的标杆。时代的发展逐渐促成了"诗的叙事"的合法化,茅盾在 1937 年 2 月 1 日发表的《叙事诗的前途》一文,就是在"抒情的断章不够适应时代的节奏"现实条件下,呼唤诗人们把眼光从"书房、客厅扩展到十字街头和田野",这都是在现实条件下得出的关于新诗出路问题的延伸讨论。但在这些讨论中时常会出现一些矛盾之处,比如茅盾一方面将叙事诗看作"新诗的再解放和再革命",但却在读了田

① 朱自清:《中国新文学研究纲要》,载《文艺论丛》,上海文艺出版社 1982 年版。
② 梁实秋:《论诗的大小长短》,《新月》第 3 卷第 10 期,1931 年。

间的《中国牧歌》之后，深觉其"俏劲有余而深奥醇厚不够"，臧克家《自己的写照》之中也缺少"壮阔的波澜和浩浩荡荡的气魄"。这潜藏着茅盾对叙事诗的认知，即好的叙事诗就需要"壮阔的波澜和浩浩荡荡的气魄"，而这明显属于"史诗"的特质。所以在名为"叙事诗的前途"的文章中，茅盾实际上表达的是对能够反映时代重大事件、具有恢弘气魄的"史诗"的期望。全面抗战爆发后，穆木天、胡风等人明确提出了"民族革命的叙事诗""纪念碑式的大叙事诗"等更为靠近"史诗"的概念，但始终与"叙事诗"混淆不清。

穆旦认为艾青《他死在第二次》一诗"是为这些战士们所做的一首美丽的史诗"[①]，因为艾青诗中塑造的这个普通却又生动的战士形象正代表着成千上万个中国年轻战士。他们是普通的，却又是把民族意志看得比生命更重要的英雄。正是在千千万万个"平凡的英雄"的意义上，穆旦将此诗称为"美丽的史诗"。与此同时，穆旦认为艾青刻画人物心理时最主要的特质是"写出了更贴近真实的主人公的浮雕"，"忠实于生活"。这或许反映出一个趋势，就是以刻画英雄或事件为主要目的的史诗类型已逐渐消失，比之更重要的是于千万个普通形象中捏出一个典型，塑造出一个立体的形象。而宏大题材则往往与标语口号或者堆砌辞藻相关，空余"史"的形式或效果，失去了内容上的真实。

20世纪40年代对叙事诗的研究相对丰富，主要体现为创作跟踪研究、诗人合论以及叙事诗批评几个方面，本书并不打算对相关文章进行综论式的梳理，主要提出几个值得注意的现象。相对于前两个十年叙事诗与史诗相混淆的创作与研究状况，40年代新诗的"史诗"特征更加明显，抗战也更容易让诗人们有创作史诗的冲动，长篇叙事诗如雨后春笋一般开始出现。而在理论上，除了"民族革命的叙事诗"这一追求外，朱自清、穆旦等人的诗论，艾青、穆旦、唐湜等人的创作，都体现了对

---

① 穆旦：《他死在第二次》，载李方编《穆旦诗文集》（二），人民文学出版社2005年版，第48—52页。

叙事诗与史诗相区别的特质的重视。

实际上我们可以从以下几个角度去理解什么是 "现代史诗"。其一就是朱自清提出的 "现代史诗"，如孙大雨、杜运燮、常任侠等人的创作，与新中国的建立有关，题材可能是建筑、制度，诗人的角色可以用穆旦所谓 "健壮的歌手" 去形容，例如袁可嘉的《上海》，书写的是现代都市给人带来的复杂生存经验，常常在戏剧性手法中指向批判现实；其二就是穆旦创作的《森林之魅》这种能够反映历史真实个人事件的记录，也具有史的意义；其三是孙毓棠的《宝马》这一类，代表了利用历史资源、化用历史典故的史诗创作，这是沿着闻一多、朱湘的实验继续往前走的，他们在利用历史记忆的同时，也没有忘记现代诗的现代性特征。而其后唐湜的创作和批评，实际上可以说是二者的综合。

《宝马》是在朱湘 "史事诗" 基础上的进一步发展，采用古题材写作历史长诗的 "现代史诗" 类型，这一类型的史诗显然更加重视传统题材与资源的运用。而 20 世纪三四十年代批评家们对《宝马》的解读，实际上对 "现代史诗" 这个概念的应用起到了重要的作用。评价过《宝马》的冯沅君、陆耀东等学者都写过新诗史①，他们对《宝马》的认识会在一定程度上渗透到所著新诗史的整体考量之中。

以陆耀东先生的研究为例，他在研究了 20 世纪 40 年代接近 40 部长篇叙事诗之后，曾提出了一点遗憾。② 陆耀东从作品分析入手，得出了 40 年代叙事长诗中没有史诗的结论。这个结论其实也来源于对 30 年代新诗的观察，他从孙毓棠《宝马》一诗中看出了史诗写作的可能性，但在 40

---

① 冯沅君和陆侃如合写了《中国诗史》，陆耀东写了《中国新诗史》。

② "对四十年代长篇叙事诗，我还感到有一点遗憾，就是没有发现真正可以称之为史诗的作品。三十年代的叙事诗，有人曾说，孙毓棠的《宝马》是 '史诗'；朱自清称许孙大雨的《纽约城》、杜运燮的《滇缅公路》"可当 '现代史诗' 的一个雏形看"。如果我们将现代史诗定几条规范的话，例如表现重大事件，塑造现代英雄，笔墨大开大阖，既有宏大场面的展示，也有生动细节的精雕细刻等等，那么，我认为上述三十年代的几首诗如《火把》《古树的花朵》《奴隶王国的来客》《伊兰布伦》《王贵与李香香》等都有史诗的成分，但还不足以成为史诗。" 陆耀东：《四十年代长篇叙事诗初探》，《文学评论》1995 年第 6 期。

年代却并没有发现一部能够继承《宝马》优点同时又能补其缺陷的史诗，这是"一点遗憾"的来源。在陆耀东所著《中国新诗史》中，孙毓棠的《宝马》是单独作为一节出现在 30 年代（1927—1937）新诗中的，足以说明他对《宝马》的重视，但从他对《宝马》的分析中也可以发现一些问题，例如：

> 　　关于史诗，自然不限于这三个条件，至少还应有对英雄性格的刻绘。这恰恰是《宝马》的软肋。对李广利，刻绘的深度和个性化的表现，从心理活动、言语和行动，较为一般化。这也是我未大胆肯定它是一首前所未有的史诗的主要原因。但在中国新诗史上，它是一首最具有史诗特质的长诗。①

　　因为人物刻画上的不完整，《宝马》未被陆耀东承认为一首完美的史诗，这一点当然毋庸置疑，但问题在于他心目中的"史诗"标准是什么？20 世纪 40 年代的 40 多部叙事长诗，没有一部"足以称为史诗"，原因有二，一方面在于史诗型长篇叙事诗本身的不够成熟，另外就是陆耀东的评判标准实际上仍然更多的是传统的史诗标准。孙大雨的《纽约城》仅十五行，为什么会被朱自清称为"现代史诗的雏形"呢？其原因就在于"现代史诗"并非传统史诗，在人物刻画上的重点已经发生了转移。陆耀东心目中较为完美的史诗至少包括以下要素：（1）表现重大事件；（2）塑造现代英雄；（3）笔墨大开大阖；（4）宏大场面的展示；（5）生动细节的精雕细刻；（6）英雄性格的深度刻画。而 20 世纪三四十年代的长诗，均只能满足其中的几条，具有"史诗的成分""史诗的特质"，但无法直接称之为史诗。

---

　　① 陆耀东：《〈新月〉（后期）诗人群——孙毓棠等人的诗》，载《中国新诗史（1916—1949）》第 2 卷，长江文艺出版社 2009 年版，第 104 页。

后来的评论家和文学史家们，似乎很少有专门探讨史诗问题的热情，① 就算是重视《宝马》的陆耀东先生，也无法在历史长河中寻出几个后继者。究其原因，他们心目中的史诗概念并未沿着朱自清在《诗与建国》中的"现代史诗"进行深入。这里并不是说《宝马》一诗就是无可挑剔的"现代史诗"模范，而是在正视其缺陷的同时，更应该对其中的新质进行辨认。早期研究过《宝马》的一批学者，大部分都对此有清晰的认识。从他们的描述来看，他们对《宝马》能够在文学史上取得的地位是抱有充分期待的。

　　冯沅君是最早对《宝马》做出回应和评价的人，她在文章中开宗明义："《宝马》确是首新诗中少见的佳作。这可以说是史诗，虽然篇幅还不够长。"② 冯沅君根据三个标准来定义"史诗"："精博的史料""丰富的想象""雄厚的气魄"，如果仅有史料，便会有"堆砌之忌"，这三点必须综合，"本这三点来读《宝马》，我们当可承认作者是适于作史诗的"。尽管在"史料"上冯沅君找出了一些诗与史相出入的地方，但她也承认"史诗终不是史，每个作者又都有他的特殊的遣词造句"。③ 萧乾和冯沅君的评论使得当时的风向一致以"史诗"来称谓《宝马》，时人的评论也多从这个角度进行切入，但在论述深度上能出冯沅君之右的文章很少。戴碧湘称《宝马》"给中国的史诗塑了个雏形"④，堵述初也称《宝马》在技巧上是成功的，而且把握住了时代的精神，但二人都并未能对《宝马》的性质有清晰的界定。

　　相对于冯沅君认定《宝马》是一首史诗的说法，1975 年写作评论文章的何超、萧艾等都并未承认《宝马》是一首史诗，而更认可这是一部

---

　　① 　例如黄涛在《中国民间文学概论》中言："用韵文形式记叙一个民族命运有着决定性影响的重大历史事件以及歌颂具有光荣业绩的民族英雄的规模宏大的风格庄严的古老文学体裁"，也仍然是在传统意义上辨认史诗。黄涛：《中国民间文学概论》，中国人民大学出版社 2004 年版，第 320 页。
　　② 　冯沅君：《读〈宝马〉》，《大公报·文艺》（天津、上海）1937 年 5 月 16 日。
　　③ 　冯沅君：《读〈宝马〉》，《大公报·文艺》（天津、上海）1937 年 5 月 16 日。
　　④ 　戴碧湘：《评宝马》，《金箭》第 1 卷第 2 期，1937 年。

现代新诗历史中优秀的叙事诗。① 对诗中"史实"的运用他们也有不一样的看法，冯沅君更认同史诗中的细节应该与史实相一致，因此找出了《宝马》中与史诗不一致的诸多地方，而萧艾则反而认为《宝马》"过于依赖史实"了，"其实写叙事诗，不同于写历史，大可以将史实增减，来加强诗的戏剧性，甚至迎配作者的观点也可以"。② 萧艾认为汉兵攻破大宛贵山城外，围困中城时，大宛内部群臣谋杀大宛王一节可以写得更有戏剧性，而这一节是史实中没有的。总而言之，萧艾认为孙毓棠因为过于"依赖"史实，导致没能写出更有戏剧性的场景。

而现实情况并非如此，且不论行军场景几乎是靠诗人的想象写出，单就创造人物和场景来说，孙毓棠也在原有的史实基础上增添了不少内容，如大宛将军煎靡夜袭汉军一节在原本的史实中是没有的。笔者认为群臣谋杀宛王之所以在诗中非常简略，是考虑到全篇的谋篇布局，如果处处都是枝节，那么读者读起来或许会有不堪重负之感，有详有略，就像连绵的山脉一样，有高有低，才会在整个叙事节奏上游刃有余。

综合来看，萧艾与冯沅君相反的观念其实源于对他们史诗写作不一样的认识。冯沅君提出的三条标准："精博的史料""丰富的想象""雄厚的气魄"，萧艾在此三点的顺序上有不一样的看法，其前后顺序可以概括为"过人的魄力""适合的语言""出世的幻想""历史的诠释"，③ 这与冯沅君的观念在顺序和重心上是不一样的。这也导致了二人对《宝马》的性质与其在新诗史上的定位有所区别。之所以有评论家或诗人充分肯定《宝马》是一首"史诗"，有的却又持保守意见，认为《宝马》只能算是一首历史叙事诗，源于一直以来中国传统诗歌中"无史诗"作品，进而没有相关阐释，以及新文化运动之后"史诗"创作也一度缺乏的

---

① 例如萧艾认为："《宝马》可以说是这类叙事诗的尝试。以我立的标准来看，它不很成功，但如果我们的要求不很高，这却是一篇可喜的诗。"萧艾：《诗评漫笔——浅评〈宝马〉》，《诗风》1975 年第 32 期。

② 萧艾：《诗评漫笔——浅评〈宝马〉》，《诗风》1975 年第 32 期。

③ 萧艾：《诗评漫笔——浅评〈宝马〉》，《诗风》1975 年第 32 期。

现状。

闻一多、朱湘、孙毓棠等人意识到了这一问题，在创作与理论上进行了多番阐释，虽并未深入，但也给我们留下了丰富的启示。例如如何使叙事性诗句更富有"诗性"的问题等，都是值得探讨的。直到新时期之后的现代史诗创作，也仍然能够回到《宝马》等作品再次进行讨论。"由于对传统文化的过分迷恋，就多数'现代史诗'而言，身体的隐喻化成为一种具有整体感的运思方式，在赋予那些作品以恢弘气势的同时，又未免造成了某种局限——其玄远、空阔的结构淹没了身体应有的现代意识。"[1] 现代史诗的宏大结构是否能够与身体所本应具有的现代意识完美结合，这是值得思考的问题。

唐湜受孙毓棠的影响很明显，晚年，他回忆起"1936年左右（应该是1937年，作者记忆有误）我在《大公报·文艺》上第一次读到孙毓棠先生的《宝马》，那气势磅礴的诗行叫我十分激动，近再读诗集《宝马》，更惊异于诗人的历史家的冷静、深沉，觉这个诗篇该是新月派诗作中璀璨的冠冕"[2]。并写了一首诗来表达自己阅读后的心情：

当我还是个十八岁的少年，
我曾跟诗人笔下的汉将军，
去幻想里瀚海的沙原上行边，
大宛国的汗血天马能逗引
大汉朝廷上天子的雄心，
更激扬着我年少时的豪情！

这忽儿又凝望这诗的长虹，

---

① 张桃洲：《轻盈与涩重——新诗的身体叙写》，《新诗评论》第一辑，北京大学出版社2005年版。

② 唐湜：《天马行——重读孙毓棠〈宝马〉》，《诗风》1984年第115期。

诗人呵，你雄浑有力的笔
可叫我见到：萧萧风尘中，
雄伟的玉门关兀立于浩渺里。
祁连山顶儿上有冷月凄迷，
春风，送来了一声声羌笛！

我像是随着动地的鼙鼓声，
穿过春深的焉支山、居延河，
入河上汉壁，直插到乌垒城；
呵，离交河可一步步远了，
渺渺的黑水在荒漠里直呜咽，
那混沌的苍莽是流沙死海，
有多少人马给风暴吞灭，
可一片火焰仍卷入了轮台！

十几里鼙鼓声暴雨样急骤，
呵，那贵山城凄厉的奔突，
匝地的烟尘直扑上城楼，
掷下了大宛名将的头颅！
为了汉天子的冲冠一怒，
十万征人就不能还乡土，
诗人呵，你拿凄凉的悲笳
叫长安的宫阙蒙上了尘沙！

在《宝马》刚出世时，唐湜还是一个十八岁的少年，刚刚开始诗艺的练习。1937 年，唐湜在宁波中学校刊《宁中学生》上发表了长诗《普式庚颂》，而几年后写作的抒情长诗《英雄的草原》（上海星群出版社

1948 年 5 月出版）似乎更能代表"激扬着我年少时的豪情"之后创作欲望的抒发，被袁可嘉在《九叶集·序》中评价是"一个天真的理想主义的寓言，有着宏大的气象与浪漫蒂克的想象"①。与《宝马》不一样的是，《英雄的草原》开篇就以第一人称进行叙述，语言活泼灵动，充满丰富的想象：

　　我，解放了的自由之子
　　从阴暗的地狱
　　走向自由的旷野

　　虽然二者在诗的取材上完全不同，但唐湜在描写草原物象时的手法以及在诗的架构上明显受到了《宝马》的影响。从历史中取材，现代诗的表现手法，如何描绘战争，如何刻画人物，尤其在语言方面，屠岸认为"唐湜的诗歌语言胜任于表达豪迈，也胜任于描述缠绵。它可以媲美于冯至的《帷幔》《蚕马》，也直追闻一多的《剑匣》，孙毓棠的《宝马》"②。唐湜日后的创作产量十分丰富，尤其是诸多"历史小悲剧"的写作，形成了较为鲜明的创作风格。在批评方面，唐湜通过孙毓棠的创作所得到的认知，其实容纳进了他对于现代诗艺的思考之中。在评价唐祈的《时间与旗》时，他认为"可这也不失是一首多角度多层次地反映当时上海市民生活的现实史诗，是诗人的诗艺向现代化迈进的第一个巨大步伐"③，评价艾青从深沉的悲剧诗走向史诗的巅峰，这些都是其史诗思想的体现。唐湜是一个有自觉意识的评论家，对穆旦、辛迪、郑敏的

　　① 袁可嘉：《九叶集·序》，载辛迪、陈敬容、杜运燮、杭约赫、郑敏、唐祈、唐湜、袁可嘉、穆旦《九叶集 四十年代九人诗选》，江苏人民出版社 1981 年版，第 14 页。
　　② 屠岸：《诗坛圣火的点燃者·代序》，载唐湜《唐湜诗卷·上》，人民文学出版社 2003 年版，第 10 页。
　　③ 唐湜：《九叶在闪光》，载《九叶诗人：中国新诗的中兴》，上海教育出版社 2003 年版，第 34 页。

评论对奠定他们的文学史地位起到了至关重要的作用，而他对《宝马》的喜爱，将《宝马》誉为"新诗中迄今为止艺术成最高的史诗型叙事长诗"①，也在他对众多诗人的评论中显得尤其特别。我们可以认为，孙毓棠的史诗创作理想在唐湜这里得到了一定程度的发挥与继承，但由于时代的发展，"现代史诗"最终只作为一股"暗流"存在于新诗历史中。

———————

① 唐湜：《关于中国现代文学史的一些看法与设想》，《中国现代文学研究丛刊》1989 年第 3 期。

第五章　诗与史学的对话：孙毓棠在
创作与研究上的"诗史互渗"

　　孙毓棠这一辈学人所处的时代夹杂着民族解放与革命战争，写作与研究都渗透了强烈的现实感受，其研究对象的选择、研究路径的寻求都与整个民族的艰辛岁月有关。在救亡图存的历史语境中，孙毓棠以史学为专业，同时在诗歌创作上独树一帜。如何认识历史与现实、历史与诗的关系，是他一以贯之的思考核心。可以发现的是，几乎弥漫在孙毓棠所有诗作中的，是一种想要逃脱一切人事、避开所有纠纷、到一个没人打扰的地方安静思索然而不可实现的悲伤，甚至呐喊出"不要干涉我思想的流泉"（《安闲》）），宁愿逝世后"永葬在这荒山路旁"（《小径》），这是他"真实的自己"，是在疲惫的战争生活和潦倒起伏的人生历程中用诗歌表达出的咏叹调。因此，如同很多身处 20 世纪三四十年代的青年一样，他在学术研究中放置了探求社会变革道路的期冀，同时又在诗歌创作中"蕴含了一个真实的自己"。孙毓棠的特殊性在于他处在历史、文学、戏剧、研究之间的"横跨"姿势，及其为诗歌创作带来的特殊经验。本章重点揭示孙毓棠处在历史与诗之间的创作、文坛交游、个人心境，这是一种"之间"的状态，并厘清孙毓棠自身的历史文化资源是如何渗透到他创作的文本之中的，试图由此阐述诗歌与史学的关系特征。孙毓棠多年浸淫戏曲表演，是他在历史学家、新诗人之外的另一重身份，这对他的新诗创作与诗学观念都产生了重要影响。

第一节　历史诗学的可能性：语言作为 "讲述" 的工具

19世纪流行的历史研究方法是历史学的科学化，如法国历史学家伊曼纽埃尔·勒鲁瓦·拉迪里在《历史学家的思想和方法》一书中强调了历史研究中"科学化"的重要性，数学的计量方法被运用到历史研究中，利用数学领域的计量方法来实证历史，这被他称为历史学的"一场革命"，他甚至认为非此就不能视为真正的历史研究。① 然而在中国以往的历史进程中，"工诗能文""知人论世"还是研究历史的必备素质，在学科划分越来越细致的情形下，尤其是自清代朴学以来，注重考证的、追求科学的研究方法的研究者也逐渐占据了主流。

结构主义兴起之后，以海登·怀特为代表的新历史主义学者们却对这种研究方法产生了质疑。的确，数学模型能够将一些难以用文字或者必须用复杂的文字才能叙述清楚的东西简洁明了地展示出来，而且数据所代表的客观和严谨似乎与历史事实本身的客观逻辑相对应。但随着后现代主义哲学思潮的兴起，历史学领域受到了冲击，最为典型的就是这种看起来客观的研究方法引起了怀疑。在雅克·德里达提出语言是独立符号体系的观念之后，历史学研究的"客观性"更受到了极大挑战。历史事实的表述因为受到语言的限制而非完全的事实、是经历史学家"加工"过了的看法被越来越多的人所接受。因此，历史的科学化与文学化的矛盾便凸显了出来。

在历史学研究中，孙毓棠持综合的观念，他认为考证是最科学的方

① ［法］伊曼纽埃尔·勒鲁瓦·拉迪里：《历史学家的思想和方法》，杨豫等译，上海人民出版社2002年版。

法，但却是藏在抽屉里的工作，只相当于一篇文章里的脚注，因此他治史从不满足于现有的史料，《中国近代工业史资料》一书中就征引了300多种中外档案、报刊、私人著述，资料来源的多样性必然使他的历史研究更为丰满。同时，无论是在中国经济史还是断代史的研究中，孙毓棠都强调"历史感"的重要性。这个"历史感"是一种将研究置于时间与空间的纵横联系中，同时又从社会、经济、文化等多个角度进行"跨界"研究的历史研究方法，是一种"综合"的研究态度："历史至今尚巍然有其存在之价值者，拳有余他是集合了各种社会科学，对以往人类的活动作一种综合的研究，而加以一种历史进化的眼光和看法。"①

新历史主义代表人物海登·怀特（Hayden White）曾提出"历史诗学"（The Poetics of History），其核心思想与孙毓棠对待历史与文学的态度不谋而合。怀特认为，历史著作的编纂是一个诗性建构的过程，其原因在于语言的虚构性、作者的主观意图、故事本身的多元化以及历史意识的深层比喻模式都使历史是一种诗性构筑。怀特的史学思想资源来自于从维柯到诺斯罗普·弗莱、佩雷尔曼、福柯、格雷马斯等现代话语分析学家。在《元史学：十九世纪欧洲的历史想象》一书中，他将历史意识的深层结构认定为是"诗性"的，"诗性结构"的观点当然较之孙毓棠更进了一步，孙毓棠强调了诗（或者说文学）在历史研究中的重要性，这仍然是一种外部的、分离的思想，而怀特将诗与历史结合起来，变成了一个你中有我、我中有你的不可分割的整体。孙毓棠则在确认了"科学的历史"不存在之后，试图从文学中获得新的历史资源，充分强调了历史学者的文学素养。简单来说，怀特使用强行粘剂将历史与诗结合在一起，而孙毓棠仍然注意到了二者的区别。如果不考虑这种深层次上的差异，那么用怀特的思想来阐释孙毓棠的历史观是非常合适的，他们都注重"诗"给历史带来的想象力和新的体验。

---

① 孙毓棠：《历史与文学》，《国文月刊》第1卷第7期，1941年。

可以注意到，在历史与诗二者的关系问题上，无论是怀特立足于历史语言的阐释，还是帕斯紧靠诗的语言的辨析，都离不开对语言本身的认知。"语言"具有二重性，也就是语言作为"讲述"的工具，同时又有"建构"的能力。语言自身的特性（比喻、修辞等）使得历史与诗在使用这一工具时自然带上了它本身的工具属性，这是历史与诗在根本上最为相通的地方。

历史研究领域讲求"科学"，是因为作为事实存在的历史似乎是"客观"的，然而，有效的历史阐述不一定单靠技术性语言就能达到。孙毓棠认为："历史的内容虽然勉强求其接近科学，但述叙的方法却仍然是一种艺术。"① 怀特也曾分析过泰勒论德国的陈述性文字，并认为其中的深层结构具有隐含的比喻意义，"语言的运用也能够在它所描写的显在的字面意义层面之下投射出某种隐含的辅助意义，这种语言的结构过程本质上是诗性的"②。历史阐释的多样性和相对性，编撰者或研究者自身的审美、认识、道德、预设都参与了这个建构的过程。我们以孙毓棠自己的历史研究为例，可以通过修辞分析发现其中隐含的诗性结构。

在《汉代的农民》一文中，孙毓棠征引《汉书·食货志》中李悝的话来说明汉代小自耕农的生活费用，又引用晁错的话展示出汉代农民终年劳碌、艰苦奋斗的生活状态。为什么用这种个人的言语而不是数据材料来说明同样的问题，是因为当事人所说的话更能够将读者拉回到具体的历史语境中去。在孙毓棠研究汉代的一系列文章中，引用材料除了《汉书》《后汉书》《文献通考》《史记》等，还有各种传记（如《王嘉传》《毋将隆传》）、个人著述（如《玉堂嘉话》）、杂记（如《西京杂记》）、文学作品（如司马相如《上林赋》），甚至《山海经》也时有引用。

---

① 孙毓棠：《历史与文学》，《国文月刊》第 1 卷第 7 期，1941 年。
② 王霞：《在诗与历史之间：海登·怀特历史诗学理论研究》，中国社会科学出版社 2014 年版，第 61 页。

再如在论述汉代的交通时，描述蜀郡太守何君开阁道时的情形，孙毓棠首先引用了洪适《隶释》四中的一段：

> 蜀郡太守平陵何君遣掾临邛舒鲔，将徒治道，造尊楗阁，衰五十五丈，用功一千百九十八日。建武中元二年六月就道。史任云陈春主。①

这是《何君阁道碑》上的一段铭文，记载于洪适所著的《隶释》，孙毓棠在此处将其作为材料引入，作为汉代交通情况的一段例证。但材料之后作者的阐释却带上了强烈的个人感受：

> 修路在河淮平原地带比较简单，普通只是土路，不用石块铺砌，故车行有轨；只淫雨时相当泥泞，行旅若逢久雨难行，便只好等待天晴。

这一小段叙述加入了作者的主观体验，生动地展示出了下大雨时走在土路上的无奈感受。此处并不是凭空想象出来的，而是根据蔡邕《蔡郎中集外记·述行赋》中的记载合理推理而来：

> 余有行于京洛兮，达淫雨之时，途遭其蹇连兮，潦汙滞而为灾，……路阻败而无轨兮，堑汙溺而难遵，……淹留以候霁兮，感忧心之殷殷。

孙毓棠摘录的部分展示出连续下雨时的泥泞难行，以及行旅之人忧心忡忡的心情。像这种史料（洪适《隶释》）与作品（《蔡郎中集外记·

---

① 孙毓棠：《汉代的交通》，《中国古代社会经济论丛》第一辑，云南全省经济委员会，1943 年。

述行赋》）互相对照的阐释方法，在历史研究中形成了一种互文效应，能够有效地向读者说明汉代的交通情况。更重要的是，其中带上了强烈的"历史体验感"，我们可以说这是历史叙事中的诗性色彩。更重要的则是，在大部分似乎带主动语气的行文中，其实也时常渗透了研究者自身的诗性感受。

孙毓棠在进行历史研究时，除了讲究史料的充足，也时时加入一些能够体现出个人感受的历史或文学材料，这些材料穿插其中，会在整体上形成一种使读者与遥远的过去对话的氛围，在严谨的史料考证之外，带来了更为丰富的历史肌理。但这种材料的引用，或者说带有诗性色彩的叙述又是否会降低历史事实本身的"真实"性呢？这就要看孙毓棠怎么理解历史的"真实"。①

戴望舒在《望舒草》"零札十四"中说诗歌是"由真实经过想像而出来的，不单是真实，亦不单是想像"。② 这其实也可以用来解释历史研究在客观与虚构之间的关系。反对海登·怀特的人，认为他极端强化了语言在历史建构中的作用，摧毁了事实与虚构之间的差别。但在不否认历史研究的科学性特征的前提下，我们也不得不承认这种"不单是真实，亦不单是想像"的事实存在及其合理性。杜衡在评戴望舒的诗时说，"他这样谨慎着把他底诗作里的'真实'巧妙地隐藏在'想像'底屏障里"，这里何尝不可换言之，所谓"历史"，便是将"想象"巧妙地隐藏在了"真实"之中。

---

① "我们知道历史学到今天还不能成为一种纯粹的科学，原因不在方法而在材料。历史学与自然科学最大的不同处，即后者研究的对象是宇宙自然，可供为研究的材料取之不尽用之不竭。反之，前者研究的对象是已往人类的活动，材料全凭前代遗留的记录。这些记录本身已不完全，不确实，再加以兵火浩劫，这些记录能流传者更不过十之一二。从科学的立场上讲，不完备的材料得不到科学的真果。历史学就因为材料的不完备，所得的结果还不能称为科学的绝对的'真实'。当然，历史家的目的仍在努力求得此科学的'真实'，所以态度与方法仍然要取科学的态度与方法。但我们要承认，我们不能说一切运用科学方法所得来的知识皆是科学的真理。方法尽管相同，但因对象与材料的不同，其所得之结果亦应有别。运用科学方法所得到的结果，虽不能说即是'真实'，但其去'真实'总不会距离太远。所以我们可以说，用科学方法研究历史，所得到的至少是'大概如此'的实在的知识。"孙毓棠：《历史与文学》，《国文月刊》第 1 卷第 7 期，1941 年。

② 戴望舒：《望舒草》，现代书局 1933 年版。

竹内好写于 1952 年的一篇文章对历史学家提出了三个要求，其中，"用简明易懂的行文做出正确的表述"，以及"不要把历史的法则作为不证自明的东西、作为给定的前提，而要不断地对此加以怀疑；否则无法打动民众的感情心理"①，证明了他对历史研究中"感情心理"的重视，也即对历史学家洞察人性、语言表述上贴近民众的重视。孙毓棠注重档案等各种记录性的史料，而且特别从私人日记、文学作品、报纸等搜寻有用的材料，将读者带回到一个相对真实的历史场景，让材料之间形成丰富的对话关系，我们可以称其为"诗史互渗"式的研究方法，为历史研究本身注入了现代思想和鲜活的力量，也使得"诗"与"史"在更深层次的意义上互相融合，臻于更为理想的研究效果。

第二节 诗的想象结构："重新创造过去"及其局限性

孙毓棠幼时接受传统私塾教育，具有扎实的古文学基础，青年时期接受新式教育，又令他具备了国际化视野。然而将文学素养作为一种要求实践到自身专业研究中，必须具有非常自觉的审美意识。年轻时的诗人身份，长期的精心钻研，无疑使他比一般只在文学领域"敲敲边鼓"随之放弃的人更重视文学。如果说海登·怀特是以"历史想象的深层结构"为核心去研究历史，那么孙毓棠在作为一名诗人的时候，其"诗的深层想象结构"也与历史紧密相关。进入大学阶段后，历史就成为了孙毓棠写作的精神来源，这个始终作为背景存在的"场"，构成了孙毓棠之后在认识事物和思考时的方式，包括某种习惯、定式，也影响了他在诗歌写作上的音调、语气。

---

① ［日］竹内好：《给年轻朋友们——对历史学家的要求》，载《近代的超克》，孙歌编，李冬木、赵京华、孙歌译，生活·读书·新知三联书店 2005 年版，第 342 页。

诗歌写作相对于历史研究来说，是更为私人的事情，孙毓棠如此坦白："文学创作的目的，与其冠冕堂皇地说是为人，不如老老实实承认说是为己"①，满足自己艺术创造的快乐，出于一种"自迫"，有情感要发泄、有思绪要诉说。从根本意义上讲，文学创作的初始目的离不开"忧愤而著书"，而从这种本能的"自迫"到自觉地追求"艺术"，却是一个晋级的过程，很多天赋选手过早夭亡，就源于这个过程的突然中断。最终能够成功进入艺术殿堂的人，都经历了艰苦卓绝的孤独探索，这其中最为关键的或许还是在于"自觉性"。

这种自觉性在 20 世纪 40 年代得到了前所未有的凸显，随着国内诗人对西方现代诗艺更加深刻的领会，现代诗的意义也更为明晰："艺术作品的意义与作用全在它对人生经验的推广加深，及最大可能量意识活动的获致，而不再舍此以外的任何虚幻的（如艺术为艺术的学说）或具体的（如以艺术为政争工具的说法）目的服役，因此在心理分析的科学事实之下，一切来自不同方向但同样属于限制艺术活动的企图都立地粉碎"②。自我意识最大量的觉醒，促使现代诗歌的进一步发展。孙毓棠早早地认识到："为了要发泄诉说地自由如意，你必得训练自己到能够自由如意地使用这些工具，使用地美而纯熟。这就是写作的艺术。"③ 对"语言"的重视，使他摆脱了对个人心志情绪的执着，先从语言的训练开始。到一定程度之后，一个好的写作者就变成了一个优秀的鉴赏家，从写作到批评，孙毓棠都有自己独特的看法，他认为"批评的责任不在分辨作品的好坏，是非，或是给作品分分门类，列列等级。批评即是了解，即是赏识，了解并赏识作品之何以好，所以能感我至深启我蒙昧之故。严密地分析作品的好处，并且能够给人说出个所以然的道理，这才是文学批评

---

① 孙毓棠：《历史与文学》，《国文月刊》第 1 卷第 7 期，1941 年。

② 袁可嘉：《新诗现代化——新传统的寻求》，载《论新诗现代化》，生活·读书·新知三联书店 1988 年版，第 3 页。

③ 孙毓棠：《历史与文学》，《国文月刊》第 1 卷第 7 期，1941 年。

与文学研究者的主要的任务"①。当下的"批评"二字往往被污名化，回到这种"了解"和"赏识"的起点，或许能够通过重返"袪除"蒙昧，获得真纯。

通过孙毓棠自己的诗作，我们能够更加接近他内心"真实的自我"，他描述自己就像"驾着一只枯朽的木舟"在河里孤独前行的过客（《木舟》），反复吟咏"心头没有记忆，没有泪流。/只茫茫一片灰黄的雾"，虽然是航行，但没有目标，没有方向，空余一个低头"慢推着桨"的动作，我们从中读出了无尽的哀愁，以及十分消极的"拒绝"姿态："锁着心，锁着记忆和忧愁"。将往事尘封，拒绝"打开"过去，但也并没有向未来敞开心胸，就这样一个漂泊着的永恒动作停留在没有波流的河面上，像一个雕塑，模刻了青年诗人对自身形象的记忆与想象。就算是"飞"，也"不惊动一株小草，/不打扰一朵蔷薇"（《工作》），这是多么卑微的姿态，也似乎更像是一种自我情感疗愈的方式，通过无限地"缩小"自己，换取片刻的安宁与和平。

而一旦当他在历史中获取了更深厚的资源或者说"动力"时，五千年的华夏历史就变成了一个人的过去与记忆。在这个"投向"历史的动作中，他一面不断塑造自身"返回历史"的姿态，一面又时刻警惕地保持着"沉默与观看"的态度，试图在个人的精神史中"重新创造过去"（the recreation of the past）。在《记忆》这首诗中，孙毓棠描摹了这种内心的状态：

> 我当珍留这一缕，一轮，
>
> 这一朵黄金的记忆，
>
> 像云外天外一颗星光，
>
> 永映着在我的心潭心底。

---

① 孙毓棠：《历史与文学》，《国文月刊》第 1 卷第 7 期，1941 年。

让山峦会融化成无形，

海洋干涸到没有一滴水，

或是史籍一片片凋零，

古国的旧梦会丝丝枯萎。

让这些都变做茄色的幻梦，

一缕衰烟，葬后的钟声，

我不愿探问，我不愿照顾，

任人世在阴影里，模糊的

暮色中，随逝水长流。

我不怕不悔，我当珍留，

这磨不灭的一缕，一轮，

这一朵黄金的记忆，

像云外天外一颗星光，

永映着在我的心潭心底。

"黄金的记忆"不仅指诗人自身的过去，也指"史籍"所代表的往事。很明显，孙毓棠将这二者结合了起来，民族的历史也变成了个人的历史。他不断置换"黄金的记忆"前面的状语："一缕""一轮""一朵"，以此试图描摹出心中"记忆"的形状，是"一缕衰烟""一轮幻梦"，或者是"一颗星光""葬后的钟声""暮色""逝水"，这些具象的事物都是"记忆"物化之后的形状，它们最终都变成了遥远而又耀眼的东西，带着一丝不可把握的气息，但其实已在心潭扎根，随时可以"重现"。

对个人来说，历史作为"记忆"存在是最合适的，"大记忆的有效开启"①，不同于萨尔瓦多·达利在画作《记忆的永恒》中那三只绵软的钟

① 袁可嘉：《新诗现代化——新传统的寻求》，载《论新诗现代化》，生活·读书·新知三联书店 1988 年版，第 4 页。

表所代表的"颓废"的现代时间观念，历史所代表的"记忆"是如黄金般外表坚硬而内里柔软的物体。对 20 世纪初期的诗人们而言，历史与现实的胶着体验更为深刻，他们往往具有不同的历史态度。"20 世纪 30 年代卞之琳等现代派诗人有个典型的特征，那就是把一切都当成风景来看，包括历史，我站在旁边通过观看、沉思可以抽象出某种形式。在朱光潜那里，看风景还可以转换成看戏，相同之处都是我可以站在历史之外，把它看成是镜花水月，从而获得一种审美的超越，在特定的历史时期，这种象征主义、审美主义立场对于自由主义知识分子来说，有很强的吸引力。"① 孙毓棠与其他现代诗人不一样的地方在于，他站立的位置天然离历史更近，同样处在 20 世纪三四十年代的社会背景中，同样也精研现代诗歌的写作技巧、追求现代性的审美体验、不断寻找"现代诗人的自我"，这种"近"仍然会造成他们在审美方式与态度上的细微差别。但同时也就形成了问题，即如何在历史形成的某种禁锢中，通过诗歌实现自我的解放？是与历史和解，还是向历史妥协？同时，在认识历史的过程中，又如何处理自我与现实之间的关系？穆旦在诗中说，"每一清早这安静的市街/不知道痛苦它就要来临"（《裂纹》），历史的暴力就体现在这里，历史对于个人来说是缥缈空洞的，具象到每日的生活，在集体麻痹中痛苦悄然而至。

可以发现，历史在孙毓棠的诗中不单单表现为具体的历史事件或者某些人物的出现，还表现为在这种历史质素中掺杂了复杂的文化和心理因素。如在《中华》一诗中，"塞北飙风穿不透汉家铁甲，东海朝朝是眩眼的朝霞""楚疆烈士埋葬在汨罗，巴山猿泪犹依恋着太白，秦中震荡着霸王的魂魄，长风哀唱着古国的悲歌"，这些句子，一方面化用了文学典

---

① 张桃洲、孙晓娅主编：《内外之间：新诗研究的问题与方法》，社会科学文献出版社 2012 年版，第 92 页。王璞在文章中也认为："卞之琳对抗战、历史或时代是一种'道旁''看风景'的态度，最终'退回'了诗歌内部，无法在写作中体现和处理文学与历史的张力。"《论卞之琳抗战前期的旅程和文学》，《新诗评论》2009 年第 2 期。

故，同时又用历史人物展现出中华古国的精神力量。"史篇充满了汉家的灵慧，四面蕴成东亚的文明"，孙毓棠在写作这类"抗战诗"时，显然是与其他人不一样的，他有更多的历史视野，具有历史的纵深度。现在看来，《中华》一诗虽然充斥着宣言式的呐喊，但其中也并不完全是信口拈来的时代口语，尤其是在与过去的中国"触着"时，具有更加精密的考量。

再如孙毓棠对"佚名的古国"的遐思，在《吐古图王》一诗中，诗人站在全知全能的角度窥探一位老国王的内心，诗的场景设置在国王年轻时大兴土木造就的花园，经过几十年的岁月沧桑与无尽的人事之后，国王站在花园里，似乎觉得自己忘记了什么，又想不起来到底是什么。这种迷茫的状态，是一位老年人常有的状态，但也充满了诗人对时间和历史之间关系的思考。另外，揣摩一位老国王的内心，既要充分了解历史自身的发展逻辑，又要站在"个人"的角度体现出特殊性。

又如在庆贺友人结婚所作的诗中，孙毓棠展现出了作为历史学家的渊博知识：

> 我从尼尼微带给你赤晴的鹦鹉，
>
> 加太基的忘忧草，锡兰岛的珊瑚；
>
> 一群骆驼载着俄罗斯的金宝；
>
> 秘鲁的山猴儿骑着撒哈拉的鸵鸟；
>
> 水晶的大盘子盛起阿拉伯的瓜；
>
> 从叙利亚载来满船的象牙。

新鲜的地理名词与风景构成了绵密的语风，句尾的押韵处理和轻快的语调，使得名词如此繁多的诗句并没有显得繁复滞重，历史并没有成为精神上的重负，反而在极大地压缩空间和时间之后，出现了一些可爱之处。

《蝙蝠》这首诗很短，只有两段，每段四句，但却在凝练朴实中蕴含了深深的诗意与哲思：

> 深山里一座颓朽的古塔，
> 傍晚的蝙蝠绕着塔飞，
> 飞来飞去的，像是午夜里
> 梦的思绪，找不到依归。
>
> 为什么总这样盘旋，盘旋，
> 这座古塔不就算是家？
> 蝙蝠，蝙蝠，不要再思索了，
> 夕阳已经沉下了山崖。

　　这首诗让人想起《天净沙·秋思》中的意象与情绪，"枯藤老树昏鸦，小桥流水人家，古道西风瘦马。夕阳西下，断肠人在天涯"。但这里所用的意象——深山里荒废的古塔，又与"小桥流水人家"带来的流动愁思不同，更有凝重感，来源于"塔""蝙蝠"这些颇具异域特色的事物，其重量与颜色都给人带来的感官联想。包括诗人常用的一些意象，如"茫茫旷野""西风""黄沙"等，往往都与西域边疆的想象联系在一起，给新诗带来一种粗犷的美。

　　《经典》这首并不算很精妙的诗作，很直白地反映了孙毓棠在阅读古书时的心灵体验：

> 慢翻古代的经卷，
> 镌刻着万载的精英；
> 默对着性灵的山水，
> 低头向伟大的心魂。

......

> 怀抱满胸的灵慧，
> 至德和童心的真纯；
> 遗留下千花万卉，
> 流传与百代后来人。

......

　　虽然诗句本身很简洁，主要表达了诗人对历史人物的崇敬，但从中也可以看出孙毓棠并不是一味单纯地敬仰"满史籍豪杰英俊"（《流思》），而是对那些拥有"伟大心魂"的、"怀抱满胸的灵慧，/至德和童心的真纯"的历史人物尤其推崇，有选择性地择取那些在人格与性灵上至纯至善的代表，作为诗歌创作的隐形资源。同时，对历史事物的充分了解又使他拥有了独特的"语料库"，在写作时自然带上了与一般现代诗歌不一样的气质。或许也可以将历史带给他的这种灵感与资源称为"历史想象力"。从某种程度上讲，孙毓棠特殊的地方在于，相对于许多关注历史的诗人而言，他心目中的历史是由具体的事件构成的，具有相对清晰的时间线索，大多数时候并不是将一个混融的整体直接放进诗中，这就使得他在转化某些"典故"时，有着更为明晰的指向。这一方面当然使读者看到了更为具体的"历史想象力"的传达，另一方面也会形成一些局限。而我们能够从他的诗中继承到的，除了一颗独特的诗心，也在这种书写中看到了历史转化的生成能力。例如希罗多德在《历史》中曾这样写：

　　曾有四千人来自阿伯罗奔尼撒（Four thousand here from Pelops'

land)

在此与三百万敌人搏杀（Against three million once didstand）

黑格尔认为虽然这里的本来目的是向后人交代事实，但是这种语言"尝试着与日常言说区分开来"，其表达模式是诗化的。在具体的诗歌写作中，"历史想象力"的生成与语言密切相关，也与诗人自身对历史和现实的深刻体验有关，轻飘飘的想象不能容纳厚重的"历史"。在历史题材的处理上，最为典型的是长诗《宝马》的写作。我们可以注意到，《宝马》与《史记》有着紧密的联系，而《史记》也可以看做是现代意义上的传记、文史结合的典范。孙毓棠也研究传记文学，因为传记这个题材本身是横跨在历史与文学之间的特殊体裁，对于历史学家而言，传记是获取史料的一种方式，而对于文学家而言，传记的表现手法值得研磨。孙毓棠从研究两汉史到从《史记》中找寻题材进行新诗创作，再到传记文学研究，这是一条走在文史跨界或者说是文史互通上的清晰道路。在《史记》原本的史实基础上，长诗《宝马》更清晰地告诉读者士兵与将军内心的挣扎，他们面对大漠的恐惧及背水一战的勇气，这些历史学家无能为力的地方，却正是诗人大胆放手一搏的地方，那些微妙的记忆与细腻的情绪感受只能通过诗人的诗句传达出来。

《宝马》被称为"史诗"，因为它采用了诗的形式去描述一个历史事件，公元前5世纪的希腊有很多诗体历史（poetic history），内容是历史或者传说，通过祭祀、音乐、表演被展示，也可以说是诗歌体的历史叙述。但尽管荷马史诗常被认为能够反映古希腊时期的历史，但在现代意义上，它则更像神话。我们会发现，荷马史诗中讲述的故事往往具有多个层次，比如通过叙述者（或者先知）之口告诉我们此时此地之前发生的事情，以及将来可能会发生的事情，但在《宝马》中，它的故事情节相对比较单一，可以说是一个没有"过去"和"未来"的封闭的战争整体，这或许会成为其"史诗性"不足的一个方面，因此在这个体裁中就隐含了一些问题，比如历史的真实性如何在诗中得到保存，诗作为语言的艺术与历史的逻辑之间的关系。

可以发现的是，《宝马》中的人物并未有超脱其时代的历史观，李广利的"忠君"思想，汉武帝扩张宏图的愿望，大宛国王的自我享乐，似乎并没有任何"现代"思想的呈现。《宝马》的现代性是通过诗歌语言的现代性与诗人态度上的现代性体现出来的。诗人的"历史意识"则体现为"宝马"在百姓心中具有崇高地位的荒谬，在诗中具体表现为"反讽"手法的运用。除去描写"行军场景"中的现代诗歌语言技巧，《宝马》一诗最为关键的地方就在于"反讽"所透视出来的现代历史意识。这种反思是从现实出发的，例如白薇在 40 年代发表的一篇诗歌：《历史是一面镜子》，其中写道"中国是一个大国，/历史上声名赫赫，/那时有的是英雄，/造出无限光荣""后来不肖的子孙，苟安不振奋"①，也如孙毓棠的写作初衷一样，试图唤起读者的历史荣誉感，但这种直白的劝说，肯定产生不了显著的效果。相反，将悲剧呈现在读者面前，运用反讽等多种艺术手法，才能直抵内心深处真正地引发反思。

而在对现实题材的处理上，孙毓棠在诗中描写过卖茶的茶农、卖酒的酒夫、做苦力的搬运工，无不都将其神态心理描写得活灵活现，运用戏剧手法再现了真实的底层生活场景。最为关键的是，他将远在象牙塔的诗人和学者，变成了一个与搬运工、农夫、酒保等同甘共苦的活生生的人。而像《暴风雨》之类描写自然景象的诗，也无不是在精细的观察之后，抓住其核心意象与动作来描写，诗句简洁有力。

第三节 "以艺术的手笔撰述历史"：史蕴诗心

高希曾说："如果说历史学家和小说家都在观察一条河流的走向，那

---

① 白薇：《历史是一面镜子》，《国讯》第 354 期，1943 年。

么前者是站在河岸的观察者，后者则是水中的游泳者或一条鱼——每一刻都有一百万种选择。"① 这也揭示出了历史学家与诗人的区别，似乎诗人比历史学家更能身临其境，也具备更多阐释的自由。但在区别之外，更重要的则是二者交替融合的存在状态。没有哪个诗人是完全独立于历史之外的，而就算是最"科学"的历史研究也不能忽视诗所保留的"信息"，"只要史学家继续使用基于日常经验的言说和写作，他们对于过去现象的表现以及对这些现象所做的思考就仍然会是'文学性'的，即'诗性的'和'修辞性'的，其方式完全不同于任何公认的明显是'科学的'话语"②。

　　回答什么是诗，或者什么是历史，似乎都不那么容易。奥克塔维奥·帕斯认为，"历史是丰功，是伟绩，是富于重大意义的时刻的总和"③，但"没有诗歌，也不会有历史"④。从"科学"的角度看，这似乎有点过于夸大了诗歌的功能，但给我们提供了一个理解诗与历史之间关系的角度。在 1956 年出版的《弓与琴》一书中，帕斯专门论述了诗歌与历史之间的关系问题，与帕斯一以贯之的诗歌观念一致的是，他认为诗的语言"是关于所有历史的，它是一个绝对的开始"⑤。如果拿最贴近历史的诗歌——荷马史诗来说，通常我们将它理解为"历史"，因为它是曾经发生过的事情的记录与想象，可以从中窥见人类初始阶段的社会图景，然而帕斯认为，这其实是一段"漂浮于时间之上的时间"，也就是说每当

---

①　转引自徐蕾《〈罂粟海〉：跨界的文学想象》，《读书》2020 年第 6 期。印度作家阿米塔夫·高希（Amitav Ghoah）在二十岁时获得了印度圣斯蒂芬学院历史学学士学位，之后获得了社会人类学的博士学位，但最终转向了文学创作，而他的作品中也带上了显著的历史学色彩。

②　［美］海登·怀特：《中译本前言》，载《元史学：十九世纪欧洲的历史想象》，陈新译，译林出版社 2004 年版，第 1 页。

③　［墨］奥克塔维奥·帕斯：《诗歌与历史》，载《弓与琴》，赵振江等译，北京燕山出版社 2014 年版，第 156 页。

④　［墨］奥克塔维奥·帕斯：《诗歌与历史》，载《弓与琴》，赵振江等译，北京燕山出版社 2014 年版，第 156 页。

⑤　［墨］奥克塔维奥·帕斯：《诗歌与历史》，载《弓与琴》，赵振江等译，北京燕山出版社 2014 年版，第 156 页。

它被吟诵，它才被赋予新生。① "重现""开端""永不止息"是荷马史诗所代表的"诗的语言"在历史中的特殊能力，这种"漂浮于时间之上的时间范畴"，与"瞬间"和"永久"都有着辩证关系。如果说"诗如电光一闪把独受青睐的一瞬从时间长河中切割出来"②，这是"瞬间的惊喜"，那么这一个"瞬间"的"重现"和"永不止息"就具有"开端"的意义，正是在这个含义上，帕斯得出了诗"是一个绝对的开始"的结论。孙毓棠在阐述历史与文学的关系时谈道，"那一瞬间一闪的光阴与解悟，使你似恍然又似茫然于宇宙人生及人我之间"③，这"一瞬间的启示"及"一刹那的美与真实"也就是帕斯所言"瞬间的惊喜"。

"一瞬间"本身是一个时间术语，指代某一个具体又极其短暂的时间。在诗与诗的阅读中，"一瞬间"具有两个不同的含义，一个是作为写作者的诗人，他被一瞬间的光亮照耀，因此创作了一个在语言长河中停留下来的"一瞬间"；另外就是这个固定下来的"一瞬间"在读者心灵复活的那一刻，同样也是一逝而过的，给人带来的是"解悟"与"茫然"这两种互相矛盾的感受。这里不可忽视的是诗超乎于历史时间之上的"超越性"，"这一瞬间被一道特别的光束闪过：是诗歌为其献祭"，"诗的时间是活生生的。它是被自己独一无二的特性充满的一瞬，而且永远都可以在其他时刻重演，可以再现，可以用它的光束照亮新的瞬间，新的经历"。④ "诗"不断在时间中"再现"，使其超越了历史的连贯性与

---

① "荷马向我们讲述的不是一段有案可稽的历史，严格地说，甚至不是一段过去：可以说，那是一种漂浮于时间之上的时间范畴，它总是贪婪地想留在现在。人们的口中刚刚吟出六韵步诗，这种时间就重现在我们面前，它总是处于开端，且永不停息地表达出来。历史就是诗的语言在展现自己的舞台。"［墨］奥克塔维奥·帕斯：《诗歌与历史》，载《弓与琴》，赵振江等译，北京燕山出版社 2014 年版，第 156 页。

② ［墨］奥克塔维奥·帕斯：《诗歌与历史》，载《弓与琴》，赵振江等译，北京燕山出版社 2014 年版，第 156 页。

③ ［墨］奥克塔维奥·帕斯：《诗歌与历史》，载《弓与琴》，赵振江等译，北京燕山出版社 2014 年版，第 156 页。

④ ［墨］奥克塔维奥·帕斯：《诗歌与历史》，载《弓与琴》，赵振江等译，北京燕山出版社 2014 年版，第 157 页。

逻辑性。

在另外一重意义上，诗也是历史的见证，就是孙毓棠所说："一切文学作品都是史料"，这种"见证"表现为"揭示"，按照帕斯的说法，诗"揭示了人类"①。而在"史料"意义之上的，是诗（或文学）揭示了人性，正因如此，孙毓棠认为："治史的人必须读文学，因为文学是时代精神之最重要的表现。"② 从文学中感知人类的本性，体会推动社会真正向前的根本力量。虽然"学问与生活并非同样的事情。然而，从终极结果上说来，与生活不相联系的学问根本不存在，任何学问都是从我们应该怎样生存这一追问出发的"③。正因如此，"历史研究就是文化研究，先要理解这个社会，从而了解这个社会的精神文化，从一个民族文化的成型、发展、变化、混融的过程中理解中国人的生命"④。与此同时，历史本身也是一种"揭示"，"读历史可以使我们了解人性，具有较远的眼光，保持冷静的头脑"⑤。

那么，"历史编纂学及历史学家的历史研究所呈现的诗性色彩与文学家的文学创作之间是否存在量的差异和程度的区别？"⑥ 其实关键在于，历史与诗都是体验世界的一种方式，如果只是依据档案材料与官方记录去了解过去，那么枯燥就无法避免，诗（或者文学作品）带给人的关于过去的体验是虚构的，但有时却是一种更加充满可能性的"真实"，如巴尔扎克所说，他创作的是"历史家所忽略了的那种历史"⑦。历史并不是

---

① ［墨］奥克塔维奥·帕斯：《诗歌与历史》，载《弓与琴》，赵振江等译，北京燕山出版社 2014 年版，第 159 页。
② 孙毓棠：《历史与文学》，《国文月刊》第 1 卷第 7 期，1941 年。
③ ［日］竹内好：《给年轻朋友们——对历史学家的要求》，载孙歌编《近代的超克》，李冬木、赵京华、孙歌译，生活·读书·新知三联书店 2005 年版，第 344 页。
④ 孙毓棠：《历史与文学》，《国文月刊》第 1 卷第 7 期，1941 年。
⑤ 孙毓棠：《历史与文学》，《国文月刊》第 1 卷第 7 期，1941 年。
⑥ 王霞：《在诗与历史之间：海登·怀特历史诗学理论研究》，中国社会科学出版社 2014 年版，第 74 页。
⑦ ［法］巴尔扎克：《人间喜剧·前言》，载艾珉、黄晋凯选编《巴尔扎克论文艺》，袁树仁等译，人民文学出版社 2003 年版，第 259 页。

一个个单独的客观事件，是具有统一性和整体性、连贯而有逻辑的，当历史学家将单一的事件组合成一个有逻辑的整体时，这其中必然会有诗性的渗入。海登·怀特就认为，雅各布·布克哈特"把历史叙事能够为意识带来的洞察力视作本质上与恰当地创作出来的诗歌有着相同的性质"①。

孙毓棠强调历史学家比科学家更有创作的自由，中国如司马迁、班固、欧阳修、司马光，西方如吉朋（Gibbon）、格林（Green）、马考叶（Macauley）、伯劳克（H. Belloe）、泰维林（Trevelyan）等，都是孙毓棠认为"以艺术的手笔撰述历史"的代表人物，而这些人物所构成的思想图景也正是孙毓棠的思想来源。

如孙毓棠提到过的福老德（Froude）就说，历史家得完全像个戏剧家。西方历史学家如吉本（也即孙毓棠所说的吉朋）所著的《罗马帝国衰亡史》在西方世界享誉盛名，他被海登·怀特称为"文学作家"，被G. W. 鲍尔索克称为"专心致志而又充满想象力的诗人"。对于吉本的《罗马帝国衰亡史》，G. W. 鲍尔索克认为此书"在其漫长的叙事进程中，几乎在任何节点上都是引人入胜的。它会使阅读过程充满乐趣；但是同样，正因它没有复杂的穿插交错的情节，你在任何时候都可以中止阅读而不会感觉不完整"②。不可否认的是，吉本的著作在其历史性之外，更重要的是"历史想象"，而这种想象力，不如说是诗性的，再加上"瑰丽的语言"，使得他不仅仅是一个学者，更是一个"历史学家"，这种内在的精神气质对孙毓棠产生了极大影响。

吉本"无比生动的叙事能力"显然是孙毓棠心向往之的，他说，"所谓长史之材，不仅治学严谨，眼光敏锐，评判冷静深刻，组织整饬；而

---

① ［美］海登·怀特：《元史学：十九世纪欧洲的历史想象》，陈新译，译林出版社2004年版，第356页。
② ［美］G. W. 鲍尔索克：《吉本的历史想象》，载［美］G. W. 鲍尔索克《从吉本到奥登：古典传统论集》，于海生译，华夏出版社2017年版，第4—5页。

且要文笔美丽生动，独具风格，使人爱闻其言，爱读其书"①。所谓使人"爱闻其言，爱读其书"，就需要研究者的文笔"美丽生动，独具风格"，从"生动"到"风格"的形成，并非一朝一夕可以形成。除此之外，"吉本对历史人物的个性的洞察力，以及对于他们的斗争的戏剧化展现"②，都源于其"历史想象"的能力。康斯坦丁·卡瓦菲斯给《罗马帝国衰亡史》做了详细的私人旁注，在"我是正在走向消亡的末日帝国"这一句旁边，他写道："这是一首美丽的十四行诗的主题，我说的是像法国诗人魏尔伦这样的人会创作的那种充满忧伤的十四行诗"，从历史著作中读出"诗歌"，一方面与卡瓦菲斯自己的"诗心"有关，另外就源于吉本的历史叙事方式给人带来的诗性灵感。

除吉本之外，孙毓棠提到的另外一些"以艺术的手笔撰述历史"的中外史学家们，都无不具有与吉本相似的书写方式。他们的历史著作中不仅有史实和材料，更有情感和洞察。一味要求历史著作的"科学"与"客观"，排斥著者的主观情感，本身就是不客观的主观看法。真正能够在史与文（诗）之间自由行走的学者，才能够称为一名历史学家，而孙毓棠显然并不满足于当一个乾嘉学派的后继者，他将现代历史思想融入自己的历史研究观念及方法中，使得他更接近于吉本意义上的"历史学家"，而非单纯的历史研究者。这种精神上的自觉取向，也直接影响到了他的诗学思想的形成。毋庸置疑的是，无论在历史学著作中，还是在诗歌创作中，"诗史互渗"的身影在孙毓棠身上随处可见，他将这种内在气质灌注于笔下文字，无论何种著述，都因此带上了别样的个性色彩。

---

① 孙毓棠：《历史与文学》，《国文月刊》第 1 卷第 7 期，1941 年。
② ［美］G. W. 鲍尔索克：《吉本的历史想象》，载［美］G. W. 鲍尔索克《从吉本到奥登：古典传统论集》，于海生译，华夏出版社 2017 年版，第 6—7 页。

余　论

一　"多重身份"视野下的诗、学互动

在有明确发展线索的新诗史论述中，我们会发现有的诗人在不同阶段不断出现，而有的诗人却与新诗渐行渐远。那些只出现过几次的新诗人，有相当一部分是主动离开新诗，转向了其他领域。而新诗初期的参与者们，则大多身份复杂，他们往往同时身兼数种身份：政治家、革命家、学者、编辑、报人等，我们很少能够见到一个纯粹的以创作"新诗"为主业，不从事其他行业的"纯诗人"。如研究中国古代文学的程千帆、胡适、郭沫若、俞平伯、郑振铎、郭绍虞、周作人、冯至、闻一多、林庚、朱东润等；写作小说的蹇先艾、沈从文、王统照等；进行语言学研究的陈梦家、陆志韦、王力、刘半农等；研究美学的朱光潜、宗白华等。这种状况一直持续到今天，大部分诗人都同时身处学院或文学机构，有自己的本行专业。他们不仅写新诗，关心新诗，而且在自己的研究中以诗的思维进行思考，这些在研究性文字中透露出的诗学观念，对新诗而言亦有所启示。

众所周知，现代新诗的创作一直处在某种争议之中，争议的中心往往集中于新诗相对于旧诗而言，其自身存在的根据在哪里。而诗人们的

"多重身份"或许是一个有效的解释视角。以本书研究的孙毓棠为例，卞之琳虽然"羡慕人家生前没有自陷于文学研究这一项实际上不利于文学创作的行当"①，但也承认"不同行业总也给业余文学创作多少带来了不同特色。孙毓棠要不是汉史专家，就不会写出他的《宝马》一类的代表诗作"②。其他行业背景给予新诗的影响，以及新诗对其他行业的渗透，都是新诗活力的体现。

新诗创立之初，作为新文学运动的急先锋，在很多时候是守旧派与革新派的争论工具，对大多数诗人来说，写诗不仅仅是为了抒发个人意绪，更是对自身文学主张的发言方式，③ 而之后的转行或退场，也不能看作一个自然而然的顺应时势的过程，其内里包含着新诗自身如何独立的问题。另外，这些人在不同行业领域之中的交叉与互动，为中国现代诗歌提供了一个比单纯的创作更为丰富的文学场域。沈从文在《新诗的旧账》一文中说："当时被称为文化先驱的新人，在新风气下不能不写诗"，"新文化鼓手"的功能，使得写诗成为了"赶时髦"，就连一些身处文化场域之外的人也不得不涉足。但经过时间的沉淀，"周作人、鲁迅、钱玄同、朱经农、李大钊、陈独秀、朱执信、任鸿隽、沈玄庐、沈尹默、傅斯年、罗家伦，把这些人的名字，同新诗并举，如今看来似乎有点幽默了。"这个"幽默"就在于新诗对以上这些人来说并不能算作"主业"。源于现实生活的压力，将新诗或者文学作为"职业"是不太可能的，朱光潜就认为，"文学是他们的特殊工作，有时也是他们的特殊职业，当时他们的文学却没有完全走上职业化的道路"④。在诗人或者文学作家之外，他们往往具有其他更为重要的安身立命的身份，有很多都是"学者"，而

---

① 卞之琳：《序》，载孙毓棠著、余太山编《孙毓棠诗集》，商务印书馆 2013 年版。
② 卞之琳：《序》，载孙毓棠著、余太山编《孙毓棠诗集》，商务印书馆 2013 年版。
③ 钱玄同在胡适《尝试集》出版序言（1918 年 1 月 10 日）中说："我自己是不会做诗的人……不过我也算一个主张白话文学的人"。
④ 朱光潜：《中国文坛缺乏什么》，载《朱光潜全集》第 8 卷，安徽教育出版社 1987 年版，第 474 页。

"学者的道路，一方面是一种精神追求的道路，同时也是一条实际生存的道路，二者的统一使其有了更加明显的现实性的色彩"①。

"多重身份"对诗人而言实则是一个有利条件，通过学科之间的融会贯通，诗人对世界的理解会更深一个层次。"多重身份"产生的诗学对话，对新诗自身也具有积极的作用。而新诗向外拓展的能力，也从侧面证实了新诗的生命力所在，即经由思想不断向纵深处开掘，这艰难的运思过程生成了在研究中的生命力。更重要的则是，新诗人通过"多重身份"之间产生的"对话"，使得他们在诗与世界的关系上产生新的认知和体会，构成了新诗创作内部丰富的层次。诗并不算是一种具体的知识，而是促使诗人型学者深化思想的一个方式。

值得注意的是，"多重身份"之下的新诗创作绝不是研究的注解，而是一个自足的系统，连贯起了诗人整个的生命情感与思想的会通。对很多现代作家来说，现实中并不能靠新诗养家糊口，新的美学潮流总是不断涌现出来，短短几年时间可能就会变成"三代以上的老人"。有人认为写诗是青春时期必不少的一个阶段："在大多数时候，写诗是诗人生命中的一个阶段，过了这个阶段之后，他想写也写不出来。"② 而更为重要的则是，自古以来"兴观群怨"的功能性使得诗成为了一个表达现实诉求的方式，但这是否能够通过诗歌亦或是文学来实现本身就存在疑问。事实证明，投身革命实践或许更能直接实现自身的理想。在这多重阻隔中，新诗或许并不能成为一项专门的事业，其他的"营生"手段势不可少。

何为诗人？鲁迅在《摩罗诗力说》中说："盖诗人者，撄人心者也。""惟有而未能言，诗人为之语，则握拨一弹，心弦立应，其声澈于灵府，令有情皆举其手，如睹晓日，益为之美伟强力高尚发扬，而污浊之平和，

---

① 王富仁：《闻一多诗论》，《海南师院学报》1993 年第 1 期。
② 许子东：《许子东现代文学课》，上海三联书店 2018 年版，第 198 页。

以之将破。平和之破，人道蒸也。"① 其后鲁迅在写给台静农的信中谈及韦丛芜时又说："昔之诗人，本为梦者，今谈世事，遂如狂醒；诗人原宜热中，然神驰宦海，则溺矣，立人已无可救。"②鲁迅对诗及诗人的观点具有代表性，其中关键之处在于，鲁迅不仅以诗的最高"功能"来反证何为好的诗人，而且认为像"神驰宦海"这种身份志业定会影响诗的创作，也就是他仍然要求诗人的某种"纯粹"性。

郭沫若年轻时的诗人身份与后来研究甲骨金文之间乍看起来没有什么联系，但研究时所需要的"想象力"却似乎又与"诗"存在某种隐秘关系。如在甲骨金文研究中，与出身科班的罗根泽等人相比，"半路出家"的郭沫若却具有一些他们无法比拟的优势，而这个优势又与他的诗人身份不无关系。在给宗白华的信中，郭沫若曾说："我常想天才底发展有两种 Typus：一种是直线形的发展，一种是球形的发展。"③ 而他之后的发展道路也正显示出一种"球形"的发展轨迹。在《论诗三扎》中谈及歌德时，郭沫若认为："歌德虽说不是单纯的诗人，可是包围着他全人格的那个光轮中，诗人的光彩是要占最大一部分的。"④ 在郭沫若早期思想以及志业选择中，对诗的重视反过来也促进了他自身诗学的精进。

除甲骨金文这些与诗相离甚远的研究领域，还有很多诗人做其他文学研究，如古典文学、考古学、古文字学等多维领域。但当我们将他们归到一起时却会发现，"最有成就的那些考证学者，往往在年轻时是最浪

① 鲁迅：《摩罗诗力说》，载《鲁迅全集》第 1 卷，人民文学出版社 2005 年版，第 70 页。
② 鲁迅：《致台静农》，载《鲁迅全集》第 12 卷，人民文学出版社 2005 年版，第 413 页。
③ "直线形的发展是以他一种特殊的天才为原点，深益求深，精益求精，向着一个方向渐渐展延，展到他可以展及的地方为止：如像纯粹的哲学家，纯粹的科学家，纯粹的教育家，艺术家，文学家……都归此类。球形的发展是将他所具有的一切的天才，同时向四方八面，立体地发展了去。这类的人我只找到两个：一个便是我国底孔子，一个便是德国底歌德。"宗白华：《三叶集》，载林同华主编《宗白华全集》第 1 卷，安徽教育出版社 2008 年版，第 220 页。
④ 郭沫若：《郭沫若致宗白华》，载《郭沫若全集》文学编第十五卷，人民文学出版社 1990 年版，第 19 页。

漫的诗人"①，诗人与后来的成就之间似乎具有紧密的联系。朱自清在评论闻一多《唐诗杂论》的语言风格时曾说，"以上这些都得靠学力，但更得靠才气，也就是想象"②。的确，从文学创作和文学研究的互动关系来看，诗人型学者为现代学术的博兴作出了杰出的贡献。"中国现代诗人兼为现代学者，或从现代诗人转变为现代学者，这成为现代文化史上一个突出的现象"，这一批现代诗人也"以诗人的特性为中国现代学术史带来了新风格和新气象"③。但从诗人到学者，这往往并不是无奈的选择，对大部分诗人型学者而言，这一转变过程具有主动性。20 世纪 20 年代初，叶圣陶在《晨报副刊》上连载长篇《文艺谈》时反复申说"真挚情感"或"诚"对于新文艺的核心价值，而如何达到这个"诚"，就涉及了与外部世界的"触着"问题，需要一系列修养与"磨炼工夫"，需要"对于人生有所触着而且深切地触着"④。可以发现，文学创作者自身向外看的迫切要求，是年轻诗人们向其他行业拓展的重要原因。

但在纷繁的历史进程中，也有一些诗人却是主动离开了新诗。周作人"《小河》曾被看作早期新诗的典范，在 20 世纪 20 年代初，作为当时最有影响力的批评家，他也为捍卫新诗的历史合法性，释放了辩护的热情。然而，在后来的文学史叙述中，周作人与新诗的关系，虽然也被屡屡提及，但很少得到正面的、深入的讨论，原因似乎是：他的文学成就以散文为主，新诗所占的比重不大，不足以构成一个多么重要的话题"⑤。与周作人类似的情况并不在少数，陈梦家作为后期新月派的代表诗人，无论在创作上，还是文学活动上，都是新诗场域内的鼓手型人物，而一

① 许子东：《许子东现代文学课》，上海三联书店 2018 年版，第 198 页。
② 朱自清：《中国学术的大损失——悼闻一多先生》，《文艺复兴》第 2 卷第 1 期，1946 年。
③ 刘殿祥：《诗与学术之间——现代诗人闻一多的古典学术研究》，中国书籍出版社 2018 年版，第 1 页。
④ 叶圣陶：《文艺谈》，《晨报副刊》1921 年 3 月 5 日—6 月 25 日。
⑤ 姜涛：《"病中的诗"及其他——周作人眼中的新诗》，载《巴枯宁的手》，北京大学出版社 2010 年版，第 161 页。

旦转向古文字与古史研究，似乎再也没有为新诗辩护的热情了。

另外更重要的则是，时代的纷乱使得诗人不再写诗，不仅无法写诗，自身已有的谋生手段都要不断更换。"自从东北四省失陷以来，我们的国家受外辱的凌逼可算是到了极点，所以有血气的人们，大都暂时放弃了纯学术研究，而去从事于实际工作，至于在学术界的人物，也渐渐转换了研究方向。"① 在战火纷飞、朝不保夕的现实条件下，无人谈诗。"无论是钱穆，还是张荫麟、陈梦家、闻一多及陈垣，他们都在抗战前后经历了从纯学问到实用之学或从旧学到新学的转变，这几乎是当时中国人文学术界的普遍现象。"② 沈祖棻回忆："此地的熟人极多，舍间也颇有'座上客常满'的气概，但是少可谈之人，尤其可以谈诗之人，千帆更是没有谈谈诗的温柔的心情。"③ 在这种时代压力下，从诗转向专业研究，或者不断更换研究方向，都是迫不得已的事情。

相对而言，闻一多的转变在决绝中又带着主动。闻一多在编选新诗时说自己"唯其曾经一度写过诗，所以现在有揽取这项工作的热心，唯其现在不再写诗了，所以有应付这工作的冷静头脑而不至于对某种诗有所偏爱或偏恶。我是在新诗之中，又在新诗之外"④。关于闻一多从诗人转变为学者的原因，不同的学者从不同的侧重点给予了不同的解释。陈爱中认为闻一多的新诗学因为其内在的矛盾性，并没有实现其理想预期，这导致了他很快就离开新诗转向了古典文学研究。尽管其中原因众多，但最主要的还是他的新诗学忽视了现代汉语的语言特性，从而对新诗做出古典诗歌样式的拯救。⑤ 那么这一点足不足以证明是闻一多转向古典学

① 童书业：《童书业历史地理论集》，中华书局2004年版，第299页。
② 王意、夏毅辉：《试谈抗战前后中国人文学术界的集体学术转型现象——以钱穆从"子学"到"通史"转型为主要事例的研究》，《文教资料》2016年第27期。
③ 沈祖棻著，张春晓编：《致孙望信之一（1938年）》，载《微波辞（外二种）》，河北教育出版社2000年版，第222页。
④ 闻一多：《致臧克家》（1943年11月25日），载《闻一多全集》第12卷，湖北人民出版社1993年版，第382页。
⑤ 陈爱中：《闻一多新诗学困境的语言学分析》，《学术交流》2010年第11期。

术研究的最重要的原因呢？刘殿祥则认为"闻一多在诗歌创作和新格律诗体式创造中既体现出鲜明的学术化特征，那么他的从诗歌到学术的文化精神路径实质上可谓轻车熟路、在内在的精神理路上更是顺理成章的发展。"① 如果将陈爱中关于闻一多转向古典文学研究原因的观点视为"矛盾结果"的话，那么刘殿祥的观点可以视为"自然结果"。"从外在的文化身份变迁，闻一多是从诗人转变为学者，学界多从现实角度分析闻一多的'转变'；而从内在的精神结构生成，闻一多是从诗歌中的学术化表现发展到在学术中体现诗歌文化，可以从文化角度看取闻一多的精神'发展'。所以，闻一多的从诗人到学者、从诗歌到学术，不完全是转变，更主要是自我精神文化的一种自然而必然的发展。"② 但不可否认的是，"闻一多在诗歌与学术的'转变'和'发展'中，无论是现实感受还是文化体验，都存在和表现出相当的'矛盾'性，这共同构成了闻一多的'整体'精神文化世界。"③ 相对于前者更加直接的原因推导，后者在闻一多精神世界"自然发展"的前提下，对其在精神和现实两方面所面临的矛盾心境的发现似乎更有深度，将闻一多的"转向"过程看成一个整体性的发展，而不是由矛盾或者创作上的失败径直导致的分裂，似乎更能够解释"转向"这一事件本身的复杂性。综合来看，诗作为一种艺术，研究作为一种学术，它们之间的区别是明显的，从诗到学术，是一种语言、表达方式、思维方式、文化、身份、学科，甚至行为模式的巨大改变。

如闻一多一样，陈梦家的"转变"也非常决绝，而这种"决绝"，似乎反映了他们个性当中的"彻底性"特征（刘殿祥语）。但是在注意到这

---

① 刘殿祥：《诗与学术之间——现代诗人闻一多的古典学术研究》，中国书籍出版社 2018 年版，第 19 页。

② 刘殿祥：《诗与学术之间——现代诗人闻一多的古典学术研究》，中国书籍出版社 2018 年版，第 19 页。

③ 刘殿祥：《诗与学术之间——现代诗人闻一多的古典学术研究》，中国书籍出版社 2018 年版，第 19—20 页。

种决绝态度的同时，也必须注意他们在几种不同的志业选择中所保持的某种一惯性，那就是对中国传统文化的寻求，要在更广阔的社会文化环境，以及个人的学术创作志业上去分析"转向"背后的原因，并进一步认识到这种"转向"对于新诗的意义。

无论是早期新文化运动发起与参与者们的"兼职"，还是中后期代表诗人们的"转向"，都可以归类到中国现代诗人"多重身份"问题这一视域之类。身份的转变代表着某种内在精神世界的改变，无论诗歌创作还是学术研究，都是一种精神劳动，都是精神层面的产物，只不过表现形式不一样。从早期的诗人到后来的学者，在这种发展中，因为"诗"这一精神底色的铺垫，使其后来的成就显得更加具有生命力。

中国现代诗人中，有一些典型的"多重身份"诗人，如陈梦家、林庚、宗白华、陆志韦等，在他们身上，非常明显地展示出了"多重身份"为其新诗创作带来的深厚影响。林庚在中国新诗与古典文学研究领域都是一个独特的存在，他是新诗人、新诗理论家，也是文学史家，在研究古典文学的过程中始终抱持新诗视野，在新诗创作与理论探索中又尝试转化古典诗歌经验，他身上兼有"诗人型学者"与"学者型诗人"两种气质。这种在创作与研究之间的互动所产生的诗学，对我们重新认识古典资源在现代诗中的意义、以及从多重维度反映新诗自身的扩展力都具有启发性。考察林庚一生在新诗领域的探索姿态，可以看出他试图从中国古典诗歌历史中呼唤出一种仍然可以行之有效的普遍法则，在"现代性转换"这一视野之下所寻求的是一种委婉、抒情的方法，在"继承"与"转换"这两个维度中，试图规避由暴力性的革命所带来的反作用而达到一种温和的过渡。以创作与研究之间的"互动"为角度辨析林庚的核心诗学理念——"语言诗化"，能够在已有研究基础上再次深入林庚构建的诗学体系，考察新诗人林庚的浪漫诗品。

而宗白华在诗与世界之间构造出的独特联系方式，乃是一种以心为镜的会通方式，他的人格底色成为艺术创作中的一种能量，而心的内外在形与质的统一中达到和谐。五四时期，宗白华作为编辑对郭沫若的赏识，不仅仅具有私人感情，也是一种文学观的体现，虽然宗白华在给郭沫若的信中说："实在告诉你，我平生对于诗词的研究简直没有做过，我从来没存过想做诗的心，对于文学诗学的见解全凭直感，不能说出实在的根据。"①但他也曾言："以前田寿昌在上海的时候，我同他说：你是由文学渐渐的入于哲学，我恐怕要从哲学渐渐的结束在文学了。"② 而他此前不仅写过《新诗略谈》，而且也在《三叶集》中表示写过诗，但从未示人。

陆志韦的新诗形式探索虽然在某种程度上成为了闻一多、徐志摩等新格律诗派的先声，但一直以来乏人问津，其语言学家的声名远大于新诗人的声名。新诗创作与理论探索究竟在陆志韦的生命历程中起到什么作用，尤其是陆志韦的语言学研究与其新诗之间的关系，也许会是一个值得关注的问题。在《渡河·自序》中，陆志韦坦言："我的作诗，不是职业，乃是极其自由的工作。""我作诗只是为己，不愿为人。"③ 陆志韦在科学与诗的辩证关系中，探讨白话诗的形式问题，这种视野是很多单纯从新诗本身去探索的人所不及的。这不单单体现为一种方法上的整体性，也体现为在辩证中廓清问题本质的优越性。陆志韦的语言学研究与其新诗创作、新诗理论构建在时间上并不是割裂的，一直处于交叉发展的进程中。他一直关注于新诗的节奏、用韵问题，一方面促进了他的语言学研究，另一方面语言学研究也给予他新的科学方法。那么陆志韦是否完全做到了二者的互为阵地，新诗是否真实地构成了陆志韦在进行语言学研究时的崭新而又充满张力的材料？新诗自身在这个过程中实际发生了什么转变，这之间的博弈关系值得追问。

---

① 宗白华：《三叶集》，载林同华主编《宗白华全集》第 1 卷，安徽教育出版社 2008 年版，第 227 页。
② 宗白华：《三叶集》，载林同华主编《宗白华全集》第 1 卷，安徽教育出版社 2008 年版，第 225 页。
③ 陆志韦：《渡河·自序》，载《渡河》，上海：亚东图书馆 1924 年版。

虽然陆志韦一开始就强调"节奏千万不可少。押韵不是可怕的罪恶",但是中间仍然经过了一个变化的过程,从强调节奏到完全以节奏为主,到认识到节奏并非是唯一的工具,这与陆志韦的白话诗实验,对时代的观察,尤其是北平语言的研究都有很大的关系。在《我的诗的躯壳》一文中他说:"写情的文必须言文一致,否则不能达到文字最高的可能。这是我从语言心理学到的很和平的主张,并不曾杂以丝毫意气。我认文言是抒情最精妙的工具。我又认最能写情的文字是与语言相离最近的文字。"① 在刊登陆志韦的《论节奏》一文时,编者就注意到他"用心理学方法研究诗的节奏文字意象诸问题。"② 所以有学者认为"陆志韦创造新诗格律时所表现的恢宏气魄与胆略,是建立在严谨的科学基础上的。他对语音学、心理学和中西诗律学的把握,使他获得一种创造性的从容气度"③。

陈梦家被称为"甲骨四老"之一,另外三位则是于省吾、唐兰、胡厚宣,他"从最现代的语言转到最古老的文字"④,从一名新诗人转向古文字研究的动机与原因,主要体现为生活经历的改变,抗战的爆发,翻译所导致的兴趣转移等。"倘使将陈梦家的诗人的一生,重置于20世纪30年代新文学的发展中,我们可以看到陈梦家从诗人向学者转型过程中的某种典型性:他试图走出新文学原生状态的内面书写,寻获与历史切实相连的新的表达方式,并最终回应现实的危机。只不过,在陈梦家这里,这个尝试被规划进了一个过于漫长的形成里,以至于终只留下攀登'枯竭的石头'的副产品。不过,在后者转而成为诗人的主业时,另一面——也许是幸好——那种新文学与生俱来的内面模式,并没有完全

① 陆志韦:《我的诗的躯壳》,载《渡河》,上海:亚东图书馆1924年版。
② 《编辑后记》,《文学杂志》第1卷第3期,1937年。
③ 丁瑞根:《陆志韦〈渡河〉与新诗形式运动》,《中国现代文学研究丛刊》1988年第1期。
④ 王世襄:《怀念梦家》,《明报月刊》(香港)1992年1月号。

失去生机，在每一个困厄的时刻，还能给他以多少的安慰。"① 也正是在这个过于长的转变历程中，新诗自身面对公共世界的能力遭受到了挫折，起码在陈梦家这里，转变的"决绝"只是一种表象，诗的力量始终作为一种精神存在。陈梦家转变的根本动机是他对想象与真实的认识发生了改变，而且他的写诗方式，即赵萝蕤提到的用感情写诗而不用思想写诗，使他面临现实与理想之间的矛盾性而无法解决。同时，周边朋友的转折，闻一多、方玮德等的影响原因也不容忽视。但陈梦家作为一名诗人型学者，在学术与其他事业上体现出的"学有天性"的特点，也正是新诗活力的注脚。

陈梦家非常强调人生的多面性，他说："以我个人的经历来说，在百忙之中还是可以做出东西来的，忙中逼出来的有时比闲中缓缓而来的还好。这原因，就是工作的加速度使我们短期中接触了许多'面'，可以加速地从中吸取一些精华。"② 像这种例证还有很多，本书选取的研究对象孙毓棠，就是典型的穿梭在历史与诗之间的新诗人。通过对孙毓棠的探索，我们发现以"多重身份"为切入点，能够成为解读现代诗人身上隐藏的新诗密码的其中一把钥匙。这个视角的独特性也为我们理解现代诗人的生命历程提供了新的视野与方法。

二　"半个文学家"的历史位置

回顾本书，笔者首先试图在"史料学"的意义上重新梳理孙毓棠参与新诗发展的一系列活动，包括其新诗创作、诗学理论构建以及与他人的诗学交往，重新发现了一位被埋没的新诗人，充分展现出了孙毓棠作为一名重要诗人的地位与价值。经由考证，发现了孙毓棠在南开时期的

---

① 付丹宁：《陈梦家诗学地图中的历史维度》，《文艺争鸣》2017 年第 4 期。
② 陈梦家：《论间空》，《人民日报·副刊》1957 年 1 月 23 日。

新笔名，以及部分集外诗文，奠定了深入研究其诗学思想的基础。但就本书的整体设想来说，这只是一个基础性的工作，更为重要的则是在此基础上探讨孙毓棠在"现代史诗"、诗歌与史学的互渗上所取得的经验。

选择孙毓棠作为研究对象，是综合考虑其自身诗歌价值与在诗学研究上引出丰富话题的可能性，以"多重身份"为切入点的考察，能够更加准确地把握孙毓棠在新诗创作上的特色。而在"现代史诗"意义上重新解读《宝马》，一方面能够对朱自清先生提出的这个概念进行探本溯源式的考察，另外也能借此契机对《宝马》的价值及其局限性进行更为深入的探讨。至于孙毓棠在诗歌创作与历史研究中所体现出的诗史互渗，则是意图以此探讨诗与史之间的关系。

就本书整体而言，虽然意图以孙毓棠为核心发散出更多的诗学话题，但对孙毓棠自身的研究也仍然是重点。在研究其诗与诗学观念的基础上，笔者试图将其放回到具体的历史情境中，考察孙毓棠作为新诗人本身的诗史价值，并探讨他为何在新诗史上被忽略的原因。经由本书第二章的论述，可以发现孙毓棠并不是一开始就具备写出复杂文本的能力，虽然他并没经过很长的练习期，但前期诗作仍然有十分强烈的浪漫主义色彩，从不自觉到自觉地靠拢新月派，走向现代主义与历史题材结合的诗风，有一个不断深化的过程。整体来看，学生时期的孙毓棠仍显现出一种成熟之前的"单纯"，对"真实"与"童真"的追求是他写作的起点，也始终作为精神底色存在。

因为兴趣的广泛，孙毓棠在西南联大时期参与的主要是戏剧活动，而非像朱自清、闻一多、李广田等人着力培养新诗创作的新生力量。当冯至写出《十四行集》等著名诗作时，孙毓棠则并无多少新作问世。应该说，正当以《文聚》为核心的西南联大青年诗人们大放异彩的时候，孙毓棠的诗心便已开始消歇了。虽然在这之后还不断零星有作品问世，也有相关谈论诗歌的文章，但他关注的焦点仍在于新诗与旧诗的关系这些"老话题"上面，以至于现代派新诗的大批出现，以艾略特、奥登、燕卜逊为代表的西方现代主义诗歌的流行，这些深入到青年诗人的内心而成为新的诗学资源，似乎都没有唤起孙毓棠再度参与新诗创作的热情。

从文学史的角度看，孙毓棠被一些重要的文学史著作所忽视，也被另外一些文学史著作所重视。虽然我们认为孙毓棠在流派中往往处于边缘化地带，具有流动性，但并不是完全否认他与一些 20 世纪三四十年代重要诗学流派的联系。孙毓棠与朱湘和闻一多的关系无疑是我们认识新月派后期叙事诗探索的一个新角度。本书在第四章第二节详细探讨了孙毓棠与朱湘、闻一多在诗学观念上的继承与超越关系，他们的创作实践与诗学观念显示出了这一派诗人对"史诗"审美理想的追求。

一般认为，作为孙毓棠最重要的新诗作品，《宝马》是奠定其历史地位的关键。《宝马》在现代叙事长诗上的探索是绝无仅有的，这是其最重要的价值所在，有学者甚至认为，在当时的新诗创作中，"论阳刚之美，似乎无人能出孙毓棠之右"。但《宝马》的缺陷也是显而易见的，作为史诗，如果一味依赖史实，就会丧失想象空间，失去诗味。《宝马》的故事情节相对比较单一，在这个体裁中也隐含了一些问题，比如历史的真实性如何在诗中得到保存，诗作为语言的艺术与历史逻辑之间的关系等。另外，《宝马》中的人物并未有超脱其时代的历史观。某种程度上讲，相对于许多关注历史的诗人而言，孙毓棠心目中的历史是由具体事件构成的，有相对清晰的时间线索，大多数时候他并不是将一个混融的历史整体放进诗中，这就使得他在转化某些"典故"时，有着更为明晰的指向。这一方面当然使读者看到了更为形象的"历史想象力"的传达，另一方面也会形成一些局限。

在具体的新诗创作中，孙毓棠的创作也仍然有不少缺陷。例如本书第二章所阐释的"荒原上的古庙"这种具有独创性的意象在孙毓棠整体诗作中占比不多，诗人有时为了强调一种荒凉感，某些词语或句子在诗里反复出现。如《秋暮》一诗重复多次"我循着荒街在冷雾里彷徨"，把颇为紧凑的诗意冲淡了。不断重复的"荒街"读起来也颇有冗余之感，读者并没有从这种重复中得到美的感受，反而感到疲惫。孙毓棠对"荒街"这个意象关注至深，因其符合他在孤独荒凉中思索的心境。而惯于使用"荒街"这一意象的还有诗人穆旦，吴晓东认为，"穆旦的形象，是一个沿着荒街徐徐散步，苦苦思索的形象"①。不同的是，穆旦通过"荒街上的沉思"使自己的诗呈现出"思辨色彩"，而孙毓棠的"荒街"则与诗人形象有关，并未突破表象进入更深层的诗学思索。

　　另外，在孙毓棠的诗作中，海盗、奴隶、拉夫等代表了他对底层人民的想象，而他对他们的感情又是复杂的。一方面，他们似乎是一个缺失了"个体"而存在的"群体"，这个"群体"没有善恶之分，他们出现在集体性的劳动场面中，《海盗船》中的奴隶、《城》中的拉夫、《河》中的船上百姓，没有个人的主体性，只有群体的一致性；另一方面，这个"群体"内部又蕴含着勃勃生机，其集合之后所迸发出的生命力与抗争力是非常强大的。这些人在"主体性"与"群体性"之间的界限非常模糊，赞美反抗的同时也构成了孙毓棠自身无法解决的矛盾：永恒生命到底会铸成一座理想石城，还是永远在重复运石的动作，或与暴风雨斗争却永远无法抵达彼岸？群体的塑造或许还表明了孙毓棠在某种程度上与底层人民的隔阂，所以他也试图写作《卖酒的》这类诗作来刻画某一个底层人物，但"纯诗"手法似乎也无法完成他的想象，因此采用的是戏剧对话体。

　　在诗的"大众化"这一点上，孙毓棠无力将现实与理想完美地融合在一起，诗艺的成功不能掩盖其思想上的稍显薄弱。而这并不是孙毓棠一个人的缺陷，而是现代知识分子本身在寻求现代中国建设方案上的薄弱无力的体现。另外孙毓棠对新旧诗关系的认识，虽有不少的创见，但"新诗之所以区别于旧诗，最关键的不是声律、音韵的有无，也不是白话使用与否，

---

① 吴晓东：《荒街上的沉思者——析穆旦的〈裂纹〉》，《新诗评论》2005 年第 1 辑。

而是新诗具有现代性，新诗其实是追寻现代性的产物，而名副其实应称为'现代诗'"①。在这一点上，孙毓棠的认识仍然还不够深刻。

以上是导致孙毓棠被文学史忽视的部分原因，但我们同时也必须看到孙毓棠的独特贡献，并能够吸取相关经验。总体而言，孙毓棠在新诗场域中的位置，也正如闻一多所谓的"中外"之间②，他很少热情地参与新诗讨论，也没有以旧换新的冲动与热情，更别说随波逐流地高喊口号，除了时而露出的些许义愤，大多数时候就如他的外在形象一样，清癯独立，游离淡然。我们没法想象在这样一个"文质彬彬"的外表下，是否隐藏了一颗炙热的心，历史学者的身份是否又给他戴上了不动声色的枷锁。但从他的诗中，读者能感受到某种尖锐的情绪和带着体温的执着。诗对于孙毓棠来说绝不仅仅只有消遣意义，但他在大多数时候都只称自己为"半个文学家"。"半个文学家"的自我定位，毋宁说带上了他对新诗或者文学本身的敬畏，也潜藏了他在历史本业之外对自身文学事业的认同感。1938 年写作《秋灯》，暗示了诗人在战争年代想要"缩小自己"，又想在一个安定澄明的空间里"扩张自己"的愿望，他的矛盾与愿望是 20 世纪三四十年代诗人的一个侧影。

本书试图在以上问题视阈内架构全篇，但仍然在很多方面论述不足。如何在更广泛的文学史视野中认识孙毓棠的历史价值还需要更多的讨论，希望通过本书的发现与论述，使孙毓棠研究得以重新被重视。像孙毓棠一般的现代诗人不在少数，他们短暂地出现于聚光灯下，又迅即退场，从"闯将"化身为"隐士"，最终被冷落。作为研究者，应思考的是如何从大量简单、粗暴的评论中披沙沥金，将他们还原到新文化具体发生场域中，重新认识他们的价值，打开与其灵魂进行对话的通道。

---

① 张桃洲、吴昊：《诗学论著与中国诗歌理论现代性的建构》，《华中师范大学学报》（人文社会科学版）2018 年第 4 期。

② "我是在新诗之中，又在新诗之外"。闻一多：《致臧克家》，载《闻一多书信集》，群言出版社 2014 年版，第 349 页。

附录 A　孙毓棠集外诗文补遗

心的彷徨

生命之途上，

我心彷徨了！

从过去的波中荡来，

向未来的园中驰去。

身披着破烂的麻衣，

跨着瘸足的劣马；

一颠，一颠地

奔着凸凹崎岖的路。

额下的破铃，

随着踉①跄的劣马的颠簸，

颤着哀痛的唏嘘声，

和着沾满灰尘的心灵突突。

疲乏地横卧在驹背，

一任着劣马的蹒跚跎踟。

---

① 原文为"踉"，应该是"踉"之误。

深夜里，

看不见半盏闪烁的青灯，

觅不着平坦的光明之路。

渺小羸弱的心灵，

捧着我生命的蓓蕾；

失去了保卫的经幡，

只被那风雨的蹂躏和摧残！

心烛的将熄灭啊！

生命的蓓蕾将萎靡！

长途的跋涉，

我心空虚，

那里去寻恋巾包里的金樽玉杯，

供我沉湎于爱之麹蘗？

肩头下一块腥酸的肉，

胸前刺出一团鲜红的血

聊解这片刻的饥饿，

深夜间，

看不见半盏磷火似的青灯，

看不见平坦的光明之路。

余剩的心烛，生命的蓓蕾，

一任那风雨的摧残和剥蚀；

生命之途上，

我心彷徨！

踉跄的劣马的簸颠，

撼着额下的心铃儿轻响。

心烛的将熄灭啊，

生命的蓓蕾将萎靡；

生命之途上，我心彷徨；

一任着劣马的徜徉跌宕。

1926 年 1 月 11 日

寸红轩消暑录

一、琴声

树上的槐花开了，为不知道他会开了许多时候？你看那树后淡红的轻云，衬着槐树的黄花更显新艳了啊！我想逐着那自由自在的轻云飞归故乡去！

晚风飘飘地，在为妙龄少女奏着心弦之乐；夕阳闪闪地，在为妙龄少女舞着柳似的织腰。那里来的琴声呀？丁丁冬冬的……这样的清幽，这样的抑扬！呵！这是邻院楼头上的那个女郎吧？我该还记得：那天夕阳光里的马儿背上，按 扬鞭的不是她吗？她那人影，依依的，永镌在我稚弱的心头；她那衣香，冉冉地，永系在我幸福的鼻端。啊！她呀！现在她晚妆初过，端坐在琴边，织织的玉指，在那黑白相间琴键上轻舞，啊！鸣出那自然的天籁，鸣出那漾漾的心弦；啊！她在这一刹那间是这世界的女皇，是大自然的娇子，是自由自在的春燕，是无拘无束的蝴蝶。

这片刻的晚景被她的琴声所溶化了。啊！我知道，晚风在为她而歌，夕阳在为她而舞。看！云儿在窃听呢！月儿偏着脸照着楼头，偷窥那美的天使——她——呢……

一切是安，一切是乐，一切是美，一切是幸福！

回去吧！我呀！乘着自由自在的云儿。我的灵魂呀：一回去，沉浸在玉韵的琴声里吧！

二、离乡

白丁香的婀娜，紫罗兰的摇曳，

迷香呀！使我这一点童心沉醉：

浓紫的夕云飘开她美丽的长裙，

淡淡的寒月斜倚在碧云的怀中酣睡。

这一点童心啊，共着海涛奔腾，

海涛雄壮的音乐和着童心高吟。

故乡的山河，也被迷香沉醉，

懒懒地吞吐着霞光在崔嵬的山滨：

白丁香和紫罗兰也瞬息飘零，

沉酣的淡淡的月脸也刹那消泯。

惟有我这一点赤热的童心啊，

将于海涛共驰，青天长骋！

我敞开了衣襟，袒露了心胸，

接受那飘飘浪浪的天风。

回头处，故乡的山河正向我哀鸣。

栖迟的童心啊！

愿随天边鸿雁，

向我的美丽的故乡飞行！

三、花影春风

浓云推开锦被，捧出了明月一轮，

皎皎的清光射在地上映满了花影鳞鳞。

啊！那娉婷的花影，那袅娜的花影，

好似辉煌的金盘上衣裙飘舞的玉人！

湖岸上的一带峰岚，湖心中的一岸春山，

那春山下山影里的万顷菡蓉！

一片碧沉沉香馥馥的菱荷绿叶，

鸭头似的绿叶丛中吐出朵朵新莲。

啊！我爱花影，那湖心一片迷离的花影！

活泼泼春燕的翩跹，娇滴滴鸳鸯的细语！

啊！我爱花影，那山边一片摇曳的花影！

摆织腰淑女的闺愁，伸玉臂黄莺的舞弄！

那春的袅娜，那花影的翩跹，

那湖山的春色，那云际的玉盘。

你是我的慈母，我愿投入你的怀中，

永奏那自然之乐，舍弃了着污秽的人间！

四、午天游墙子河堤偶成

看！那堤边，白云衬着青天，

堤头闲步的一对对蓝色的长衫。

清风拂过水洼，皱起翩跹的涟漪；

堤那方，叠叠的屋脊上袅起几缕轻颤的炊烟。

两旁波潦，夹着这曲长堤，

崎岖蜿蜒的路长得几与天齐。

步上游程，松软的土上印了轻轻的足迹，

迎面风神摇手，掀起柔软的长衣。

去！一片青青的稻穗，望不断极端，

地涯天边，株株绿树，正和我们相盼。

堤边又满植了清香的荷芷，

荷芷后舟声咿哑，更使我们在此长久的流连。

波心的日光时荡起玲珑的金潦，

金潦内时乱卧竹身铁顶顶长蒿。

大自然！午爱大自然无限的柔情，

大自然，午更爱你那玫瑰似的微笑！

归墓曲

走，走，走，"永别了，朋友，朋友，
我再不愿背负这无谓的忧愁！"
我在一个人走，他们大家狂笑着牵着手，
他们在牵着手，我，我一个人孤独地凄凉地走！
"暖！我再不愿背负这无谓的忧愁！"

"喂！朋友们！朋友们！
不要不睬我呀，我们永别了，朋友们！
为了忧愁我走，可是我哪里舍得你们！
我要自己踏落花去寻找我墓门，
我要自己踏落花去寻找我墓门！"

我自己一个人走，已不知走了多少时间？
一路上更不知踏残了多少碎萼残瓣？
我来到我自己的坟墓的门前，
跪在潮湿的墓穴里向世界痛苦了一番，
然后才悄悄地关上了墓门瞑目长眠。

他们隐约地听到了我死的消息，
一同著了新衣来我墓前吊祭。
每人是一个花圈，三杯蜜酒，
瞬息间花和酒洒了满坟满地，
每人临行时还送了我一个无聊的叹息。

他们走后依旧去狂笑狂欢，

碎花余酒却把这样墓门遮满。

唉！我全且把这些礼物当作他们真心的贡献。

每到夜深时我自己在墓前垂泪后，

总要把这滴滴剩酒瓣瓣残花亲遍吻遍。

四月二十六日

暮霭里的诗痕

看山峦是那样的高，

看云天是那样的遥；

任衣裾随天风飘，

诗情在心中野火似的烧。

群山渐披上银灰色的睡衣，

林稍已留不住夕阳的残迹。

山谷里已逗闪着几星灯火，

山云结处尚围着雾霭迷离。

诗情啊，野火似的烧呀烧，

我不自知地独步着逶迤的山道。

暮色里山花静静地飘着芬芳，

陪着我的心描画蔷薇色的梦稿。

我慢慢地描画，描画一切的从前，

从前的蝴蝶的狂啜，燕子的翩跹。

从前处处都飘着歌声舞影，

从前时时都像是醉人的春天。

美酒香醇里曾沉湎过我的青春，
已记不得花是怎样的美好，心是怎样的真纯。
更记不得同醉过的有多少朋友，只记得
陪伴着青春的还有更恋青春的人。

当年曾爱过酒一般迷人的人，
迷人的人比醇酒还要真纯。
啊，迷人的人与迷人的酒呀，
如今已变成丝丝幻影的昏沉。

幻影的昏沉像是微波的皱皱，
已再忆不起已逝的青春与朋友。
山花静静地飘着醉人的芬芳，
心已被暮霭的苍茫浸透。

诗情在心中野火似的烧，
衣裾随着天风淡淡地飘。
看云天呀是那样的遥，
看山峦呀是那样的高。

生与死

别说活着无味，
有战争，有爱，有泪。

痛苦生育出喜欢，
花儿结果总涩，酸。

说死，更不必害怕，
死是休息，是家。

死会把一切忘记，
奋斗，负担，权力。

死要说寂寞，再活，
尝战争，美酒和歌。

生死绝没有界限，
原本是一座花园。

鹧鸪

今夜就缆船在这山麓下，
月光从天海直泻进江心；
漂泊人早不怕异乡孤梦，
且静听隔谷鹧鸪的歌声。

渔

燃渔火向江心洒下一张网，
想网月光下像鱼群的亮波；
没想到却网了一江秋夜雨，
又飞来几个躲雨的大灯蛾。

给

我的心飘飘随着我爱的心

飞呀飞呀像一朵两朵轻云
飞飞飞飞过莲花沼玫瑰叶
飞飞飞穿桃坞飞入百花林

让我们在花下看一番旋螺
傍溪乐合唱一曲新婚的歌
把落红香蕊织成一架睡床
就把这花林当作新婚洞房

爱，让我斜倚着你的胸怀
你看百花都灿烂为你盛开
你看仙鸟都婉转为你诗唱
雪鸽立在我额头吻你的腮

爱，不要羞林端斜月窥人
她是明灯在这入夜的花林
爱，我就在这朦胧月光下
临清泉洗你的蓬蓬的柔发

爱，你看夜渐深花林入睡
就让我们这样的相倚相偎
我要深深地吻着你的芳唇
梦迷迷化入了无涯的陶醉

但丁神曲·地狱第一曲

在我们生命的旅程的中途，
我来到了一个黑暗的森林，

在这森林里我迷失了正路。

啊！多么困难要描写这森林，
是怎样的阴惨，幽深，而荒漠，
回想时恐惧重来袭我的心！

真可怕，几乎像死亡抓住我：
但要追述我在那里看到的
一些好处，如今我要仔细说。

怎样踏进了这座森林，我已
记不甚清楚，当我失了正路，
我□□①是在昏沉的睡梦里。

我走到了一座高山的山麓，
在我穿过的那山谷的边境，
那阴谷把恐怖刺进我心府——

我抬起头看那高山的肩顶
已经批罩上那"巨星"的光彩，
光芒倾导人们真实的路程。

恐怖在心里渐渐安静下来，
可怜我过的这一□个夜晚，
这恐怖总在我心湖里藏埋。

---

① 字体模糊辨认不清处用方框代替，余下同此处理。

像一个人那样急急地气喘，
从深深的大海逃到了岸旁，
回头再像凶野的波涛里看：

这样是我的心，还是在逃亡，
回过头再看我来的这条道，
从来不准人们活在这路上。

我休息了一刻身体的疲劳，
沿着荒野的山坡再往前走，
我的右脚总低过我的左脚。

看，刚刚就在这山路的起头，
一只花纹豹子，轻捷又阴险，
牠全身山披起斑点的毛服。

牠总不走开，徘徊在我面前；
□着我的道路不让我前进，
教我时时想往来的路回转。

这时候是阳光乍吐的清晨，
太阳才随着那些星宿升起，
他们在一起尝"神圣的爱情"

最初还□那些美丽的东西：
所以这时刻和怡人的季候，
使得我的心里充满了希冀，

对这只披盖着花毛的野兽，
但是不然，我又怕起来，当我
看见一只大狮子在眼前走。

他像是肚子里多么样饥饿，
一直向了我走来，高昂着头；
满空都像是为了恐怖瑟□

又一条母狼，满身子的瘠瘦，
像是在□猎食物，直到今天，
使多少人的生命负着悲愁。

她可怕的样子，她的凶险，
把多少沈□□进了我的心，
我没有希望再来登这高山。

像一个人抱着取得的热诚，
当那时候使他丢掉了希望，
他满心里只有哭泣和悲愤：

那暴躁的野兽使得我这样，
它向了我走来，一步又一步
把我迫向没有阳光的山岗。

当我正仓皇地跑下了山麓，
我眼前忽然看到了一个人，

他的声音像曾经多年沉默。

当我看到他在这个大荒林，
我喊到：不管你是谁，可怜我，
不管你是个鬼影还是活人！

他答："不是人，人我当初做过，
我的父母曾是伦巴的□员，
并且他们家乡都在满图阿。

虽然略晚，我生在西泽死前；
我住在罗马，奥古斯都天皇
治下，虚伪的诸神时代里面。

我当初是个诗人，曾经歌唱
为安克塞斯忠诚的儿子，他
从特罗来，当火烧了伊利盎。

但是你为什么这样的害怕？
为什么不登这快乐的高山，
他是一切幸福的开始，原法？"

"你就是维基儿，就是那源泉
荡出那么丰富的一流语言？"
我这样答他，自己涨红了脸。

啊！光荣，和一切诗人的光韵！

这满心的热诚，伟大的爱慕，

使得我多年深素你的诗卷。

你是我的作家，你是我的主；

我只从你得到是好的□□

使得我的声名传到了归途。

看这野兽，教我不能向前行，

帮助我逃开，你有名的圣哲，

□使我的血管和脉搏悚动。

"你必帮另走一条道路"，他说，

当他看见我在流泪，"如果你

想要逃开这个荒野的处所；

因为这只野兽（你为她哭泣）

从不许人们在她路上经过，

并且绊住他们，把他们一齐

杀死；它的性情险毒又刁恶，

她贪婪的□望永不会满足；

吃过后她会比以前更饥饿。

她嫁过的野兽多到不能数，

将来一定还更多，直到灰犬

来时，才能够教她死得痛苦。

他的生命不依□土地，金钱，
但依□□□□，博爱，和道德；
他的国当在费陀和 * 陀间：

将是意大利低郡的拯救者，
当初尤利阿鲁，嘉弥拉女郎，
特孪，尼叟，曾经负伤殉了国；

他将把□追逐过每个城邦，
直到他把她再赶进了地狱；
他逃出由于忌妒把它宽放。

因此我为你想，我为你忧虑，
最好随我走，我作你的先导，
引你去游一个永恒的地府，

那里你将听到无望的哀号，
将看到远古幽灵们的苦痛，
每个鬼要求死亡的第二遭；

以后你将再看到在火□中，
那些甘心忍受苦难的灵魂，
他们希望迟早能上登天庭，

如果你从那里再想往上升，
有一个胜过我的人领导你，
我把你交给她，那时候我们

分手：在那上面统治的皇帝

不会允许我走进他的城郭，

因为我当初违反他的法律。

他统辖宇宙，治理他的王国，

那里是他的城，是他的宝座：

啊！他选择的人们多么快乐！"

"诗人我向你恳求"，我对他说

□□（你不认识的）上帝的光，

帮助我逃开这可怕的处所，

领我去到你刚才说的地方，

教我去看那圣彼得的门楣，

和你说的许多鬼魂的悲伤"。

于是他□步，我在后面跟随。

　　此篇译文在 1933 年 8 月 28 日发表于《大公报·文艺》的时候前面
还有一段按语：

　　意大利诗人但丁 Dante Alighieri（1265—1321）所作《神曲》La
Divina Commedia 为古今□□。英法德等国文译本，均有多种。日本
亦有全译本。吾国仅有钱稻孙译"地狱"之部（Inferno）第一至第
五曲。第一至三曲（有注）原载小说月报第十二卷第九号。第四第
五曲（无注）原载本副刊第百三十及百三十一期。五曲又合录于学

衡杂志第七十一期，读者取阅较便。钱君所译极精工，采离骚体。今孙毓棠君所译，则为新诗体，而力趋简练。孙君欲为明□确切之直译。以一行译原诗之一行。原诗每行有十一字位（Syllables），故今每行亦用十一汉字。又用韵亦效原诗之三行连锁韵（Terza rima），即甲乙甲 乙丙乙 丙丁丙 丁戊丁 等。（按钱稻孙君亦系逐行直译，而第一曲亦用三行连锁韵）孙君前年作新诗《梦乡曲》甚为人所称道，该诗似有得力于但丁之处。今译神曲，虽系尝试，仍望其他年终能卒业也。本刊编者识。

《神曲》有多种汉译本，最先翻译《神曲》的是钱稻孙，孙毓棠、于赓虞的翻译常被遗忘。① 孙毓棠译本富有特色的地方正如编者按语中所言，是严格按照原文每行十一个字、三句连锁韵来翻译的。而钱稻孙先生按离骚体来翻译，每行少则六个字，多则十四字，开端的时候译得很好，但后面并没有严格按照离骚体。有的译者明确表示按照原文每行十一个字、三句连锁韵来翻译实施起来的困难："汉语和意大利语属于不同的语系，诗律也根本不同，中国旧体诗没有与'三韵句'相当的格律。"② 因此大多数译者都采用散文体来翻译《神曲》。

---

① "在汉语世界，《神曲》翻译仍然寂寞，就坊间所见，目前只有王维克、朱维基、田德望、黄文捷德四种译本。"［意］但丁：《神曲 1 地狱篇》，黄国彬译注，外语教学与研究出版社 2009 年版，第 53 页。

② ［意］但丁：《神曲·地狱篇》，田德望译，人民文学出版社 1997 年版，第 31 页。

附录 B　孙毓棠诗文创作年表

一　诗

1926 年

《元宵节》，《绿竹》（旬刊）1926 年第 1 期。

《心的彷徨》，《绿竹》（旬刊）1926 年第 2 期。

《夏雨》，《绿竹》（旬刊）1926 年第 3 期。

《小表妹的几页日记》，《绿竹》（旬刊）1926 年第 4 期。

《托春风吹去》，《绿竹》（旬刊）1926 年第 6 期。

《寸红轩消暑录》，《南中周刊》1926 年第 9 期。

1928 年

《请再进一杯酒吧，朋友!》，《南开双周》1928 年第 2 期。3 月 12 日夜。

《青春者的梦》，《南开双周》1928 年第 2 期。写于 3 月 15 日夜灯下。

《沉船》，《南开双周》1928 年第 3 期。写于 4 月 10 日。

《我离不开你》，《南开双周》1928 年第 3 期。

《船头》，《南开双周》1928 年第 5 期。写于 4 月 4 日。

《归墓曲》，《南开双周》1928 年第 5 期。写于 4 月 26 日。

《暮霭里的诗痕》，《南开大学周刊》1928 年第 63 期。

1931 年

《给》，署名尚呆，《清华周刊》第 34 卷第 10 期，1931 年。

《梦乡曲》，《清华周刊》第 35 卷第 8、9 期，1931 年。

《中华》，《消夏周刊》第 31 卷第 6 期，1931 年。

《诗五首：结束、秘密、舟子、歌儿、仙笛》，《清华周刊》第 36 卷第 2 期，1931 年。

《写照》，《清华周刊》第 36 卷第 6 期，1931 年。

《诗五首：SHELLEY、山中、双翼、记忆、如果》，《清华周刊》第 36 卷第 7 期，1931 年。

1932 年

《寄》《月》，《清华周刊》第 37 卷第 1 期，1932 年。

《牧女之歌》《忆亡友》《银帆》《寻访》，《文学月刊》第 2 卷第 3 期，1932 年。

《木舟》《工作》，《清华周刊》第 37 卷第 7 期，1932 年。

《诗八首：经典、铃声、安闲、小径、呼声、回音、春之恋歌（一）(二)》，《清华周刊》第 37 卷第 8 期，1932 年。

《鲛人之歌：译赠琴》，Matthew Arnold 原著，孙毓棠译，《清华周刊》第 37 卷第 8 期，1932 年。

《译诗四首：他们告诉我、声音、鲛女、忆》，Walter de la Mare 原著，孙毓棠译，《清华周刊》第 37 卷第 8 期，1932 年。

《流思》，《清华周刊》第 37 卷第 12 期，1932 年。

《海》，《清华周刊》第 38 卷第 1 期，1932 年。

《银便士》，Walter de la Mare 原著，孙毓棠译，《清华周刊》第 38 卷第 3 期，1932 年。

《睡孩》《迟月》，《清华周刊》第 38 卷第 4 期，1932 年。

《海涅情诗短曲》，《附归乡一首》，Heinrich Heine 原著，孙毓棠译，《清华周刊》第 38 卷第 4 期，1932 年。

《玫瑰》，《清华周刊》第 38 卷第 9 期，1932 年。

《东村女儿》《玫瑰姑娘》，《清华周刊》第 38 卷第 12 期，1932 年。

《船》，《新月》第 4 卷第 4 期，1932 年。

《灯》，《新月》第 4 卷第 4 期，1932 年。

1933 年

《橹歌》，《清华周刊》第 39 卷第 1 期，1933 年。

《老马》，《益世报》1933 年 2 月 18 日。

《乌黎将军》，《益世报》1933 年 3 月 4 日。

《老马》，《文艺月刊》第 4 卷第 1 期，1933 年。

《海盗船》，《文艺月刊》第 4 卷第 3 期，1933 年。

《安闲》，《文艺月刊》第 4 卷第 6 期，1933 年。

《东风》，《新月》第 4 卷第 6 期，1933 年。

《婚夕》《地狱——为 Y 失意作》，《清华周刊》第 39 卷第 7 期，1933 年。

《但丁神曲·地狱第一曲》，孙毓棠译，《大公报·文艺》（天津）1933 年 8 月 28 日。

1934 年

《城》，《大公报·文艺》（天津）1934 年 1 月 3 日。

《涤罪》，《大公报·文艺》（天津）1934 年 1 月 17 日。

《回家》，《文学季刊》（北平）第 1 卷第 1 期，1934 年。

《舞》，《文学季刊》（北平）第 1 卷第 1 期，1934 年。

《野狗》，《学文》（月刊）第 1 卷第 1 期，1934 年。

《我回来了》，《学文》（月刊）第 1 卷第 2 期，1934 年。

《劫掠》，《大公报·文艺》（天津）1934 年 4 月 14 日。

《忙》，《中央日报副刊》1934 年 5 月 10 日第 11 版。

《拒绝》，《大公报·文艺》（天津）1934 年 5 月 19 日。

《德拉迈尔诗选译：骑士、迷玛、有人、面包和樱桃、当初、丢掉的鞋、荫姆、银便士》，《文艺月刊》1934 年第 5 卷第 2 期。

《海盗船·序》1934 年 5 月。

《海盗船》初版，立达书局 1934 年版。

《死海》，《文艺月刊》第 5 卷第 3 期，1934 年。

《残春》，《中央日报副刊》1934 年 6 月 21 日。

《老班》，Walter de la Mare 原著，孙毓棠译，《大公报·文艺》（天津）1934 年 7 月 21 日。

《我失落了些什么》，《大公报·文艺》（天津）1934 年 8 月 29 日。

《我爱》，《中央日报副刊》1934 年 10 月 18 日。

《怀疑》，《中央日报副刊》1934 年 11 月 15 日。

《银》，《中央日报副刊》，Walter de la Mare 原著，孙毓棠译，1934 年 11 月 15 日。

1935 年

《河》，《水星》第 1 卷第 5 期，1935 年。

《吐谷图王》，《大公报·文艺》（天津）1935 年 4 月 28 日。

《送玮德》，瞿冰森编《玮德纪念专刊》单册，1935 年。

《蝙蝠》，《大公报·文艺》（天津）1935 年 7 月 20 日。

《奔》，《文学时代》1935 年创刊号。

《阳春有梅雨》，《文学时代》第 1 卷第 2 期，1935 年。

《清晨》，《文学时代》第 1 卷第 4 期，1935 年。

《云》，《文学时代》第 1 卷第 5 期，1935 年。

《秋暮》，《大公报·文艺》（天津）1935 年 12 月 23 日。

1936 年

《啊，我的人民》，《大公报·文艺》（天津）1946 年 5 月 11 日。

《春山小诗》，《大公报·文艺》（天津、上海）1936 年 5 月 15 日。

《春山小诗》，《大公报·文艺》（天津、上海）1936 年 5 月 29 日。

《春山小诗》，《大公报·文艺》（天津、上海）1936 年 6 月 12 日。

1937 年

《暴风雨》，《文学杂志》第 1 卷第 4 期，1937 年。

《宝马——献给闻一多先生》，《大公报·文艺》（天津、上海）1937 年 4 月 11 日。《月报》第 1 卷第 6 期，1937 年。

《落花》，《大公报·文艺》（天津、上海）1937 年 4 月 18 日。

《卖酒的》，《大公报·文艺》（天津、上海）1937 年 5 月 16 日。

《散文诗：死的鸟》，《大公报·文艺》（天津、上海）1937 年 7 月 25 日。

《农夫》，《文丛》第 1 卷第 5 期，1937 年。

《踏着沙沙的落叶》，《新诗》第 2 卷第 1 期，1937 年。

1938 年

《秋灯》，《文艺新潮》第 1 卷第 1 期，1938 年。

《萤》，《文艺新潮》第 1 卷第 1 期，1938 年。

《四行诗二首：别、赠》，《文艺新潮》第 1 卷第 1 期，1938 年。

《四行诗三首：感、黄昏星、镜子》，《文艺新潮》第 1 卷第 2 期，1938 年。

《荒村》，《大公报·文艺》（香港）1938 年 9 月 2 日。

1939 年

《宝马》，上海文化生活出版社 1939 年版。

《人：梦语、醒语》，《今日评论》第 1 卷第 7 期，1939 年。

《断章（自语)》，《中央日报·平明》1939 年 5 月 15 日。署名"唐鱼"。

《诗二首：家书、思乡》，《中央日报·平明》1939 年 6 月 26 日，署名"唐鱼"。

《诔——吊公孙旻君——》，《中央日报·平明》1939 年 7 月 2 日，署名"唐鱼"。

《鹧鸪》《渔》，《中央日报·平明》1939 年 8 月 16 日，署名"毓棠"。

1941 年

《鲁拜集》，《西洋文学》1941 年第 7 期。

《鲁拜集》，《西洋文学》1941 年第 8 期。

1942 年

《盲》《月夜》，《人间世》第 1 卷第 1 期，1942 年，署名"唐鱼"。

1943 年

《明湖商籁十六首——赠 H. S. 十六岁生日——》，《当代评论》第 4 卷第 1 期，1943 年（1 至 6 首）；第 4 卷第 2 期（7 至 11 首），署名"唐鱼"。

《失眠夜》，《文聚》1943 年 6 月第 1 卷第 5/6 期合刊。

《诗二首：荒村、生与死》，《生活导报》1943 年 11 月，署名"唐鱼"。

1944 年

《鲁拜集》，《新文学》第 1 卷第 2 期，1944 年。

10 月 1 日，孙望选编的《战前中国新诗选》由绿洲出版社出版，集中收录孙毓棠一首诗《灯》。

1946 年
《鲁拜集》，《海潮》1946 年第 2 期。

1948 年
《诗三首：渔夫、山溪、北行》，《文学杂志》第 3 卷第 1 期，1948 年。

二　文
1926 年
《断云之一、二》，《南中周刊》1926 年第 10 期。

《文艺杂谈·引言》，《南中周刊》1926 年第 11 期。

《莎绿美（Salome）的译文》，《南中周刊》1926 年第 11 期。

《莎绿美（Salome）的译文》，《民国日报》1926 年 11 月 23 日。

1927 年
《漂泊在粉色的烟波里》，《南中周刊》1927 年第 16 期。

《闲谈几句》，《南中周刊》1927 年第 21 期。

《文艺的寻味（一）》，《南中周刊》1927 年第 24 期，署名"尚呆"。

《秋窗短札》，《南中周刊》1927 年第 26 期，署名"尚呆"。

1929 年
《日本诗歌的精神》，Ken Nakazawa 原著，孙毓棠译，《南开双周》第 4 卷第 1 期，1929 年。

《到巴黎》，署名毓棠，《南开大学周刊》1929 年第 72 期。

《法兰西的外交政策》，署名毓棠译，《南开大学周刊》1929 年第 77 期。

1931 年
《梦乡曲》出版，北平震东印书馆。

1932 年
《米拉波与法国革命：as a real politiker》，《清华周刊》第 37 卷第 3 期，1932 年，署名尚呆。

《编后》，《清华周刊》第 38 卷第 4 期，1932 年。

《欧洲终古授权礼纷争之历史的背景》，《清华周刊》第 38 卷第 5 期，1932 年，署名尚呆。

1933 年
《弥拉波》，《女师学院期刊》第 2 卷第 1 期，1933 年。

《西洋封建制度的起源》，《清华周刊》第 39 卷第 3 期，1933 年，署名尚呆。

《日本占据长城的历史意义》，OWEN LATTIMORE 著，孙毓棠译，《独立评论》1933 年第 61 期。

1934 年
《文学于我只是客串》，载郑振铎、傅东华编《我与文学》，上海：生活书店 1934 年版。

1935 年
《希腊史》，《女师学院期刊》第 3 卷第 1 期，1935 年。

《希腊史续》，《女师学院期刊》第 3 卷第 2 期，1935 年。

《玮德的诗》，《北平晨报·北平学园副刊》，1935 年 6 月 10 日，第
820 号"玮德纪念专刊"。

1937 年

《西汉的兵制》，《中国社会经济史集刊》第 5 卷第 1 期，1937 年。

《我归自一个疯狂国家》，《国文周报》1937 年第 14 卷，署名"唐
鱼"。

《秦汉的铜铸人像及其在艺术史上的价值（一）》，《益世报》1937 年
2 月 21 日。

《新书介绍中古时代》，《大公报·图书》（天津、上海）1937 年 2 月
25 日。

《中古史》，《大公报·图书》（天津、上海）1937 年 2 月 25 日。

《我怎样写"宝马"》，《大公报·文艺》（天津、上海）1937 年 5 月
16 日。同年载于《月报·文艺》第一卷第 6 期。

《作一个女孩的父亲》，《宇宙风》1937 年第 41 期。

《一个美国学生的东亚梦》，《宇宙风》1937 年第 45 期。

1939 年

《东汉兵制的演变》，《中国社会经济史集刊》第 6 卷第 1 期，
1939 年。

《谈"抗战诗"》，《大公报·文艺》（香港）1939 年 6 月 15 日—16
日。收入《传记与文学》，正中书局 1943 年版。

1940 年

《旧诗与新诗的节奏问题（上）》，《今日评论》第 4 卷第 7 期，
1940 年。

《旧诗与新诗的节奏问题（下）》，《今日评论》第 4 卷第 9 期，

1940 年。

《生活的文学》，《今日评论》第 4 卷第 3 期，1940 年，署名"唐鱼"。

1941 年

《传记的真实性和方法》，《今日评论》第 5 卷第 6 期，1941 年。

《今日的作家》，《当代评论》第 1 卷第 1 期，1941 年。

《汉代的农民（未完待续)》，《当代评论》第 1 卷第 16 期，1941 年。

《汉代的农民》，《当代评论》第 1 卷第 17 期，1941 年。

《历史与文学》，《国文月刊》第 1 卷第 7 期，1941 年。

《战国时代的农业与农民》，《战国策》1941 年第 17 期。

1944 年

《汉代的交通》，《中国社会经济史集刊》第 7 卷第 1 期，1944 年。

《中国民族的发展》，《当代评论》第 4 卷第 9 期，1944 年。

1945 年

《新中国与旧传统》，《自由论坛（昆明)》第 3 卷第 5 期，1945 年。

《谈明星》，《月刊》第 1 卷第 2 期，1945 年。

《近代日本社会经济发展及其现代化的分析》，《财政经济》1945 年第 5 期。

《近代日本社会经济发展及其现代化的分析》（续完)，《财政经济》1945 年第 6 期。

1946 年

《书籍评论：中国古代社会经济论丛》第 7 卷第 2 期，1946 年。

1948 年

《中国民族的发展（上）》，《周论》第 2 卷第 16 期，1948 年。

《中国民族的发展（下）》，《周论》第 2 卷第 17 期，1948 年。

三　集

1931 年

《梦乡曲》，震东印书馆 1931 年版。

1934 年

《海盗船》，立达书局 1934 年版。

1939 年

《宝马》，文化生活出版社 1939 年版。

1943 年

《传记与文学》，正中书局 1943 年版。

1955 年

《中日甲午战争前外国资本在中国经营的近代工业》，上海人民出版社 1955 年版。

1957 年

编《中国近代工业史资料 第一辑（1840—1895 年）上册》，科学出版社 1957 年版。

编《中国近代工业史资料 第一辑（1840—1895 年）下册》，科学出版社 1957 年版。

1962 年

编《中国近代工业史资料 第一辑（1840—1895 年 上册》，中华书局 1962 年版。

编《中国近代工业史资料 第一辑（1840—1895 年)》，中华书局 1962 年版。

1978 年

《宝马 叙事诗》，宏文出版社 1978 年版。

1979 年

《中国近代史工业史资料》，台湾：文海出版社 1979 年版。

1981 年

《抗戈集》，中华书局 1981 年版。

1985 年

主编《平准学刊 中国社会经济史研究论集 第 1 辑》，中国商业出版社 1985 年版。

1992 年

《宝马与渔夫》，台湾：业强出版社 1992 年版。

1995 年

《孙毓棠学术论文集》，中华书局 1995 年版。

2000 年

《中国新诗库 六集》，周良沛编，长江文艺出版社 2000 年版。

2007 年

《孙毓棠集》，中国社会科学院科研局组织编选，中国社会科学出版社 2007 年版。

2013 年

《孙毓棠诗集》，商务印书馆 2013 年版。

参考文献

一 报纸杂志类

《北平晨报·学园》（1935 年）

《碧潮》（1926 年）

《晨风》（1925—1926 年）

《大公报·文艺·诗特刊》（1935 年）

《大公报·文艺》（1933—1939 年）

《当代评论》（1941—1943 年）

《今日评论》（1939—1940 年）

《绿竹》（1926 年）

《民国日报》（1926 年）

《南开大学周刊》（1928—1930 年）

《南开双周》（1928 年）

《南开周刊》（1924 年）

《南中周刊》（1926—1928 年）

《女师学院期刊》（1933—1935 年）

《清华周刊》（1930—1933 年）

《人间世》（1942 年）

《水星》（1935 年）

《文丛》（1937 年）

《文聚》（1943 年）

《文学季刊》（1934 年）

《文学时代》（1935 年）

《文学月刊》（北平）（1932 年）

《文学杂志》（1937 年）

《文艺新潮》（1938 年）

《文艺月刊》（1933—1934 年）

《文艺阵地》（1939 年）

《新诗》（1937 年）

《新文学》（1944 年）

《新月》（1932 年）

《学文》（1934 年）

《益世报》（1933 年）

《宇宙风》（1937 年）

《中央日报·平明》（1939 年）

《中央日报副刊》（1934—1935 年）

二　作品类

卞之琳：《雕虫纪历》，人民文学出版社 1984 年版。

卞之琳：《鱼目集》，文化生活出版社 1935 年版。

曹葆华：《寄诗魂》，震东印书馆 1930 年版。

陈梦家等：《不开花的春天》，良友图书印刷公司 1931 年版。

陈梦家编：《新月诗选》，新月书店 1931 年版。

戴望舒：《望舒草》，现代书局 1933 年版。

方玮德：《玮德诗文集》，上海时代图书公司 1936 年版。

李长之：《夜宴》，文学评论社 1934 年版。

林庚：《春野与窗》，文学评论社 1934 年版。

陆志韦：《不值钱的花果》，锡城印刷公司 1922 年版。

陆志韦：《渡河》，上海：亚东图书馆 1923 年版。

罗念生编：《朱湘书信集》，人生与文学社丛书 1936 年版。

穆旦：《穆旦诗文集》第 2 卷，人民文学出版社 2006 年版。

孙大雨著，孙近仁编：《孙大雨诗文集》，河北教育出版社 1996 年版。

孙望选编：《战前中国新诗选》，绿洲出版社 1944 年版。

孙毓棠：《宝马》，文化生活出版社 1939 年版。

孙毓棠：《海盗船》，立达书局 1934 年版。

孙毓棠：《梦乡曲》，震东印书馆 1931 年版。

孙毓棠著，余太山编：《宝马与渔夫》，台湾：业强出版社 1992 年版。

孙毓棠著，余太山编：《孙毓棠诗集》，商务印书馆 2013 年版。

唐湜：《唐湜诗卷·上》，人民文学出版社 2003 年版。

闻一多：《红烛》，上海书店 1931 年版。

闻一多：《死水》，新月书店 1928 年版。

徐志摩：《翡冷翠的一夜》，新月书店 1927 年版。

周良沛编：《中国新诗库　六集》，长江文艺出版社 2000 年版。

宗白华：《流云小诗》，上海：亚东图书馆 1923 年版。

三　论著类

北京大学中文系、北京大学诗歌中心编：《化雨集》，人民文学出版社 2005 年版。

陈梦家：《梦甲室存文》，中华书局 2006 年版。

陈太胜：《声音、翻译和新旧之争——中国新诗的现代性之路》，湖南人民出版社 2016 年版。

段从学：《中国新诗的形式与历史》，人民出版社 2020 年版。

方向明主编：《斯人可嘉 袁可嘉先生纪念文集》，浙江文艺出版社2014年版。

姜涛：《"新诗集"与中国新诗的发生》（增订本），北京大学出版社2019年版。

蒋廷黻：《蒋廷黻回忆录》，岳麓书社2003年版。

孔范今主编：《二十世纪中国文学史》（上），山东文艺出版社1997年版。

林焕平：《林焕平作品选》，漓江出版社1988年版。

刘殿祥：《诗与学术之间——现代诗人闻一多的古典学术研究》，中国书籍出版社2018年版。

刘奎：《诗人革命家——抗战时期的郭沫若》，北京大学出版社2019年版。

鲁迅：《中国小说史略》，新文化书社1934年版。

陆耀东：《中国新诗史（1916—1949）》第2卷，长江文艺出版社2009年版。

陆耀东、孙党伯、唐达晖主编：《中国现代文学大辞典》，高等教育出版社1998年版。

吕家乡：《从旧体诗到新诗》，山东人民出版社2014年版。

蒲风：《现代中国诗坛》，诗歌出版社1938年版。

清华大学校史研究室编：《清华大学九十年》，清华大学出版社2001年版。

沈从文：《抽象的抒情》，复旦大学出版社2004年版。

沈从文：《沈从文文集》第十一卷，三联书店香港分店1984年版。

司马长风：《中国新文学史》（中卷），香港：昭明出版社1976年版。

苏光文：《抗战诗歌史稿》，四川教育出版社1991年版。

苏双碧、王宏志：《吴晗传》，上海人民出版社1998年版。

苏雪林：《苏雪林文集》第3卷，安徽文艺出版社1996年版。

唐湜：《九叶诗人：中国新诗的中兴》，上海教育出版社2003年版。

田本相、刘一军编著：《苦闷的灵魂——曹禺访谈录》，江苏教育出版社
　　2001 年版。

王家新：《人与世界的相遇》，文化艺术出版社 1989 年版。

王圣思主编：《"九叶诗人"评论资料选》，华东师范大学出版社 1995
　　年版。

王霞：《在诗与历史之间：海登·怀特历史诗学理论研究》，中国社会科
　　学出版社 2014 年版。

闻黎明、侯菊坤编著：《闻一多年谱长编》，上海交通大学出版社 2014
　　年版。

闻一多：《闻一多书信集》，群言出版社 2014 年版。

吴欢章主编：《中国现代分体诗歌史》，上海大学出版社 2008 年版。

吴晓东：《文学性的命运》，广东人民出版社 2014 年版。

西南联合大学北京校友会编：《国立西南联合大学校史：1937 年至 1946
　　年的北大、清华、南开》，北京大学出版社 2006 年版。

夏鼐：《夏鼐日记》，华东师范大学出版社 2011 年版。

谢冕、唐晓渡主编：《与死亡对称·长诗、组诗卷》，北京师范大学出版
　　社 1993 年版。

谢冕主编，孙玉石编：《中国新诗总系 1927—1937》，人民文学出版社
　　2009 年版。

徐咏平编：《到大学之路》，学生之友出版社 1943 年版。

许子东：《许子东现代文学课》，上海三联书店 2018 年版。

彦火：《当代中国作家风貌》，香港：昭明出版社 1980 年版。

杨之华编：《文坛史料》，上海中华日报社 1944 年版。

张桃洲：《中国当代诗歌简史》，中国青年出版社 2018 年版。

张枣著，亚思明译：《现代性的追寻：论 1919 年以来的中国新诗》，四川
　　文艺出版社 2020 年版。

张中良：《民族国家概念与民国文学》，花城出版社 2014 年版。

郑振铎、傅东华编：《我与文学》，生活书店 1934 年版。

周晓风：《新诗的历程——现代新诗文体流变（1919—1949）》，重庆出版
　　社 2001 年版。

朱光潜：《朱光潜全集》（第 8 卷），安徽教育出版社 1987 年版。

朱自清：《新诗杂话》，作家书屋 1947 年版。

朱自清：《朱自清全集》第 9 卷，江苏教育出版社 1998 年版。

［德］黑格尔：《美学》第三卷下册，朱光潜译，商务印书馆 1981 年版。

［俄］别林斯基：《诗歌的分类和分科》，满涛译：《别林斯基选集》第三
　　卷，上海译文出版社 1980 年版。

［法］伊曼纽埃尔·勒鲁瓦·拉迪里：《历史学家的思想和方法》，杨豫等
　　译，上海人民出版社 2002 年版。

［美］G. W. 鲍尔索克：《从吉本到奥登：古典传统论集》，于海生译，华
　　夏出版社 2017 年版。

［美］海登·怀特：《元史学：十九世纪欧洲的历史想象》，陈新译，译林
　　出版社 2004 年版。

［墨］奥克塔维奥·帕斯：《弓与琴》，赵振江等译，北京燕山出版社
　　2014 年版。

［日］厨川白村：《苦闷的象征》，鲁迅译，江苏文艺出版社 2008 年版。

［日］竹内好：《近代的超克》，李冬木、赵京华、孙歌译，生活·读书·
　　新知三联书店 2005 年版。

［英］T. S. 艾略特：《但丁》，王恩衷编译：《艾略特诗学文集》，国际文
　　化出版公司 1989 年版。

四　论文类

艾芜：《往事杂记》，《新文学史料》1991 年第 4 期。

戴碧湘：《评宝马》，《金箭》1937 年 1 卷第 2 期。

堵述初：《〈宝马〉》，《潇湘连漪》1937 年 3 卷第 2 期。

费冬梅：《朱光潜的文学沙龙与一场诗歌论争》，《社会科学论坛》2015
年第 10 期。

冯沅君：《读〈宝马〉》，《大公报・文艺》（天津、上海）1937 年 5 月
16 日。

关天林：《史的诗・诗的史——论孙毓棠〈宝马〉及一种节奏形式的探索
经验》，《华文文学》2015 年第 2 期。

何超：《分析孙毓棠的宝马》，《诗风》1978 年第 72 期。

姜涛：《"民主诗学"的限度——比较视野中的"新诗现代化"》，《首都
师范大学学报（社会科学版)》2019 年第 4 期。

蒋廷黻：《历史学系的概况》，《清华周刊》1931 年第 35 卷第 11/12 期
合刊。

蒋廷黻：《中国社会科学的前途》，《独立评论》1932 年 12 月 4 日第
29 号。

蓝棣之：《若干重要诗集创作与理论评价上的问题》，《安徽师范大学学
报》2003 年第 2 期。

刘福春：《史学家孙毓棠和他的诗——寻诗之旅（七)》，《新文学史料》
2020 年第 4 期。

刘继业：《从三篇诗论佚文看梁宗岱的'抗战诗歌否定论'——兼论新诗
诗论研究的史料发掘》，《中国当代文学研究会会议论文集》2007 年
5 月。

刘淑玲：《〈大公报〉文艺副刊与现代主义诗潮中的京派诗歌》，《江汉大
学学报（人文科学版)》2005 年第 1 期。

陆耀东：《论孙毓棠的诗》，《文学评论》2007 年第 6 期。

吕家乡：《现代人写史诗的成功尝试——评孙毓棠的长诗〈宝马〉》，《泰
安教育学院学报岱宗学刊》1999 年第 2 期。

罗孚：《忆孙毓棠和几位老师》，《香港作家》2004 年第 5 期。

秦弓：《从〈宝马〉看经典重读的必要性与可能性》，《江汉论坛》2005

年第 2 期。

盛子潮：《新诗史上不该遗忘的历史叙事诗——读孙毓棠的〈宝马〉》，《文科教学》，1984 年。

孙玉石：《中国现代文学文献问题笔谈：报纸文艺副刊与现代文学研究关系之随想》，《河南大学学报（社会科学版）》2005 年第 1 期。

唐祈：《论中国新诗的发展及其传统》，《西北民族大学学报（哲学社会科学版）》1984 年第 2 期。

唐湜：《凝定的意象》，《大公报·文艺》（天津）1948 年 10 月 24 日。

唐湜：《关于中国现代文学史的一些看法与设想》，《中国现代文学研究丛刊》1989 年第 3 期。

王荣：《论"新月诗派"的现代叙事诗创作及其理论批评》，《文学评论》2008 年第 2 期。

王瑶：《中国现代文学与古典文学的历史联系》，《北京大学学报》（哲学社会科学版）1986 年第 5 期。

文学武：《〈学文〉杂志与中国现代文学》，《新文学史料》2013 年第 3 期。

吴晓东：《荒街上的沉思者——析穆旦的〈裂纹〉》，《新诗评论》2005 年第 1 辑。

《吴祖光名剧〈风雪夜归人〉联大精彩演出》，《云南日报》1943 年 5 月 26 日。

西渡：《卞之琳的新诗格律理论》，《现代中文学刊》2011 年第 4 期。

萧艾：《诗评漫笔——浅评〈宝马〉》，《诗风》1975 年第 32 期。

萧乾：《鱼饵·论坛·阵地——记〈大公报·文艺〉，1935—1939》，《新文学史料》1979 年第 2 辑。

解志熙：《暴风雨中的行吟——抗战及 40 年代新诗潮叙论（上）》，《解放军艺术学院学报》2017 年第 1 期。

许金琼、蒋登科：《呈现与遮蔽：文学史书写中的孙毓棠》，《文艺争鸣》

2017 年第 9 期。

薛媛元：《论孙毓棠的新诗戏剧化探索》，《文学与文化》2018 年第 3 期。

《月夜中畅谈新文艺——记西南联大文艺晚会》，昆明《中央日报》1944
年 5 月 9/10 日。

张洁宇：《〈我喜欢你〉：作为诗人的沈从文》，《新诗评论》2013 年第
1 辑。

张桃洲、吴昊：《诗学论著与中国诗歌理论现代性的建构》，《华中师范大
学学报》（人文社会科学版）2018 年第 4 期。

张彦林：《风子与诗人孙毓棠》，《新文学史料》2009 年第 1 期。

张彦林：《诗人孙毓棠纪事》，《文学报》2018 年 3 月 16 日。

张以英、刘士元：《新月派后起之秀方玮德传略》，《新文学史料》1991
年第 1 期。

赵园：《历史情境与现实关切》，《书城》2020 年 5 月号。

后　记

这部著作是在博士学位论文的基础上修改而成，在论文写作过程中，得到了恩师张桃洲教授的悉心教导。博士毕业致谢时，我曾写道："桃洲老师在开学赠我许多珍贵的书籍，虽然我没有坚持看完，但老师在《林中路》扉页上所签：'林中小路的行走是孤寂的，却也会欣悦'，我始终牢记在心，总能不时将我从五光十色的生活中抽离出来，再坚持坐一会儿冷板凳。这句赠言也承载着老师对我的厚望，但我资质平凡，总担心辜负老师，却从未见老师对我有过疾言厉色，我暗自庆幸的同时，也很汗颜。"如今两年过去，虽然这种没能做出更优秀成绩的汗颜仍时刻存在，但坚持学术的信心和勇气始终来自于桃洲老师和刘波老师两位导师的殷切期望。

本书选取孙毓棠为研究对象，除了认为孙毓棠先生具有重要的研究价值，也出于一名青年研究者对这一辈学人的景仰之情。他们所处的时代夹杂着民族解放与革命战争，写作与研究都渗透了强烈的现实感受，在救亡图存的历史语境中，孙毓棠先生以史学为专业，又在诗歌创作上独树一帜，如同很多身处 20 世纪三四十年代的青年一样，他在学术研究中放置了探求社会变革道路的期冀，同时又在诗歌创作中"蕴含了一个真实的自己"。

苏雪林曾评价孙毓棠的长诗《宝马》"辞藻之美丽，结构之谨严，音节之顿挫铿锵，穿插之富于变化，可说新诗坛自有长诗以来的第一首杰作，也是对新诗坛极辉煌的贡献。孙毓棠可说是新月派里的一员压阵大将"。更称他在新月派诸多诗人中"才气最纵横，学力最充足"。在当时的学者看来，孙毓棠可以说是新月派即将消沉之时力挽狂澜的代表性人物。而孙毓棠的特殊性更在于他处在历史、文学、戏剧、学术研究之间的"横跨"姿势，及其为诗歌创作带来的特殊经验。新诗自身不断"向外"拓展的能力，经由思想的触须向纵深处开掘，这艰难的运思过程生成了其历史研究中的生命力。更重要的则是，通过"多重身份"之间产生的"对话"，使得孙毓棠在诗与世界的关系上产生新的认知和体会，构成了新诗创作内部丰富的层次。

何为诗人？鲁迅在《摩罗诗力说》中言："盖诗人者，撄人心者也。"孙毓棠作为一名现代诗人虽然不是最顶尖的，但他寄予诗歌中的生存体验却无比深刻，研究这样一位诗人，又何尝不是在探索自我生命的深层体验呢。叶圣陶先生曾在《文艺谈》中反复申说"诚"对于新文艺的核心价值，如何达到"诚"，涉及与外部世界的"触着"，需要一系列修养与"磨炼工夫"，需要"对于人生有所触着而且深切地触着"。如今我正走在一条与人生"深切触着"的道路上，待到本书出版时，下一代小生命也已迎来新生，希望她面对人生艰难时亦如这些远去的人物般坚韧，在深刻的精神生活中享受人生内面的风景。

感谢《当代文坛》《新文学史料》《绵阳师范学院学报》先后发表了本书的部分章节。感谢西南科技大学龙山学术文库出版基金和文艺学院的大力支持，感谢中国社会科学出版社王丽媛老师的辛勤编辑。感谢王光明、张志忠、孟庆澍、陈太胜、周瓒、张洁宇、姜涛、西渡等各位老师在博士学位论文答辩时提出的关键性建议。感谢西南科技大学文艺学院周冰、郑剑平、张德明、黄群英、陈建新等各位教授的支持。本书仍有诸多浅显与不足之处，望得到读者们的海涵，希望将来有机会能够进一步弥补完善。

2023 年 11 月于绵阳